Le Nord - Pas-de-Calais
secret

Bernard Coussée

Le Nord - Pas-de-Calais secret

De Borée

Du même auteur

Raimbeaucourt au temps jadis, CEM Éditions, 1981
Légendes et Croyances en Douaisis, CEM Éditions, 1982
De la Saint-Georges à la Trinité, CEM Éditions, 1983
Contes populaires de Flandre et d'Artois, CEM Éditions, 1984
Légendes et Croyances en Avesnois, CEM Éditions, 1985
Géants d'ici, CEM Éditions, 1986
La Saint-Jean, la canicule et les moissons, CEM Éditions, 1987
Légendes et Croyances en pays de Béthune, CEM Éditions, 1988
Sacré carnaval, CEM Éditions, 1989
Bouquets de moissons, CEM Éditions, 1990
Dentelle de Flandre, CEM Éditions, 1991
Le Coq, CEM Éditions, 1992
Légendes et Croyances en Boulonnais et pays de Montreuil, CEM Éditions, 1994
Contes populaires de Flandre française, CEM Éditions, 1994
Petite histoire de la prostitution lilloise, CEM Éditions, 1995
Le Mystère de la lune rousse, CEM Éditions, 1996
Légendes et Croyances en Flandre, CEM Éditions, 1997
Saint Nicolas, histoire, mythe et légende, CEM Éditions, 1999
Les Plus Belles Légendes du Nord, La Voix du Nord, 2001
Les Frères Lenne, une famille de mineurs dans la tourmente, Le Geai Bleu, 2002
Halloween, la Saint-Martin, les Guénels et les Allumoires, La Voix du Nord, 2003
Légendes et Croyances en Hainaut-Cambrésis, CEM Éditions, 2005
Les Mystères du Nord - Pas-de-Calais, De Borée, 2006
Légendes et Croyances en Artois, CEM Éditions, 2007
Les Histoires du Nord de mon grand-père, CPE Éditions, 2007
Les Nouveaux Mystères du Nord - Pas-de-Calais, De Borée, 2008
Contributions régulières dans *L'Almanach des Gens du Nord*, *Les Mémoires* du Cercle d'études mythologiques, *Les Cahiers* de l'Association Raimbeaucourt Toujours.

Imprimé en France en août 2009
Dépôt légal : août 2009
ISBN : 978-2-84494-965-3

Première partie

Histoires insolites

Selon les meilleurs dictionnaires de la langue française, le mot « insolite » se définit par ce qui n'est pas habituel, qui est anormal ou étonnant. Ce qualificatif peut s'appliquer à des choses, des personnages, des événements, c'est pourquoi il ne fait aucune difficulté que des faits historiques soient insolites, à la plus grande joie des amateurs de mystères.

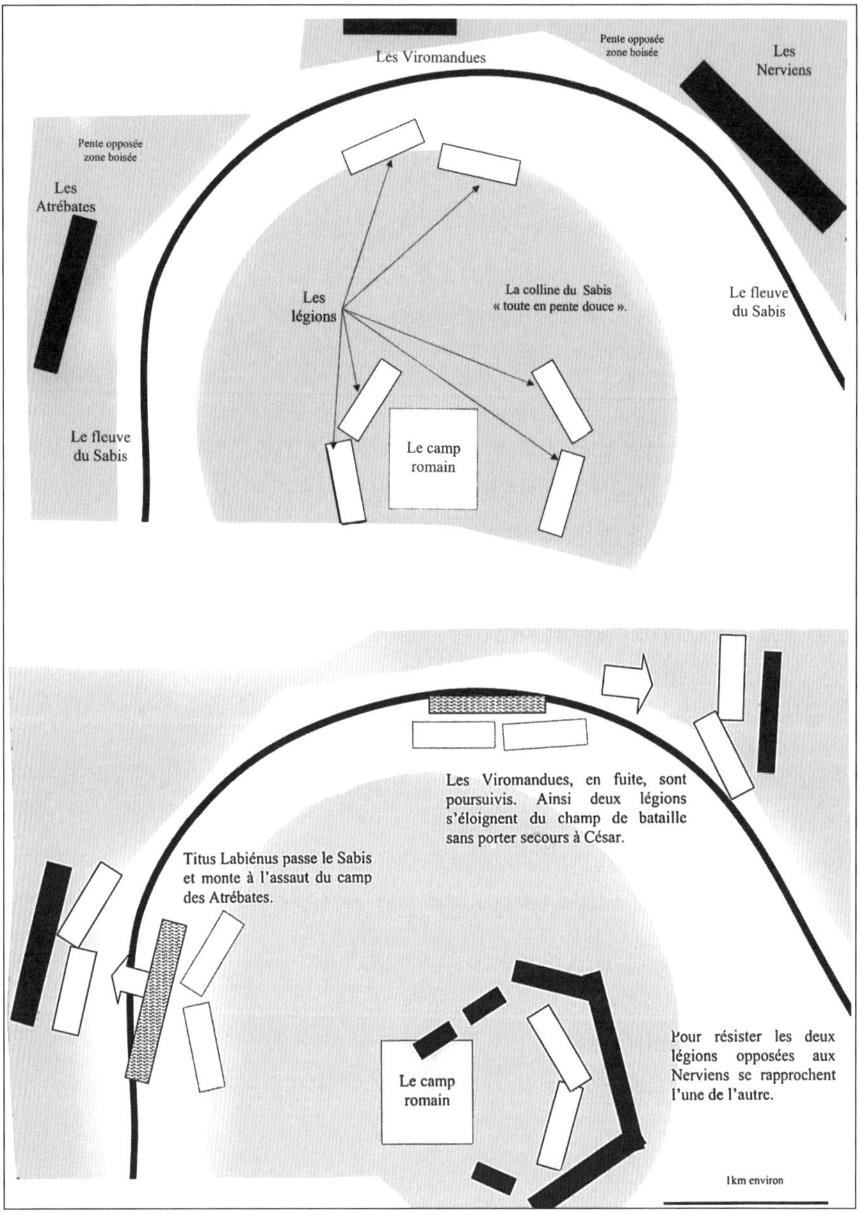

Le plan de la bataille des Romains contre les Nerviens.
(D'après l'ouvrage de François Choteau, *La Première Bataille des Flandres.*)

Chapitre 1

Un Alésia dans le Nord - Pas-de-Calais

À LA FIN du printemps 57 av. J.-C., après avoir soumis les Suessions (Soissons), les Bellovaques (Beauvais) et les Ambiens (Amiens), Jules César s'attaque aux Nerviens.

« César, après trois jours de marche à travers leur pays, apprit en interrogeant les prisonniers que le Sabis n'était pas à plus de dix milles de son camp ; tous les Nerviens avaient pris position de l'autre côté de cette rivière, et ils attendaient l'arrivée des Romains avec les Atrébates et les Viromandues, leurs voisins, car ils avaient persuadé ces deux peuples de tenter avec eux la chance de la guerre ; ils comptaient aussi sur l'armée des Atuatuques, et, en effet, elle était en route[1] ; les femmes et ceux qui, en raison de leur âge, ne pouvaient être d'aucune utilité pour la bataille, on les avait entassés en un lieu que des marais rendaient inaccessible à une armée[2]. »

Jules César décrit ensuite la bataille qui oppose soixante-quinze mille Gaulois[3] conduits par Boduognatos, le chef suprême des Nerviens, à cinquante mille Romains répartis en huit légions et dix-huit mille auxiliaires, des Trévires pour l'essentiel. Une fois

1. *Venus du Hainaut (vallée de la Haine), les dix-neuf mille Atuatuques attendus n'arriveront jamais sur le champ de bataille : ayant appris la défaite, ils rebrousseront chemin. César ira ensuite les assiéger et fera d'eux des esclaves.*

2. *Jules César,* La Guerre des Gaules, *Belles Lettres, 1978, II, 16, traduction L. A. Constans.*

3. *Cinquante mille Nerviens, quinze mille Atrébates et dix mille Viromandues.*

arrivé sur le fleuve, le général romain établit son camp au sommet de la colline qui domine la vallée. Il entreprend de le fortifier tandis que des éléments de sa cavalerie franchissent la rivière pour engager le combat avec l'adversaire. Cachés dans les bois qui s'étendent sur la crête opposée de la vallée, les Gaulois sortent en masse pour traverser à leur tour le cours d'eau et monter rapidement à l'assaut du camp romain. César s'est fait surprendre, et il doit user de toute son énergie pour trouver une solution. Tandis que deux légions conduites par Titus Labienus repoussent les Atrébates et que deux autres sont aux prises avec les Viromandues, le général romain se voit peu à peu encerclé par les Nerviens. Il faut alors toute la présence d'esprit de Titus Labienus pour sauver la situation. Parvenu sur la cime opposée et voyant son chef en difficulté, il envoie deux légions à la rescousse. On pourrait penser que les Nerviens, en voyant de nouvelles troupes débarquer, prennent la poudre d'escampette, mais il n'en est rien. Au contraire, ils se défendent pied à pied, allant jusqu'à marcher sur les corps de leurs compagnons tombés en première ligne. Ils se battront ainsi quasiment jusqu'au dernier, et seuls cinq cents Nerviens auront la vie sauve.

Le lieu de la rencontre reste un mystère

Malgré la richesse du récit qui occupe la quasi-totalité du second livre de *La Guerre des Gaules*, nous ne savons toujours pas aujourd'hui où s'est déroulée cette bataille. Depuis deux siècles, plusieurs thèses s'affrontent[1]. Napoléon Ier ayant fixé le camp de César près de Maubeuge, l'identification du Sabis avec la Sambre a longtemps eu le crédit du plus grand nombre ; les historiens expliquent que, partant d'Amiens, le général romain s'était tout naturellement dirigé vers Bavay, et qu'il fallait chercher le champ de bataille à l'ouest de cette rivière. D'autres, plus pointilleux, pensent que l'armée romaine a franchi le cours d'eau pour combattre ensuite sur la rive droite, du côté d'Hautmont ; c'est

1. *André Vanderschelden,* Une Bataille de César et ses énigmes dans le Nord de la France, *Hénin-Beaumont, Imprimerie Henrard, 1981.*

notamment l'avis émis par Napoléon III. Camille Jullian fournit même des arguments en faveur d'une rencontre qui aurait eu lieu vers le carrefour de l'Agache.

Mais d'autres hypothèses ont également été avancées. La Selle, d'abord, encore appelée « Save » au VIIIe siècle, et dont le rapprochement avec le mot « Sabis » peut effectivement être envisagé. L'argument majeur en faveur de cette idée est que l'endroit paraît devoir être un bon point de rassemblement pour les trois tribus gauloises concernées. La Selle présente par ailleurs l'avantage d'offrir une excellente transversale sur la route des Romains. Dans ce cas, la bataille se serait donc produite du côté de Saulzoir.

L'Escaut a eu aussi ses adeptes. Pour eux, le Sabis n'est que le nom donné par les Nerviens au cours supérieur de la rivière, l'aval étant situé en pays ménapien, où le fleuve prend le nom plus connu de « Scaldis ». Le rapprochement phonétique a été utilisé comme argument, mais il ne fait pas l'unanimité. Les tenants de cette thèse fixent la confrontation du côté de Les Rues-des-Vignes et du fameux carrefour de Bonavis.

De toutes ces explications, il faut retenir qu'elles valorisent surtout le cheminement de César d'Amiens à Bavay, c'est-à-dire du sud-ouest vers le nord-est, ce que ne précise nullement le texte de *La Guerre des Gaules*. Le seul détail fiable que nous possédons est que les Romains ont découvert l'existence du Sabis après trois jours de marche en pays... Mais, au fait, de quel pays parlons-nous ? De celui des Ambiens ou de celui des Nerviens ? Là encore, le général romain ne le précise pas. Il dit simplement : « Après trois jours de marche à travers "leur" pays. »

Le pays nervien proprement dit

Le territoire des Nerviens était contigu à celui des Ambiens. Il existait une frontière commune, dont l'un des vestiges pourrait être ce village de Fins (*fines*, en latin), près de Bapaume. Trois jours de marche, ce qui signifie, en termes de distance parcourue, entre cinquante et soixante-dix kilomètres selon les difficultés rencontrées. Or, au départ d'Amiens, la présence d'un réseau de voies romaines – antérieurement gauloises – laisse supposer que l'on pouvait quitter le pays ambien très vite. « Leur » correspondrait donc plutôt à « Nerviens », les prisonniers de César appartenant bien à cette tribu. La marche de l'armée romaine se serait ainsi pratiquée en pays nervien, ce qui implique qu'à partir du moment où l'on admet une progression vers le nord-est, la seule rivière pouvant être retenue, compte tenu de la distance parcourue, serait la Selle.

Seulement voilà, toutes ces théories ont été bâties à partir d'une analyse géographique qui ne prend pas en compte le fait que toute cette région était, au début de l'ère chrétienne, couverte par la grande forêt des Ardennes, dont la vallée de la Meuse constituait une véritable dorsale. César écrit : « C'est la plus grande forêt de toute la Gaule, elle s'étend depuis les bords du Rhin, en pays trévire, sur plus de cinq cents milles »[1], soit sept cent cinquante kilomètres. Or, en ligne droite, il n'y a que trois cents kilomètres entre Trèves et Bavay, ce qui veut dire que cette forêt s'étendait bien au-delà de cette dernière ville, et qu'il faut en chercher les limites quatre cent cinquante kilomètres plus à l'ouest, ce qui nous conduit à englober la moitié de la Somme. En d'autres termes, à défaut de traverser cette étendue boisée, ce qu'il se refusait de faire par principe, César, qui ne pouvait pas non plus quitter Amiens en direction du nord-est, a emprunté la voie d'Amiens à Arras, devenue par la suite la chaussée Brunehaut, pour contourner la forêt. Et puisqu'il a marché durant trois jours en pays nervien avant de se battre, c'est que celui-ci se situait dans la région comprise entre les territoires des Ambiens (Amiens), des Atrébates (Arras) et des Morins (Thérouanne)[2]. Pour être plus précis, les Ambiens occupaient alors les deux rives de la Somme, de son embouchure jusqu'à Amiens ; au-delà, sur le cours supérieur, c'était le pays de Viromandues. Les Atrébates, eux, régnaient sur la vallée de la Canche et sur celle de la Ternoise. Quant aux Morins, ils contrôlaient le Pas-de-Calais, les rives de la Liane et de

1. La Guerre des Gaules, *VI, 29.*

2. *François Choteau,* La Première Bataille des Flandres, *Éditions Chez l'Auteur, 2008, p. 18.*

l'Aa. Plus au nord et jusqu'à l'embouchure du Rhin, c'était le pays des Ménapes. On pouvait donc trouver les Nerviens dans les vallées de la Lys, de la Deûle, de la Marque et de l'Escaut.

Comme les femmes et les vieillards – probablement plus de cent mille individus – avaient été mis à l'abri dans une zone protégée par des marais qu'une armée n'aurait pas su pénétrer, on peut supposer que le moyen d'y parvenir était la navigation fluviale. Du reste, César confirme que les Nerviens délaissaient l'usage des chevaux, contrairement aux autres peuples, les Atrébates notamment, lesquels achetaient des équidés à n'importe quel prix : « Les Nerviens n'avaient qu'une cavalerie sans valeur[1]. » Dans leur pays, une pirogue devait donc être plus utile qu'un cheval. Les fouilles archéologiques effectuées dans toutes ces vallées démontrent à la fois leur présence et leur grande efficacité économique.

En résumé, on peut dire que le territoire des Nerviens, qui fournirent le plus gros contingent de soldats face à César, devait être cinq fois plus vaste que celui des Ambiens, et correspondre à la plus grande partie du bassin de l'Escaut, de la Lys et de la Deûle.

Mais où s'est donc déroulée la bataille ?

Pour en revenir à ce fameux cheminement de l'armée romaine, admettre que celle-ci se soit dirigée vers le Bavay, c'est d'abord reconnaître que cette ville existait avant l'arrivée des légions, ce qui est loin d'être prouvé. C'est ensuite assimiler la Selle au Sabis ; or, la vallée n'offre aucun site avec pente douce et rives aux sommets boisés, tel que le décrit César. La Sambre, l'Écaillon même, pourraient être envisageables, mais ils sont à plus de trois jours de marche d'Amiens, sauf à supposer que le général romain se soit trompé et qu'il n'est pas parti de la capitale ambienne, ce qui fait tout de même un peu trop de « si ».

Dans ces conditions, pourquoi ne pas étudier la possibilité d'une route littorale ? C'est l'avis d'un jeune chercheur qui s'est penché durant de longues années sur le sujet[2]. Dans son

1. La Guerre des Gaules, *II, 17.*
2. *François Choteau,* op. cit.

ouvrage, il fait d'abord remarquer que le long de la Lys s'étend un chapelet de sites militaires, qui apparaît comme une sorte de fatalité géographique à venir s'y battre : Crécy, Azincourt, Thérouanne, Courtrai, pour ne citer que les plus célèbres. Cet axe de communication proche du littoral est facilement accessible aux armées dont l'effectif est important, et ceci explique sans doute cela. En revanche, en étudiant le descriptif de la bataille des Démanchés de 1479 à Enguinegatte[1], Choteau constate que celle-ci s'est déroulée sur les deux rives de la Lys, presque de manière indépendante, comme lors de la bataille du Sabis. Relevant ensuite que les habitants de Thérouanne pouvaient observer, depuis leurs remparts, le sommet de la colline opposée d'Enguinegatte, ce chercheur s'est dit que Titus Labienus, après avoir poursuivi les Atrébates jusqu'en haut d'une rive boisée, aurait fort bien pu, lui aussi, être dans cette position et voir les deux légions de César encerclées par les Nerviens[2]. Tant qu'il poursuivait les Atrébates en escaladant le flanc de la vallée, il ne pouvait rien voir de ce qui se passait au-dessus de lui, car :

« [La] colline [était] toute en pente douce [...]. En face, de l'autre côté de la rivière, naissait une pente semblable dont le bas, sur deux cents pas environ, était découvert, tandis que la partie supérieure de la colline était garnie de bois assez épais pour que le regard pût difficilement y pénétrer[3]. »

Cela signifie que pour voir correctement le sommet d'une rive, il fallait être placé de l'autre côté du cours d'eau et à la même altitude, c'est pourquoi les deux légions romaines aux prises avec les Viromandues sur le bord du fleuve n'ont pas pu remarquer, elles non plus, que César était en difficulté.

Le site d'Enguinegatte pourrait fort bien convenir. Ici, la Lys offre en effet une vallée assez étroite – moins de quatre kilomètres de large –, en pente douce, et la profondeur des eaux est d'environ un mètre, ce qui correspond à l'information donnée par César :

1. *Mais il y aura aussi plus tard, au même endroit, celle des Éperons (1513), où Bayard sera fait prisonnier, puis celle des Pourrettes ou des Sacquelets (1537).*
2. La Guerre des Gaules, *II, 26.*
3. Ibid., *II, 18.*

« Trois pieds[1]. » D'autres arguments peuvent également être avancés : le site se trouve à trois jours de marche en pays nervien, dont il faut alors placer la limite avec celui des Ambiens sur l'Authie, voire la Canche, toutes deux des frontières naturelles ; l'endroit autorise l'avancée de plusieurs milliers de soldats et, à un point donné, la formation d'un front de sept cent cinquante mètres, comme cela a été malheureusement le cas ; enfin, on peut se risquer à lire dans le nom d'Enguinegatte un « *Sabim gatte* »...

Après avoir été associé à la Sambre, puis à l'Escaut, à la Selle et à l'Écaillon, voici maintenant le Sabis assimilé à la Lys avec, il est vrai, des arguments nouveaux. Une chose est sûre : la bataille a bien eu lieu, et, un jour ou l'autre, il faudra bien trouver à cet Alésia du nord de la France un endroit qui lui est propre, ne serait-ce que pour honorer la mémoire de ceux qui ont osé se dresser contre l'envahisseur.

1. Ibid.

Chapitre 2

Les mystérieux *Kerels*

AUJOURD'HUI ENCORE, l'expression « *'T es e' Kerel* » est utilisée en Flandre dans le sens de « fameux gaillard ». Son emploi a été également relevé en Alsace, au pied du mont Sainte-Odile, avec à peu près le même sens. Elle s'adresse généralement à des enfants à qui l'on reproche leur caractère espiègle, voire crapuleux dans le pire des cas. D'où vient ce mot de *Kerel* qui a fait couler beaucoup d'encre dans la seconde moitié du XIXe siècle ?

Le *Kerelslied*

En 1845, le chanoine Carton découvre dans la bibliothèque d'un vicomte brugeois un manuscrit datant de la fin du XIVe siècle. Il s'agit d'une chanson intitulée *Kerelslied*, dans laquelle sont décrits des ruraux en termes peu avenants. En substance, il leur est reproché d'avoir un méchant caractère et de vouloir soumettre les chevaliers à leur propre volonté. Ils ont tous une longue barbe, portent des vêtements déchirés, leurs chaperons sont posés tout de travers sur leurs têtes, et leurs chaussures sont en lambeaux.

Du lait caillé, du pain et du fromage, voilà ce que le *Kerel* mange sans arrêt et sans doute plus qu'il n'en faut, ce qui a pour conséquence d'appesantir sa raison. Un gros morceau de pain de seigle suffit à ses besoins : il le tient à la main en se dirigeant vers sa charrue, suivi de sa femme déguenillée qui, la bouche à demi remplie d'étoupes, agite sa quenouille jusqu'à ce qu'elle aille préparer l'écuelle du repas. Du lait caillé...

Il se montre aux kermesses, aussi fier qu'un comte et prêt à tout renverser avec sa massue noueuse. Il s'y abreuve de vin et, s'enivrant bientôt, il rêve que l'univers entier, villes, bourgs et domaines, lui appartient. Du lait caillé...

Voyez marcher les *Kerels*, laissant entrevoir dans leurs poches leurs *knives*[1] zélandais... Ah ! puisse le ciel les maudire à jamais ! Du lait caillé...

Nous[2] aurons à punir les *Kerels* : nous lancerons nos chevaux à travers leurs champs. Ils ne nourrissent que de mauvais desseins... Nous les traînerons sur la claie, nous les pendrons. Ils ne peuvent nous échapper ; il faut qu'ils retombent sous le joug. Du lait caillé...

Deux ans plus tard, en 1847, le baron Kervyn de Lettenhove, auteur d'une monumentale *Histoire de Flandre*, veut voir dans ces *Kerels* les descendants des *Karls*, Saxons venus des pays scandinaves, hommes libres non nobles, dit-on, et qui auraient investi, à partir du IVe siècle, les rivages de la mer du Nord.

L'existence de ces *Karls* vient servir fort à propos une histoire de Flandre dont les annales demeurent désespérément muettes en ce qui concerne les premiers siècles. À l'appui de sa thèse, Kervyn de Lettenhove cite les mœurs semblables des Nordiques et des Saxons, nullement « euphémisées » par les Francs, déjà gagnés au monde gallo-romain et au christianisme. Et de rappeler au passage les efforts que Charlemagne a dû déployer pour mettre au pas les sociétés indigènes de son empire décrites comme barbares et descendant, selon lui, de ces fameux *Karls*.

Dans la société nordique, le *Karl* est un personnage intermédiaire entre le chef (*Jarl*) et le peuple. Il est protégé par le dieu Thor et, comme lui, il est roux[3]. Une vieille légende écossaise,

1. *Couteaux.*

2. *« Nous » renvoie ici aux chevaliers cités plus haut et qui n'entendent évidemment pas se laisser dominer par ces paysans grossiers.*

3. *Pierre Renauld-Krantz,* Structures de la mythologie nordique, *Éditions Maisonneuve et Larose, 1972, p. 178.*

dont l'origine se perd dans la nuit des temps, prétend que les membres des familles portant le nom de « Kerr » se distinguaient par leur gaucherie et leur ardeur au combat, ce qui les conduisirent à être considérés comme des gens de « race inférieure »[1]. De son côté, le combat du forestier Lydéric contre le méchant Phinaert[2], descendant lui aussi de cette lignée maudite, pourrait s'inscrire dans un processus de « pacification » de la Flandre à l'encontre d'anciens occupants jugés plus sauvages.

Le temps des révoltes

Les grossiers *Kerels* décrits dans la fameuse chanson brugeoise seraient donc, selon Kervyn de Lettenhove, des Saxons demeurés en dehors du courant civilisateur observé durant le Haut Moyen Âge en Occident. Ils auraient ainsi traversé le temps pour, au XIVe siècle, continuer à nourrir une rancœur atavique envers leurs seigneurs, dignes représentants de l'ordre féodal, lesquels entendaient désormais imposer leurs droits par la force. C'est en réponse à cette position que s'inscrirait la révolte qui a secoué les châtellenies de Bergues, Bourbourg, Bruges et Furnes entre 1323 et 1328.

Pendant cinq ans, une guerre civile dévaste cette partie de la Flandre. Le soulèvement, principalement paysan, commence par des attroupements dans les villages ainsi que par des violences contre les châtelains et les officiers du comte de Flandre. La grande famine de 1315-1317 laisse des séquelles au sein de la population, et durant les deux années qui précèdent les événements, le pays doit subir des sécheresses estivales accompagnées d'orages, suivies de mois pluvieux et d'hivers rigoureux ; c'est en tout cas la *Chronique de Guillaume de Nangis* qui nous le précise.

En 1324, il y a tant de pauvres, précise Guillaume de Nangis, que le comte doit intimer l'ordre aux religieux des abbayes gantoises de distribuer la totalité de leur dîme aux indigents. Le commerce

1. *Pierre-Michel Bertrand,* Histoire des gauchers, *Imago, 2008, p. 74.*
2. *Bernard Coussée,* Les Mystères du Nord - Pas-de-Calais, *De Borée, 2006, p. 20.*

marche mal, le chômage menace, mais la fiscalité pèse toujours autant sur la population. C'est ainsi que commence le soulèvement populaire, les paysans répondant en masse à l'appel des cloches de leur paroisse. La plupart des autres chroniqueurs n'ont pas de mots assez forts pour qualifier les révoltés : c'est une rébellion, une conjuration, une impudence, un crime, et leurs chefs des malfaiteurs, transgresseurs de la paix, des parjures, des destructeurs du pays, effrontés, présomptueux, arrogants, selon une ritournelle récurrente à tous les combats contre les systèmes établis.

Les troubles sont si graves que le comte de Flandre Louis de Nevers doit faire appel à Philippe VI de Valois pour rétablir l'ordre. Le roi de France défait les insurgés à Cassel le 23 août 1328. À compter de cette date, les *Kerels* disparaissent de l'histoire.

La vérité historique

La thèse de Kervyn de Lettenhove a été accueillie, à l'époque, avec enthousiasme par l'intelligentsia régionale, qui a aussitôt transformé le littoral de la Gaule – entre Boulogne-sur-Mer et l'embouchure de l'Escaut – en *Kerlingaland*, *Karelsland* ou pays des *Kerels*.

Il faudra attendre 1898 pour que l'examen critique d'Hubert van Houtte[1] fasse s'écrouler cet échafaudage d'hypothèses. Son premier argument est de rappeler qu'une « occupation » nordique de nos côtes n'a jamais été prouvée, puisque celles-ci n'ont pas cessé de bouger au gré des différentes transgressions marines. Ce que nos fouilles archéologiques modernes ont exhumé tient en fort peu de chose : quelques cabanes de sauniers à La Panne et à Bray-Dunes avec des métiers à tisser... sans doute des filets de pêche, le tout datant de l'âge du fer, puis quelques céramiques gallo-romaines vers Bruges[2] ; en tout état de cause, des installations

1. *Hubert van Houtte,* Les Kerels de Flandre, contribution à l'étude des origines ethniques de la Flandre, *Louvain, Paris, 1898.*
2. *Sigfried J. De Laet,* La Belgique d'avant les Romains, *Wetteren, Éditions Universa, 1982, pp. 649-653.*

précaires qui ont été emportées par les différentes transgressions marines. De plus, la survivance d'une éventuelle peuplade marginalisée jusqu'à la fin du XIVe siècle, date d'émergence probable du mot « *kerel* », reste plus que problématique : dix siècles de silence, c'est long, très long pour envisager le maintien d'une quelconque culture !

En 1944, Joseph Dezitter a bien essayé de « repasser le plat » avec son origine nordique des « runes » flamandes[1], mais sans grande conviction. Et pourtant, il interprétait la rune en forme de losange vertical comme celle de l'homme libre... Car le mot « *karl* » désigne effectivement l'homme libre. Il appartient à la langue germanique et figure dans tous ses dialectes : *karl*, en ancien norrois ; *charal, charel, charl*, en haut allemand ; *karl, karle, kerl*, en moyen haut allemand ; *ceorl, carl*, en anglo-saxon ; *kerel*, en ancien néerlandais. Son sens fondamental est « mâle », désignant aussi bien des animaux que des humains. Mais, en général, ce terme est utilisé en association avec un autre nom pour le qualifier péjorativement : on dira ainsi *boschkerl* plutôt que *boschman* (bûcheron) pour insister sur le caractère inculte de l'homme des bois.

Deuxième argument : Kervyn de Lettenhove a vu dans la dynastie carolingienne les dignes représentants de ces *Karls* saxons, mais il a oublié que Pépin de Landen et ses descendants étaient sortis tout droit de la Hesbaye et non de la Flandre occidentale. Maintenant, si l'on suit le baron sur cette piste, il faudra expliquer comment des réprouvés ont pu donner naissance à des empereurs...

Autre argument avancé par Kervyn de Lettenhove, celui de la masse d'arme, devenue l'arme privilégiée des combattants flamands au fil du temps. Elle est, selon lui, dérivée de la *clava torquosa*, ou masse torche, qui servait à rallier les belligérants d'un même camp. Quand la guerre était déclarée, les intéressés allumaient la poix dont était enduite l'extrémité de leurs massues, avec lesquelles ils émettaient des signaux pour rassembler leurs alliés... En réalité, le port de la masse s'est généralisé à toute la

1. *Bernard Coussée,* Les Mystères du Nord - Pas-de-Calais, *De Borée, 2006, p. 249.*

Flandre comme une servitude et un signe honorifique, ainsi que le rappelle Lambert d'Ardres dans son *Histoire des comtes de Guines*. D'où l'existence à Douai, par exemple, de six sergents massiers chargés de la milice communale. Par ailleurs, il faut souligner que la massue était encore, au XIIIe siècle, l'arme favorite des paysans dans toute la France, comme le rappelle fort justement Chrétien de Troyes en évoquant ce bouvier, grand et hideux, flanqué au centre d'une clairière et appuyé sur un tronc noueux en guise de massue.

Vers le mythe

Si, de nos jours, les explications de Kervyn de Lettenhove ne peuvent plus être retenues, il n'empêche que le mot « *kerel* » existe bel et bien, et qu'il faut tout de même lui trouver une date de naissance. Une certitude : le mot « *kerel* » n'apparaît pas avant le milieu du XIVe siècle. Par exemple, si un manuscrit du XVe siècle qualifie Florent V de *Kaerlen God* parce qu'il favorise les petits aux dépens des grands, une version similaire écrite un siècle plus tôt n'en parle pas. C'est donc que ce terme a été « inventé » entretemps et qu'il s'est répandu depuis lors sous l'effet d'une mode littéraire.

Le chanoine Carton pense que l'auteur du *Kerelslied* serait un certain Jan van Hulst, connu pour avoir écrit d'autres petites pièces, dont une en vers, en 1392, pour le compte de la ghilde brugeoise « des Forestiers de l'ours blanc ». À cette occasion, il est dit « avancé en âge », ce qui laisserait ainsi supposer une rédaction du *Kerelslied* quelques années plus tôt, sans doute vers 1380.

Le *kerel* est donc une création littéraire qui utilise un mot avec son sens premier et celui, largement partagé, des dialectes germaniques de « paysan mal dégrossi », afin d'évoquer l'homme de condition inférieure, un tantinet fruste, qui ne se nourrit que de pain noir, de fromage et de lait caillé, voire de chou et d'ail, sans doute pour insister sur le fait qu'il sent également mauvais.

À la fin du XIVe siècle, la tension entre les nobles et la paysannerie est importante. Les premiers n'entendent rien céder de leurs privilèges, et les seconds deviennent de plus en plus pauvres. Dans un poème datant de cette époque, intitulé *Van den Kaerlen*, quelques *Kerels* affamés demandent un jour à leur seigneur de se montrer moins exigeant envers eux, ce à quoi celui-ci répond qu'ils n'ont qu'à commencer par « dominer leur appétit déréglé. D'ailleurs, ajoute le chevalier, si votre tenue ne vous rapporte pas de quoi vivre et de quoi couvrir mes dépenses, c'est que vous prenez du bon temps. Dès que l'hiver arrive, vous vous installez mollement à côté du feu de l'âtre et ne faites que bâiller[1] ». C'est le même ton que celui employé dans le *Kerelslied*, où il est dit :

« Non, il ne faut pas écouter les doléances de ce paresseux, de ce glouton. Jamais il n'est satisfait, il veut vivre en comte, aller à la kermesse et s'en donner à cœur joie. Enivré par le vin, il se vante impertinemment puis retourne à son foyer, où sa femme blasphème contre lui pour refaire la paix immédiatement après. Vient ensuite la danse, tintamarre assourdissant. Non, pas de pitié pour le paysan. Il faut le braver en galopant par-dessus les champs, il faut l'emprisonner et le pendre, car il nourrit de mauvais desseins, et l'on obtient de lui quelque chose que par la force. D'ailleurs, de quoi se plaint-il ? Il mange du pain, du fromage et du lait caillé. Il en mange plus qu'il ne peut, c'est ce qui le rend stupide… »

Ces satires du XIVe siècle, qui mettent en scène un *Kerel* peu avenant, sont la réponse politique des chevaliers aux doléances et aux revendications des paysans. Certes, il faut condamner ces railleries et ces menaces, mais il ne faut pas s'en étonner.

« Si la chevalerie affecte encore à cette époque des formes séduisantes, la noblesse des sentiments, au fond, elle ne connaît qu'une loi, son bon plaisir et, pour y satisfaire, elle fait taire la voix de la conscience, de l'honneur, de la pitié. Aucune période n'a montré peut-être d'une manière plus frappante et plus crue ce contraste entre la délicatesse apparente et la barbarie réelle[2]. »

Dans le *Kerelslied*, le *Kerel* est donc la « tête de Turc » des *ruters*, c'est-à-dire des seigneurs. Le mot apparaît comme un sobriquet général dont se trouve accablée la plèbe rurale. S'il

1. *Hubert van Houtte,* op. cit., *p. 61.*
2. *Léon Vanderkindere,* Le Siècle des Arteveld, *A. N. Lebègue, 1879, p. 259.*

désigne le paysan, il est toutefois différent du *dorper* ou du *rustuyer*, que l'on pourrait traduire en français par « vilain » et « rustaud », laissant à *kerel* le sens de « Jacques », avec l'arrière-pensée d'un révolté, quoique les manifestations de 1323 n'aient, politiquement, rien à voir avec les jacqueries observées dans la région de Beauvais au XIVe siècle. En réalité, l'image du *Kerel* se love dans le moule mythique de l'homme sauvage qui hante la littérature médiévale. Étymologiquement, « sauvage » vient du latin *sylvaticus*, « qui habite dans les forêts ». Ce « sylvestre », ou sylvain, n'a rien à voir avec le « bon sauvage » que célèbre Jean-Jacques Rousseau. C'est une créature peu rassurante qu'il faut replacer dans son cadre primitif des grands mythes indo-européens. Il est plus proche de l'ours que de l'homme, si bien que l'on qualifie, encore de nos jours, un homme peu sociable d'« ours ».

Si, comme on le pense aujourd'hui, ce sont bien des bourgeois de Bruges regroupés sous la bannière de la ghilde des Forestiers de l'ours blanc qui ont « commandé » le *Kerelslied*, on peut imaginer qu'ils ont également cherché à mettre en scène d'autres « ours », en forme de dérision. Il est difficile de taire cette redondance d'ours.

Cela dit, depuis la plus haute Antiquité, l'homme partage son territoire avec ce plantigrade qu'il a parfois considéré comme une divinité. C'est l'arrivée des évangélisateurs dans les campagnes qui a marqué le début de son extermination. Sa chasse est même devenue un « sport national » au temps de Charlemagne[1]. Peu à peu s'est installé un jugement de valeur négatif à l'encontre de cet animal, dont le nom a servi à cristalliser tout ce que la société cherchait, à ce moment-là, à rejeter. C'est ainsi que l'ours et sa sauvagerie sont devenus le symbole de la part d'ombre inhérente à la quête de la lumière, développée par une civilisation en route vers ce qu'elle considère être le progrès.

1. *Michel Pastoureau,* L'Ours, histoire d'un roi déchu, *Seuil, 2007.*

Chapitre 3

Une étonnante requête des Audomarois

Le 17 avril 1127, le Normand Guillaume Cliton, le nouveau comte de Flandre, fait son entrée dans la ville de Saint-Omer. Il vient d'être nommé par le roi de France Louis VI qui a fait valoir son droit de suzeraincté, au grand dam des cités flamandes choquées de le voir s'immiscer dans leurs affaires. Guillaume Cliton est le fils de Robert de Courteheuse ou « Courtes-Bottes », le petit-fils de Guillaume le Conquérant, et surtout l'arrière-petit-fils de Robert le Diable. C'est dire combien son lignage est difficile à assumer et fait craindre le pire à ses nouveaux sujets.

Un ancêtre redoutable

Il faut dire un mot sur ce Robert le Diable, appelé aussi « le Libéral » ou « le Magnifique », tant il dépensait sans compter. C'était le sixième duc de Normandie après Rollon, le chef viking qui s'était vu attribuer cette province à la faveur du fameux traité de Saint-Clair-sur-Epte, signé en 911. Le qualificatif de « Diable » lui avait été donné à cause de son caractère belliqueux, et de nombreuses rumeurs couraient sur lui. Ces dernières allaient nourrir, un peu plus tard, une œuvre littéraire célèbre justement appelée *Robert le Diable*, dont une version, ayant valeur de « source » pour les éditions postérieures, circule déjà en ce début de XIIe siècle[1].

1. *Élisabeth Gaucher,* Robert le Diable, histoire d'une légende, *Éditions Honoré Champion, 2003.*

C'est l'histoire assez simple d'un cas de repentance observé chez un jeune homme qui, après s'être conduit comme un soudard, revient à de meilleurs sentiments, au point d'embrasser la vie religieuse. Mais ce que retiennent surtout les foules de ce fatras d'aventures, c'est essentiellement la première partie de l'ouvrage, qui relate les exploits de brigand de Robert et montre comment il en est arrivé là. Nous connaissons deux versions de ce roman, lesquelles découlent d'une même source aujourd'hui perdue. La première date du XIIIe siècle, et la seconde du XIVe.

Dans la plus ancienne, la mère de Robert invoque le diable pour pouvoir engendrer. Un pacte est donc passé avec le démon qui, après avoir accepté d'avoir une relation avec la femme, demande que l'âme de l'enfant lui soit dévolue, ce qui explique, par la suite, la conduite diabolique du héros.

Dans la seconde version due à un anonyme de Béthune et qui deviendra, un siècle plus tard, la *Grande Chronique de Normandie*, la question apparaît plus complexe. Robert appartient au lignage de Garin le Loherain et de Begon de Belin. Il est le fruit du viol de sa mère, Yde, la sœur du duc de Bourgogne, par le duc Aubert, un contemporain de Pépin le Bref, dans lequel le diable s'est incarné. La méchanceté du père s'ajoutant à la colère de la mère conduit Robert sur le chemin d'une « violence génétique ». Cette interprétation met l'accent sur un principe de médecine médiévale selon lequel la mélancolie de la mère désespérée est due au fait de ne pas pouvoir avoir d'enfant. Au Moyen Âge, la stérilité d'un couple est toujours perçue comme relevant d'un péché de chair de la femme. On considère que celle-ci est affectée par la bile noire, l'une des quatre humeurs qui régissent le corps, laquelle renvoie l'intéressée dans le monde du sauvage, avec tout ce que cela véhicule de noir, d'hirsute et de violence. Robert est donc né fou et méchant, mais il aurait fort bien pu, comme Merlin ou Ourson[1], naître tout velu.

Cette agressivité attachée au nom du duc Robert pourrait donc légitimement découler du roman médiéval, bien que le prénom

1. *Bernard Coussée, « Valentin et Ourson », in* Valentins et Valentines, *CEM, 2004.*

« Robert » renferme en lui-même le germe d'une croyance en un être maléfique. Saint Robert est fêté le 29 avril, à la veille d'une période délicate dédiée pour l'essentiel à la lune rousse, qui impose à la nature tout entière, et donc à l'être humain, un cycle dangereux de vingt-huit jours pour la procréation et la fertilité. Déjà, les Romains avaient placé cette période sous l'égide d'une divinité au nom évocateur, Robigus, qu'ils rendaient responsable de la rouille des blés. Robigus, Robert, rouille, rousse... est un bel exemple de récurrence bâtie autour d'une racine lexicale qui, chez tous les peuples d'Europe, conduit au qualificatif « rouge », et, par voie de conséquence, au sang[1].

Qu'y a-t-il d'étonnant, dans ces conditions, à voir le brigand *Robert* se mettre à *dérober* le bien d'autrui ? En ancien français, « robe » désigne le fruit de la rapine ; on le fait généralement dériver du germanique « *rauben* », qui a le même sens. Un personnage comme Robin des Bois peut dès lors revendiquer d'être « bien nommé » ; n'est-il pas aussi ce que l'on appelle, outre-Manche, *a robber* ?

Robert le Magnifique ou le Diable épouse la belle Arlette qui, dit-on, n'hésite pas à trousser son « *bliau* » pour entrer dans « *le ruissel d'une fontaine* », et montrer ainsi des jambes qui ne manquent pas de troubler le duc venant à passer par là. Pour concrétiser ces amours ancillaires, Robert se heurtera à la volonté de son père Richard II le Bon, et de cette union naîtra Guillaume le Conquérant, appelé « le Bâtard ».

La royale décision

Pourquoi Louis VI le Gros s'est-il investi dans la nomination d'un Normand à la tête du comté de Flandre ? Il faut, pour comprendre cette question complexe, revenir quelques semaines en arrière.

Le 2 mars 1127, le comte Charles le Bon est assassiné dans l'église de Bruges. Il a hérité de la Flandre du côté de son oncle Baudouin à la Hache, et il est appelé « le Bon » à cause de sa

1. *Bernard Coussée,* Les Mystères de la lune rousse, *CEM Éditions, 1996, p. 18.*

volonté de faire le bien et d'accroître le culte de la sainte religion ; c'est d'ailleurs en se livrant aux dévotions liées au carême que la mort le surprendra. Avec le recul, on ne peut être que choqué par cette violence qui s'étendait jusque dans les lieux saints, mais cela était courant à l'époque. Le fameux Baudouin à la Hache, par exemple, tient son surnom de sa détermination à faire respecter le calme dans son comté, quitte à user lui-même de sa hache pour punir les réfractaires. On cite ainsi le cas d'un chevalier flamand qu'il fit plonger dans une grande chaudière d'eau bouillante, sur la place du marché de Bruges, parce que le malheureux avait volé les deux bœufs d'une brave femme pour tenter de les vendre ensuite. Justice expéditive, donc, mais aussi justice violente !

La noblesse flamande de ce début du XIIe siècle est, comme partout en Occident, fort turbulente. C'est l'époque de la féodalité, et chaque seigneur entend rester le maître absolu chez lui. Charles le Bon, comme son oncle, tente de mettre un peu d'ordre dans cette société. Un beau jour, il en vient à reprocher à un certain Bertulf d'avoir obtenu sa charge de prévôt de la cathédrale de Bruges à la faveur d'un meurtre doublé d'un adultère. Il lui oppose aussi son ascendance nordique et la présence de *jarls*, c'est-à-dire de chefs vikings, parmi ses ancêtres. Évidemment, Bertulf nie la chose, et, pour faire cesser tout risque de poursuite, il décide de faire assassiner le comte. Sitôt le crime perpétré, un vent de panique se lève sur la Flandre : la populace veut venger son bon prince. Les meurtriers sont pourchassés jusque dans l'église ; ils se rendent après un mois de siège, et les vingt-huit insurgés sont précipités sur-le-champ du haut de la tour de la citadelle. De son côté, Bertulf est traqué par l'homme qu'il souhaitait voir succéder au comte défunt, Guillaume d'Ypres, puis mis à mort après de terribles souffrances.

Le meurtre de Charles le Bon ressemble à un crime politique, mais, à y regarder de plus près, c'est tout l'insolite de la pensée médiévale flamande qui y est révélé comme en filigrane. La dépouille de Charles le Bon se retrouve ainsi au centre d'un conflit entre Bruges et Gand, chaque cité voulant la récupérer à son profit pour en faire une relique. « Conflit » est peut-être un terme un peu léger : c'est presque de guerre qu'il faudrait parler, les chroniques de l'époque n'hésitant pas à faire allusion à de véritables batailles rangées où pleuvaient les coups de chandeliers et de bancs, que les clercs des deux camps se jetaient à la tête.

Autre fait curieux : une fois leur forfait accompli, les meurtriers restent auprès du corps du comte toute la nuit, n'hésitant pas à déposer du pain et de la bière sur son corps, avant de les consommer pour, déclareront-ils plus tard, ne pas subir la vengeance du mort, lequel aurait pu les frapper d'impuissance. Ce cas de libation mortuaire, ou *dadsisa*, est pourtant condamné par l'Église depuis le concile de Leptines (Hainaut), en 742.

Comme Charles le Bon n'avait pas de fils, sa succession reste ouverte. Baudouin IV, dit « le Bâtisseur », alors comte du Hainaut, fait savoir qu'il est intéressé. Louis VI l'appelle « son cousin », mais il ne plaît pas à Adélaïde de Savoie, reine de France, dont la sœur vient justement d'épouser Guillaume Cliton. Il y a bien aussi Thierry d'Alsace qui revendique le comté de par sa mère Gertrude de Flandre, tante du défunt Charles, mais le fils du duc de basse Lorraine fait figure d'illustre inconnu. Finalement, puisque la Flandre est depuis toujours considérée comme le plus beau fief de la couronne de France, le roi Louis VI décide de faire jouer son droit de suzeraineté et tranche la question en faveur de Guillaume Cliton, qui est tout de même le petit-fils de Mathilde de Flandre. Autre argument : le père de l'heureux élu, Robert de Courteheuse, est un ami de la famille. Combien de fois, en effet, n'a-t-il pas été tiré d'affaire par Philippe Ier, le père de Louis VI, dans les luttes qu'il soutenait contre ses frères qui s'étaient accaparé la couronne anglaise ? Luttes auxquelles participa justement le comte de Flandre de l'époque, Baudouin à la Hache, lequel mourut ainsi devant le château d'Eu en 1119. Il y a donc, dans tout cela, de quoi justifier pleinement un choix politique.

Le comte et ses nouveaux sujets

Guillaume Cliton, qui ne peut guère espérer retrouver un jour le chemin de la Normandie, s'empresse d'accepter l'offre du roi de

France. Le dimanche 20 mars, Louis VI écrit aux différents barons flamands pour leur faire part de sa « royale décision ». Comment s'y opposer ? Les bourgeois de Bruges disent vouloir se concerter. Ils envoient des émissaires dans les autres cités pour recueillir leurs avis, mais le nouveau comte précipite les événements en faisant son entrée solennelle dans différentes villes, dont celle de Saint-Omer.

Compte tenu du climat politique, on peut logiquement s'attendre à une levée de boucliers, mais il n'en est rien, si ce n'est le barrage d'un groupe de jeunes garçons munis d'arcs et de flèches qui font mine de bloquer le passage au nouveau comte. Ne comprenant pas ce qui lui arrive, celui-ci interroge son entourage. C'est alors que l'un des petits s'avance vers lui et dit :

« Seigneur, il est juste que nous obtenions pour nous le privilège qu'avaient nos aïeux de courir par les bois et les forêts aux fêtes des saints, d'errer çà et là au printemps pour prendre les oiseaux, de tuer à coups de flèches les renards, les écureuils et autres semblables bêtes, enfin de prendre toutes les récréations de notre âge. Jusqu'à présent, nous l'avons fait en toute liberté et, sauf avis contraire, nous le voulons faire toujours. »

Le comte Guillaume, qui est encore jeune, se met à rire et leur accorde bien volontiers ce privilège. « Brillant, beau, hardi et loyal » sont des qualificatifs souvent utilisés pour décrire le personnage, et comme « Cliton » veut dire « le noble », il semble normal qu'un tel prince apparaisse à ce point magnanime. Il conforte cette disposition bienveillante en accordant à la ville de Saint-Omer sa première charte de franchise, la première aussi de toute la France du nord, la fameuse *keure*. Cela dit, le nouveau comte de Flandre ne fera pas toujours preuve d'un tel degré d'écoute. Particulièrement déterminé, il saura aussi se montrer gourmand côté impôts, ce qui lui vaudra très vite une révolte des Lillois et, un peu plus tard, des Audomarois.

On peut s'interroger sur le fondement de la requête insolite des jeunes garçons. Pourquoi une telle demande ? Que redoutaient-ils ? Pour les ducs de Normandie et les grands de ce Moyen Âge féodal, la forêt est un terrain de jeu exclusif où ils peuvent chasser le gibier à leur guise. Par ailleurs, ils entretiennent les bois avec amour en plantant des arbres et des buissons pour permettre aux bêtes de s'abriter et de se cacher. L'un de ces seigneurs, Geoffroy d'Anjou, « plantera » ainsi un si grand nombre de genêts qu'il deviendra Geoffroy « de Plantagenêt », avant d'épouser la fille d'Henri Ier, roi d'Angleterre...

Guillaume le Conquérant lui-même réquisitionne de grasses prairies et des villages entiers pour élaborer la « Neuve Forêt ». Il en est si fier qu'il a décrété que personne n'avait le droit d'y entrer sans sa permission. Seuls quelques paysans et de rares bûcherons sont autorisés à s'y rendre, les uns pour ramasser du bois mort, les autres pour prélever des troncs destinés aux charpentiers, mais personne n'oserait y pénétrer un épieu ou un arc à la main. « *É si archer i est entrez, s'il estoit pris, mal est mené* », peut-on lire dans une chronique. Les gardes-chasse font respecter ce règlement à la lettre, n'hésitant pas à mutiler les pattes des chiens du voisinage afin de les empêcher de poursuivre leurs proies.

Pour tenir les manants à l'écart, on fait aussi courir des légendes. On dit, par exemple, que le sang des damnés y trouble l'eau des puits, et que le diable y apparaît sous différents aspects, tout comme la mort avec sa terrible faux. D'ailleurs, les accidents y sont suffisamment nombreux pour attiser de telles croyances. Ainsi, Richard, le fils de Guillaume le Conquérant, s'y tue en heurtant une branche de la tête, et un autre Richard, fils cette fois de Robert de Courteheuse, y meurt atteint par une « flèche perdue » lors d'une chasse. Nul doute qu'à l'époque, de tels événements contribuent à renforcer les interdits en matière de fréquentation de la forêt.

Néanmoins, les « nobles chasseurs » ne s'intéressant qu'au « noble gibier » donnent parfois leur consentement – avec parcimonie – pour débusquer le lièvre, les renards et autres animaux comme les écureuils... l'objet même de la requête des jeunes Audomarois. Mais pour que celle-ci fasse l'objet d'une demande expresse, le jour même de l'entrée du comte dans la ville, il faut que la chose soit d'importance et relativement urgente. Replaçons-la tout de suite dans son contexte calendaire.

Tir à l'oiseau au XIe *siècle.*
(Bibliothèque municipale de Boulogne-sur-Mer.)

La coutume du mai

Nous sommes le 17 avril, à une quinzaine de jours du 1er Mai, où la coutume « d'*esmayer* » est encore très suivie, laquelle nécessite d'aller en forêt. En effet, dans la nuit du 30 avril au 1er mai, les jeunes gens doivent cueillir des branches feuillues pour les planter ensuite dans l'orifice (cheminée, fenêtre, porte...) de la maison où vit leur dulcinée. La nature du végétal varie en fonction du message qu'il doit véhiculer : le saule a mauvaise réputation, comme le lilas, mais la branche de cerisier, parce qu'elle rime avec « épousé », laisse croire à la jeune fille qu'un mariage est peut-être en vue. Cependant, au-delà de ce message, c'est le geste qu'il convient d'apprécier : planter une branche ou un bâton feuillu dans la maison d'une jeune fille c'est, dans le langage symbolique du XIIe siècle, exprimer l'idée d'une prise de possession. Une coutume médiévale rappelle d'ailleurs que lorsqu'un seigneur veut saisir les terres de l'un de ses débiteurs, il se rend sur le terrain et y pose la « main de justice », c'est-à-dire qu'il plante symboliquement un ou plusieurs bâtons garnis chacun d'un bouchon de paille. À l'inverse, « lever la palée » ou « *wazon* » signifie que l'on retire lesdites « mains de justice » et que l'on abandonne la propriété. Planter un « mai » dans la cheminée d'une demoiselle, image ô combien sexuelle, c'est donc afficher un interdit à l'endroit d'éventuels concurrents.

Les jeunes Audomarois doivent aller en forêt pour satisfaire à cette coutume, c'est pourquoi ils cherchent à obtenir l'assentiment de leur nouveau comte. Par ailleurs, et les garçons sont très précis sur ce point, ils souhaitent également y avoir accès à l'occasion des fêtes des saints, de manière à pouvoir couper du feuillage pour garnir les autels et en faire des jonchées lors des processions. À la Pentecôte, beaucoup d'églises sont ainsi décorées de verdure. Pour s'en faire une idée, il suffit de voir ce qui se passait il y a encore quelques années à Saint-Pol-sur-Ternoise, où *ech' l'Ape* se dressait près de la porte latérale de la chapelle du Saint-Esprit. Il était, selon la croyance populaire, destiné à offrir un perchoir au Saint-Esprit, représenté par une colombe. Il restait là tout le temps de la neuvaine. Cela pouvait être aussi bien un hêtre qu'un bouleau, d'une taille raisonnable, apporté à l'église en grande cérémonie depuis le bois d'Huberlieu où il avait été abattu. Le fait de pouvoir monter dessus durant le trajet portait bonheur, et ceux qui parvenaient à se saisir d'une branche ou d'une feuille pendant son transport étaient assurés d'être comblés par les dons du Saint-Esprit[1]. Nous avons conservé un témoignage semblable valable pour Saint-Omer au XIIIe siècle. En 1462, on paie encore douze deniers à la veuve de Charlot le Cloqueman pour avoir coupé… « *des branques des grans arbres de lattre* [cimetière] *pour faire les arbres de la Pentechoste à pendre en la nef de l'église* ». Parfois, en plus des arbres pendus dans la nef, on répand des herbes dans le chœur. Une colombe est même lâchée dans l'église après l'épître[2].

Quant à la chasse à l'arc revendiquée par les jeunes Audomarois, elle peut sans doute s'expliquer par l'élection prochaine des rois de confréries telle qu'elle se pratique encore en Flandre de nos jours, ou encore par l'envie réelle de tuer des oiseaux, comme nous le suggère un manuscrit de la bibliothèque municipale de Boulogne-sur-Mer daté du XIe siècle, où l'on voit un archer tenter d'abattre un beau volatile juché en haut d'un arbre. C'est apparemment dans la forêt de Rihoult que les garçons se rendent « *pour cueillir les ramaulx et traire leur gay en le manière accoustumé* »[3]. Le « *gay* » en question renvoie à « *papegay* », un mot que l'on a trop rapidement traduit par « perroquet », alors que c'est en réalité un dérivé de « *pape gault* », c'est-à-dire le « père coq ». Sacrifier le roi de la basse-cour dans le cadre de la recherche d'une royauté, en l'occurrence celle d'une confrérie, apparaît dès lors comme un geste cohérent sur le plan symbolique.

C'est donc un peu de tout cela qui se cachait derrière la requête empressée et insolite que les jeunes Audomarois adressèrent à Guillaume Cliton, leur nouveau comte.

---

1. *Marcel Bayart, « La Chapelle du Saint-Esprit », in* L'Abeille de la Ternoise *du 30 mai 1997.*

2. *L. Descamps de Pas, « Les cérémonies religieuses dans la collégiale de Saint-Omer au XIIIe siècle », in* Mémoires de la Société des Antiquaires de la Morinie, *1886, t. XX.*

3. *Louis De Baecker,* De la Religion du nord de la France avant le christianisme, *Vanackère Éditeur, 1854, p. 256.*

Chapitre 4

Le remords de Jeanne de Flandre et l'hospice Comtesse

L'ACTE DE FONDATION de l'hospice Comtesse, à Lille, rédigé en 1236 par Jeanne de Flandre, précise, après l'envoi d'usage pour l'époque :

« Pour le soulagement des pauvres, j'ai décrété l'établissement d'un hôpital auprès de ma maison de Lille en l'honneur de la glorieuse Vierge. Voulant en jeter les fondements pour le salut de mon âme et celle de mes ancêtres et de mes successeurs, et spécialement pour l'âme de mon illustre seigneur et mari de haute mémoire, Ferrand, autrefois comte de Flandre et de Hainaut[1], je donne en don perpétuel tout ce qui suit... »

Et la suite consiste en une énumération de terres, de maisons, de rentes, que le lecteur curieux d'histoire locale retrouvera facilement dans n'importe quelle monographie lilloise.

« Et comme j'ai résolu de fonder ledit hôpital pour le soulagement des malades, des pauvres, des pèlerins et des voyageurs, poursuit Jeanne, je veux et j'établis formellement qu'on n'y reçoive aucune personne bien portante, sauf ceux qui seront nécessaires au service de la maison ; et que même les frères et les sœurs n'y entrent qu'en nombre strictement obligé. Ces frères et sœurs seront choisis par leurs confrères et consœurs, car ceux-ci

1. Il s'agit du fameux Ferrand de Portugal qui aura maille à partir avec Philippe Auguste, à Bouvines, en 1214. Il a épousé Jeanne en 1211, meurt en 1233, et sera enterré à l'abbaye de Marquette-lez-Lille, fondée par son épouse, en 1226. Le couple en avait fait sa villégiature.

connaîtront par expérience ceux qui seront plus propres au service des malades.

« Je veux que les directeurs aient pour but principal de recevoir le plus de malades possible, et qu'ils s'efforcent de les soulager dans leurs misères et leurs privations, sachant très bien que plus ils recevront de pauvres malades pour l'amour du Christ, plus ils verront abonder leurs ressources temporelles.

« En foi de quoi j'ai écrit des présentes lettres et les ai confirmées de mon sceau. Ma sœur sérénissime, Marguerite de Dampierre, a consenti, sur ma demande, aux mêmes prescriptions, et les a aussi scellées de son sceau.

« Fait en l'an 1236, au mois de février. »

Pourquoi une telle fondation ?

Voilà une décision qui mérite réflexion ! En fondant un hôpital, Jeanne et Marguerite de Flandre, également connue sous le patronyme « Constantinople »[1], souscrivent à la directive impulsée depuis longtemps par l'Église, laquelle rappelle les grands à leur devoir de charité envers les plus démunis. Et ces établissements sont d'emblée considérés comme des lieux religieux. Dispensés d'impôts et de dîmes, protégés de toute aliénation patrimoniale, ils jouissent en outre d'une chapelle et d'un cimetière particuliers, ainsi que du droit d'asile. Ils accueillent toutes les victimes de l'infortune, de la maladie, de l'âge, réunies sous l'appellation de « pauvres », ainsi que les pèlerins. Les soins consistent d'abord à assurer le bien-être du corps, mais surtout le salut de l'âme. Sans pour autant parler d'assistance thérapeutique, il s'agit de procurer une nourriture choisie et régulière, la chaleur d'une salle pourvue d'une cheminée, des soins médicaux fondés sur la pharmacopée traditionnelle... Les conditions minimales sont réunies pour offrir un soulagement temporaire à des êtres souffrant particulièrement de

1. D'abord mariée à Bouchard d'Avesnes, puis à Guillaume de Dampierre, Marguerite a ensuite pris le titre porté par son père Baudouin IX. De son côté, elle fondera l'hôpital de Seclin vers 1247.

froid et de sous-alimentation chronique. Mais chacun reste impuissant devant les maladies graves et les épidémies, et ce serait une grosse erreur de comparer l'hôpital du XIIIe siècle à nos cliniques modernes.

Cependant, à cette époque-là, le fait qu'une personne fasse don d'une partie de ses biens à l'Église – car c'est bien de cela qu'il s'agit – laisse à penser que le pieux donateur a quelque chose à se faire pardonner. D'ailleurs, Jeanne est sans ambiguïté lorsqu'elle écrit : « Pour le salut de mon âme et celle de mes ancêtres et de mes successeurs... » Bien entendu, on peut croire la formule passe-partout et ne pas y prêter attention ; mais, dans le cas contraire, il faut nous poser la question de savoir ce que Jeanne pouvait bien avoir à se reprocher pour vouloir ainsi sauver son âme, celle de ses ancêtres et de ses successeurs !

Durant les huit dernières années de sa vie, la comtesse de Flandre n'aura de cesse d'augmenter, d'améliorer, de confirmer ces donations, notamment en cédant à l'hôpital tous les moulins à vent et à eau qui se trouvent dans un rayon de deux lieues. Cette nouvelle situation fera la richesse de l'établissement un siècle plus tard. Jeanne est surprise par la maladie alors qu'elle séjourne à l'abbaye de Marquette-lez-Lille, qu'elle a fondée dix ans plus tôt. C'est là qu'elle rendra l'âme quelques mois plus tard et qu'elle sera inhumée. Des archéologues viennent d'y retrouver fortuitement des restes de sa dépouille.

En épousant Thomas de Savoie en octobre 1236, Jeanne devient la tante de Saint Louis par alliance, et à la fin de sa vie, elle se veut aussi exemplaire que son neveu, tant pour la gestion de son comté que pour le salut de son âme.

Devant un tel tableau familial, nous pourrions en rester là et passer outre les motivations de la princesse en interprétant sa démarche comme un acte purement désintéressé, mais ce serait faire fi d'un épisode douloureux de sa vie, celui qui l'a obligée à devenir la meurtrière de son père, geste désespéré dans lequel on peut voir le ressort d'un éventuel remords.

La parricide

En 1198, son père, Baudouin IX, s'embarque pour la Terre sainte. La petite Jeanne n'a alors que huit ans. Le pape Innocent III vient de prêcher la quatrième croisade en vue de soulager les Francs de Syrie. Mais les croisés n'arriveront jamais à Jérusalem. Ils s'arrêteront à Constantinople, et, après avoir pillé la ville, ils éliront leur chef comme empereur byzantin. Baudouin jette alors son dévolu sur l'Anatolie. Il est capturé par le tsar Jean Kalojan puis meurt de maladie dans les prisons bulgares. Mais la légende est tenace, et personne ne veut croire à son décès, car le corps n'a pas été livré.

L'affaire se complique en 1225, lorsqu'on croit apercevoir le comte de retour dans le Hainaut[1]. En réalité, il s'agit d'une supercherie montée par Philippe de Courtenay, fils de l'ancien régent de Flandre qui avait géré le comté durant l'absence de Baudouin, et qui espérait ainsi mettre Jeanne en difficulté. Il faut dire que depuis la défaite de Bouvines et l'enfermement de Ferrand, la Flandre est en bien triste état. Le rôle du faux Baudouin est joué par un saltimbanque, un ermite, dit-on parfois, qui lui ressemble trait pour trait, un dénommé Bertrand de Rains, lequel sera appréhendé, puis jugé et condamné à être pendu entre deux chiens, près des halles, après avoir été traîné sur une claie dans les rues de Lille. Toutefois, une tradition prétend qu'avant de mourir, « Baudouin » aurait confirmé être le vrai comte de Flandre, allant jusqu'à le crier devant son bourreau, tout en priant Dieu de pardonner à sa fille l'épouvantable crime dont elle le souillerait, lui et sa descendance, ainsi que la Flandre qui le tolérait. Et comme pour prouver ce qu'il avançait, il aurait révélé un détail de l'anatomie de la princesse que seul un parent proche pouvait connaître. Il faut dire que sous l'effet de la torture, le malheureux supplicié a sûrement avoué tout ce que l'on voulait entendre, et comme la raison d'État commandait qu'il « restât mort », on en vint à ces dramatiques événements qui avaient tout pour choquer une jeune femme de trente-cinq

1. *Bernard Coussée,* Les Mystères du Nord - Pas-de-Calais, *De Borée, 2006, pp. 217-221.*

ans privée de mari, et aux prises avec d'énormes difficultés d'ordre politique.

Le fantôme du « comte »

Le 6 janvier 1226, quand Ferrand est enfin libéré de sa prison du Louvre sur ordre de Blanche de Castille après douze ans, cinq mois et quelques jours de captivité, il fait une entrée triomphale dans sa bonne ville de Lille aux côtés de son épouse. Tous deux sont installés sur un char richement orné, et, quand ils passent devant le lieu où a été pendu, quelques mois plus tôt, Bertrand de Rains, *alias* Baudouin, la comtesse se trouble. Devant elle se dresse un fantôme sanglant qui la menace de sa tête encore à demi attachée au cou. La jeune femme se souvient alors des secrets et de la malédiction proférés par celui qui se disait être son père. Jeanne n'a apparemment jamais fait mystère de cette vision, c'est pourquoi, prise de remords, elle s'est mise à construire plusieurs couvents, dont cette fameuse abbaye de Marquette-lez-Lille, où elle sera ensevelie près de Ferrand, et le non moins célèbre hospice Comtesse.

Les *Annales du Hainaut* disent qu'elle a fait faire toutes les recherches nécessaires et qu'elle a reçu l'assurance formelle de la mort de son père, car « elle envoya en Bulgarie Albert, docteur en théologie de l'ordre de Saint-Benoît, et Jean, évêque de Lesbos ». Et que l'ermite « qui avait la posture et la ressemblance du comte ne fut envoyé au gibet qu'après sa propre confession ». Politiquement parlant, la comtesse ne pouvait pas faire moins, mais le doute subsista quand même dans son cœur, la poussant à introduire une potence dans ses armes[1].

Je pense que Jeanne de Constantinople s'est toujours posé la question de savoir si elle n'avait pas été, finalement, une parricide, et c'est de ce crime qu'elle essayait finalement de décharger ses successeurs. Quant aux ancêtres qu'elle invoque dans sa supplique, il faut évidemment y voir, en priorité, le douloureux souvenir de ce père absent.

1. *André Jurénil,* Denain et l'Ostrevant avant 1712, *1936, pp. 149-151.*

Monument commémoratif de la bataille de Mons-en-Pévèle.
(Photographie de l'auteur.)

Chapitre 5

L'immortel Guillaume de Juliers

Le Guillaume de Juliers dont il est ici question n'est pas le petit-fils de Gui de Dampierre, comte de Flandre, mais son neveu. Le premier a été tué en défendant un pont à Furnes attaqué par le comte d'Artois le 17 août 1297. Le personnage qui nous intéresse est le fils d'une des sœurs de Gui de Dampierre. Il est surnommé « le Clerc » parce qu'il est chanoine de Maëstricht et prévôt de l'église d'Utrecht. Le comte de Flandre est donc son oncle maternel, ce qui implique, dans une société encore fortement teintée de culture traditionnelle comme peut l'être la Flandre du XIIe siècle, que Guillaume est l'équivalent d'un fils. Ce détail, qui n'a jamais été souligné par les historiens, peut se révéler important, ou à tout le moins utile, pour comprendre certaines situations de sa vie particulièrement insolite.

Entre Flamands et Français

Après de nombreuses et sanglantes péripéties, Philippe le Bel, le Roi de Fer, fête, au cours de l'été 1301, le retour de la terre de Flandre au domaine de la Couronne. Pour ce faire, il organise une tournée des villes flamandes en compagnie de son épouse. Parvenu à Bruges, le couple royal est reçu par tous les notables, et c'est là que, devant les toilettes portées par les bourgeoises, Jeanne de Navarre aurait eu ce mot fameux : « Je croyais être la seule reine en ces lieux, et j'en vois plus de six cents. » Elle ne digéra jamais cet affront, et l'on murmure même qu'elle n'eut de cesse de forcer son époux à le laver, ce qui conduisit aux spectaculaires Matines de Bruges où, le 25 mai 1302, mille cinq cents chevaliers français trouvèrent la mort[1].

À l'annonce de la victoire remportée par les Brugeois, Guillaume de Juliers, qui était alors retenu à Ardembourg, accourt dans la ville flamande où il est accueilli avec enthousiasme. Il supplée son oncle retenu prisonnier au Louvre depuis 1293 pour avoir tenté une alliance avec l'Angleterre, et prend la tête des révoltés nommés les « *Klauwaerts* », parce que ralliés sous la bannière d'un lion de Flandre toutes griffes dehors. Ceux-ci font la chasse systématique aux partisans du lys (armes de France), appelés les « Léliarts ». Conduisant des hommes déterminés, Guillaume s'avance vers Slipe, Furnes, Bergues, Bourbourg, chassant devant lui tous ceux qui ont eu quelque intérêt à se rapprocher, à un moment donné, des Français. Quelque temps après, il investit Cassel, pourtant réputé imprenable compte tenu de la configuration des lieux, le château étant bâti sur un éperon[2].

Philippe le Bel réagit en confiant sa formidable armée à son frère, le comte Robert d'Artois, qui, fin juin, vient camper devant Arras avec dix mille cavaliers accompagnés de cinquante mille arbalétriers et hommes de pied. Son plan consiste à prendre Lille par le nord après avoir effectué un grand mouvement rotatif. Guillaume de Juliers, qui a eu vent de cette manœuvre, rassemble tout ce que la Flandre peut recenser de chevaliers gagnés à sa cause et tente de lui barrer la route. La cruauté des Français est alors sans limite, dit un chroniqueur. « Percez de vos lances les sangliers et éventrez les truies ! » leur aurait précisé la reine en faisant allusion aux Flamands, et surtout aux Flamandes, dont le

1. *C'est lors de ce tragique événement que les conjurés flamands choisirent* « Schild ende Vriendt » *(bouclier et ami) comme mot de passe afin de se reconnaître entre eux, termes imprononçables pour les Français.*

2. *Ancienne capitale des Ménapiens, le Castellum Menapiorum a toujours été un lieu stratégique. Il sera occupé en 370 par les Saxons, en 407 par les Germains, en 451 par les Huns, en 461 par les Wisigoths, avant d'être reconquis par les Francs saliens. (Source : Honoré Claerebout,* Origine de la population de la Flandre maritime, *1943, pp. 25, 34, 35, 38.)*

souvenir blessait si âprement son orgueil féminin. « Les soldats marchaient précédés de balais enflammés, et allaient jusqu'à décapiter à coups d'épée les saints et les saintes du pays, dont les statues ornaient les églises en grand nombre. »

Le 1er juillet 1302, Robert d'Artois est à deux lieues de Courtrai. C'est là que Guillaume de Juliers lui a donné rendez-vous avec ses troupes. Le 10 juillet, l'armée française occupe le mont Pottelberg, entre la Lys et le chemin de Sweveghem. Elle est répartie en dix corps, chacun d'entre eux étant commandé par un baron expérimenté. En face, les Flamands, à pied, forment un bloc qui paraît impénétrable tant il est garni de masses hérissées de pointes de fer, qu'ils appellent ironiquement « *goedendagen* », ou « bonjours ». Rangés sous leurs bannières respectives, impassibles, appuyés sur leurs instruments de combat, ils se confessent aux moines qui parcourent les nombreuses lignes de combattants. Un prêtre élève soudain le saint viatique en face de l'armée tout entière, et chacun, en guise de communion, se baisse pour ramasser un peu de terre et la porter à ses lèvres, cette terre pour laquelle il va falloir maintenant verser son sang...

Brusquement, un épais brouillard envahit les lieux. Les Flamands y voient un excellent présage, et au cri de « *Vlanderen den Leeuw !* », « Flandre au lion ! », ils s'élancent vers l'adversaire. Le fougueux Guillaume de Juliers est à leur tête. À l'instant même de la charge, une mouette de mer au plumage noir vient voltiger au-dessus des Français : il n'en faut pas plus pour remplir d'ardeur le cœur superstitieux des Flamands ! La mêlée se fait vite générale. À l'impétuosité des Français, les Flamands opposent un sang-froid remarquable, tous leurs coups portent. Guillaume de Juliers combat avec tant de rage que le sang lui jaillit des narines, au point que l'un de ses serviteurs est obligé de délacer sa cotte d'armes pour lui donner le temps de reprendre haleine ; remplaçant son maître, il se précipite au milieu des rangs ennemis en criant : « Voici encore Guillaume de Juliers ! » De son côté, le porte-bannière du prince, terrassé cinq fois, se relève cinq fois aussi, ne cessant de tenir et d'agiter son étendard. À un moment, un javelot pesant est lancé en direction du chef flamand, mais l'arme rebondit sur le haubert de Juliers sans même l'ébranler !

Tous ces détails contribuent évidemment à forger une légende propre à rendre le neveu du comte de Flandre invincible...

Un combattant « au grand cœur »

Les Flamands remportent à Courtrai l'une des plus belles victoires militaires de leur histoire. Pour remercier le ciel de leur être venu en aide, ils vont ramasser sur le champ de bataille sept cents éperons en or pour les accrocher aux voûtes de la cathédrale Notre-Dame comme autant d'*ex-voto*. C'est lors de cette rencontre tragique que périt Robert d'Artois, le grand-père du futur héros des *Rois maudits*.

La victoire de Courtrai est la revanche sur la défaite de Bouvines, en 1214. Une manche partout ! Et chacun semble désormais attendre la belle. Celle-ci va se présenter deux ans plus tard, à Mons-en-Pévèle. Entre-temps, Guillaume de Juliers poursuit la libération de son pays ; Philippe le Bel, de son côté, en profite pour reconstituer ses troupes.

Cette fois, la stratégie du roi de France le pousse à essayer de prendre Douai avant de se lancer vers Lille, raison pour laquelle il établit son premier camp à Vitry-en-Artois. Guillaume de Juliers vient se positionner sur l'autre rive du Boulenrieu, un petit cours d'eau qui sépare l'Artois de la Flandre. Commencent alors de longs, très longs pourparlers. Mais à l'époque, une armée, même stationnaire, a besoin de « carburant » pour sa cavalerie, et, le fourrage venant à manquer, les Flamands décident de faire mouvement vers Flines-lez-Râches. Pour cela, ils doivent franchir la Scarpe, ce qu'ils font en passant au nord de Douai, dans ce qui deviendra plus tard le village de Râches, longtemps appelé « Pont-à-Raisse », en souvenir de ce fameux pont qu'il a fallu construire pour faire circuler les troupes, et qu'un moine de Gand, témoin de la chose, nous décrit en ces termes : « J'ai vu le pont destiné à faire passer à l'armée la rivière Scarpe qui vient de Douai à Flines. Il était jeté sur cinq bateaux et avait trente pieds de large. » Surpris par cette manœuvre, Philippe le Bel ne réagit pas tout de suite, mais soudain, en l'espace d'une nuit, il décide de se replier.

Nous sommes en octobre 1303. Est-ce une erreur de stratégie militaire ? A-t-il suivi les conseils de sa sœur, qui avait peur de le voir tomber dans un piège tendu par les Flamands et les Anglais réunis ? A-t-il été rappelé par la reine ? Craignait-il d'entreprendre une grande campagne à l'automne ? Nous ne connaîtrons sans doute jamais les raisons de son choix, qui demeure, encore aujourd'hui, un secret de l'histoire.

L'hiver 1303 est mis à profit par les deux camps pour mener des incursions de part et d'autre d'une ligne de front très perméable. Un affrontement sanglant a même lieu à deux pas de Cassel, sur le Baalberg, étymologiquement la « montagne de Baal », et les villes de Lille et de Tournai vont devoir, elles aussi, se défendre âprement contre des bandes de pillards.

En mars, les troupes flamandes sont remises sur pied. Guillaume de Juliers les commande toujours, mais cette fois, avec Jean et Gui de Namur, ses cousins. Notre héros dirige le corps d'armée chargé d'empêcher une invasion par la Flandre occidentale. Il est encore cantonné à Cassel, et peu avant Pâques, il décide d'investir Saint-Omer où siège une garnison française. Mais l'indiscipline des soldats flamands rangés sous les bannières de villes soucieuses de conserver leur autonomie, ainsi qu'une mauvaise coordination des troupes le conduiront à l'échec. On raconte, par exemple, que « Guillaume de Juliers était toujours à Cassel, au lit ou au bain, tandis que le premier détachement flamand se trouvait déjà sous les murs de Saint-Omer ». Certes, en ce vendredi saint, quelques heures lui suffisent pour se retrouver avec trente mille hommes devant la forteresse d'Arques, disant à qui veut l'entendre qu'il se ferait fort d'enlever le corps de son frère enterré chez les franciscains de Saint-Omer, mais la fougue de la jeunesse ne suffit pas toujours, et bien vite, il lui faut se replier dans la forêt de Rihoult.

Les historiens n'ont pas de mots assez durs pour condamner Guillaume de Juliers. Ils lui reprochent non seulement son ardeur – péché de jeunesse bien compréhensible –, mais aussi son tempérament irrationnel. Il s'adonne en effet au plaisir sans aucun frein, ne s'entourant que d'amis et de conseillers vicieux et débauchés, entraînant avec lui des devins, des nécromants et des jongleurs de toutes sortes. Et lorsqu'il n'est pas occupé à les consulter, on dit qu'il conjure lui-même les démons. Rutebeuf et Adam le Bossu sont ses trouvères préférés.

Ce revirement militaire redonne confiance aux Français. Gauthier de Châtillon, le connétable du roi de France, concentre alors ses efforts vers Saint-Omer ; on parle de trois mille cavaliers et de nombreux gens de pied. Toutefois, étant indécis, il se replie vers Arras, laissant sur place des Flamands médusés qui croient à un subterfuge de sa part. Ces derniers resteront donc huit jours durant sous les murs audomarois à attendre on ne sait quoi. Après avoir repris leurs esprits, ils se lancent à la poursuite des Français, non sans piller au passage quelque quatre-vingts villages artésiens, dont le seul tort est de se trouver sur leur chemin.

Quelques semaines plus tard, Philippe le Bel se décide enfin à bouger. Il monte jusqu'à Péronne, et dans les tout premiers jours de juillet 1304, il investit la Flandre pour la cinquième fois. À ce moment-là, Guillaume de Juliers est à Ypres, où il vient de requérir du pape la couronne d'archevêque de Cologne en lieu et place du prélat défunt, car, comme tout bon seigneur, il soigne aussi ses intérêts personnels. Sitôt la nouvelle de la manœuvre française connue, il prend position devant Cassel, point clé de la défense en cas d'une attaque venant de Saint-Omer. Le 15 juillet, le roi de France est à Arras avec le gros de son armée. Sa stratégie est toujours la même : prendre Douai puis investir Lille. C'est ainsi qu'après avoir fait mouvement, il fait connaissance avec l'armée flamande venue se mettre en travers de sa route à Mons-en-Pévèle.

Une rencontre décisive

C'est au Sec-Mont, sur le bord du courant de Coutiches, alors appelé « le Beuvry », qu'a lieu la rencontre[1]. On parle de soixante

1. *On a beaucoup discuté sur l'emplacement exact de la bataille. La version la plus vraisemblable serait celle des fonds marécageux qui se trouvent le long et à l'ouest de la grand-route, entre Pont-à-Marcq et le versant nord-est de Mons-en-Pévèle, en direction de la ferme du Blocus, à mi-chemin entre Faumont et Pont-à-Marcq. (Source : Gérard Hugot,* La Bataille de Mons-en-Pévèle, *2003.)*

mille Flamands et de quatre-vingt mille Français. À l'aube du 18 août, les premiers reçoivent le renfort de chevaliers et de fantassins douaisiens. Les hommes, dont le nombre est sujet à caution[1], quittent la ville dans la nuit du lundi au mardi par la porte d'Eau. Ils passent par Râches, [Roost-] Warendin, Raimbeaucourt et Moncheaux, en évitant soigneusement Faumont, occupée par les troupes françaises. Nombre d'entre eux vont tomber au combat – on parle de six cents –, et en mémoire de leur sacrifice, la cité adoptera, en guise d'écu, des armes parlantes significatives : des gueules (fond rouge) à la flèche d'or frappant l'écu d'où sort un flot de sang qui laisse tomber six gouttes.

Il est midi. Les Flamands, privés d'eau et de vivres, sont repoussés sur le mont. Entourés par l'ennemi, ils sont condamnés à mourir de soif et demandent une trêve, qui est acceptée. Ils échafaudent alors le plan de fondre à l'improviste sur le camp adverse en formant deux corps, dont l'un est commandé par le comte de Juliers et Jean de Hainaut, et l'autre par Philippe de Flandre et Robert de Cassel. Ils s'élancent tous en même temps vers la Vaquerie, là où se trouve Philippe le Bel. Philippe de Flandre et Robert de Cassel, à la tête de leurs soldats, se précipitent comme des furieux, mettent l'armée des chevaliers français en déroute, et parviennent jusqu'à la tente royale. Le Roi de Fer se défend vaillamment, entouré de quelques braves. Le vieux duc de Chevreuse le suit pas à pas, tenant haut et ferme l'oriflamme de Saint-Denis comme signe de ralliement. Le cri mille fois répété : « Au roi, au roi ! » retentit dans tout le camp, mais les chevaliers voulant se frayer un chemin jusqu'à lui tombent sous les coups des Flamands, qui sont partout. Le duc de Chevreuse est tué, et le drapeau foulé aux pieds. Le roi sent son cheval s'écrouler sous lui, et à peine est-il remis en selle qu'une seconde colonne de Flamands l'attaque avec rage. Il est sur le point de défaillir lorsque sa monture, blessée, fuit droit devant elle, entraînant en même temps son cavalier hors de la mêlée. Heureusement pour Philippe le Bel, à ce moment-là, des hauteurs de Moncheaux

1. *Une chronique parle de six cents cavaliers et de sept cents fantassins, mais des auteurs estiment ces nombres exagérés compte tenu des capacités douaisiennes.*

arrive Gauthier de Châtillon avec du renfort. Il rallie les chevaliers français découragés, dégage la plaine et, quand il sait le roi hors de danger, court sus aux Flamands, qui regagnent Mons-en-Pévèle avant de se replier vers Lille.

On a estimé par la suite le nombre de morts à treize mille. Certains ont été enterrés dans les terres des abbayes d'Orchies, de Phalempin, de Valenciennes et d'Arras, d'autres près du prieuré de Faumont[1].

Le 20 août, le roi Philippe IV prend la direction de Lille et pille au passage la collégiale de Seclin. Il ordonne aux Lillois de se rendre dans les dix jours. Il pense avoir eu sa revanche sur la bataille des Éperons d'or, mais la Flandre est loin d'être complètement vaincue. En effet, quand l'armée flamande de secours arrive, Philippe le Bel s'exclame : « Je crois qu'il pleut des Flamands » tant ceux-ci sont nombreux. Il s'empresse alors de négocier le traité de Lille avec le comte Robert de Béthune, confirmé l'année suivante par celui d'Athis-sur-Orge, par lequel les châtellenies de Lille, Douai et Orchies sont détachées de la Flandre pour devenir des villes royales. Cette situation va perdurer jusqu'en 1369.

La bataille de Mons-en-Pévèle demeure un haut fait d'armes local, toujours commémoré aujourd'hui. Les deux camps revendiquant chacun la victoire, autant dire que personne n'a vraiment gagné. Mais ce qui est dramatique pour les Flamands, c'est surtout la perte de leur chef préféré, notre fameux Guillaume. On n'a jamais su de quelle manière ni dans quel endroit il mourut. Dans la soirée du 18 août, il était encore sain et sauf, et sans doute a-t-il péri étouffé dans la mêlée, voire à l'occasion de quelque autre accident, car son « grand cœur, écrit un contemporain, battait dans un faible corps ». Néanmoins, comme on n'a retrouvé ni ses armes ni son cadavre, on a raconté qu'il avait été enlevé par magie, une science dont il passait pour être fort habile, et qu'il reviendrait pour secourir sa patrie dans un moment où il serait plus utile encore. On a même été jusqu'à incriminer le nécromant qui lui avait enseigné l'art de se rendre invisible à l'occasion de

1. *Récit d'après l'abbé Paul Duvillers,* Monographie de Coutiches et de Faumont, *Société d'études de la province de Cambrai, 1913.*

grands dangers. Appréhendé à Bruxelles, cet homme fut soumis à la question avant d'avoir les jambes et les bras brisés, après quoi il fut attaché à une roue élevée sur un mât, de manière à être vu de tous.

Mais il existe une autre explication, sans doute plus proche de la réalité : comme bon nombre de ses compagnons, Guillaume de Juliers, harassé de chaleur, exténué de fatigue, se serait déshabillé et déchaussé, rendant ainsi toute identification formelle impossible, puis aurait mis le pommeau de son épée dans la bouche pour étancher sa soif, et simplement attendu que la mort vienne.

Les Bourgeois de Calais, *d'Auguste Rodin.*
(Photographie de l'auteur.)

Chapitre 6

L'affaire des Bourgeois de Calais

AU LENDEMAIN de la bataille de Crécy de 1346, la ville de Calais s'apprête à vivre l'un des moments les plus douloureux de son histoire, lequel se verra élevé, par la suite, au rang de l'épopée, pour ne pas dire de la mythologie nationale. Les faits sont apparemment simples. Ils nous ont été rabâchés dans nos livres d'histoire, surtout à l'école primaire, d'ailleurs, et Rodin a immortalisé la scène. Je rappelle très brièvement les faits pour camper le décor et mieux souligner ensuite la partie insolite du dossier.

Les éléments du dossier

Le roi anglais Edouard III, vainqueur à Crécy, se replie sur Calais, qu'il veut investir pour en faire sa tête de pont. La ville, défendue par Jean de Vienne, refuse, et c'est le siège. Calais reste cependant accessible par voie de mer, et les bateaux du roi de France Philippe VI protègent les navires chargés du ravitaillement. Mais sur terre, la cité est bloquée par les Flamands, alliés des Anglais, qui contrôlent l'accès par Gravelines. Ces derniers, de leur côté, tiennent le pont de Nieulet qui ouvre la route du sud, et quelques semaines plus tard, ils construiront le fort Risban de manière à bloquer l'entrée maritime. Le siège va durer un an.

Durant l'été 1347, le roi de France, Philippe VI, essaie de porter secours aux assiégés, mais faute d'un accord avec Edouard III qui campe sur ses positions, il se replie le 2 août, laissant les

Calaisiens à leur sort. Commencent alors des tractations entre Jean de Vienne et Edouard III, par l'intermédiaire de Gautier de Mauny, qui fait les aller et retour entre les deux camps. Et de détermination en compromis, le roi anglais accepte finalement que six bourgeois se présentent tête et pieds nus, en chemise et la corde au cou, pour lui remettre les clés de la ville et du château, ce qui évitera, pense-t-on alors, de passer tous les habitants par les armes, idée première d'Édouard III. Rappelons ici leurs noms : Eustache de Saint-Pierre, Jean d'Aire, Jacques et Pierre de Wissant, Jean de Fiennes et André d'Ardres. La reine d'Angleterre Philippa, enceinte à ce moment-là, se jette aux pieds de son mari et, avec l'appui de Gautier de Mauny, obtient leur grâce. Elle accueille ensuite les bourgeois dans son hôtel particulier, leur distribue des vêtements, les fait dîner puis les renvoie en leur donnant à chacun 6 nobles. Dès le lendemain, Édouard prend possession de la ville, qu'il entend peupler d'Anglais.

Tout cela se passe au mois d'août. Certains historiens disent que la ville s'est rendue dès le 3 août, ce qui paraît un peu court compte tenu de l'existence de tractations entre les deux camps. Froissart, qui emprunte ses informations à Jean Le Bel, « joue » avec le symbole de la fête de la Saint-Jean-Décolace du 29 août, échéance qui, cette fois, paraît tardive. Il met implicitement en parallèle l'image des bourgeois arrivant en chemise et tête nue pour se faire décapiter, avec celle offerte par la légende de saint Jean-Baptiste, qui meurt le 29 août.

Les termes de l'énigme

Nous avons donc dès le départ un problème d'exactitude dans la date, mais il y a plus insolite encore. En effet, en consultant des archives anglaises, un chercheur de la fin du XIXe siècle a découvert qu'Eustache de Saint-Pierre, celui qui avait convaincu les bourgeois de se rendre, a, sans doute, été de connivence avec la reine Philippa. Pour preuve : la concession à vie faite à la souveraine, le 24 août 1347, des maisons calaisiennes dont Jean d'Aire était propriétaire, la pension de 40 marcs versée à Eustache de

Saint-Pierre le 8 octobre 1347, la restitution, ce même jour et à ce même Eustache, des demeures qu'il possédait dans la ville et qui avaient été confisquées au préalable, tandis que le roi Édouard procédait au même moment à une distribution de maisons au profit, cette fois, d'Anglais.

On peut bien entendu arguer que ce n'est là qu'une conséquence du pardon obtenu par la reine, et qu'Eustache, alors âgé de soixante ans, avait bien droit à quelques égards. On peut également rappeler que tout cela n'enlève rien au courage de ces hommes qui acceptèrent de se livrer avec bravoure comme victimes, ne se doutant pas que le roi Edouard se disposait à leur couper le cou.

Mais comme on va d'étonnement en étonnement dans cette histoire, on peut tout aussi bien dire que, puisque nous n'avons pas de chronologie précise, l'attribution des maisons à la reine Philippa et la distribution de subsides à Eustache ont pu faire l'objet d'un « marchandage ». Il subsiste donc ici une étrange part de mystère, renforcée par le fait que le sort réservé à Eustache est quand même loin d'être celui des autres Calaisiens, appelés à être chassés sans ménagement, ne pouvant prétendre, eux, qu'à quelques aides du roi de France, lequel leur offrit, par décision prise à Amiens le 7 septembre 1347, le produit des « forfaitures [amendes] qui viendraient à échoir dans le royaume »[1].

1. Chroniques de Froissart, *Éditions Siméon Luce, Société de l'histoire de France, Paris, 1873, t. IV, pp. 18 à 26.*

Le combat soumis au jugement de Dieu,
d'après une miniature du XVe *siècle.*
(Bibliothèque nationale.)

Chapitre 7

Le dernier jugement de Dieu

NOUS SOMMES quelque part dans le Hainaut en 1442. Un cavalier file à bride abattue en direction de Tournai, cherchant à échapper à une bande de coupe-jarrets qui infeste la région. Au crépuscule, il arrive enfin aux remparts de la ville. Il met le pied à terre devant le corps de garde qui lui barre l'accès de la cité. Il montre au soldat un sauf-conduit, reçoit un respectueux salut de la part de la sentinelle puis franchit le passage. Le voilà maintenant à l'intérieur des murs. Il est peut-être 11 heures. La lune blafarde jette d'étranges ombres dans les ruelles. Tout paraît endormi. Aucun éclairage ne filtre derrière les volets clos, excepté celui qui provient d'une habitation située dans une rue menant de la place aux remparts. C'est la demeure de Jeanne, la fille du bourgmestre Van Robec, et de sa gouvernante. La lumière brille, car la jeune femme reçoit actuellement son fiancé, un certain Philippe du Gardin.

Le cavalier s'avance silencieusement vers cette demeure. Il avise un anneau fixé dans le mur de l'hôtellerie voisine pour y attacher son cheval, puis il se cache sous un porche obscur. L'œil rivé sur la porte de la maison, il guette la sortie du fiancé. Vers minuit, celui-ci sort enfin, embrasse Jeanne une dernière fois et s'enfonce dans la nuit. Soudain, le cavalier inconnu l'interpelle :

« Halte là, seigneur. N'êtes-vous pas Philippe du Gardin, le promis de cette jeune fille qui vient de vous reconduire sur le pas de sa porte ?

– Si fait. Mais qui êtes-vous pour m'interroger de la sorte ?

– Peu vous importe, répond brièvement l'homme.

– Oh, si vous le prenez sur ce ton, sachez que j'ai ici le moyen de vous faire dire qui vous êtes, dit Philippe du Gardin en montrant son épée. Et puis, que me voulez-vous à la fin ?

– J'ai parcouru deux lieues pour que vous me rendiez compte de vos insultes. N'est-ce pas vous, en effet, qui avez écrit cette lettre à ma maîtresse, à la femme que j'entends bientôt épouser ? N'est-ce pas vous qui, avec des mots tendres, la couvrez de baisers ? N'est-ce pas vous qui rendez parfois visite à la dame de Beaufroid ?

– Votre maîtresse, votre maîtresse ? Mais monsieur, vous mentez !

– Ah ! je mens... Eh bien, puisqu'il en est ainsi, prenez garde, crie le cavalier en saisissant son épée et en se précipitant vers le jeune homme.

– Oui, ces lettres sont de moi, avoue l'autre en esquivant l'attaque, mais pour le reste, vous vous trompez, je vous assure. »

Cependant, le cavalier n'entend plus raison, et il redouble d'ardeur, si bien que quelques instants plus tard, Philippe du Gardin gît dans une mare de sang. Jeanne, qui a entendu le cliquetis des armes, se précipite dehors, mais elle a juste le temps de voir s'enfuir un homme à cheval tandis que l'être aimé expire à terre. Elle crie de désespoir et en devient folle.

La méprise de Mahuot

L'homme qui vient de tuer Philippe du Gardin s'appelle Mahuot Coquiel. Il forge depuis quelque temps le projet d'épouser la dame de Beaufroid, une belle et avenante veuve de quarante ans. Celle-ci habite un château dans les environs de Tournai, et on ne lui connaît, depuis le décès de son mari, aucune distraction, hormis celle de se promener parfois en ville pour y rencontrer un jeune homme qui lui est cher.

Mahuot arrive chez elle haletant et, bien que le jour soit à peine levé, demande à être reçu par la dame de ses pensées. Celle-ci, connaissant bien les intentions de son prétendant, le laisse entrer, le recevant même dans un déshabillé qui, en d'autres circonstances, n'aurait souffert aucune ambiguïté quant à sa signification. Pourtant, Mahuot est loin de penser à la bagatelle, ce qui ne manque pas d'intriguer la dame.

« Vous en faites une tête, mon ami ! Que se passe-t-il ? J'ai eu moi-même une nuit agitée, et j'espère que vous n'avez pas de mauvaises nouvelles à m'annoncer. Sinon, vous auriez pu attendre la journée...

– C'est que, madame, je viens de Tournai et... pourquoi vous le cacher davantage... j'ai vu ce Philippe dont vous m'avez parlé tantôt et dont vous m'avez montré les lettres, en particulier celles dans lesquelles il vous écrivait des mots si tendres, ceux qui m'ont fait bouillir le sang.

– Et vous l'avez rencontré ?

– Oui, vous dis-je, et il n'a rien nié.

– Et alors ?

– Alors je lui ai reproché d'aimer deux dames en même temps, de tromper finalement l'une et l'autre, et je l'ai sommé de prendre son épée.

– Vous avez fait cela ! s'écrie la femme épouvantée.

– Oui, pour l'amour de vous, et je l'ai tué ! »

À ces mots, la dame de Beaufroid laisse échapper un cri douloureux, puis se redresse et, comme sous l'emprise de la colère, s'avance vers Mahuot, menaçante.

« Vous avez fait cela, malheureux ? Misérable que vous êtes, c'est votre jalousie infernale qui vous a poussé au crime, mais savez-vous bien qui vous avez frappé de la sorte ? À qui vais-je maintenant pouvoir m'adresser pour confier mon affliction ? Auprès de qui vais-je pouvoir trouver un peu de réconfort ? Près d'un monstre comme vous ? Sûrement pas ! Désormais, sachez, mon ami, qu'il ne sera jamais plus question de mariage entre nous, vous venez de le rendre impossible ! Et je demande même pardon à Dieu de vous avoir connu, à Dieu qui me maudirait si j'osais mettre la main dans celle que vous me tendez et qui est maintenant toute tachée de sang, de mon sang !

– Votre sang ? reprend Mahuot, atterré.

– Oui, le mien, vous avez bien entendu ! Car voyez-vous, cet enfant que vous avez tué dans la rue parce que vous l'avez pris pour un rival était tout simplement mon fils ! »

Et tandis que Mahuot se cache le visage avec les mains et fait deux pas en arrière, la dame de Beaufroid s'affaisse sur une chaise, effondrée par ce qu'elle vient d'apprendre.

Le duel

Le crime par jalousie de Mahuot Coquiel a jeté la consternation dans tout le pays. Jeanne, l'infortunée fiancée, n'a pas survécu à ses malheurs, et même son père, le bourgmestre, est mort de chagrin. Quant à la dame de Beaufroid, elle a pris le voile et s'est retirée du monde.

De son côté, Mahuot est allé rejoindre l'armée de Philippe le Bon, et c'est à Valenciennes que nous le retrouvons. La cité est en liesse, car elle célèbre l'entrée dans la ville du duc de Bourgogne. Notre homme est assis à la table d'une taverne située près de l'église Saint-Pierre où l'on sert, dit-on, la meilleure bière de tout le pays. Il est là, à observer les gens qui passent, quand un bourgeois du nom de Jacotin Plouvier se joint à lui. Les hommes ne se connaissent pas particulièrement, mais comme c'est jour de fête, Mahuot ne voit aucun inconvénient à ce qu'un étranger lui adresse la parole.

« Ah ! C'est vous, maître Coquiel, dit Jacotin en s'asseyant. Je suis bien aise de vous rencontrer.

– Ah bon ! répond Mahuot un peu surpris.

– C'est que vous voyez, j'ai quelques nouvelles à vous donner concernant une de vos parentes, qui vient de mourir chez les nonnes de Liège.

– Êtes-vous certain de ne pas vous tromper, car je ne connais personne qui soit de là-bas ?

– Ne connaissiez-vous pas une certaine Gertrude ou, mieux, une dame Beaufroid ? J'ai ici sur moi sa dernière lettre. Tenez, ne reconnaissez-vous pas son écriture ? »

Mahuot sent un frisson l'envahir. Quelques gouttes de sueur froide perlent sur son front.

« Il s'agit de ses dernières volontés, reprend Jacotin. Ne voulez-vous pas en prendre connaissance ?

– Que m'importe, tout cela est du passé.

– Au contraire, ça vous regarde parfaitement ! Écoutez plutôt. Elle m'ordonne de rechercher un certain Mahuot Coquiel. C'est bien vous ? Et de lui dire, sitôt après l'avoir trouvé : “Mahuot, tu as tué le fils de ma cousine, tu as attiré ce pauvre garçon dans un guet-apens alors qu'il ne cherchait qu'à vivre. Eh bien moi, Jacotin, bourgeois de Valenciennes, j'ai à cœur de venger la mort de cet enfant, celle de sa fiancée, et maintenant, celle de sa mère.”

– Jamais de la vie ! s'écrie Mahuot en se levant précipitamment de table, attirant ainsi tous les regards vers lui.

Jamais ? Je t'y forcerai, quand bien même je devrais avoir recours au jugement de Dieu ! »

Et le 20 mars 1445, selon un chroniqueur de l'époque, une lice fut dressée sur la grand-place de Valenciennes pour y recevoir deux chevaliers venus se battre jusqu'à la mort. Ce jour-là, Dieu choisit une fois de plus le droit de l'amour, et Mahuot Coquiel, meurtrier par jalousie, fut tué à son tour.

Mais le combat fut si terrible que le duc de Bourgogne, qui y assistait, s'en émut et décida d'abolir le duel judiciaire, d'un autre âge. La lutte entre Jacotin Plouvier et Mahuot Coquiel fut donc le dernier jugement de Dieu observé aux Pays-Bas.

Chapitre 8

Les Madelonnettes

LE MOT « MADELONNETTE » vient du prénom Madeleine. Sainte Madeleine était la fille de Benjamin et la sœur de Lazare[1]. Devenue orpheline, elle fut élevée par son frère et par sa belle-sœur, Marthe. Il existe des centaines de portraits d'elle qui la représentent, pour la plupart, avec un crâne censé symboliser la pénitence, un livre que l'on suppose être les Évangiles, ainsi qu'avec la jarre en albâtre qui contenait l'onguent avec lequel elle aurait parfumé les pieds du Christ. De plus, elle est toujours vêtue de rouge, couleur accréditant l'idée qu'elle était une prostituée, ce que confirmerait également son opulente chevelure dénouée. Les repenties et les pénitentes devaient ainsi choisir naturellement sainte Madeleine pour patronne.

À Verdun, vers le milieu du VIIIe siècle, l'évêque de la ville fit construire une chapelle consacrée à sainte Madeleine, et tout autour, des petites cellules pour abriter les femmes pécheresses soucieuses d'y faire pénitence. Au XIIIe siècle, au temps des hôpitaux[2], le bienheureux Bertrand de Marseille fonda les Religieux et les Religieuses de l'ordre de Sainte-Madeleine, appelés aussi « les Frères Sachets et Religieuses Sachettes », à cause de leurs habits qui ressemblaient à

1. On a beaucoup écrit sur sainte Marie-Madeleine depuis quelques années. Nous n'entendons pas reprendre ici les thèses en présence, compte tenu du sujet traité. Nous resterons donc sur la ligne canonique.

2. Voir supra, *chapitre 4, « Le remords de Jeanne de Flandre et l'hospice Comtesse ».*

un sac. En 1618, Louis XIII fit édifier à Paris, sous le nom de « Madelonnettes », un asile destiné aux filles repenties.

À Lille, c'est en 1481 qu'un tel établissement vit le jour à l'initiative de Jean de le Cambe, dit « le Gantois ». Dix-neuf ans plus tôt, celui-ci avait déjà créé un hôpital pour de pauvres personnes débiles des deux sexes. Désormais, il souhaitait offrir aux « filles de légère vie qui voudraient quitter le péché public » un lieu convenable où elles pourraient se retirer afin d'amender leur vie et garantir le salut de leurs âmes. Et il y avait, apparemment, une certaine demande.

Le plus vieux métier du monde

Un manuscrit déposé à la bibliothèque municipale de Lille nous apprend qu'au XVe siècle, une « créature », qui avait honte de confesser ses péchés, décida de se faire absoudre directement par le bon Dieu. Pour ce faire, elle grava la liste de ses fautes sur une tablette enduite de cire, puis glissa l'objet sous la nappe de l'autel consacré à sainte Madeleine. Puis elle se mit à prier sa patronne en lui demandant d'intercéder auprès de l'Éternel. Soudain, elle vit la plaquette se soulever en l'air. Elle demanda à ce qu'elle redescendît sur l'autel, et constata finalement que celle-ci était « toute planée », c'est-à-dire lisse : ses péchés avaient été effacés ! Elle comprit dès lors que Dieu lui avait pardonné !

En guise de repentance, Jean le Gantois proposa aux anciennes prostituées de vivre comme des religieuses. Son établissement pouvait accueillir vingt-quatre personnes. L'expansion économique observée en Europe occidentale à partir du XIIIe siècle, modeste, certes, au regard de ce qu'elle allait être quatre cents ans plus tard, nécessitait néanmoins, pour maintenir l'ordre social, soit un partage des richesses entre les divers groupes sociaux, soit une répression systématique des aspirations et exigences des groupes dominés. Ces deux politiques ne pouvant être pratiquées intégralement, on observa donc un peu de la première et beaucoup de la seconde. L'œuvre du bienfaiteur lillois s'inscrivait dans cette perspective du « renfermement des pauvres », en l'occurrence celui des prostituées, à qui l'on n'offrait finalement que deux possibilités : entrer en maison forte, ou intégrer les Madelonnettes en qualité de repenties.

Abusés par l'imagerie pieuse d'un « monsieur Vincent », nos contemporains pourraient ne voir dans cette bienfaisance qu'une action désintéressée résultant de la seule « bonté d'âme » d'un homme. Or, s'il n'y a pas de raison de douter, pour l'instant, des motivations pieuses de Jean le Gantois, il se trouve que la création des Madelonnettes revêtait une tout autre signification au niveau de la société. En effet, il ne s'agissait pas simplement d'enfermer les « sans-travail », mais il fallait aussi que ceux-ci se rendent utiles, une fois derrière les barreaux, de manière à ce qu'ils participent à la prospérité de tous.

« L'alternance est claire : main-d'œuvre bon marché dans les temps de plein emploi et de hauts salaires ; et en période de chômage, résorption des oisifs et protection sociale contre l'agitation et les émeutes[1]. »

Une maison difficile à gérer

La gestion de cette maison située rue de La-Barre, dans la paroisse Sainte-Catherine, était confiée aux échevins de la ville. Jean le Gantois la dota de « jardins, prés et héritages », en prenant soin de préciser que si, par hasard, les filles « séduites » venaient à l'abandonner, ou que toutes se mettaient à y mourir jusqu'à la dernière, ledit hôpital serait alors laissé aux « lollards », une charité de laïcs dont les membres s'engageaient à ensevelir les morts en période d'épidémie, quelle que soit leur origine sociale. Et si personne ne voulait s'en occuper, la maison et les revenus qui y étaient attachés reviendraient en dernier lieu aux héritiers du donateur.

Malgré les bonnes volontés assorties d'un idéal social, les sœurs de la Madeleine, appelées aussi les « Madelonnettes », « qui ont fui le monde après l'avoir trop aimé », rencontrèrent très vite des

1. *Michel Foucault,* Histoire de la folie, *Gallimard, 1961, p. 66.*

difficultés d'ordre matériel. N'ayant pas assez de fonds pour vivre, elles furent obligées d'aller quêter en ville et de garder les malades, hommes et femmes indifféremment. À ce moment-là, le magistrat, à qui la gestion de la maison avait été confiée, fit installer au sein de l'établissement des « petites maisons » pour femmes où il mit les folles en pension, ce qui procura quelque revenu aux sœurs. Les échevins leur accordèrent aussi certains privilèges comme aux autres ordres religieux.

« Le 1er mars fut accordé de grâce aux repenties de boire soixante tonneaux de cervoise par an, sans payer assise, et redemanderont ladite grâce chaque premier jour de mars. »

Un jour, elles obtinrent même 1 000 florins pour leur chapelle.

La situation de ces repenties, liées par des vœux religieux et restant cependant constamment en contact avec le monde dans leurs fonctions hospitalières, ne manqua pas d'engendrer des situations cocasses. Ainsi, pour écarter d'elles toute tentation, le magistrat fut obligé, dès 1481, de promulguer une ordonnance interdisant à quiconque de leur parler ou de leur transmettre des messages, car « certains furent trouvés faisans gestes ». Qui ? Ce n'est pas difficile à imaginer : jeunes gens, anciens clients, etc. Toutefois, cette directive ne fut jamais vraiment efficace puisqu'il dut publier de nouveau son ordonnance en 1490.

En 1532, les femmes furent divisées en deux groupes : huit, dites « professes », étaient d'authentiques religieuses, et les autres, sans avoir prononcé de vœux, s'occupaient de la « visitation et garde des malades par la ville ». C'étaient ces dernières qui avaient le plus à souffrir, car pour quelqu'un qui avait connu les « plaisirs » du monde et la « vie facile », les tentations restaient grandes. Les anciens clients et les maquerelles faisaient l'impossible pour relancer les filles et les « distraire de leur bon vouloir ». C'est pourquoi il était demandé aux sœurs d'aller toujours par deux, et si l'une d'entre elles se mettait en tête de sortir seule en ville, elle était impitoyablement chassée de la maison.

N'entrait pas au couvent qui voulait. Il fallait d'abord avoir moins de quarante ans, car au-delà, « nulle n'est digne d'être reçue tant la fleur de la jeunesse est passée ». Mais discrétion était quand même laissée au magistrat de les accepter ou non. Intégrer cette maison était un honneur, et l'on peut comprendre que de pauvres femmes se soient livrées à la prostitution dans le seul but de finir leurs jours dans un établissement où elles étaient certaines de trouver le gîte et le couvert en permanence. On dit même que certains parents n'auraient pas hésité à avilir leurs filles dans cette perspective. Pour y être acceptées, les candidates devaient par ailleurs présenter des témoignages... d'immoralité.

Comment s'en sortir ?

Après avoir suffisamment prié et fait preuve d'un repentir sincère, la Madelonnette pouvait demander à se marier si elle ne souhaitait pas rester au couvent. C'était l'avatar du mariage sous la potence, tel que nous le décrit Victor Hugo dans *Notre-Dame de Paris*, et dont nous avons maints exemples valables en France, en Belgique, en Espagne et en Allemagne[1]. De toute façon, en matière de réinsertion, la repentie n'avait pas le choix : passé trente ans, il ne lui restait que cette solution, car elle n'était plus en âge de pratiquer le « métier ». À tout le moins pouvait-elle tenir une étuve, c'est-à-dire un bordel, et devenir ainsi « mère » des filles, sinon, il était à craindre qu'elle ne finisse mendiante. Le mariage, pour une fille qui avait su conserver quelque charme, devenait dès lors une évidente porte de sortie.

C'était aussi une façon de racheter aux yeux de tous une conduite malhonnête. Un chroniqueur parisien précisait néanmoins, en 1427, que si la prostituée prenait mari, c'était dans le but de se faire passer pour une femme honorable et pouvoir ainsi porter certains vêtements, mais qu'en réalité, ses objectifs restaient inchangés. Chassez le naturel, il revient au galop !

En 1605, les Madelonnettes de Lille, appelées également « Filles-Dieu », étaient quarante, et il ne fut jamais question d'avoir recours aux lollards pour peupler leur maison.

1. *M. Sabatier,* Histoire de la législation sur les femmes publiques et les lieux de débauche, *J. P. Roret, 1828, p. 162.*

En 1648, François Vilain de Gand, rendant compte au pape de l'état de son diocèse, proposa de fermer la maison, mais il ne fut pas entendu. Une vingtaine d'années plus tard, son successeur, après avoir visité l'établissement, ordonna que les filles fussent désormais cloîtrées, mais le magistrat lui répondit qu'il était le seul à avoir compétence en la matière et que, compte tenu des services rendus par les femmes, il n'était pas question que celles-ci soient retenues dans leur maison. On dit même que dans cette affaire, certaines « sœurs » s'étaient mises à réclamer l'appui de l'édile, car plusieurs d'entre elles aimaient à conserver la liberté dont elles avaient joui jusque-là.

L'évêque revint à la charge sur la non-observation de ses ordres, le magistrat tint bon, et les Madelonnettes refusèrent même l'entrée de leur maison aux envoyés de l'évêché venus pour une inspection. Le prélat usa de tous ses privilèges, allant jusqu'à interdire à ses confesseurs d'entendre lesdites filles et de leur donner l'absolution, mais en 1678, il fut obligé d'abdiquer devant l'insistance des religieuses et des échevins, contraint d'admettre qu'il n'avait « rien appris de scandaleux sur leur compte ».

Au moment de la Révolution française, l'établissement abritait encore trente Madelonnettes et possédait un revenu total de 42 050 francs, ce qui lui permettait de faire vivre cent cinquante-huit personnes, y compris les pensionnaires libres, et quatre domestiques. La nourriture y était abondante et saine, réglée sur le prix des pensions. Les sœurs étaient chargées de l'entretien des bâtiments qui n'étaient pas réservés aux folles, le quartier de ces dernières restant à la charge de la ville. La Révolution dispersa finalement les religieuses, et, en 1803, les aliénées furent transférées à la maison des Bons-Fils, rue de Tournai[1] ; on en comptait quatre-vingt-treize. Le local des Madelonnettes devint par la suite la propriété de l'administration des hospices.

Il fallut attendre 1811 pour voir apparaître un nouveau refuge pour femmes de mauvaise vie. Il fut établi rue de la Piquerie, à

1. Établis à Lille depuis 1664, les Bons-Fils étaient chargés de corriger les défauts de la jeunesse. Pour la période qui nous intéresse, ils étaient au nombre de vingt, y compris leur supérieur.

l'initiative de Mlle Legrand. C'était l'embryon de l'institution du Bon-Pasteur. L'établissement était alors animé par sœur Nathalie-Joseph Doignies, originaire de Moncheaux. Il accueillait des femmes qui venaient de la prison du Raspuce[1], où « existaient des abus criants et d'où elles sortaient, après leur détention, beaucoup plus vicieuses qu'auparavant ».

1. *Le Raspuce était une maison forte où l'on enfermait les vagabonds que l'on astreignait ensuite au travail. Elle portait aussi d'autres noms : « Moulin des Débauchés », « Maison de Salut », « Moulin des Cagnards »...*

Deuxième partie

Ésotérisme et symbolisme

L'ésotérisme s'entend de tout ce qui paraît relativement impénétrable, énigmatique, de ce qui possède un sens caché. Il est directement associé au symbolisme dans son principe. Tous deux ont pour vocation d'élever les individus qui leur sont sensibles au rang d'initiés. Confondre l'ésotérisme et l'occultisme, qui renvoie aux basses œuvres, serait donc une grave erreur.

Chapitre 1

Itinéraire alchimique dans la cathédrale de Saint-Omer

En 637, un moine venu de l'abbaye d'Orval, près de Coutances, dans la Manche, arrive sur la colline de Sithiu en plein pays morin. Il a pour mission d'y installer la nouvelle religion. Il s'appelle Otmar, Audomarus en latin, Omer pour nous. On raconte qu'il commence par faire tomber une statue de Mars sur le mont de Clarques et par relever l'autel de saint Martin, lequel avait été installé lors d'une première vague d'évangélisation par saint Antimond, en 550. Ensuite, il passe un accord avec Adroald, le prince franc qui gouverne la région, renverse un autel à Minerve, puis investit les lieux au nom du nouveau Dieu.

Mais Omer se sent vite dépassé par les événements tant la région est peuplée : il y aurait entre vingt-cinq à quarante habitants au kilomètre carré, ce qui est considérable pour l'époque. Par ailleurs, comme on peut espérer subvenir à la subsistance d'un moine par la présence d'au moins trente foyers, il n'hésite pas à faire appel à trois de ses anciens compagnons : Bertin, Momelin et Ebertram. Après avoir été installés à la motte Momelin sur la rive droite de l'Aa, ceux-ci préfèrent gagner le pied de la colline de Sithiu pour y construire une abbaye au nom du moine supérieur, saint Bertin. On l'appelle aussi « abbaye d'En-Bas », par opposition à celle qui est édifiée au sommet de la colline et qui est une sorte de succursale de la première. Celle du haut est occupée par soixante moines ; c'est l'embryon de la cathédrale qui nous intéresse ici.

Il ne nous reste rien de cette époque, car tout a été ravagé par un incendie en 1033. Puis de reconstructions en écroulements, nous atteignons le XIIIe siècle où, sous le règne de Philippe Auguste, est entreprise la construction de l'église actuelle.

Faute de moyens financiers, les travaux sont interrompus en 1250, tandis que Saint Louis inaugure Notre-Dame de Paris, qui vient de voir son gros œuvre achevé. Cette même année, Amiens est à peine en chantier que l'on sent comme un essoufflement dans l'expansion de l'art gothique au nord de la Seine : les cathédrales de Sens, Noyon, Laon, Senlis sont déjà debout, et celle de Beauvais, dont le travail de gestation est achevé, va connaître ses premières fondations.

La cathédrale

Une fois l'argent revenu dans les caisses, les travaux reprennent à Saint-Omer et, deux siècles plus tard, en 1444, le porche méridional est terminé. C'est la plus belle entrée de la cathédrale. Elle donne sur le sud en souvenir du temple païen qui occupait la crête de la colline en des temps primitifs. Dédié à une divinité féminine baptisée tardivement Minerve, il avait déjà son accès principal dirigé vers ce même point cardinal, comme la plupart des temples réservés aux déesses antiques.

Sur l'actuel tympan, on voit le Christ en majesté présidant le Jugement dernier. Les Justes sont accueillis à sa droite, et les autres rejetés en enfer, à gauche, du côté sinistre, *senestre* pour l'homme médiéval. Il faut noter l'absence de purgatoire, dont la naissance en Italie, vers l'an 1200, n'a pas encore totalement investi les esprits. L'Église ne le reconnaîtra officiellement que lors du concile de Trente, en 1547. Une *Vierge à l'enfant* y domine le dragon du mal, qui sait aussi être un symbole alchimique. La bête est loin d'être morte, et si elle paraît domptée, chacun sait qu'elle peut se réveiller à tout instant. Au sommet subsistent les restes d'un cadran solaire datant de 1610 à proximité de signes du zodiaque. Il s'agit là d'une préoccupation rare pour une cathédrale de ce type. Mais de zodiaque, il en sera encore question à l'intérieur.

L'entrée habituelle se trouve au nord. Une fois à l'intérieur, le visiteur embrasse du regard la nef, qui mesure vingt-trois mètres de haut. Elle a été terminée avant la fin du XVe siècle, le clocher achevé en 1521, les orgues datent de 1717, et les chapelles latérales du XVIIIe siècle. Le plan général dessine une croix latine au sol, comme le veut la tradition. Son chevet est orienté selon l'axe du lever du soleil au 3 mai, fête de la Sainte-Croix, et au 15 août, jour de l'Assomption.

Le pèlerin

Près de la porte se trouve un ancien pavement fixé au mur. Il porte le nom énigmatique de « pierre Égée ». On y voit un pèlerin accompagné de quatre chaussures et d'une bourse, et peut-être même d'une calebasse. Saint-Omer constituait une étape, comme Aire-sur-la-Lys, sa voisine, sur le chemin de Compostelle pour tous ceux qui venaient du nord de l'Europe et des îles Britanniques.

Cette pierre, comme d'autres que l'on peut voir dans la cathédrale, provient de l'ancien chœur où elles étaient posées en alternance avec des signes du zodiaque. On pense qu'elles ont un lien avec les pèlerins qui, de retour de leur voyage, venaient offrir, en remerciement à Notre-Dame, leurs vieilles chaussures remplies de pièces d'or, ce qui justifierait l'existence d'un trésor ayant permis la reprise de la construction de la cathédrale. Une coutume romaine semble accréditer cette hypothèse dans la mesure où les Romains présentaient déjà, après un voyage long et périlleux, des pieds ailés à Mercure.

Mais si cette explication paraît séduisante, elle ne nous dit pas pourquoi le pèlerin possède deux paires de chaussures, à défaut de croire qu'il les a usées sur les routes. En revanche, le registre alchimique nous apprend que le « pèlerin » est l'un des noms donnés au mercure philosophique[1], et que l'expression « couper

1. *Fulcanelli,* Les Demeures philosophales, *Fayard, 1930, réédition 1964, t. I, p. 435.*

Le pèlerin domine le dragon mercuriel à proximité du Graal.
(Photographie de l'auteur.)

les pieds à Mercure » est une allégorie exprimant la nécessité de fixer le principe volatil[1], dont l'essentiel se trouve dans les vertus dissolvantes dudit mercure. Cette fonction nous est confirmée par la présence de la fameuse calebasse censée renfermer le « breuvage du voyageur », c'est-à-dire l'agent nécessaire à l'opération. Les deux paires de chaussures indiqueraient enfin à l'étudiant qu'il lui faut toujours considérer deux parts de dissolvant pour une part de fixe dans les manipulations qu'il entreprend. Le pèlerin animé du principe philosophique ou spirituel est donc invité à dissoudre, dominer le « mercure sauvage » qu'il véhicule. Cette allégorie explique aussi comment l'homme va pouvoir atteindre le ciel en se transmutant lors de sa pérégrination, ce que chacun reconnaît encore aujourd'hui dans le pèlerinage qu'il accomplit. Et si Nicolas Flamel, l'un des plus célèbres alchimistes du XIVe siècle, aimait à se représenter en pèlerin de

1. *Dom Pernety,* Dictionnaire mytho-hermétique, *1787, réédition Archè Milan, 1991.*

Saint-Jacques, c'était pour bien insister sur cette opération primordiale.

Le vaisseau

Le tombeau de saint Omer, que l'on peut voir en entrant, est du XIIIe siècle. Les arcatures trilobées qui le décorent évoquent quelques-uns de ses miracles. Les niches servaient à y entreposer des reliques le jour de sa fête. Le gisant représente le saint en évêque, les mains gantées, les yeux clos, détail qui ne sera plus reproduit dans les cénotaphes postérieurs à cette époque. De là, il suffit de lever les yeux pour apercevoir, au sommet de la quatrième chapelle, un personnage avec une barque dans les mains : il s'agit de saint Bertin. C'est sur son initiative que les évangélisateurs venus prêter main-forte à saint Omer et cantonnés à la motte Momelin se sont embarqués ensuite dans une nacelle sans rame ni aviron pour se laisser guider par le cours de l'Aa, et remonter ainsi miraculeusement jusqu'au pied de la colline de Sithiu. Cette représentation, qui date de la première moitié du XVIIe siècle, semble rappeler ce fait historique.

Cependant, il ne faut pas négliger le sens alchimique de ce « vaisseau », que les hommes de l'art continuent de nommer volontiers « vaissel », creuset destiné à contenir le mercure, appelé aussi « vin des philosophes ».

« Or, c'est ici le lieu de découvrir un des grands secrets de cet art, que les philosophes ont caché, sans lequel vaisseau vous ne pourrez pas faire cette putréfaction et purification de nos éléments, de même qu'on ne saurait faire de vin sans qu'il ait bouilli dans le tonneau. Or, comme le tonneau est fait de bois de chêne, de même le vaisseau doit être en bois de vieux chêne, tourné en rond en dedans, comme un demi-globe, dont les bords soient fort épais en carré ; à faute de ce, un baril, un autre pareil pour le couvrir[1]. »

D'un point de vue symbolique, on commence à discerner l'interaction qui existe entre cette pensée alchimique et la fonction de

1. *Fulcanelli,* Le Mystère des cathédrales, *1925, réédition 1964, J.-J. Pauvert, p. 119.*

la cathédrale, cet autre vaisseau renversé, cette nef où les fidèles sont censés accomplir la transmutation de leur âme. Le pèlerin doit donc monter dans la barque, et c'est bien ce qui nous est montré sur le soubassement du tombeau de saint Omer, bien plus intéressant que ce que l'on aurait pu croire *a priori*. Toutefois, et comme le suggère la cape du personnage transformée en voile, il doit se méfier des « souffleurs », c'est-à-dire, au sens alchimique du terme, des faux adeptes.

La tête noire

En nous dirigeant vers la croisée des nefs, nous rencontrons saint Nicaise, un céphalophore – qui a donc eu la tête tranchée –, au ve siècle, à Reims. Par le plus grand des hasards, une hache provenant d'un ensemble disparu est fichée dans le pavement à quelques mètres de là, comme pour insister sur le martyre subi par le saint, lequel se trouve précisément évoqué sur un marbre noir accroché au mur.

On peut s'étonner de voir saint Nicaise honoré si loin de sa ville d'origine. Son accueil à Saint-Omer découle certainement du fait que l'abbaye d'Arras possédait la relique de son occiput, ce qui obligeait les moines à promouvoir la dévotion envers cet évêque champenois dans le nord de la France. Indépendamment de la cohérence historique de tous ces éléments, il apparaît que ceux-ci sont également lisibles sur un registre alchimique. Ainsi, dom Pernety précise :

« Par les opérations de la *chymie* vulgaire, on extrait de chaque mixte quatre choses : un esprit, une eau flegmatique, une huile et une terre appelée *caput mortuum* ou tête morte. D'autres nomment ces quatre choses un sel, un soufre, un mercure et une terre damnée ou inutile[1]. »

Et Fulcanelli d'évoquer la tête noire, couleur de celle de saint Nicaise (support en marbre oblige !) :

« La tête de corbeau est l'épithète ordinaire appliquée aux matières en voie de décomposition et de corruption, lesquelles

1. Dictionnaire, op. cit., p. 87.

sont caractérisées dans le travail philosophal par l'aspect huileux et gras, l'odeur forte et nauséabonde[1]. »

Le pèlerin, candidat à la transmutation de son âme, est ainsi averti de la nécessaire purification à laquelle il devra soumettre son esprit, et de toutes les idées « inutiles » qu'il sera obligé, par la même occasion, d'abandonner. Enfin, il lui faudra savoir faire la part des choses entre le cerveau et le cœur, siège de la vraie intelligence.

Tout cela se passe sous le contrôle du temps. L'astrolabe construit par Pierre Enguerran au milieu du XVIe siècle, alors même que Thérouanne venait d'être rasée par les armées de Charles Quint, est là pour nous le rappeler. Par une prouesse mécanique, la grande horloge nous donne l'heure, mais aussi les positions quotidiennes de la lune et du soleil. Cette sorte de jeu affiché entre les deux astres nous ramène tout bêtement à notre labeur alchimique, car le soleil symbolise le soufre, autrement dit le principe masculin, et la lune, le mercure, ou encore le principe féminin. Dans sa *Table d'émeraude*, Hermès Trismégiste écrit :

« Le soleil en est le père et la lune la mère ; le vent l'a porté dans son ventre, la terre est sa nourrice et son réceptacle. Le Père de tout, le Thélème du monde universel est ici. »

Les roses

Des deux roses ou rosaces qui se font face, celle du nord est sans doute l'une des plus belles réalisations qui soient. Compte tenu de l'orientation du sanctuaire, elle ne reçoit le soleil que du 2 mai au 9 août, et encore, avec parcimonie. Au centre : une fleur de lis ! Au XVIIe siècle, Jacob Boehme écrivait :

« N'attendez plus que vienne le temps, il est déjà venu. Quiconque se trouve là sera touché ; qui veille verra, qui dort ne verra rien. Il est venu le temps et bientôt se manifestera ; qui veille verra... Sachez qu'un lis fleurit pour vous au pays de minuit. »

Cette fleur est inscrite dans un pentagone représentant la quintessence, c'est-à-dire la connaissance nécessaire pour entreprendre le grand œuvre.

1. Demeures philosophales, op. cit., *t. I, p. 415.*

Cette rose septentrionale est censée évoquer l'œuvre au noir qui est la première étape alchimique. Le noir est la couleur de Saturne, le dieu du temps, représenté par l'horloge installée en dessous. C'est aussi la couleur du chaos primitif où toutes les semences sont mélangées. C'est également le domaine de la *materia prima*, l'eau primordiale sur laquelle le pèlerin doit naviguer. La rosace traduit par ailleurs une idée de mouvement, semblable à celui d'une roue, propre à enflammer l'ensemble.

« Elle représente à elle seule l'action du feu et sa durée. Les décorateurs médiévaux ont cherché à traduire dans leurs rosaces les mouvements de la matière excitée par le feu élémentaire, ainsi qu'on peut le remarquer sur le portail nord de nos cathédrales. Dans l'architecture des XIVe et XVe siècles, la prépondérance du symbole igné, qui caractérise nettement la dernière période de l'art médiéval, a fait donner au style de cette époque le nom de "gothique flamboyant"[1]. »

La seconde étape se trouve expliquée en vis-à-vis, sur la rosace sud qui est l'œuvre au blanc. La Vierge y engendre la matière, suggérée par la récurrence du nombre quatre : un quadrilobe central entouré de huit trilobes ayant chacun un cercle en leur centre, ce qui fait quatre ronds par figure, le tout encerclé par huit quadrilobes plus grands.

L'envoyé reconnu

Le tombeau de saint Erkembode est une des curiosités de la cathédrale. C'est le troisième homme dans l'aventure des saints Lugle et Luglien, celui qui échappe à l'embuscade de Ferfay et court prévenir l'évêque de Thérouanne, saint Bain[2].

En flamand, son nom signifierait « l'envoyé reconnu », *Herkenbode*. Il a été abbé de Saint-Bertin et a été enseveli en la cathédrale de Saint-Omer en reconnaissance de sa dévotion envers Notre-Dame des Miracles. Après plusieurs exhumations, dont

1. *Fulcanelli,* Le Mystère des cathédrales, op. cit., *p. 66.*

2. *Bernard Coussée,* Les Nouveaux Mystères du Nord - Pas-de-Calais, *De Borée, 2008, p. 327.*

celle de la Révolution, qui a conduit à cacher les reliques sous le maître-autel de l'église Saint-Sépulcre, ses restes ont été déposés dans le déambulatoire nord de la cathédrale (en 1902). À l'intérieur, un sarcophage en grès de deux mètres dix de long sur soixante-dix centimètres de large.

Aujourd'hui, saint Erkembode est encore vénéré par des parents qui souhaitent que leurs enfants marchent correctement. On peut ainsi voir des petites chaussures déposées par des pèlerins sur le couvercle. L'envoyé inconnu est devenu « un saint qui fait marcher ».

En fait, ces *ex-voto* rappellent les chaussures visibles sur la pierre Égée. Quant au sarcophage, il est décoré de stries apparemment fort anciennes qui donnent l'impression d'une amorce de mouvement circulaire, lequel ne peut être que redondant par rapport à celui de la roue. Entendons-nous ! Ce sarcophage est assurément une récupération, et il est peut-être d'origine mérovingienne. Aucune croix n'est gravée dessus. Il remonterait donc à une époque où l'alchimie était encore inconnue en Occident. Mais c'est sa réutilisation qui est ici intéressante, car elle offre une récurrence d'images allant dans le même sens que le feu de roue évoqué plus haut.

Le baigneur

Il existe une Nativité un peu spéciale qui apparaît encadrée par des pèlerins de Saint-Jacques, incarnation de notre mercure philosophique. Elle appartient à un thème roman d'origine syrienne que l'on retrouve également deux fois à Chartres. On y voit Joseph silencieux, appuyé sur son bâton, songeant à l'effrayant mystère dont il n'est que le témoin. Jésus n'est pas le bambin joyeux que l'on voit généralement dans les crèches ; il est inerte, emmailloté et couché sur un autel. Une étoile à huit branches éclaire l'ensemble.

Ce bébé ficelé, comme pris dans un filet, est ce que les alchimistes appellent leur « baigneur », une sorte de minuscule poisson qu'ils pêchent dans le mercure. Dans le langage hermétique, c'est aussi la première fleur que le sage voit naître et s'épanouir au printemps de l'œuvre.

« Baigner est un synonyme pour teindre, laver, blanchir, tous ces mots veulent dire seulement cuire la matière jusqu'à ce qu'elle soit parfaite[1]. »

Ce Jésus baigneur sera plus tard glissé entre les feuilles de la galette des rois comme un signet pour nous rappeler que sur le plan spirituel, le salut passe par le Christ Roi, et que dans toute recherche initiatique, la première étape est sans doute de retrouver l'enfant qui sommeille en nous. Quant à Joseph, il est, à l'évidence, ce veilleur qui attend l'aurore, c'est-à-dire l'artiste fatigué surveillant l'œuvre en train de s'accomplir. Enfin, l'étoile n'est pas sans évoquer ce « champ d'étoiles » qu'est Compostelle, voire « l'étoile du compost », pour rester pleinement sur une note alchimique.

Les cavaliers

La chapelle absidiale nord est sans aucun doute la plus insolite au regard du sujet qui nous intéresse ici. Bien qu'appelée aujourd'hui « chapelle du Sacré-Cœur », elle est plus connue sous le nom de « chapelle des Chevaliers » à cause des dalles équestres qui s'y trouvent. Une tradition populaire les attribue à l'ancien temple de Minerve, mais, plus sérieusement, elles viendraient de l'ancienne église dont elles décoraient le chœur. Selon toute vraisemblance, elles auraient été offertes par de riches familles audomaroises à la fin du XIIIe et au XIVe siècle. La famille Sainte-Aldegonde en aurait fourni deux, celles de Foulques (1221-1262) et de son fils Egidius, qui fut mayeur de la ville en 1325. Les deux autres proviendraient de la famille Wasselin, qui donna deux échevins à la cité : Guillaume et Nicolas. Selon un usage de l'époque, les figures sont sur fond « *fleuragé* » ; quant aux robes traînantes des chevaux, elles attestent la survivance d'une mode généralement attribuée au début du XIIIe siècle[2].

1. *Dom Pernety,* Dictionnaire, op. cit., *p. 64.*

2. *Emmanuel Wallet,* Description des dalles de l'ancienne cathédrale de Saint-Omer, *1834.*

Nativité syrienne. L'étoile du compost veille sur le baigneur.
(Photographie de l'auteur.)

La chapelle fournit aussi une impressionnante collection de dalles en rapport avec le zodiaque, dont l'utilisation à partir du XIe siècle dans les églises était relativement courante. Cinq dalles sont sans équivoque : elles représentent l'écrevisse, ou cancer, la Vierge, la balance, le scorpion et le sagittaire. D'autres évoquent les travaux saisonniers, comme la taille de la vigne avec un homme muni d'une serpette, qui se fait en mars, la fenaison avec un homme au râteau, qui se déroule en juin, tandis que décembre rappelle qu'il est temps d'abattre le porc à la hache. Quelques-unes renvoient au système d'éducation de l'époque, celui-ci reposant sur le *trivium* ou triple voie (grammaire, rhétorique, dialectique), et sur le *quadrivium* (arithmétique, géométrie, musique et astronomie). Deux autres enfin semblent vouloir illustrer la fable de La Fontaine, *Le Renard et la cigogne*, même si elles ont quatre cents ans de moins que le fabuliste ! Bien entendu, nous retrouvons aussi pêle-mêle tout un ensemble de sujets grotesques et monstrueux, que saint Bernard n'aura de cesse de condamner, mais dont beaucoup étaient encore en odeur de sainteté dans certaines églises, comme ces centaures ou cavales (*cavallus*, en latin) coiffés d'un bonnet, et dont un jeu de mots avec cabale, voire kabbale, a fait le bonheur des alchimistes[1].

Au pied de l'autel, nous retrouvons notre pèlerin, toujours porteur de son bâton, autrement appelé sa monture. Il est entouré de trois coquilles superposées et de trois chaussures. L'interprétation qui prévaut est la suivante : il s'agirait d'un *ex-voto* offert par un pèlerin ayant fait son pèlerinage trois fois, et qui serait revenu à trois reprises donner une bourse ou une chaussure remplie d'or au chapitre de la cathédrale. Mais sur un mode alchimique, la dalle rappelle aussi qu'il convient toujours de recommencer trois fois l'opération pour pouvoir prétendre la maîtriser complètement. *Solve et coagula* !

Au beau milieu de la chapelle, de part et d'autre de notre pèlerin, deux calices figurent le sacrifice de la messe. C'est en tout cas ce que l'on croit aujourd'hui. Mais remontons quelque peu le temps pour nous immerger parmi ces chevaliers audomarois

1. *Eugène Canseliet, dans sa préface à l'ouvrage de Fulcanelli,* Le Mystère des cathédrales, op. cit., *p. 27.*

quasi contemporains d'un Geoffroy de Saint-Omer qui accompagnait Hugues de Payns, en 1118, à Jérusalem, avec sept autres compagnons, pour fonder le fameux ordre des Templiers. Cette époque est aussi celle d'un Chrétien de Troyes et d'un Thierry d'Alsace, lequel rapporta quelques gouttes du Saint Sang à Bruges. Comment dès lors penser que ce « calice » n'ait pas pu être un Graal ? Faut-il souligner que pour ces chevaliers du XIIIe siècle, sa quête restait un modèle initiatique ? Et pour l'alchimiste, le Graal est symboliquement le creuset idéal où se déroulent les transsubstantiations d'abord, les transmutations ensuite.

La *materia prima*

La chapelle absidiale orientale a été consacrée successivement à saint Pierre, sainte Madeleine – tiens donc ! –, puis à Notre-Dame, avant de devenir celle des évêques. Saint Pierre est celui qui a reçu du Christ le pouvoir de lier et de délier. Il est généralement représenté avec deux clés pour rappeler sa capacité d'ouvrir et de fermer : *solve et coagula* ! Agrandie au XVIe siècle, modifiée au XVIIe, ornée au XVIIIe, la chapelle fut complètement restaurée en 1870. Autant dire que nous risquons fort de ne pas y retrouver cet esprit alchimique qui nous accompagne depuis le début de notre périple. Cela dit, une Vierge noire, récente il est vrai, perpétue le symbole de la *materia prima*, et un zodiaque bien lisible orne le pied de l'autel... Tout n'est pas perdu !

Le monument funéraire visible en sortant de cette chapelle est celui de Jean Libourc ; il date de 1470. Il représente la messe de saint Grégoire durant laquelle le pape mystique voit le Christ descendre de la Croix en faisant jaillir, de son flanc droit percé, du sang dans le calice du pontife. En termes alchimiques, le thème de la Passion est capital, en ce sens que celle-ci conduit à la résurrection. Tous les objets qui entourent la scène sont à prendre en considération, à commencer par le coq de saint Pierre, qui peut être perçu comme le symbole de l'aspect volatil du mercure.

« Personne n'ignore que le chêne porte souvent sur ses feuilles de petites excroissances rondes et rugueuses, parfois percées d'un trou, appelées "noix de galle" [en latin, *galla*]. Or, si nous rapprochons trois mots de la même famille latine, *galla*, *Gallia*, *gallus*, nous obtenons “galle”, “Gaule”, “coq”. Le coq est l’emblème de la Gaule et l’attribut de Mercure [...]. Non seulement le chêne fournit la galle, mais il donne aussi le kermès qui a, dans la Gaye science, la même signification que Hermès, les consonnes initiales étant permutantes. Les deux termes ont un sens identique, celui de mercure[1]. »

La lance de Longin qui perce le flanc du Christ peut aussi être un symbole alchimique, en tant que « synonyme de la hache, c’est-à-dire du feu dont les artistes se servent[2] ». Le marteau paré de ses clous « sert à fixer la matière volatile, par la digestion que l’on en fait quand elle est mêlée avec[3] ». La représentation de la Passion est une évocation du second volet de l’œuvre avant la descente aux enfers. Celle-ci comporte trois étapes, comme le pèlerin de la chapelle des Chevaliers nous l’a signifié. On peut dire que ce monument, ainsi placé au chevet du sanctuaire, là où se passe l’essentiel du mystère religieux, est particulièrement bien situé.

Actuellement sous le patronage de saint Omer, la chapelle absidiale méridionale était jadis placée sous celui de saint Jean-Baptiste, comme en atteste la clé de voûte. Ses dalles sont également, pour la plupart, du XIIIe siècle. On y voit un éléphant de guerre, mais surtout une très belle dormition, ou ensevelissement de la Vierge. Ce motif d’influence byzantine a été offert par la ghilde des marchands de Saint-Omer. À bien examiner la scène, on distingue nettement un personnage qui pose son doigt sur le pied de Marie. Il montre un endroit précis, là où se trouve l’astragale, l’os capital du pied, qui passe pour être le siège de l’âme. Ce message confirme ce que nous savons depuis le début de notre promenade, à savoir que la cathédrale tout entière est orientée vers le pied. À noter qu’un autre protagoniste, positionné cette fois près de la tête de Marie, touche son temporal gauche.

En sortant de la chapelle, un très joli haut-relief en albâtre réalisé au XVIe siècle par un tailleur d’images lillois, un certain

1. *Fulcanelli,* Le Mystère des cathédrales, op. cit., *p. 196.*
2. *Dom Pernety,* op. cit., *p. 184.*
3. Ibid., *p. 83.*

Monnoyer, présente trois jeunes gens plongés dans la fournaise. Il s'agit du thème biblique qui raconte que Sidrach, Misach et Abdenago ont été brûlés pour n'avoir pas voulu adorer une statue en or de Nabuchodonosor. Un thème très ancien, donc, déjà utilisé par les Mérovingiens, et dont on peut s'étonner de la survivance à cette époque, à défaut de croire à la volonté d'inscrire l'œuvre dans une certaine redondance d'images. Dès lors, il est tentant d'en faire une évocation de nos trois étapes alchimiques et une concrétisation de l'athanor, auquel la proximité de sainte Barbe offre également une récurrence.

Bien entendu, une première lecture narre l'histoire de la sainte, que le père enferme dans une tour munie d'une seule fenêtre, et que la jeune fille fait percer de deux autres pour évoquer la Trinité, dit-on. En réalité, la question est beaucoup plus complexe[1]. Cela dit, sainte Barbe est devenue la patronne des artificiers et de tous ceux qui ont, de près ou de loin, un rapport avec le feu, donc des alchimistes, lesquels n'ont pas manqué de voir dans l'attribut de la sainte, c'est-à-dire sa tour, une représentation de leur athanor. Et le Philalèthe de dire :

« C'est le fourneau que nous appelons "notre tranquille Henri" qui aura été construit en briques, ou de terre de potier. Nous appelons ce fourneau "athanor", dont la forme me plaît davantage : une tour avec un nid. »

Cette figuration nous révèle qu'il existe une autre voie dans le labeur alchimique, dite aussi « voie courte ».

Thésée

Saluons au passage saint Antoine avec son cochon et son tau, une image qui rappelle, par un clin d'œil, qu'ici tout est signe. Car si le tau évoque bien l'ordre des Antonins, il sait aussi être une lettre hébraïque et un mot qui peut se traduire par « signe »[2]. Tout près de là, la transfiguration sur le mont Thabor est un morceau

1. *Voir* infra, *sixième partie, « Une légende dorée "pas très catholique" ».*

2. *Bernard Coussée,* Les Nouveaux Mystères du Nord - Pas-de-Calais, *De Borée, 2008, p. 125.*

de choix. C'est une composition du XVe siècle où l'on voit Moïse et Élie encadrant Jésus, devant les apôtres Pierre, Jean et Jacques complètement médusés. On peut dire que cette scène n'a sûrement pas été choisie au hasard, au regard du message général véhiculé par la cathédrale. Ces personnages signent les trois plus grands pèlerinages de la chrétienté : Saint-Pierre à Rome, Saint-Jacques à Compostelle, Saint-Jean à Jérusalem. Du reste, la transfiguration est bien l'état final auquel aspire le pèlerin.

À la croisée des nefs s'étend le mystérieux labyrinthe. C'est une figure géométrique carrée réalisée à partir d'un assemblage de deux mille quatre cent un carreaux de trente centimètres, mille trois cent quarante noirs, et mille cent soixante et un blancs, quarante-neuf par côté, soit sept que multiplie sept. C'est la copie, au quart de sa grandeur, de celui de l'ancienne abbaye Saint-Bertin détruite lors de la Révolution française. Cette figure donne l'impression d'un long méandre blanc qui permet de gagner un centre lumineux constitué de neuf carreaux blancs placés au pied d'une croix noire. Un seul carreau blanc reste inaccessible, car il est cerné de carreaux noirs qui en interdisent l'accès.

Le labyrinthe se veut symbole des difficultés de la vie sur le chemin qui conduit à Dieu. C'est également un substitut de pèlerinage puisque le fait de le parcourir à genoux, le jour de Pâques, équivaut à un voyage à Jérusalem, d'où son nom, « le Chemin de Jérusalem ». Mais comme il faut à peu près une heure pour accomplir ce rituel, c'est-à-dire le temps nécessaire pour faire une lieue, soit environ quatre kilomètres et demi, il porte aussi le nom de « Lieue ». C'est à l'évidence une figure ésotérique à vocation initiatique illustrant la voie courte évoquée plus haut. La tradition veut que les compagnons Devoirant, de passage dans la capitale de la Morinie, s'y rendent systématiquement pour s'y recueillir.

Le mot « labyrinthe » vient du grec *labra*, qui signifie « grotte ». C'est une figure archétypale qui exprime une idée de profondeur, d'entrailles, d'angoisse même, qu'il nous faut dominer, à l'exemple de Thésée qui part y combattre le Minotaure, aidé, il est vrai, de son fil d'Ariane, d'araignée, laquelle sait aussi dessiner de parfaits labyrinthes. Thésée est le fils d'Égée… dont la pierre à l'entrée de la cathédrale évoque le souvenir.

Le labyrinthe de la cathédrale Saint-Omer.
(Collection de l'auteur.)

Le milieu du labyrinthe est plein d'une lumière qui rayonne comme sur le mont Thabor. C'est l'aboutissement du travail intérieur accompli par l'artiste. C'est l'image du *solve*, de la dissolution par la voie tortueuse. Arrivé au centre de la caverne, le pèlerin n'a plus qu'à tuer son Minotaure, c'est-à-dire faire disparaître ses dernières impuretés. Une fois son geste accompli, il ne lui reste plus qu'à prendre le chemin inverse, *coagula*, et sortir. Dans la légende, Thésée doit alors s'embarquer pour rejoindre son père… Mais relisons-la attentivement.

Les tribulations avaient commencé bien avant que le héros ne naisse. Égée ayant fauté du côté de Trézène, il attendait, en Argos, que le bébé vienne au monde. Mais trouvant le temps long, il usa du stratagème suivant : creuser un trou, y déposer une épée et une paire de chaussures, puis couvrir le tout avec une lourde pierre. Ensuite, il prévint sa compagne en lui disant : « Si c'est un garçon, envoie-le moi à Athènes dès qu'il saura soulever la pierre et [qu'il pourra] prendre l'épée et les chaussures. » Ce que fit le garçon dès qu'il le put. Arrivé au palais, Égée reconnut les objets déposés dans le trou et tomba dans les bras de son fils, qui devint aussitôt un « envoyé reconnu », comme *Herken-bode*. Impatient de montrer à son père combien il était valeureux, le jeune homme décida d'aller tuer le Minotaure, lequel dévorait, tous les neuf ans, sept filles et sept garçons. En cas de réussite, il devait hisser une voile blanche sur son navire avant de revenir ; mais il se trompa de couleur et hissa la noire, ce qui fit mourir son père de chagrin.

Thésée, Égée, la pierre, le labyrinthe… cela fait beaucoup s'il n'y a pas de message à transmettre !

Notre-Dame

Le transept méridional de la cathédrale est réservé à Notre-Dame des Miracles. Quand, au XVIIe siècle, le père Couvreur entreprend une histoire de Notre-Dame des Miracles à Saint-Omer, il pense que cette Vierge a été copiée sur celle de Boulogne-sur-Mer. Depuis, les historiens se sont échinés à démontrer que Notre-Dame des Miracles est en réalité le vocable de la Vierge avant l'arrivée même de saint Omer au VIIe siècle, et dont la tradition rapporte qu'elle s'appelait alors Minerve. En Gaule, Minerve se dit *Minervia Belisama Sacrum*[1], un nom que l'on peut, sans aucune difficulté, rapprocher de celui de la déesse lunaire celtique Belisama, qui tient les monts blancs artésiens en grande considération. Quelques bas-reliefs la montrent en compagnie de Vulcain et de Mercure, mais aussi de Mars, un Mars gaulois que nous aurions tort de réduire à sa fonction guerrière romaine. À côté de cette Minerve classique existe également une *Minerva medica*, dont le culte est associé aux eaux thermales et bouillonnantes. En prenant en compte ces trois fonctions de la Minerve gauloise, nous ne sommes pas très loin, finalement, d'une triple déesse de la médecine, des poètes et des forgerons, comme pouvait l'être, par exemple, la Birgitt celtique.

Minerve a été particulièrement honorée par les Morins, comme l'atteste une inscription lapidaire découverte dans les environs de Nimègue, en pays batave, là où s'est installée une colonie de Morins[2]. La déesse était sollicitée par toutes les corporations de métier pour son habileté, notamment dans le tissage[3], activité qui fait la réputation de la Morinie.

C'est sur la grand-place que devait se dresser son temple, mais il fut remplacé par une première chapelle consacrée à la Vierge. L'édifice porta tout de suite le vocable que l'on connaît aujourd'hui, lequel prend en compte les nombreuses guérisons observées jusque-là. Le sanctuaire fut détruit en 1785 parce qu'il gênait les mouvements des troupes du roi, si bien que Notre-Dame des Miracles obtint, à ce moment-là, son autel dans la cathédrale bâtie au XIIIe siècle. Au Moyen Âge, on l'appelait « Notre-Dame Candellière », ou « Notre-Dame Flamboyante », à cause des nombreux cierges qui illuminent sa chapelle. À cette époque, les pèlerins donnaient au chapitre de la cathédrale leur poids en blé ou en cire en reconnaissance de la guérison obtenue[4].

La Vierge au chat est une autre curiosité de la cathédrale. C'est un groupe de sujets en albâtre placé entre la quatrième et la

1. *Jan de Vries,* La Religion des Celtes, *Payot, 1977, p. 86.*

2. *M. Des Roches,* Histoire ancienne des Pays-Bas autrichiens, *1787, t. I, p. 142.*

3. *Georges Dumézil,* La Religion romaine archaïque, *Payot, 1974, réédition 1987, pp. 310-313.*

4. *Abbé O. Bled,* Le Livre d'or de Notre-Dame des Miracles à Saint-Omer, *1913.*

cinquième chapelle du collatéral méridional. Une Vierge, assise dans son intérieur flamand, allaite un nouveau-né emmailloté, tandis qu'un chat rêve à ses pieds. On ne sait pas s'il dort réellement ou s'il fait semblant. Au second plan, un âne et un bœuf, étrangement accolés, comme si chacun voulait être sur la photo à tout prix, rappellent au visiteur qu'il s'agit d'une Nativité. On a beau chercher des références évangéliques, même dans les textes apocryphes, il n'est jamais question de chat à ce moment-là. Or, on ne fait pas entrer impunément un chat, animal diabolique s'il en est, dans une église, et comme rien n'est gratuit, on peut en déduire qu'un autre message nous est ici délivré !

À propos, pourquoi taxe-t-on le chat d'avoir des rapports avec le diable ? Sans doute à cause de son goût prononcé pour l'errance et ses mœurs nocturnes. Le chat noir, qui se confond avec l'obscurité, est particulièrement redouté. Le chat sera aussi le compagnon favori des sorcières, qui partagent avec lui un certain rapport à la mélancolie.

L'expression « avoir un chat dans la gorge » sert à désigner une affection par laquelle l'organe est enroué, noué, souvent à cause d'une angoisse. Autour de la fête de la Saint-Jean, patron des bergers, il est souvent question de mutisme, de peur du loup, de gorge que l'on protège. Le fait d'avoir brûlé des chats dans les feux allumés pour la circonstance trouve ici un éclairage original. Saint Jean a été l'un des patrons de la cathédrale...

En dehors d'une inspiration venue du monde païen, on ne comprend cependant toujours pas pourquoi le chat se retrouve en compagnie de la Vierge dans une cathédrale construite au XIIIe siècle. Doit-on se rapprocher de la Minerve antique pour trouver une explication ? Peut-être pas !

À Saint-Omer, le chat est resté un animal aimé. Pour preuve, en 1488, on le fait participer, en criant, à la délivrance de la ville occupée par les Français. Jusqu'en 1677, il sera la raison d'être du cortège commémoratif de la Saint-Désiré[1].

1. *Renaud Lefebvre, « Le Cortège du chat, jour de la Saint-Désiré (11 février) », in* BCEM, *n° 23, p. 398.*

La Vierge au chat.
(Photographie de l'auteur.)

Plutarque rapporte, en revanche, une étrange légende qui pourrait bien être la solution de notre petit problème. « Le chat est fécondé par l'oreille et enfante par la bouche ; comme le verbe ou le *logos* est conçu par l'oreille et exprimé par la bouche[1]. » Or, au Moyen Âge, c'est précisément ainsi que l'on explique la conception virginale du Christ. La Vierge aurait été fécondée par l'Esprit-Saint *via* l'oreille, le conduit auditif devenant l'équivalent d'un fétu de paille permettant le lien avec les entrailles. On peut supposer que les croyances relatives au chat aient pu servir ce message théologique difficile à faire admettre si l'on ne dispose pas, dans la création, d'un processus équivalent. Toujours cette même idée de convaincre par l'image et par l'analogie !

Mais il y a peut-être quelque chose de plus intéressant encore à souligner. Fulcanelli fait remarquer[2] qu'en ouvrant une coquille Saint-Jacques et en la posant à plat, les sillons disposés en double éventail donnent à voir une mystérieuse image, semblable aux moustaches du chat, voire un simple X, lequel se prononce *khi* en grec, un son qui aurait conduit au mot « coquille », mais aussi au mot « chat », prononcé *ka* dans toute l'Europe, et tout particulièrement en Picardie médiévale à laquelle appartient l'Artois, bien que l'on ait aussi parlé le flamand à Saint-Omer. Est-ce suffisant pour justifier la présence de ce chat-là qui servirait, en quelque sorte, d'élément récurrent au pèlerinage placé sous « l'étoile du compost » ? Certainement pas, mais cela mérite tout de même d'être noté.

Un mot encore de Fulcanelli sur le lait de la Vierge, cette fois ! « En grec, le mot "lait" se dit *gala*, et le "mercure" est encore appelé "lait de Vierge"[3]. » Que dire de plus face à ce baigneur emmailloté, image de notre pèlerin transmuté, notre mercure dissous par son séjour actif dans le vaisseau ? Qu'il existe bien deux mercures : le premier, vulgaire, objet du travail de l'artiste, et le second, dit « philosophique », qui est proprement l'agent par lequel le premier sera dissous et transformé. En termes allégoriques, le premier est l'homme, le pèlerin à la veille de son voyage, et le second

1. *Cité par le docteur Ernest Jones,* Psychanalyse, folklore et religion, *Payot, 1973, p. 292.*
2. Les Demeures philosophales, op. cit., *t. I, p. 345.*
3. Le Mystère des cathédrales, op. cit., *p. 197.*

représente le pèlerinage en tant que tel, le travail spirituel qui va garantir au fidèle une transformation intérieure. Pour les pratiquants, la leçon est dure : il ne suffit pas de fréquenter le « vaisseau », encore faut-il savoir s'y « abreuver », se nourrir à la Vierge.

De sept à neuf

Notre pérégrination prend fin, mais il ne faudrait pas quitter la cathédrale sans jeter un œil sur cette pierre énigmatique – une de plus – qui montre un Abraxas, sorte de personnage dont le bas du corps se sépare en deux queues. C'est le nom de l'un des dieux de quelques théogonies asiatiques. Les basilidiens, des hérétiques gnostiques du IIe siècle, en avaient fait leur suprême divinité, car ils avaient remarqué que les sept lettres qui composent son nom donnaient en grec le nombre 365, qui est celui des jours de l'année. Ils disaient aussi que Jésus-Christ n'était qu'un fantôme bienveillant envoyé sur terre par Abraxas[1]. C'est également l'avis du *Dictionnaire d'archéologie chrétienne et de liturgie*, qui signale que les Abraxas sont les seules productions artistiques des gnostiques, lesquels n'hésitaient pas à jouer avec le nombre 7, qui établit une sorte d'harmonie entre le 4, représentant les éléments et la matière, et le 3, le nombre de l'esprit. Comme par hasard, c'est ce nombre 7 qui va présider à la construction du fameux labyrinthe de la cathédrale avec quarante-neuf cases par côté. Cela dit, le nombre 7 évoque aussi bien d'autres choses (sept notes de musique, sept couleurs de l'arc-en-ciel, sept planètes, sept jours de la semaine, etc.), et il rappelle, de par sa position dans l'ordre numéral, qu'il est le passage obligé pour accéder à la connaissance, symbolisée par le nombre 9, le plus grand chiffre. Or, pour aller de 7 à 9, il faut nécessairement passer par le 8, qui est le nombre du Christ, selon la numérologie grecque. Nul doute que les gnostiques s'en soient alors donné à cœur joie sur ce registre ésotérique.

À l'issue de notre périple, il est bon de préciser de nouveau les choses. Entendons-nous bien : il n'est pas question de dire que la

1. *J. Collin de Plancy,* Dictionnaire infernal *(1863), Slatkine, 1993.*

cathédrale de Saint-Omer tout entière a été conçue selon une « recette alchimique ». L'alchimie n'est rien d'autre qu'un mode de pensée qui vise à expliquer, à sa façon, le travail qu'il est nécessaire d'accomplir pour parvenir à une réalisation de soi, atteindre un certain état de plénitude. Il est clair qu'en tant qu'étape pour les pèlerins, dont le passage par la cathédrale était vivement souhaité, tout avait été fait pour les encourager à renouveler leurs expéditions, dont le caractère initiatique était un peu laissé à l'appréciation de chacun. Mais il ne faut pas perdre de vue que la cathédrale reste une œuvre médiévale dont la lecture exige aujourd'hui un effort.

Nous aurions pu également visiter l'édifice sous un autre angle et évoquer, par exemple, l'utilisation du nombre d'or dans sa construction ou son aspect symbolique au regard de la doctrine catholique, mais cela a déjà été fait[1]. En revanche, il m'a semblé qu'une approche alchimique méritait d'être enfin révélée, à chacun d'en retirer maintenant la substantifique moelle.

1. *Monique Ducrocq,* La Cathédrale de Saint-Omer, *Imprimerie centrale de l'Artois, 1997.*

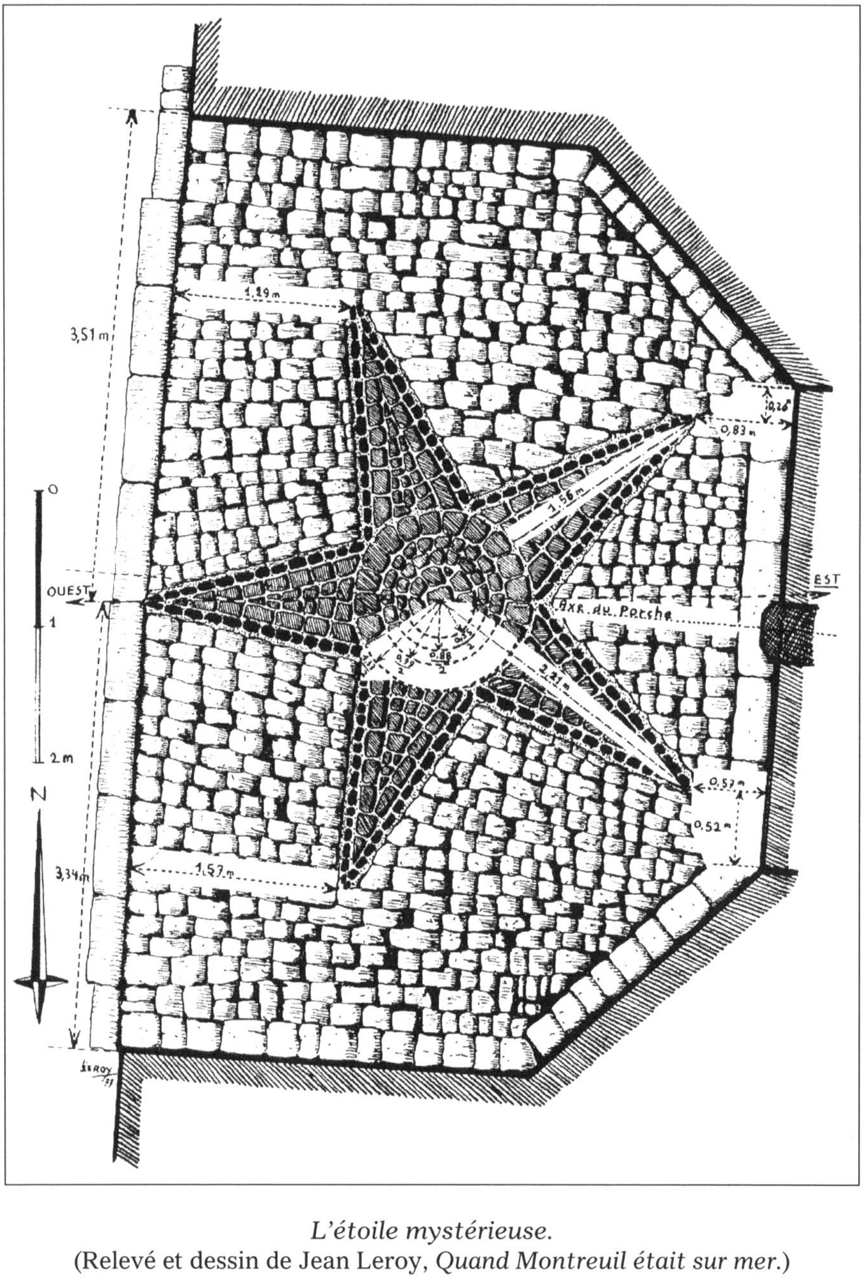

L'étoile mystérieuse.
(Relevé et dessin de Jean Leroy, *Quand Montreuil était sur mer.*)

Chapitre 2

L'étoile mystérieuse de Montreuil-sur-Mer

SOUS LE PORCHE DE l'actuelle église Saint-Saulve, à Montreuil-sur-Mer, le visiteur attentif peut admirer une étoile à cinq branches dessinée au sol par des grès de teintes différentes. Chaque branche mesure deux mètres vingt et un, du centre de la figure géométrique à la pointe. L'étoile est orientée plein ouest, et tout laisse à penser qu'elle renferme un message secret.

Sa forme, ses dimensions, les directions qu'elle indique, telle une table d'orientation, ont été étudiées par Jean Leroy, qui a publié ses conclusions dans un ouvrage paru en 1979[1]. C'est à cette source que je puiserai l'essentiel de ma documentation pour la rédaction de ce chapitre. Mais auparavant, et pour mieux comprendre pourquoi nous en sommes arrivés là, il faut relire l'histoire de la ville dans ses grandes lignes.

L'enceinte primitive

Tout commence à l'époque des Gaulois, et sans doute bien avant, mais nous n'en avons pas la preuve archéologique pour l'instant. Une tribu gauloise occupait donc le piton qui domine la vallée de la Canche pour en faire un oppidum. Qui étaient-ils ? Des Belges, certes, mais encore ? Quelle tribu ? Pendant longtemps,

1. *Jean Leroy,* Quand Montreuil était sur mer, *Quentovic, Éditions Chez l'Auteur, Boulogne-sur-Mer, 1979.*

on a songé, évidemment, aux Morins, ces gens de la mer qui avaient fait de Thérouanne leur capitale, mais les récentes hypothèses relatives à la fameuse bataille du Sabis[1] laissent à penser que nous aurions également pu avoir affaire aux Nerviens, habitués à naviguer sur les canaux et les marais, qui représentaient, à l'époque, l'essentiel du paysage aquatique de la vallée de la Canche. On a cru aussi que le site aurait pu être occupé par une légion de Jules César de retour de Bretagne (l'actuelle Angleterre), en 54... Mais laissons là ces considérations, qui sont sans importance pour notre sujet puisque tout semble se jouer, et vraiment commencer, vers le second siècle de notre ère, par l'implantation d'un « quadrilatère de type *campus* romain ou enceinte gallo-romaine[2] ».

De nos jours, ce schéma est encore visible, quoique l'enceinte ait été arasée. Son dessin apparaît à travers les rues servant de structure à la haute ville. À l'origine, le positionnement de ce quadrilatère est fonction de l'aspect géographique du lieu, délimité au nord et à l'ouest par le cours de la Canche, puis au sud par un plateau dont la butte du Coquempot est un point remarquable. Un *decumanus* et un *cardo maximus*, c'est-à-dire les deux axes perpendiculaires à partir desquels les Romains érigent traditionnellement leurs cités, sont tracés pour servir de base à la construction de ce quadrilatère, qui ne sera cependant pas un rectangle. Le *cardo maximus* est orienté nord-est – sud-ouest et forme, écrit Jean Leroy, un angle de 50 degrés 28' avec l'est, ce qui est précisément la valeur de la latitude de Montreuil-sur-Mer. De manière plus pragmatique, on peut dire aussi que cette disposition permet d'ouvrir une route vers Thérouanne en franchissant, au mieux, le cours de la Canche, c'est-à-dire de façon perpendiculaire. Ce *cardo maximus* est formé par les actuelles rues Sainte-Austreberthe et d'Hérambault. Quant au *decumanus*, il est aujourd'hui matérialisé par les rues de la Licorne et des Juifs.

Les « remparts nord et est » épousent sensiblement la crête de la vallée pour pouvoir transformer la déclivité importante creusée

1. *Voir* supra, *première partie, chapitre 1, « Un Alésia dans le Nord - Pas-de-Calais ».*

2. *Jean Leroy,* op. cit., *p. 63.*

par le lit de la rivière en fossé défensif. Vers l'ouest, les contraintes du terrain sont moins exigeantes et laissent à l'architecte la possibilité d'appliquer les règles traditionnelles de construction, ce qui permet d'organiser le lieu en accord avec les lois de l'univers. Au final, tout cela donne un trapèze dont la petite base, située au nord, mesure sept cent cinquante pieds romains d'une valeur unitaire de vingt-neuf centimètres et demi, la grande base au sud, neuf cent soixante-quinze pieds, et chaque côté, mille deux cents pieds. Le nombre d'or, qui autorise l'utilisation de proportions harmonieuses autour d'un rapport égal à 1,618[1], s'y retrouve à plusieurs reprises. Les sommets occidentaux de ce quadrilatère sont formés par la butte de Coquempot déjà citée, ainsi que par une tour carrée dite « de Fiennes », à cause d'un hôtel qui y fut édifié au XVIIIe siècle en intégrant un très vieux bâtiment dans sa base, sans doute une tour de guet. La présence de la rue du Mont-Hulin à proximité est une sorte de garantie d'ancienneté de l'endroit. Au regard des observations effectuées, il est manifeste qu'un dispositif sacré a été mis en place à cet endroit dès le commencement.

Les premières églises

C'est avec la christianisation de la société que les premières églises sont apparues. Celle qui ouvrit le ban fut, comme c'est souvent le cas, érigée en l'honneur de saint Pierre. D'emblée se posa la question de son emplacement, sachant qu'il fallait respecter une certaine harmonie des lieux dictée, depuis l'Antiquité, par les nombres. Le sanctuaire est en effet l'endroit où l'homme cherche à entrer en contact avec la divinité. Son édification exige donc de se plier à certaines règles pour qu'en retour, Dieu trouve l'endroit agréable et accepte d'aller vers l'homme. Or, parmi les rites requis pour concevoir un

1. *Le lecteur me pardonnera de ne pas reprendre ici l'explication de ce nombre d'or autour duquel la littérature est abondante. Il trouvera dans l'ouvrage de Matila C. Ghyka,* Le Nombre d'Or *(Gallimard, 1931, de nombreuses fois réédité depuis), l'essentiel de la question. Jean Leroy fournit également quelques éléments clés (pp. 69-72).*

La tour de Fiennes aujourd'hui.
(Photographie de l'auteur.)

lieu sacré, il y a le nombre. Le souci du maître d'œuvre est donc de donner naissance à un site qui soit en adéquation avec la création divine, les nombres choisis devant se trouver en accord avec l'univers afin de pouvoir laisser le souffle divin pénétrer les lieux. Ici, pas d'arithmétique au sens mathématique du terme, mais uniquement des proportions avec une unité de mesure qui est propre au maître d'œuvre et que nous appellerons « module ».

Le module défini à Montreuil-sur-Mer, c'est-à-dire la mesure de référence, est la *chorda rhénane* ; sa valeur métrique est de quarante-quatre mètres et vingt-cinq centimètres. Elle est matérialisée par une corde à douze nœuds, soit treize segments. Ce module vaut également cent cinquante pieds romains, une mesure déjà utilisée pour l'élaboration du quadrilatère antique.

Pour choisir le lieu où doit être implantée l'église Saint-Pierre, le maître d'œuvre va utiliser les propriétés du triangle dit de Pythagore[1]. Il décide de prendre pour sommet de son triangle la butte de Coquempot (point C sur la figurc). Dc là, il tracc l'un dcs côtés de l'angle droit en longeant le quadrilatère antique et lui donne quatre modules de long. Il marque ainsi le sommet de l'angle droit (point D sur la figure). Enfin, il élève une hauteur égale à trois modules. L'église Saint-Pierre (point A sur la figure) se trouve donc à cinq modules de la butte de Coquempot, et, « coïncidence », à cinq modules aussi de la tour de Fiennes (point B sur la figure) ; et tout cela sans la moindre lunette de visée. L'angle d'ouverture qui embrasse tout le quadrilatère antique depuis le seuil de l'église Saint-Pierre est, dans ce cas, de 108 degrés, le même que celui des frontons des temples grecs. Le rapport entre la longueur du côté du quadrilatère antique (huit modules) et la distance qui sépare l'église de l'un de ses sommets occidentaux (cinq modules) est égal à 1,6, soit le nombre d'or en valeur approchée. L'harmonie sacrée des lieux est ainsi préservée.

Puis vient la construction de la seconde église dite « Saint-Josse dans les murs ». Le maître d'œuvre (le même, ou l'un de ses

1. *La propriété du triangle de Pythagore, déjà connu des Égyptiens, est d'avoir sa base égale à trois, sa hauteur à quatre, son hypoténuse à cinq, quelle que soit l'unité choisie.*

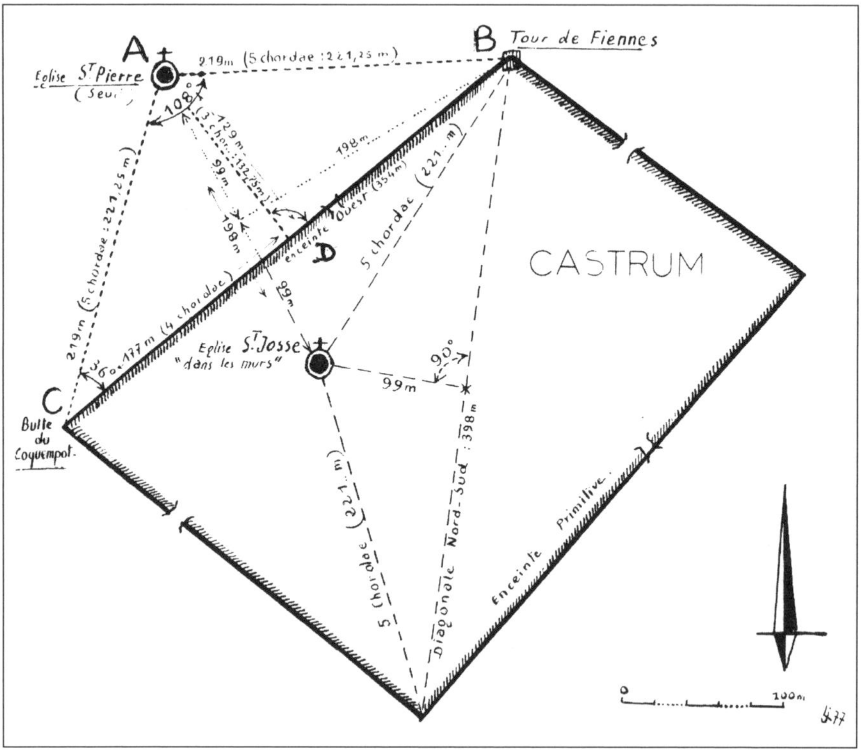

Mode opératoire pour l'implantation des églises Saint-Pierre et Saint-Josse « dans les murs ».
(D'après Jean Leroy, *Quand Montreuil était sur mer.*)

disciples) choisit de reproduire l'opération, mais en restant, cette fois, à l'intérieur du quadrilatère antique. Il décide de prendre comme base la diagonale nord-sud de celui-ci, et place le seuil de l'édifice à cinq modules de chaque sommet. Ainsi positionnée, l'église Saint-Josse dans les murs forme avec Saint-Pierre et la tour de Fiennes un triangle isocèle dont le côté vaut cinq modules, et dont le sommet est la tour de Fiennes. La base (Saint-Pierre – Saint-Josse) mesure alors six modules, soit deux fois trois, deux nombres sacrés, s'il en est. Trois autres églises, Saint-Firmin, Saint-Josse-au-Val et Saint-Michel, seront positionnées en fonction des deux premières ; le caractère sacré du site est une nouvelle fois maintenu.

L'épure

Arrivent ensuite les Vikings à qui l'on prête durant un temps l'occupation du lieu. Un certain Helgaud les en délogera. Fils d'une mère mérovingienne, l'homme passe pour être originaire de Thérouanne. Selon toute vraisemblance, il doit également être apparenté au Carolingien Louis III, à qui il prête main-forte pour lutter contre les pillards, et ce serait pour se payer de ses efforts qu'il aurait envahi la cité[1]. Il entreprend ensuite de fortifier l'édifice de manière à mettre à l'abri les précieuses reliques convoitées par les Normands. Sont particulièrement concernées celles qui proviennent de l'abbaye de Landévennec, en Bretagne, saint Josse oblige ! Nous sommes à la fin du IXe siècle. C'est à cette époque que l'on commence à appeler l'endroit « Mosteriol » (attesté en 898) ou « Monasteriolum », d'où, plus tard, « Montreuil », bien que l'on se pose toujours la question de savoir de quel monastère il s'agit. Une tradition parle du passage dans l'ancienne cité, en 425, de saint Saulve, futur évêque d'Amiens, lequel aurait laissé quelques moines sur le piton ; mais il y a aussi ces religieux de Landévennec qui ont édifié l'abbaye Saint-Wallois sous la protection d'Helgaud...

1. *Philippe Valcq,* L'Énigme de la ville secrète des Templiers, *Montreuil-sur-Mer, Ramuel, 1997, p. 122.*

Cela dit, l'objectif principal d'Helgaud, qui se dit comte, est de protéger ses propres biens, regroupés dans ce qu'il nomme sa « Fermeté », mot qui évoluera en « Ferté », et que l'on retrouve encore aujourd'hui associé à de nombreux noms de lieux sur l'ensemble du territoire national. L'endroit à enclore est important, on l'estime à vingt-sept hectares, alors qu'à l'époque, le castrum de Douai ne fait que quatre hectares soixante-quinze, et celui de Bruges quatre hectares quatre-vingts. Et le site est sacré, Helgaud le sait ; il en tiendra compte dans ses plans en conservant toujours le même module de la *chorda rhénane* d'une valeur de cent cinquante pieds romains. Il projette de donner huit ouvertures à sa ville, huit portes distribuées deux à deux selon quatre axes qui se coupent en un seul point placé sur le côté ouest du quadrilatère antique, à quatre-vingt-dix-neuf mètres de la tour de Fiennes. Les distances entre les portes d'un même axe sont des nombres entiers de modules (12, 14, 15), à une exception près (11,7). Le périmètre de la Fermeté est de quarante-cinq modules. La tour de Fiennes a probablement servi de repère de construction puisque l'espacement entre la porte principale de la Fermeté et cette tour est égal à neuf modules, tout comme la distance entre la tour et la porte sud, dite « des Larrons ». L'abbaye Saint-Wallois, qui a quasiment été élevée au centre du quadrilatère antique, se trouve désormais située sur l'axe nord-sud de la nouvelle cité.

Au regard de toutes ces dispositions, il semble donc que cette nouvelle organisation de l'espace ait réussi à maintenir l'harmonie des lieux, en utilisant d'abord le même module de la *chorda*, et en « jouant » ensuite avec des chiffres tels que 3, 4, 5 ou 9, chacun ayant des propriétés ésotériques.

Lors d'un combat contre Rollon en 925, Helgaud sera blessé devant Eu. Il mourra l'année suivante en laissant son fils Herluin lui succéder. Un moment allié du comte de Flandre Arnoul le Vieux, Herluin n'aura jamais ensuite plus farouche adversaire, au point que son fils Roger devra aussi le combattre, et après un arbitrage opéré par Hugues le Grand, le père du futur Hugues Capet,

Roger abandonnera à Arnoul la cité de Montreuil en échange de la ville d'Amiens, en 949.

L'étoile

Arnoul entend agrandir sa nouvelle propriété en la dotant de nouveaux remparts. Toutefois, de « bonnes âmes » sont là pour lui rappeler que le site est sacré et que l'on ne saurait y faire n'importe quoi. Arnoul prend en compte l'information, mais il souhaite apporter un plus à la méthode utilisée jusqu'à maintenant. Il s'entoure de maçons compétents qui, de toute façon, ne connaissent pas d'autre mode opératoire pour implanter des bâtiments dans un espace donné, les moines de Saint-Wallois se tenant à disposition pour leur fournir les conseils qui leur manqueraient. Point n'est besoin ici, à mon avis, de faire intervenir des « initiés » venus d'on ne sait quelle « planète » ! Tout ce savoir découle en droite ligne de l'Antiquité, comme pour la médecine médiévale ou la philosophie.

Le nouveau maître d'œuvre décide de conserver le désormais célèbre module de cent cinquante pieds romains ou *chorda*, et commence par dessiner une étoile à cinq branches, dite « pythagoricienne », sous le porche de l'église abbatiale Saint-Wallois, aujourd'hui Saint-Saulve. Et Jean Leroy[1] de faire judicieusement remarquer que pour obtenir ce type de figure géométrique parfaite, il suffit de faire un nœud plat avec une bande de papier longue et étroite, ou un fétu de paille, ou un roseau... Y aurait-il quelque secret de vannier là-dessous ? Quoi qu'il en soit, on peut se demander si appliquer un tel nœud à même le sol, devant le lieu sacré qu'est l'église, ne vise pas à conférer à cette figure géométrique le pouvoir d'une amulette protectrice, comme le nœud de sorcière en Flandre, voire celui de saint Maur gravé dans le grès de l'église de Raimbeaucourt[2], voire encore le signe de croix

1. *Op. cit., p. 250.*

2. *Bernard Coussée,* Les Mystères du Nord - Pas-de-Calais, *De Borée, 2006, p. 189, et* Les Nouveaux Mystères du Nord - Pas-de-Calais, *De Borée, 2008, p. 140.*

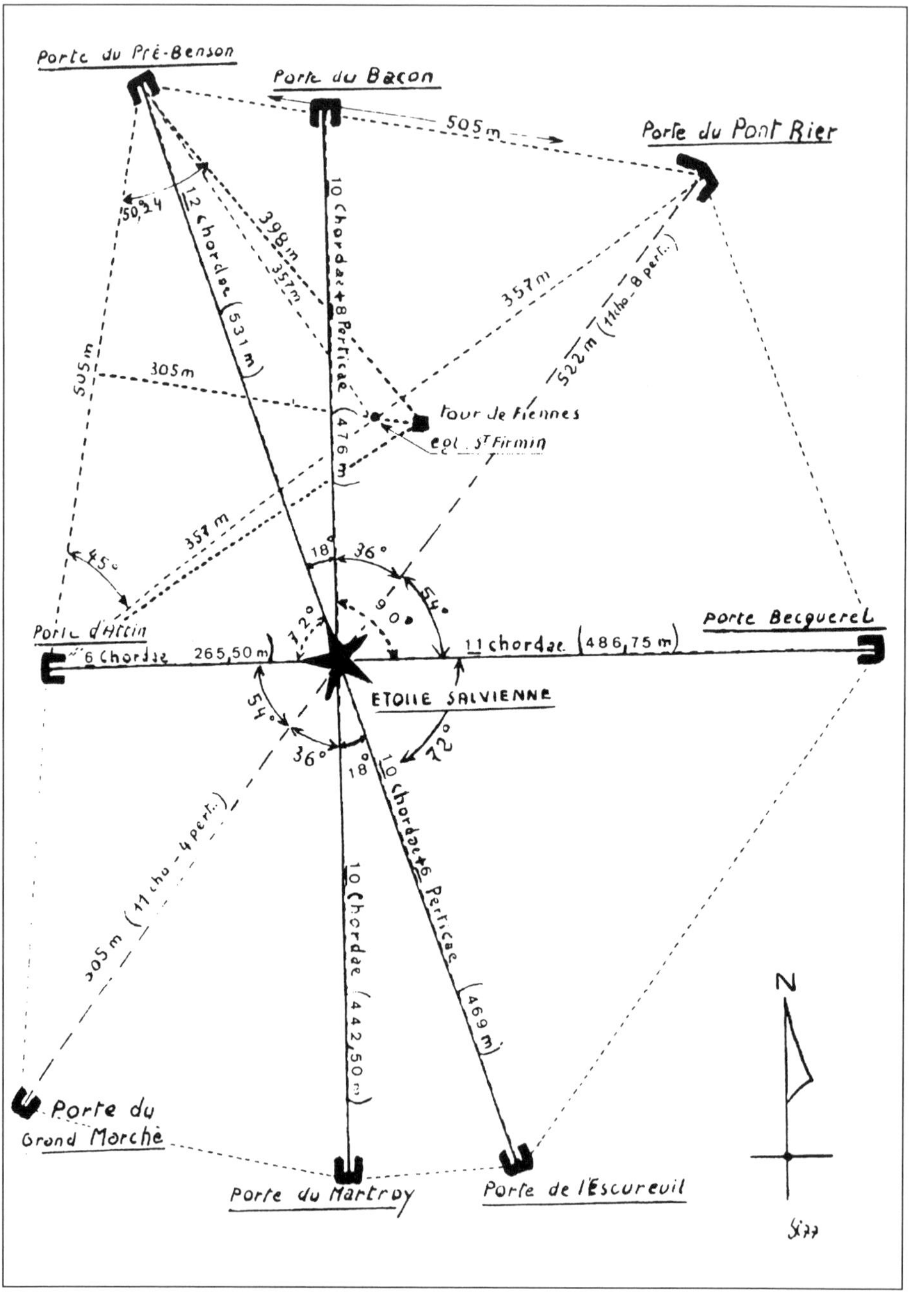

Distribution des portes de la cité en fonction de l'étoile.
(Plan dressé par Jean Leroy, *Quand Montreuil était sur mer.*)

que l'on fait en entrant dans une église, et qui n'est rien d'autre qu'un entrelacement de gestes.

Mais ici, à Montreuil-sur-Mer, le nœud est transcendé par la figure qu'il donne à lire, à savoir l'étoile à cinq branches entortillées, à qui l'architecte est bien obligé de fournir une orientation s'il souhaite l'utiliser adroitement par la suite. C'est alors qu'il décide de placer une branche de l'étoile dans l'axe de l'église en l'orientant est-ouest[1], de sorte qu'ainsi disposée, cette première branche puisse fixer le coucher du soleil le 21 mars[2]. À partir de cette étoile, il s'agit de répartir les huit nouvelles portes de la cité – le nombre sacré, au demeurant christique[3], a été conservé. Le maître d'œuvre préfère sans doute commencer par placer les plus faciles, celles qu'indique l'axe est-ouest de l'abbatiale, et maintenant de l'étoile ; sont ainsi implantées la porte d'Attin, à l'ouest, à six modules du centre de l'étoile, et la porte Becquerel, à l'est, à onze modules. Ensuite, il est logique de penser que c'est l'axe nord-sud qui a intéressé notre architecte puisque perpendiculaire au précédent. C'est encore l'idée du *cardo maximus* et du *decumanus* qui s'impose. Depuis le centre de l'étoile, il détermine ainsi le placement de la porte nord à dix modules, et celle du sud à dix modules également. Un autre axe semble maintenant lui être dicté par la seconde branche de l'étoile en tournant dans le sens des aiguilles d'une montre, c'est-à-dire dextrogyre. L'angle formé par le premier axe et le second est de 72 degrés, une mesure qu'il est impératif de conserver puisqu'elle est égale au cinquième[4] du

1. *L'axe du porche et celui de la nef forment un écart de 8 degrés, ce qui donne l'impression que l'étoile est légèrement décentrée.*

2. *Saint Wallois,* alias *saint Guénolé, est fêté le 3 mars. Si l'on applique à cette date les onze jours de décalage entre les calendriers grégorien et julien, cela donne le 14 mars. Dans ces conditions, l'équinoxe peut être considéré comme l'octave de la Saint-Wallois. Cela n'a peut-être plus d'importance pour nous, mais les gens du Xe siècle ont sans doute prêté attention à cette occurrence. Par ailleurs, on notera, sans en tirer de conclusion hâtive, qu'un spectateur peut, à cette date, durant la nuit, observer la lente disparition d'Orion, le chasseur céleste, de la voûte céleste.*

3. *Voir* supra, *deuxième partie, chapitre 1, « Itinéraire alchimique dans la cathédrale de Saint-Omer ».*

4. *Cinq est par ailleurs le nombre pythagoricien par excellence.*

cercle, figure parfaite par définition, car c'est une allégorie de l'univers. Sont donc facilement placées la porte du Pré-Benson, au nord-nord-ouest, et celle de l'Escureuil, au sud-sud-est.

Qu'en est-il des deux dernières portes, auxquelles il faut bien trouver une place à la fois stratégique et harmonieuse ? Il aurait sans doute été facile de prendre en compte une autre branche de l'étoile, mais le maître d'œuvre a préféré adopter une nouvelle stratégie en utilisant la Tétraktis, cette propriété qu'ont les quatre premiers chiffres, 1, 2, 3, 4, de donner au total le nombre 10, ce qui leur confère un caractère indubitablement sacré. Or, cette disposition appliquée à un angle de 180 degrés, c'est-à-dire la moitié du cercle, donne 18, 36, 54, 72 degrés. Autrement dit, après avoir observé que les six premières portes étaient positionnées selon des angles valant 18 et 72 degrés, il devenait facile à l'architecte d'utiliser les deux autres angles de 36 et 54 degrés pour placer la porte du Pont-Riez à 11,8 modules, et celle du Grand-Marché à 11,4 modules. On pourra objecter que ces deux dernières mesures sont imparfaites, mais le problème vient de la déclivité abrupte du terrain, lequel impose, *in fine*, sa loi. Toutefois, à peu de chose près, on aurait pu atteindre les douze modules ; la construction aurait alors été parfaite à tout point de vue.

À propos de cette distribution de portes, on a parlé, à un moment donné, de progression arithmétique ayant pour raison 18 degrés, mais si cela est mathématiquement exact, je pense que ce « jargon scolaire » ne rend pas assez compte du cheminement symbolique opéré par le maître d'œuvre, que j'ai modestement essayé de reconstituer ici.

Arnoul le Vieux a ainsi poursuivi la destinée sacrée de la cité. Deux siècles plus tard, Philippe Auguste fera construire le château royal hors les murs. Ce jour-là, le fil de la tradition commencera à se rompre pour la première fois.

Une loge maçonnique en 1740. Après avoir subi les épreuves, un néophyte est conduit devant le vénérable pour y être interrogé.
(Collection de l'auteur.)

Chapitre 3

La loge des Philalèthes

L'HISTOIRE de la franc-maçonnerie est d'une rare complexité. Elle sera abordée ici sous le couvert d'une petite loge qui a vu le jour à Lille, seulement quatre ans avant que la tourmente révolutionnaire ne l'emporte.

Aux origines

La franc-maçonnerie, dans sa forme actuelle, remonte à 1717, année de la fondation de la Grande Loge de Londres. À ce moment-là, il s'agit de donner un nouvel élan à une institution qui se dit découler du métier de la construction et qui se présente comme l'héritière d'une spiritualité immémoriale. Les anciennes chartes, compilées pour la circonstance en 1723 par le pasteur James Anderson, la font remonter à Adam, « qui avait les sciences libérales, et particulièrement la géométrie, gravées dans le cœur », mais aussi à Hénoch, à Noé et à ses trois fils Japhet, Sem et Cham, « tous de véritables maçons ». Ces légendes naïves doivent être comprises dans leur signification ésotérique. C'est une manière de dire que la franc-maçonnerie a toujours existé, sinon en acte, du moins en puissance, et que sa vocation est l'universalité du genre humain à travers le temps et l'espace.

Des légendes d'inspiration biblique mentionnent l'édification du temple de Jérusalem sous les ordres du roi Salomon, d'Hiram, roi de Tyr, et d'Hiram Abif, Tyrien lui aussi, lequel avait la direction suprême des travaux. La spiritualisation de cette construction est le fondement de l'enseignement maçonnique, lequel considère l'homme comme un temple. Enfin, il existe une autre légende qui aura beaucoup d'influence à la fin du XVIIIe siècle, celle qui renvoie aux Templiers et à son grand maître Jacques de Molay, dont il est impératif de venger la mort. Sur le plan historique, l'héritage templier semble acquis dans la mesure où les francs-maçons ont été de grands bâtisseurs. Leur contact avec l'Orient leur a permis de développer leurs connaissances en architecture, puis ils se sont empressés de venir exercer librement leur métier sur les différents chantiers ouverts à travers toute l'Europe par l'ordre chevaleresque.

En vieux français, le mot « franc » qualifie ce qui est libre par opposition à ce qui est servile ; il désigne tout individu échappant aux servitudes et aux droits seigneuriaux. Au sens figuré, ce terme renvoie à l'homme de qualité, celui qui est net, sans reproche. Les plus anciens textes où il est question de « francs-maçons » ont été rédigés en Angleterre, à une époque où la langue officielle était le français : *fremasons*, en 1376 ; *masonfree*, en 1396. On trouve aussi dans certains écrits datant du XVe siècle l'expression « *maçons de fraunche pere* », « de pierre franche »[1].

L'objectif principal de la franc-maçonnerie est de fournir à l'individu une place dans une communauté qui se veut fraternelle. Par le pouvoir de l'initiation, il s'agit de transformer l'homme en un temple qui s'intègre parfaitement dans l'univers.

La première loge en France dont l'existence est avérée est celle que la Grande Loge de Londres a instituée à Dunkerque en 1721, sous les titres de l'« Amitié » et de la « Fraternité ». Son premier grand maître est lord Derwent-Water. La même année, la « Parfaite Union » est établie à Mons, toujours par des Anglais. Progressivement, la vague s'étend dans toute la Flandre, l'Artois et la Picardie. Valenciennes possède sa loge en 1733, Douai en 1742, Arras en 1745. Cette diffusion est fortement favorisée par la

1. *Paul Naudon,* Histoire générale de la franc-maçonnerie, *Charles Moreau Éditeur, 2004.*

présence de régiments militaires dans la région. D'ailleurs, les loges militaires sont peut-être les plus anciennes institutions maçonniques de France. Les régiments étrangers de Walsh et de Dillon, tous deux passés au service du roi en 1698, auraient possédé une loge régimentaire[1]. En 1745, la Grande Loge est celle du Royal des Vaisseaux (ancêtre du 43e régiment d'infanterie basé à Lille), mais chacun s'accorde à dire qu'il existait beaucoup d'autres loges créées *sui generis*, sans s'inquiéter de leur reconnaissance officielle.

Que les militaires aient été attirés très tôt par la franc-maçonnerie n'a rien d'étonnant, car il s'agit d'un ordre sacralisé et fortement hiérarchisé, dont les membres portent les marques distinctives de leur grade. Du reste, il faut préciser que la vie militaire n'a rien d'exaltant à cette époque. Vivant sur l'habitant, les soldats ne sont guère appréciés, et l'officier qui se retrouve seul en ville, dans un milieu souvent hostile, apprécie d'être parmi ses camarades dans un endroit convivial. Et puis c'est aussi l'occasion de pouvoir rencontrer les « frères » d'une loge civile et de nouer des relations plus sûres, quitte à épouser la fille de la maison.

À Lille, une loge militaire portant le nom « À l'Orient de Lille » voit le jour en 1750. Une autre qui s'appelle cette fois « À l'Orient du régiment du Bourbonnais » est créée en 1764. La ville comptera sept loges et un atelier à la veille de la Révolution française.

Les Philalèthes

La loge des Philalèthes, ou « amis de la vérité », est créée en 1785 à l'initiative d'un professeur de chimie nommé Valentino. L'appellation complète est « Société des maçons philalèthes, titre distinctif des Amis réunis de l'Orient de Lille ». Le mot « Philalèthe » est très à la mode à cette période. « Il peint bien les idées du moment : la manie de l'archaïsme et le vague dans les aspirations[2]. »

1. *Roland Allender et Michel Rousseau,* Les Francs-Maçons dans la loge et la cité, *Orient de Douai, 1996, p. 20.*

2. *« Les Philalèthes », in* Souvenirs religieux de Lille et de la région, *Desclée De Brouwer, 1895, p. 88.*

L'ambition des Philalèthes est de s'écarter sensiblement des principes premiers de la maçonnerie hérités des loges anglaises pour ressembler davantage à une société savante. Pour ce faire, ils épousent une tendance locale qui voit, depuis quelques années, un effort déployé envers la culture et les arts avec la mise en place d'expositions de peinture importantes, mais surtout avec la fondation, par le chapitre de Saint-Pierre, en 1726, d'une bibliothèque publique. En 1677, Louis XIV avait promis de fournir à l'établissement un exemplaire de chaque ouvrage qui sortirait des presses de l'Imprimerie royale. Cette promesse fut scrupuleusement tenue jusqu'en 1789. À l'époque, les Lillois développaient un goût pour la lecture, ce qui les amena très vite vers les livres licencieux publiés en grand nombre, d'une crudité telle que le « syndic de la librairie » s'opposa même parfois à leur vente[1].

L'idée de créer une académie à Lille s'inscrit par ailleurs dans une certaine logique historique et culturelle puisqu'en 1759, il y avait déjà eu une tentative de ce type-là. Charles Panckoucke, imprimeur, aidé du poète Maton, du chanoine de Montlinot et d'autres personnes encore, avait fondé l'académie « le Brunin », en référence au nom d'une salle de l'hôtel de ville qui servait à leurs réunions et qui était fort mal éclairée. Maton, qui avait publié des épigrammes dans lesquelles des magistrats et des dames crurent se reconnaître, souleva contre lui la tempête. Son ami Panckoucke eut beau composer un mémoire pour sa défense, rien n'y fit. Une incartade auprès du greffier, duquel il brûla le livre de comptes, lui valut même six semaines de prison. Après cela, l'académie le Brunin s'éteignit sous les rires de tous.

Leur profession de foi

Dans la constitution des Philalèthes, déposée comme manuscrit à la bibliothèque municipale de Lille[2], on peut lire qu'il s'agit d'une association volontaire d'individus portant tous le caractère

1. *Victor Derode,* Histoire de Lille et de la Flandre wallonne, *Lille, 1848, 1877, réédition Laffitte 1975, t. II, p. 387.*
2. *Cote 1525.*

de francs-maçons, c'est-à-dire « d'hommes libres et égaux ». Ils reconnaissent que la religion chrétienne est celle de tous les Philalèthes, mais que les hommes ont le droit naturel et inaliénable de rendre au Dieu Tout-Puissant le culte que leur dicte leur conscience, et que la pratique du bien moral est la seule religion obligatoire à laquelle l'homme doive être contraint par la justice. Aussi, nul maçon ne sera inquiété pour sa façon de penser en matière de religion, mais il sera interdit de dire ou d'écrire quoi que ce soit d'offensant pour la religion chrétienne. On ne peut en effet admettre aux épreuves des hommes qui ont écrit contre le roi et les véritables intérêts de la nation. Les dissertations scientifiques y connaissent alors le plus vif succès.

Parmi les premiers adeptes réunis par Valentino se trouve un certain Gaborria, dont la décoration a été retrouvée. C'est une étoile à sept pointes qui porte sur un côté les mots « Gaborria, chambre maçonnique des Philalèthes, à l'Orient de Lille, 1785 », et de l'autre « *Veritatis electus* ». Ce titre d'élu fait partie des hauts grades. Ces derniers, apparus timidement vers 1743 sous le terme « écossais », ne tardèrent pas à foisonner sous des qualifications pompeuses et un système de hiérarchisation complexe, au point de voir toutes sortes d'élus pulluler. Il faudra attendre l'arrivée du Rite Écossais Ancien et Accepté au début du XIXe siècle pour mettre un peu d'ordre dans tout cela[1].

Parmi les membres résidants figurent des bourgeois, mais aussi des représentants du clergé, comme dom Devienne et l'ex-chanoine de Montlinot, déjà impliqué dans la création du Brunin en 1759, des nobles et, bien entendu, des officiers.

Le collège des Philalèthes s'applique à diffuser les idées nouvelles, voire subversives, et à développer la bienfaisance comme la vie mondaine. Lors de la révision des statuts en 1787, un nouveau pas est franchi. Dom Devienne, bénédictin de la congrégation de Saint-Maur, qui travaille alors à une histoire de Flandre, est chargé d'exposer les vues générales qui ont présidé à la transformation de la société et à l'esprit des statuts. Lors d'un long

1. *Paul Naudon,* Histoire, rituels et tuileur des hauts grades maçonniques, *1966, 2e édition, Dervy-Livres, 1978, p. 15.*

discours prononcé le 29 août 1787, il félicite le collège du caractère tranché que ce dernier cherche à se donner et des moyens qu'il adopte pour se baser sur de solides fondements. Il indique ensuite quelles doivent être les lois de toute société de ce genre : déterminer l'objet de son établissement, la façon dont elle se propose de le remplir, fixer la tâche imposée à chacun de ses membres, empêcher à quiconque de se soustraire à l'empire de la loi, procurer les fonds qu'exigent les dépenses nécessaires, et établir une administration convenable.

Dom Devienne développe ensuite d'excellents préceptes : l'esprit qui convient au collège des Philalèthes consiste à mettre la plus grande simplicité dans tout ce qui émanera de lui, à rejeter tout ce qui porterait atteinte aux bons principes et aux mœurs – même si cela lui paraît fort agréable –, à ne louer les écrits qui lui seront remis qu'autant qu'ils établiront des vérités intéressantes, qu'ils combattront des erreurs ou proposeront des projets utiles, à prévenir tout ce qui pourrait altérer l'union des membres, à faire preuve de douceur pour ramener ceux qui s'égareraient par faiblesse, et de fermeté avec ceux qui croiraient trouver dans l'opiniâtreté de quoi soutenir leurs écarts.

En plus de ces nouveaux statuts sont adoptées les dispositions suivantes : nul ne pourra être reçu sans s'être fait connaître par quelque ouvrage imprimé ou communiqué au collège ; tout Philalèthe devra composer deux mémoires par an.

Il y aura chaque semaine une assemblée de travail, tous les mois deux assemblées d'administration, et tous les ans deux séances publiques. À l'occasion d'une de ces séances, trois prix seront décernés : le premier pour des questions proposées par le collège, le deuxième sur un sujet qui a été laissé au choix de l'auteur, et le troisième, enfin, attribué à celui qui, dans l'année, aura rendu le plus grand nombre de bons mémoires.

Les affiliés sont donc invités à entreprendre de sérieuses recherches, mais leurs spéculations conduisent le plus souvent aux problèmes touchant aux origines des êtres et des choses ainsi qu'à la destinée du globe. Sans verser ni dans le mysticisme, ni dans les audaces extrêmes du sensualisme et du matérialisme, les Philalèthes reviennent au panthéisme de la Renaissance ou à la doctrine spinoziste. Toute une éthique en découle. Toutefois, et malgré de bonnes volontés *a priori* sincères, le talent fait défaut, si bien qu'il faudra renoncer à distribuer des prix. En revanche, le caractère ardu de leurs spéculations attire des correspondants lointains, et beaucoup supposent, à tort, qu'ils se livrent à l'hermétisme.

Malgré les conseils éloquents de dom Devienne et la sévérité du règlement, le collège a eu une existence très brève, car il a cessé ses travaux dès 1789. Il ne reste de lui que les procès-verbaux des séances de 1787 et de 1788 : un mémoire sur un projet universel des sciences ; un éloge du prince de Soubise ; un texte louant Descartes ; plus intéressant, un mémoire sur les moyens de rendre moins malsaines les caves de Lille qui servent d'habitation et « où l'on y meurt », criera quelques années plus tard Victor Hugo ; des discours sur le commerce, la bienfaisance, la source de l'amour pour la patrie...

Chapitre 4

La fabuleuse abbaye des Dunes

LORSQU'EN 1107, le moine bénédictin Ligerius, venant de France, s'installe dans les dunes entre Dunkerque et Furnes, le lieu est considéré comme « sauvage et désert », et l'on peut se demander ce qui a déterminé son choix ainsi que celui de ses compagnons. Certes, à cette époque, un profond désir de retour aux sources animait les moines occidentaux. Ils considéraient leur vie sous un aspect médiocre et fade en comparaison de celle des pères du désert, et en particulier de saint Antoine, qui restait leur modèle, leur héros. Peut-être que Ligerius faisait partie de ces moines-là, mais si cette aspiration métaphysique peut expliquer sa démarche, elle ne justifie en rien le choix même du site sur lequel est bâtie l'actuelle ville de Coxyde. En effet, pourquoi les moines s'installèrent-ils sur un ancien cimetière alors que des dunes vierges de toute occupation s'étendaient à des kilomètres à la ronde ?

Un endroit bien étrange

On sait bien que lorsqu'on dit « vierge et sauvage » au XIIe siècle, il faut penser « abandonné depuis longtemps », car cette partie de la Flandre a semble-t-il déjà été occupée. Des fouilles effectuées près de là, à La Panne, ont permis de mettre au jour des vestiges gallo-romains. On sait aussi que les Ménapiens faisaient du canotage entre les îles du littoral. Par ailleurs, sous les Carolingiens, des ports comme Dorestadt, l'île de Walcheren et, plus au sud, Quentowic, constituaient un véritable réseau commercial. Aussi ne faut-il pas s'étonner que les restes d'un appontement sur pilotis ainsi que le fond d'une embarcation aient pu être trouvés à l'endroit même choisi par Ligerius. Il semble d'ailleurs que ce soient les vestiges d'un habitat chauque, du nom d'une tribu saxonne qui s'est illustrée dans la lutte contre l'occupant romain.

Lors des fouilles, une nécropole du VIe siècle a également été découverte. Elle contient plus de huit cents tombes qui ont la particularité d'être orientées vers l'est, ce qui permet au défunt d'être tourné vers le soleil levant ; tout le contraire d'une sépulture saxonne où le mort « regarde » vers l'ouest. Par ailleurs, les crânes exhumés démontrent la présence d'une population hyperbrachycéphale alors qu'à l'époque, l'environnement franc était plutôt à tendance dolichocéphale. De plus, plusieurs boîtes crâniennes ont conservé les traces d'une trépanation rituelle. Peu d'armes ont été trouvées dans les tombes, mais quatre plaquettes de bronze trônaient parmi les ossements ; elles étaient fixées par des bandelettes d'écorce de bouleau, au tiers inférieur de la face extérieure de la jambe gauche et sur le vêtement. Rite magique ou médical ? Ce que l'on sait, c'est que les populations nordiques traçaient des runes sur des écorces de bouleau. Sur le sternum de certains squelettes ont été recueillis de grands coquillages garnis de trous de suspension. On a tout de suite pensé à Saint-Jacques de Compostelle, mais les fouilles ultérieures ont montré qu'il s'agissait de simples cardium, espèce de mollusques qui foisonnent sur nos plages, et là, plus question d'invoquer un pèlerinage ! La seule explication possible réside dans l'objet de parure ou l'amulette, cette découverte permettant de regarder sous un œil nouveau cette recrudescence de coquilles « Saint-Jacques » dans la cathédrale de Saint-Omer[1]... En somme, on peut donc dire qu'une population aux caractères ethniques bien identifiés a vécu à cet endroit jusqu'au VIe siècle, et a été un jour exterminée, sans doute à la faveur d'un raid viking.

1. *Voir* supra, *deuxième partie, chapitre 1, « Itinéraire alchimique dans la cathédrale de Saint-Omer ».*

Si ces observations confèrent d'emblée un caractère insolite au lieu, il faut reconnaître que l'étonnement est à son comble quand, en 1969, une tombe livre un curieux occupant : un sanglier dont l'extrémité des pattes est dépourvue de sabots. Il s'agit d'une laie demi-adulte inhumée entre les tombes humaines. L'animal a été couché sur le flanc gauche, la tête tournée vers l'ouest. La coutume d'enterrer certaines bêtes comme les cerfs, les chevaux, etc., parmi les humains est une très vieille coutume, pérennisée par les Celtes. Néanmoins, sa manifestation dans un cimetière d'âge franc a de quoi étonner, car le squelette ne paraît pas si ancien que cela. À en juger par le niveau d'ensevelissement et la coloration des ossements, la mise en terre du jeune animal doit remonter au ve siècle tout au plus. Évidemment, ce qui fascine, c'est aussi l'absence de sabots. Or, depuis les transgressions marines du début de l'ère chrétienne, cette partie de l'Europe était devenue un milieu particulièrement marécageux, humide, hostile, où la vie ne pouvait se maintenir qu'au prix d'une adaptation sans condition.

L'animal était-il palmé, ou bien lui avait-on « retiré » ses sabots dans un but religieux ? De leur côté, les croyances populaires ont conservé – entretenu aussi – le souvenir de cochons aux « pieds blancs, c'est-à-dire largement pattés comme les ont les oies » ; d'où ces récits autour des « pédauques », reines ou saintes, qui filent sans arrêt, comme sait si bien le faire également la truie figurant sur une enseigne de l'ancien Paris[1]. Alors, réalité anatomique ou survivance d'une croyance antique ? Il y a de quoi rester perplexe !

La plus grande église d'Europe occidentale

Les premières constructions en bois érigées par Ligerius et ses compagnons ne résistent pas longtemps à la force des vents. En 1128, un nouveau sanctuaire en briques doit être bâti, consacré à saint Laurent. L'abbaye bénédictine épouse la réforme cistercienne en 1138 ; un an plus tard, saint Bernard vient y dire la

1. *Pierre Saintyves,* En marge des contes de Perrault et des récits parallèles, *réédition Robert Laffont, « Bouquins », 1987, p. 1061.*

messe, et la tradition veut qu'il ne soit pas arrivé les mains vides... Une précision qui permet d'estimer l'importance culturelle de l'abbaye des Dunes à cette époque : le successeur de saint Bernard à Clairvaux, Robert de Bruges, y sera instruit.

Sous la direction d'Idesbald, père abbé particulièrement efficace, l'abbaye se développe sur le plan économique en créant une flotte pour faciliter les échanges entre l'Angleterre, exportatrice de laine, et les drapiers flamands. Curieux personnage que ce saint Idesbald, qui assura la destinée de son établissement pendant onze ans, et dont la tombe fut retrouvée en 1623. Son cadavre reposait dans un cercueil en plomb, sous la nappe aquifère, et, selon les témoins, le corps était intact ; laissé sans précaution à l'air libre, « il aurait noirci en quelques heures pour devenir semblable à celui d'une momie ».

Au XIIIe siècle, Élias de Coxyde intercède en faveur de Richard Cœur de Lion auprès de Léopold d'Autriche. Ce dernier se laisse fléchir en demandant, il est vrai, le paiement d'une rançon de 150 000 marks-or. La reconnaissance du roi anglais est telle que l'abbaye peut envisager l'édification de la plus grande église de Flandre, voire d'Europe occidentale. Bâtie sur le plan des abbatiales cisterciennes, sa nef bordée de bas-côtés est précédée d'un porche et suivie d'un grand transept flanqué de collatéraux. Sa longueur dépasse les cent vingt-cinq mètres et l'on compte quatorze travées. Un bâtiment si près de la mer dépasse l'entendement, à moins qu'il ne soit stratégique, géographiquement ou idéologiquement parlant.

La guerre de Cent Ans aura raison de l'expansion des Dunes. Elle marque le début de la fin. La peste ravage la région en 1339. Les Anglais pillent l'abbaye en 1453, les gueux s'acharnent sur elle en 1566, et le 6 avril 1579, le général de La Noue l'occupe avec cinq mille soldats protestants... La destruction de ce qui a été l'un des fleurons de la vie religieuse flamande est consommée. La plupart des moines se réfugient à Bruges tandis qu'une arrière-garde occupe la ferme *Ten Bogaerde*, qui sert à l'approvisionnement des religieux.

Les fouilles réalisées sur le site durant la seconde moitié du XXe siècle ont permis de mettre au jour des éléments archéologiques bien étranges qui rendent le lieu encore plus insolite. Ainsi, une brique qui porte une empreinte de pied d'enfant en relief, tournée vers le haut, a été découverte dans le pavement inférieur de la salle du chapitre des convers. On se perd en conjectures sur son existence à cet endroit précis. C'est volontairement que cette pièce y a été placée au tout début de la construction de l'abbaye. Un pied étalon de deux cent quatre-vingts millimètres, quasiment identique à celui de Furnes, a également été découvert à la sortie du chapitre des convers. C'était la mesure, ou « module », utilisée dans la région. Toutefois, sa pointe orientée vers l'extérieur pourrait aussi signifier autre chose... Mais quoi ?

Une petite tête de facture romaine a été curieusement trouvée dans un four à pain. Alors que les yeux d'une pareille sculpture sont généralement ouverts, les siens sont clos. L'hypothèse selon laquelle le bâtisseur du four aurait introduit subrepticement cette tête d'adolescent dans la maçonnerie en vue de favoriser la réussite de la cuisson du pain a été avancée. Elle n'est pas à écarter, d'autant qu'à l'époque – au Moyen Âge –, les superstitions qui associaient la fabrication du pain et l'enfantement avaient encore cours.

Sur une ardoise retrouvée en 1969 est gravé un dragon ailé de style roman à la queue terminée en palmette enroulée. L'aile visible est étirée vers l'arrière, divisée horizontalement par trois lignes et armée à son extrémité d'un dard vertical. Ses pattes sont pourvues de griffes. Repris de nombreuses fois dans le bestiaire roman, ce type de représentation symbolise les forces du mal. Toutefois, sa présence sur un élément de toiture constitue une originalité. On pense alors à une effigie magique propre à contrecarrer les effets de l'orage, que la croyance populaire estime être le fait d'un dragon céleste.

Une gravure sur brique faite de trois carrés de tailles différentes, imbriqués les uns dans les autres comme pourraient l'être des poupées gigognes, et barrés par leurs quatre médiatrices superposées, pourrait n'être qu'une marelle. Souvent, ce type de dessin est découvert dans des endroits où des sentinelles, voire des prisonniers, ont séjourné : les hommes s'en servaient pour passer le temps et se distraire en essayant d'aligner trois grains sur les différentes intersections, en les posant chacun son tour, puis en les

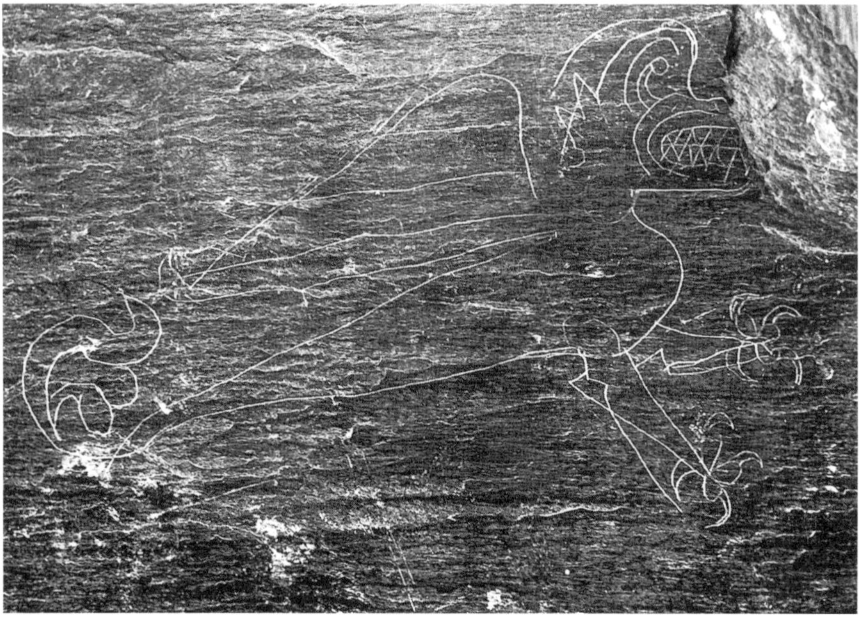

L'ardoise du dragon.
(Photographie de l'auteur.)

faisant glisser un à un. Cette figure est appelée ici le « gril de saint Laurent », du nom du titulaire de l'église, mais c'est également une forme initiatique évoquant la triple enceinte. Est-ce la raison pour laquelle on la retrouve gravée dans la tour des Templiers, à Chinon, et sur les murs du château à Gisors, que ceux-ci ont occupé ?

La pierre au bélier

Parmi ces pièces toutes plus énigmatiques les unes que les autres, il faut faire une place à part à la pierre au bélier. C'est en 1954, lors des fouilles de la prélature, et plus précisément de la tour dite « d'apparat », qu'elle a été trouvée. Cet objet, taillé dans une roche de calcaire tendre, mesure treize centimètres et demi de hauteur, dix centimètres et demi de largeur, et trois centimètres et demi d'épaisseur. Ce que cette pierre représente n'a

Le gril de saint Laurent.
(Photographie de l'auteur.)

apparemment rien à voir avec les cisterciens, et au fil des années, elle est devenue une véritable énigme. Un arbre occupe tout le côté gauche de la figure ; des branches feuillues s'en séparent et forment une voûte au-dessus du dessin central. Se détachant de l'une des branches, un lien qui descend à droite semble retenir un animal, à moins que ce ne soit la branche de l'arbre qui redescende telle une liane. Un peu plus haut que le centre est figuré un soleil ou une rose à dix rayons, ou pétales. Le dessin est complété par une série de signes, dont un M et l'étoile à cinq branches, dite « pythagoricienne ».

Plusieurs lectures ont été faites concernant cette pierre au bélier. Une première s'appuie sur la Bible où il est écrit : « Un rameau sortira du tronc de Jessé, père de David, et une fleur naîtra de sa racine » (Isaïe, XI, 1, 2), et plus loin : « Comme un agneau égorgé, il a pris sur Lui les fautes de nous tous » (LIII, 6, 7).

Une seconde lecture propose d'y voir l'évocation de la religion païenne, qu'il convient de fouler aux pieds ; sa trouvaille au niveau du pavement de la prélature serait alors justifiée. Dans ces conditions, l'animal en question serait un dragon ou l'esprit du mal. On a aussi pensé à Mithra, dont le M serait l'initiale, et l'on s'est empressé de voir un taureau dans la bête entravée. Le soleil convient effectivement à Mithra, dont la fête romaine porte le nom de *Natalis solis invicti* (« elle deviendra notre Noël »).

À bien examiner la distribution des signes, il est possible de percevoir une sorte de rectangle avec un grand soleil situé dans l'angle en haut à gauche, et un plus petit, marqué d'un rond avec un X au centre, dans l'angle en bas à droite. En guise d'interprétation, on a envisagé une sorte de calendrier soulignant le coucher du soleil au solstice d'été pour le soleil du haut, et le lever du soleil au solstice d'hiver pour le soleil du bas. Aussi séduisante que puisse paraître cette suggestion, il faut tout de même souligner que l'on insistait plutôt sur les phases opposées, c'est-à-dire le lever du 21 juin et le coucher du 21 décembre, par ailleurs situées sur un même axe[1]. Et pour rester sur un registre stellaire, les tenants de cette hypothèse verraient dans le M une représentation

1. *Voir* infra, *chapitre 5, « Le secret du menhir ».*

du signe du cancer. Quant à l'agneau, il serait tout de même une évocation du Christ, dont un courant de pensée gnostique a fixé la naissance au 25 juillet, lors de la réapparition de l'étoile Sirius[1].

Parmi toutes les suppositions, il y en a une qui semble plus convaincante que les autres, plus cohérente aussi. Elle commence par prendre en compte, sur l'objet, les traces d'une attache depuis longtemps disparue, et celles, sur le côté, de tenons, eux aussi disparus. Ces derniers ont servi à suspendre la pierre, d'abord à une ceinture, puis, sans doute, contre un mur. Les signes apparemment indéchiffrables représentent, en réalité, un mot hébraïque, si l'on renverse la partie supérieure de l'écusson vers le bas : ISAAKTN. Dès lors, le message paraît plus explicite, car si l'on compare la pièce avec d'autres figurations juives, des similitudes apparaissent. Ainsi, l'animal attaché à l'arbre, de la même manière qu'un bélier pourrait l'être à un buisson, comme sur un zodiaque de la synagogue de Beth-Alpha, évoquerait le sacrifice d'Isaac.

Reste maintenant à comprendre comment cette pierre au bélier a bien pu arriver à l'abbaye des Dunes. Puisqu'il n'est pas possible de lui reconnaître une origine indigène, voire paléochrétienne, il faut situer son introduction dans l'histoire médiévale, ailleurs qu'en Europe. Dès lors, une solution plus que probable semble s'imposer : les croisades ! Le rocher sur lequel Abraham avait l'intention de sacrifier son fils Isaac a très vite été identifié par les juifs au mont Moria. C'est là que ces derniers ont érigé le temple de Salomon, puis que les musulmans, qui reconnaissent également Abraham comme l'un de leurs prophètes, ont bâti la mosquée d'Omar en 637. Quand Hugues de Payns, Geoffroy de Saint-Omer et leurs compagnons arrivèrent en Terre sainte pour prendre possession des lieux et créer l'ordre des Templiers, des fragments de l'autel des holocaustes furent transformés en reliques, et certaines d'entre elles furent alors probablement sculptées. Notre pierre au bélier en est sans doute une, c'est une première hypothèse. Mais il est possible aussi que les croisés aient

1. *Odile Ricoux,* Christ caniculaire : la Nativité au 25 juillet, *PU de Valenciennes, 2001.*

La pierre au bélier.
(Photographie de l'auteur.)

été abusés par un « commerçant » qui leur aurait présenté la pièce comme authentique et provenant d'un lointain passé biblique. À moins qu'elle soit le fruit d'une dévotion des chrétiens de Syrie, qui l'auraient confiée à la garde des Templiers pour la soustraire au péril turc...

On voit bien qu'à force d'envisager toutes les possibilités, on risque fort de se perdre en conjectures de toutes sortes, quoiqu'un point commun subsiste entre toutes ces pistes : les Templiers ! Sur leurs relations avec l'abbaye de Dunes, il faut souligner qu'outre la bénédiction de l'église par saint Bernard en 1139, un exemplaire de la règle de l'Ordre accompagné d'une copie de la lettre-sermon de l'abbé de Clervaux, *De Laude*, a longtemps été conservé parmi les manuscrits de l'abbaye[1]. Par ailleurs, deux Templiers furent les témoins de la concession d'une charte établie par Thierry d'Alsace en 1142 : Otton de Saint-Omer et un certain Robert[2].

Si nous connaissons donc avec quasi-certitude le point de départ de l'histoire, reste à envisager maintenant l'acheminement de la « relique » jusqu'à Coxyde, et à comprendre pourquoi celle-ci a obtenu un traitement de faveur au point de se retrouver accrochée dans la pièce d'apparat de la prélature. Plusieurs solutions s'offrent à nous : les Templiers la confient à saint Bernard, qui l'offre à l'abbaye lors de sa visite ; Richard Cœur de Lion en fait don à l'abbé pour le remercier de son aide à l'occasion de sa libération ; un frère convers fait le pèlerinage jusqu'en Terre sainte et la rapporte suspendue à sa ceinture, comme d'autres arborent une coquille Saint-Jacques, après quoi il fait fixer le médaillon dans la salle de la prélature. De même, il est difficile de passer sous silence les liens entre la Flandre et la Champagne *via* les foires, à l'occasion desquelles la pierre a pu faire l'objet d'une transaction.

Dans tous les cas de figure, l'objet, avec ses signes cabalistiques, aura bénéficié d'une attention particulière, car probablement

1. *Simonetta Cerrini,* La Révolution des Templiers, *Librairie Académique Perrin, 2007, p. 90.*

2. *Laurent Dailliez,* Les Templiers en Flandre, Hainaut, Brabant, Liège et Luxembourg, *Éditions Alpes et Méditerranée, Impres'Sud, Nice, 1978, p. 13.*

assorti d'un récit ou de commentaires. L'attrait pour cette pièce est d'autant plus fort que sa lecture est transposable dans le registre chrétien. L'inscription du mot ISAAKTN ne pose pas de problème majeur pour être identifié à Isaac ; le bélier est dès lors celui qui va le remplacer pour l'immolation, conformément à ce qui est dit dans la Genèse[1] ; l'étoile à cinq branches est là pour rappeler que l'homme est un temple bâti à l'image de Dieu, grand classique de la pensée médiévale[2] ; l'étoile à dix rayons symbolise l'univers. En outre, le sacrifice[3] d'Isaac ou d'Abraham a été très tôt utilisé par les chrétiens pour justifier l'eucharistie, c'est-à-dire le sacrifice de la messe répété à l'image de celui d'Abel, d'Abraham et de Melchisédech. Dans la plupart de nos églises, un vitrail rappelant ces événements est généralement placé près du chœur, là où le pontife demande à Dieu le Père de daigner regarder le sacrifice qu'il fait d'un œil bienveillant, et qu'il l'agrée comme il a daigné agréer les sacrifices de l'ancienne alliance, celui d'Abel, d'Abraham et de Melchisédech. Cette lecture n'a souffert, jusqu'à présent, aucun différend entre les Églises gallicane et romaine. Enfin subsiste le M, dans lequel les chrétiens verront volontiers l'initiale de Marie, et d'autres celle du mont Moria, où Isaac a failli mourir.

---

1. *Genèse XXII.*
2. *Voir* supra, *chapitre 2, « L'étoile mystérieuse de Montreuil-sur-Mer ».*
3. *Selon que l'on se place du côté de la victime ou du côté de l'immolateur, le mot est malheureusement le même en français.*

Chapitre 5

Le secret du menhir

DEPUIS LE TEMPS, on se doutait bien qu'il existait une relation privilégiée entre le menhir de Lécluse et le dolmen d'Hamel[1]. En effet, un observateur placé au pied du menhir de Lécluse peut voir le soleil se lever le 21 juin derrière le dolmen d'Hamel. L'axe déterminé par ces deux points possède un azimut de 51 degrés 25 minutes[2]. Toutefois, si cet azimut ou cet axe imaginaire permet de fixer le lever du soleil au solstice d'été, un observateur placé près du dolmen peut parfaitement, par symétrie, voir le soleil se coucher derrière le menhir, le 21 décembre dans la soirée. Pour les puristes, j'indique que l'azimut est alors égal à 231 degrés 25 minutes (51 degrés 25 minutes + 180 degrés).

Une observation directe

Le 22 décembre 2007, j'ai voulu vérifier cette caractéristique[3]. Si aujourd'hui les arbres gênent quelque peu une visée directe, il

1. *Bernard Coussée,* Les Mystères du Nord - Pas-de-Calais, *De Borée, 2006, pp. 303-314.*
2. *Pour calculer un azimut à partir d'un point donné, il suffit d'appliquer la formule mathématique suivante :* $\cos z = \sin d / \cos j$. *Dans cette formule,* z *est l'azimut recherché ;* d *est la déclinaison (*$d = 0$ *aux équinoxes,* $d = 23°27'$ *au solstice d'été ;* $d = -23°27'$ *au solstice d'hiver) ;* j *est la latitude de l'endroit où l'observation a lieu.*
3. *J'aurais préféré le faire le 21 décembre, mais le 22 fut, cette semaine-là, le seul jour où le ciel s'est dégagé en soirée.*

y a de cela quatre mille ans, la vallée étant beaucoup plus large, les berges étaient dégagées et la chose plus aisée. Au regard des courbes de niveaux actuelles, il apparaît que les deux monuments qui nous intéressent sont situés à la même altitude, soit environ soixante-huit mètres. À l'époque néolithique, un homme pouvait donc, sans instrument particulier, effectuer facilement l'opération.

Arrivé au pied du menhir, et en m'aidant de la carte IGN n° 2506 O correctement positionnée par rapport au nord, j'ai « matérialisé » l'axe en question en utilisant comme repère un arbre bien droit situé à côté d'un hangar agricole. Un soleil rouge, peu vaillant, descendait peu à peu sur l'horizon en suivant la déclivité naturelle du terrain, comme pour s'y engouffrer. À 16 h 41, il touchait au but. Mais là, stupéfaction ! Alors que j'étais placé sur l'axe prédéterminé, tournant le dos à l'arbre qui indiquait le site du dolmen, je constatai que le soleil ne se trouvait pas exactement derrière le menhir, mais légèrement sur sa droite, à environ un mètre cinquante. Un peu décontenancé, je m'apprêtais à repartir quand, en grattant le sol à l'endroit où le menhir aurait dû se trouver pour accréditer mon hypothèse, je dégageai une surface en grès très nette, correspondant approximativement, en superficie, à celle de l'actuelle base du menhir. C'est alors que je me souvins qu'en 1917, le menhir avait été dynamité par les Allemands, avant d'être redressé peu après la guerre.

L'examen de quelques cartes postales anciennes montre bien que la partie qui a été détruite lors de l'explosion n'est pas le sommet, comme on aurait pu s'y attendre, mais la partie basse, celle qui se trouvait au niveau du sol. Autrement dit, ce que nous pouvons voir aujourd'hui, c'est la partie haute de l'antique monument qui a été « replantée » à un mètre cinquante de sa base originelle, et que je venais de retrouver en raclant un peu le sol.

Une fois cette donnée prise en compte, il devenait facile de constater que cette ancienne base se trouvait bien sur l'axe déterminé par l'azimut précédemment calculé. En conséquence, je peux affirmer que, observé depuis le dolmen d'Hamel, le soleil se couche bien derrière le menhir de Lécluse, pourvu que l'on considère son emplacement primitif et non l'actuel.

En revanche, il est difficile de dire si le menhir est aujourd'hui « orienté » comme il l'était à l'origine. La question est donc la suivante : la face tournée vers le soleil couchant du 21 décembre était-elle, jadis, celle sur laquelle on voit aujourd'hui le fameux nain qui donne tout son sens au monument mégalithique ? Je rappelle que cette figure est naturelle, qu'elle a été obtenue par le jeu des mamelons de grès landénien constitutif de la pierre, qu'elle n'a pas été taillée ni sculptée, et que c'est sans doute pour cette raison que le mégalithe a été choisi et transporté sur plusieurs kilomètres pour être finalement dressé ici. Ces précautions admises, je me contenterai donc, pour l'instant, de dire qu'un nain figure sur une pierre, marquant ainsi le coucher du soleil observé depuis une tombe collective, ce qu'est indiscutablement le dolmen ; on parle même d'allée couverte, mais peu importe !

Résumons la situation : il y a de cela quatre mille ans, des hommes se sont donné la peine d'acheminer, sûrement en utilisant le cours d'eau représenté par l'actuelle Sensée, d'énormes pierres pour établir sur le versant nord une tombe (dolmen), et sur le versant sud une pierre fiche (menhir). La droite imaginaire reliant ces deux monuments marque encore aujourd'hui le coucher du soleil au solstice d'hiver. Cela avait-il un sens pour les hommes du néolithique ? Bien sûr que oui !

Le message

Je réfute tout de suite l'argument de la déclinaison magnétique, de la précession des équinoxes, ou je ne sais quoi encore. J'établis le postulat qu'en quatre mille ans, les choses ont peu évolué, et que de toute manière, ces observations sont faites sans instruments particuliers, donc avec un à-peu-près acceptable, le moment critique et officiel devant être annoncé par un chaman, un prêtre ou tout autre célébrant, comme cela se passe chez bon nombre de peuples, y compris, aujourd'hui, chez les musulmans, qui déterminent ainsi le début du ramadan.

Un autre élément est à prendre en considération : la présence de la rivière qui, dans l'imaginaire humain, et ce depuis des temps immémoriaux, a quelque rapport avec la mort ; noyades rituelles ou accidentelles obligent ! La vallée est donc un élément important à retenir pour comprendre ce qui s'est passé sur le site.

Il y a une cinquantaine d'années de cela se trouvait à Tortequesne, entre Lécluse et Hamel, en bordure de route, une pierre appelée « l'autel des Lares ». En 1878, Auguste Terninck regrettait qu'elle fût passablement recouverte par les terrassements de la voie surélevée. Aujourd'hui, elle est complètement enfouie sous la chaussée bien qu'elle mesure, paraît-il, près de huit mètres. Son sommet présente des arrondis remarquables qui font penser à des mamelons en chaîne – toujours ce grès landénien ! –, d'où l'étymologie fantaisiste proposée par Terninck de « chaîne tordue » pour Tortequesne.

En revanche, s'il est possible que le nom de « Lare » soit une altération de « Ladre », Lécluse ayant effectivement possédé une maladrerie, je préfère, personnellement, m'en tenir au terme consacré qui est tout aussi cohérent au regard des lieux, étant donné que la mère des dieux domestiques romains et gallo-romains, Lara ou Lala la Babilleuse, a été affectée par Jupiter à la garde du marais des enfers, et est devenue une « nymphe au royaume des morts ». Le positionnement de l'autel des Lares en plein milieu des marais de la Sensée pourrait dès lors s'expliquer par le fait que le versant nord-est était, pendant une période, consacré aux défunts, le sud-ouest devenant par la force des choses une porte vers l'au-delà, et la rivière le passage emprunté par les âmes. Cette croyance pourrait se voir confirmée par les peuples nordiques, qui ont attribué le rôle de gardien de l'au-delà au nain ou au lutin, lesquels pénètrent le monde des morts en utilisant justement une pierre en guise de porte[1].

En réunissant tous ces éléments apparemment disparates, il devient possible d'avancer l'idée qu'au soir du solstice d'hiver, grand moment d'espoir pour tous les habitants de l'hémisphère nord, une victoire sur la mort a été jadis célébrée en cet endroit, le sort des défunts ensevelis dans le dolmen au cours de l'année écoulée étant confié au soleil invaincu.

1. *Bernard Coussée,* Les Mystères..., op. cit., *p. 309.*

L'autel des Lares.
(Photographie de l'auteur.)

L'importance donnée aujourd'hui au soleil couchant du solstice d'hiver a été mise en évidence lors de recherches récentes sur le site de Stonehenge, où, pendant longtemps, on s'est obstiné à ne voir que des levers de soleil au solstice d'été. Même remarque pour New Grange, en Irlande, où un cairn qui abrite deux dolmens disposés l'un au-dessus de l'autre, capte les rayons du soleil par une lucarne, avant de les diriger sur un œuf pétri avec l'argile du lieu et les cendres des morts de l'année, le tout mouillé par l'eau de la Boyne qui coule dans la vallée.

Oser comparer Hamel à Stonehenge ou New Grange pourrait paraître présomptueux, aussi vais-je me limiter à quelques observations régionales. À Écoivres, sur le territoire de Mont-Saint-Éloi, se dressent les deux plus beaux menhirs du Pas-de-Calais[1]. Ils sont séparés de l'abbaye du mont Saint-Éloi plantée sur un mont Blanc par le lieu dit « Plat Fossé ». C'est sur ce sommet que la tradition place l'ermitage de saint Éloi, lequel serait venu christianiser un lieu consacré aux cultes païens. Mais un examen attentif des cartes au 1/25 000e laisse clairement entrevoir également un site beaucoup plus ancien, situé au nord-ouest et balisé aujourd'hui par le lieu dit « la Motte ». Or, ces deux sites sont à une altitude respective de cent mètres pour les menhirs, et de cent trente mètres pour la Motte, et sont séparés par le lieu dit « Large Fossé », ce qui ne gêne donc en rien l'observation directe d'un point à un autre. Des fouilles effectuées à la Motte, vers 1820, ont permis de découvrir d'autres cercueils en grès brut renfermant des armes de fer. Toutes ces tombes étaient mérovingiennes, ce qui signifie qu'entre le IVe et le VIIIe siècle, le site était encore tenu pour sacré. Et voici le détail qui donne tout son sens à ces observations : depuis la Motte, endroit funéraire s'il en est, on peut voir le soleil se coucher derrière les menhirs, le 21 décembre.

À Penin, dans le Pas-de-Calais, il y a deux lieux-dits aux noms significatifs : « les Bises-Pierres », qui semble avoir conservé le souvenir d'une tombe collective[2], et « la Grosse-Borne », qui laisse

1. *Bernard Coussée,* Les Mystères..., op. cit., *p. 330.*

2. *Le mot « bise » n'a rien à voir avec le vent du nord ni avec la couleur de la pierre. Il aurait plutôt le sens de « caveau ».*

présager la présence d'un ancien menhir. Or, ces lieux sont ordonnés de la même manière qu'à Hamel et à Lécluse, à savoir que depuis le « dolmen » de Penin, on aurait pu pointer les couchers du soleil derrière le « menhir », au solstice d'hiver. Évidemment, l'imprécision des emplacements et l'absence de tout vestige archéologique permettant de repérer la zone exacte où étaient placées les pierres nous obligent à la plus grande prudence, mais la coïncidence mérite d'être soulignée.

En conclusion provisoire, et pour comprendre la relation entre un dolmen et un menhir disposés selon un azimut d'environ 50 degrés, nous pouvons dire qu'une pensée magique a présidé à leur érection, et que celle-ci reposait sur la croyance en une victoire du soleil sur la mort au profit des défunts qui se trouvaient dans la tombe collective.

TROISIÈME PARTIE

Fantastique et surnaturel

Il fallait s'en douter, le diable, les fantômes et les êtres fantastiques se taillent la part du lion dans le monde de l'insolite. Quoi de plus surnaturel, en effet, que d'entrevoir l'existence d'un monde invisible en osmose perpétuelle avec celui des vivants ? On a beau essayer d'en rire aujourd'hui, ça n'a pas été toujours le cas, comme le prouvent les histoires qui suivent.

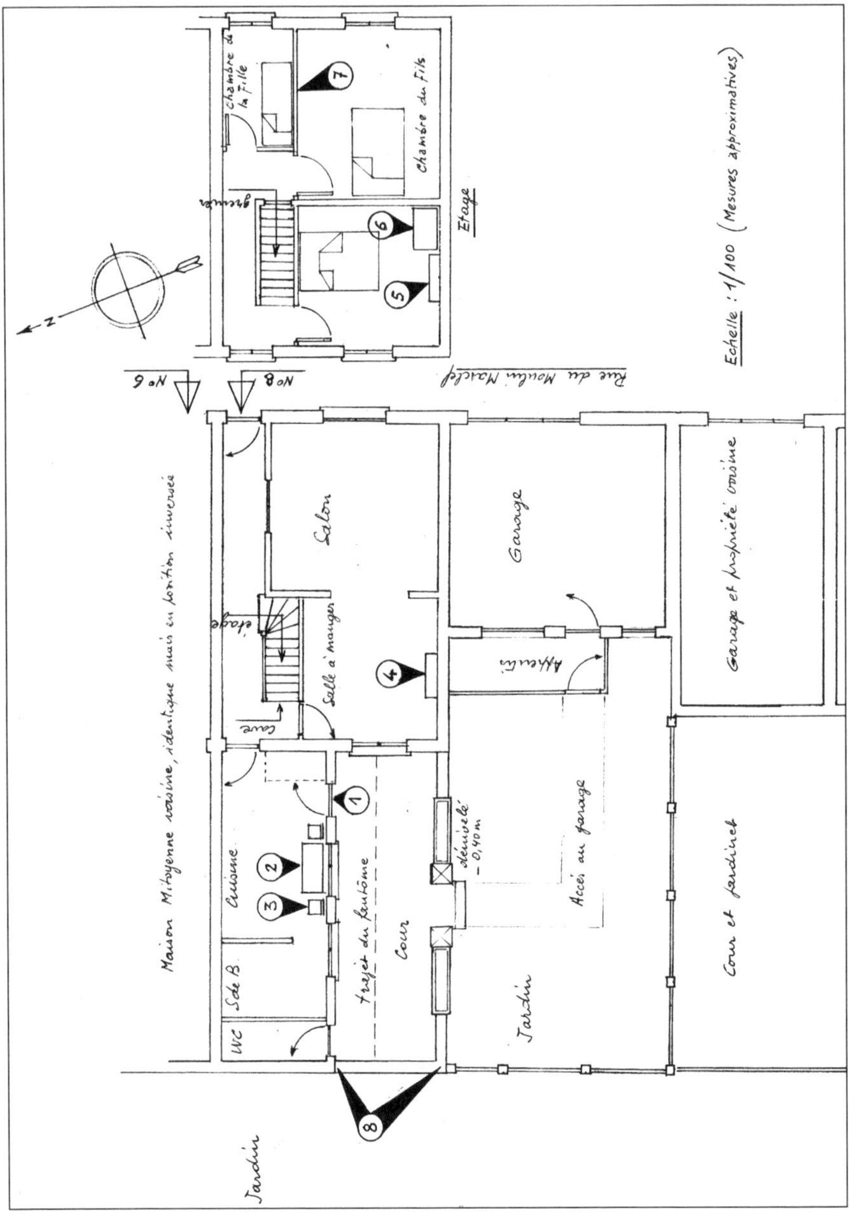

Le plan de la maison maléfique.
(Collection de l'auteur.)

Chapitre 1

Une maison maléfique

Une histoire singulière s'est passée à Béthune entre 1968 et 1977. Elle m'a été contée dans le détail par les personnes qui y étaient directement impliquées, mais le mieux est de leur laisser la parole.

« Arrivés à Béthune en août 1967, nous avons habité au 4 de la rue du Moulin-de-Masclef. Deux mois plus tard, nous sommes passés au numéro 6, puis, un an après, au numéro 8, ces deux dernières maisons appartenant au même propriétaire. Nous sommes alors en septembre 1968. Nous souhaitions déménager pour un meilleur confort, au grand dam des autres locataires, qui se demandaient si nous n'allions pas faire ainsi toutes les maisons de la rue.

« Peu après notre arrivée au numéro 8, nous avons entendu des coups violents, frappés dans la porte de la cuisine (point 1 sur le plan) et qui semblaient provenir de l'extérieur. Cela se produisait à chaque fois au moment du repas, que nous prenions dans la salle à manger. Nous avons pensé alors à un tas de choses et formulé bon nombre d'hypothèses sur leur origine : vent, ondes de choc, travaux miniers, sans toutefois jamais trouver d'explication valable. Ne pouvant cerner la cause de tout ce raffut, nous avons décidé de faire comme si de rien n'était et d'adopter envers ces manifestations une attitude négative. Après s'être espacés, les bruits se sont arrêtés au bout de quelques mois.

« Par la suite, étant placée face à la fenêtre, devant la table de la cuisine (point 2), et tandis que je travaillais debout, j'ai vu passer de nombreuses fois un personnage, un homme vêtu d'une veste de toile bleue, portant une casquette en toile avec une visière en cuir bouilli, comme cela se faisait dans le temps, vissée sur sa tête. Il marchait posément et traversait la cour dans sa longueur. À plusieurs reprises, je me suis précipitée dans la pièce voisine pour voir jusqu'où il pouvait bien aller, mais, à chaque fois, il avait disparu. En somme, il sortait d'un mur de clôture situé sur ma droite pour entrer dans celui de la salle à manger, placé à ma gauche. Comme j'étais tout le temps seule lorsqu'il apparaissait, je n'en ai jamais parlé à personne.

« Un soir, lors d'une émission de radio sur les fantômes, Louise de Vilmorin a raconté une aventure qui lui était arrivée dans sa chambre, alors qu'elle était chez des amis. Je me suis alors écrié : "C'est ça, un fantôme ! Mais j'en ai vu un, moi aussi, et plusieurs fois encore !" Nos enfants se sont alors brusquement intéressés à ce que je venais de dire et m'ont demandé : "Où, maman, où ?" Pour couper court, je leur ai répondu : "Oh ! Il y a bien longtemps."

« Un autre jour, mon mari, qui était assis près de la table de la cuisine (point 3) et qui tournait le dos au mur qui se trouve près de la fenêtre, me parlait alors que j'épluchais des légumes. Soudain, il se retourne vers la fenêtre et me dit :

« "Il y a un ouvrier dans la cour ?

« – Non ! Non ! C'est le fantôme qui passe."

« Et je me mets à raconter mon histoire. Nous décidons alors de garder cela pour nous et de ne surtout pas en parler aux enfants, notamment à notre fille, âgée de douze ans à cette époque.

« Plusieurs jours plus tard, le même événement se produit, mais, cette fois, c'est notre fils qui est placé à côté de la table, dos au mur. Lui aussi pose la même question que son père : "Il y a quelqu'un dans la cour ?" Et je lui réponds bien évidemment que non, que ce n'est que le fantôme... Il devient alors aussi blanc qu'un linge, si bien que je suis obligée de lui dire : "N'aie pas peur, il n'est pas méchant, il ne fait que passer." Après lui avoir raconté ce que je voyais depuis un certain temps, je lui ai fait jurer de ne pas en parler à sa sœur afin d'éviter de l'effrayer à son tour. Et comme je l'avais entendu de la bouche de Louise de Vilmorin, j'ai décidé, à partir de ce moment-là, d'adopter une attitude normale : quand l'homme circulait, je lui disais simplement : "Salut, vieux !" Ses apparitions se sont alors espacées, pour cesser complètement au bout de quelques semaines.

« Cependant, d'autres manifestations étranges ont perduré. C'est ainsi que dans la salle à manger, sur une cheminée (point 4), était posée une pendule ancienne munie d'un balancier et qui, malgré nos nombreux déménagements, n'avait jamais cessé de marcher. Toutefois, après avoir été placée à cet endroit précis, elle refusa de continuer à fonctionner. Elle est restée ainsi pendant plusieurs mois car nous avions des préoccupations plus importantes. Après l'avoir enfin donnée à réparer à un horloger, celui-ci nous a confié que notre pendule était en parfait état et qu'il ne comprenait pas pourquoi elle ne marchait pas dans notre maison. L'artisan avait raison, car aujourd'hui, alors qu'elle trône dans notre nouvelle demeure de Wardrecques, elle fonctionne toujours. Nous aurions dû la reposer sur la cheminée "maudite", mais nous ne l'avons pas fait, et, ainsi, nous n'avons pas pu observer complètement le phénomène. Cela dit, je dois ajouter qu'une autre pendule, placée à l'étage supérieur (point 5), à l'aplomb de la précédente, a décidé de cesser son activité, elle aussi, durant tout le temps où nous étions là. Depuis notre actuel emménagement, en 1977, elle marche de nouveau sans problème.

« Dans notre chambre, nous avions également une armoire à glace (point 6), dont la porte se fermait avec une clé à laquelle deux autres clés étaient réunies par un anneau. La nuit, celles-ci s'entrechoquaient sans raison apparente et s'arrêtaient dès que nous allumions la lumière. Nous entendions aussi des bruits irréguliers et sourds qui semblaient venir d'un mur intérieur séparant les chambres des enfants (point 7).

« Nous n'étions pas heureux dans cette demeure. Le climat y était souvent tendu, les tensions fortes, les accrochages difficiles à contenir. Nous y avons connu de graves problèmes de santé. Mon mari a fait une dépression nerveuse avec hospitalisation et six mois d'arrêt de travail. Quand nous sortions pour faire les courses, nous faisions exprès d'allonger notre trajet pour rentrer le plus tard possible. Mais paradoxalement, quand nous devions sortir, nous avions du mal à nous mettre en route.

« Nous n'étions pas les seuls à ne pas aimer cette maison. Notre animal de compagnie nous l'a montré à maintes occasions. C'était une chatte perdue que nous avions recueillie, et elle nous témoignait beaucoup de reconnaissance. Son comportement était totalement différent selon qu'elle était à Béthune ou à Wardrecques. Quand nous la transportions en voiture, nous avions de gros soucis, car elle était malade durant le trajet. Malgré cela, lorsque nous nous apprêtions à quitter Béthune pour Wardrecques, alors maison secondaire, elle montait dans sa caisse sans se faire prier, semblant même manifester une certaine impatience à quitter les lieux. En revanche, lors de nos préparatifs pour le retour, dès qu'elle sentait le départ proche, elle demandait à sortir pour satisfaire un besoin pressant et allait se cacher dans la nature. Parfois, il fallait attendre plusieurs jours pour que mon mari la retrouve et la reconduise enfin à Béthune.

« Ses postes de guet préférés étaient situés aux extrémités du mur qui servait de clôture avec le jardin du voisin. Celui-ci était haut de deux mètres et demi (point 8). Nous avions remarqué que notre chatte franchissait toujours l'endroit par où le fantôme entrait dans la cour, très rapidement.

« Progressivement, les phénomènes se sont faits plus rares, sans doute à cause de notre indifférence à leur égard. Nous avions en effet décidé de garder notre sang-froid et de ne jamais paniquer. Nous reconnaissons, toutefois, que cela n'est pas donné à tout le monde.

« Durant les quelque huit années où nous avons occupé cette maison, nous avons obtenu peu à peu les confidences du voisinage. Nous avons ainsi appris que les trois maisons mitoyennes que nous avions occupées avaient été édifiées avec des matériaux provenant d'habitations détruites pendant la Grande Guerre, entre 1914 et 1918, mais aussi qu'au numéro 6, la fille unique des propriétaires s'était pendue dans la cave. La maman était morte de chagrin, et le papa avait été, sur ses vieux jours, soigné par la propriétaire du numéro 8 à qui il avait vendu sa maison. Dans cette dernière demeure, la mère de la propriétaire avait très vite montré des signes de dérangement psychique qui avaient nécessité son internement. Le mari de la propriétaire, quant à lui, était brusquement décédé d'un infarctus. Restée seule, la pauvre femme s'était retrouvée littéralement persécutée : la nuit, elle entendait des bruits dans le grenier, dans les portes, partout dans la maison. Toutes les issues étaient pourtant bardées de serrures et de verrous. Un jour, elle décida de vendre les deux habitations et d'aller vivre dans un appartement en ville.

« Achetés comme maisons de rapport, les logements ont ensuite été loués, d'où notre décision de passer du 4 au 6, puis au 8 un an après, de manière à pouvoir bénéficier d'un jardin et d'un garage, que nous ne possédions pas jusqu'alors. Avant d'occuper le numéro 8 en question, deux jeunes ménages y avaient vécu successivement en l'espace d'une année. Le premier était resté très peu de temps. Quant au second, il avait pris cette location dans l'attente que sa maison soit construite ; cela dit, le couple a tout de même quitté cet endroit maudit pour louer autre chose. Cette maison, que l'on peut sans conteste qualifier de "maléfique", nous l'avons à notre tour abandonnée sans grand regret, vous vous en doutez. »

Il faut exclure toute affabulation de la part des témoins, qui sont des gens de bonne foi, sains de corps et d'esprit, comme on dit. Et puis, si l'on remet sans cesse en cause la véracité des récits collectés sur le terrain, l'ethnologie n'a plus aucun intérêt. Reste que nous demeurons bien démunis face à ce type d'expérience.

Pour l'heure, la réponse proposée est toujours la même : soit le fantôme est un être qui existe en tant que tel – c'est la théorie spirite ; soit il n'est que le contenu du psychisme visible ou audible, extériorisé ou projeté par le témoin, c'est-à-dire une hallucination – c'est la théorie animiste. Ces deux écoles continuent aujourd'hui de s'affronter et de s'exclure mutuellement sans que l'on puisse envisager de les voir, un jour ou l'autre, se compléter, comme c'est le cas pour la théorie corpusculaire (particules) et celle des ondes de lumière.

Il est tout de même étonnant que les fantômes puissent être vus aussi bien en rêve (ou dans des visions, voire des exercices de voyance) que dans la réalité concrète, c'est-à-dire à l'extérieur de notre corps, ce qui semblerait militer en faveur d'une double solution au problème. Et ce n'est pas faire preuve d'honnêteté intellectuelle que de réduire ces apparitions à des balivernes, car nous sommes en présence d'un phénomène qui, pour l'instant, n'a toujours pas été expliqué. Voilà tout !

Chapitre 2

Les fantômes de la forge

Ce que l'on m'a raconté il y a deux ans défie l'entendement ! Cela s'est déroulé dans un petit village du nord de la France, dont on comprendra aisément qu'il vaut mieux taire le nom pour l'instant. Voici les faits.

Les nouveaux propriétaires d'une maison reconstruite à l'emplacement d'une ancienne forge me confiaient que leur fils, âgé d'une vingtaine d'années, avait aperçu, dans sa chambre et à plusieurs reprises, « deux hommes et une femme vêtus à l'ancienne », qui apparaissaient puis disparaissaient sans autre forme de procès. Peu enclin à croire aux fantômes, le jeune homme s'en était amusé, non sans faire part, néanmoins, de ses visions à ses parents, M. et Mme L., qui m'en ont averti à leur tour.

De cette ancienne forge subsiste un bâtiment carré où se trouvait un atelier, lequel avait été transformé en chambre par les propriétaires précédents, que nous appellerons M. et Mme S. Information importante pour la suite de notre histoire, c'est dans cette chambre qu'auraient eu lieu les « apparitions ». Les S. avaient acheté l'ensemble des anciens bâtiments aux héritiers des fondateurs de la forge peu après 1985.

À en croire la nature de la frise en briques qui court sous la gouttière de zinc toute neuve, la forge a dû être bâtie au milieu du XIXe siècle, en tout état de cause, après 1825, date de la construction de la ferme qui la jouxte, et dont le mur orienté vers elle témoigne, dans sa maçonnerie, de l'entrée d'une ancienne cave à demi enterrée. Comme il est impensable d'envisager l'entrée d'une cave donnant chez le voisin, j'en conclus que la ferme est antérieure de quelques années à la forge, ce qui explique qu'elle ait été murée par la suite.

Après avoir mené une enquête locale, il m'est apparu que la forge aurait été édifiée par un certain W., qui y séjournait avec sa fille Catherine. Je n'ai pas réussi pour l'instant à en apprendre davantage sur ce W., qui n'était pas originaire du village. Tout ce que je sais, c'est que sa fille Catherine, née en 1853, a épousé un dénommé Désiré M. au lendemain de la guerre de 1870. De leur union sont nés trois enfants : Henri (1880), Georges (1885) et Henriette (1887). Cette famille a vécu au grand complet dans la petite maison qui était située près de la forge et qui comprenait deux pièces principales, dont une servait en partie de chambre aux parents. Il y avait aussi une chambre sur cave, occupée par les enfants, à laquelle on accédait par un petit escalier. Henri se maria en 1904, Georges resta célibataire, et Henriette rencontra Louis D., avec qui elle eut un enfant naturel. Le petit porta longtemps le nom de sa mère et le prénom de son grand-père : il était donc un Désiré M., lui aussi. Henri, son oncle, était également son parrain.

La famille S., qui acquiert la maison et la forge peu après 1985, n'a pas de chance, car quelques mois après son installation, son habitation brûle en son absence. On parle alors de court-circuit que des souris auraient favorisé, de téléviseur resté en veille... rien de plus ! Opiniâtres, ils reconstruisent une maison neuve au même endroit, et en profitent pour aménager la forge, que les flammes ont épargnée.

Donc, résumons : un jour, une maison part en fumée, le propriétaire la reconstruit, en profite pour aménager en chambre ce qui a échappé au sinistre et qui était une ancienne forge, puis vend l'ensemble à quelqu'un qui ignore tout de ces événements, et c'est alors que des fantômes apparaissent à un jeune homme nouvellement installé.

Qui peuvent bien être ces deux hommes et cette femme « vêtus à l'ancienne » qui semblent tant amuser notre adolescent ? Henri,

Georges et Henriette, les frères et sœur ? Ou bien Henriette, Louis et Désiré, leur enfant. Généralement, on invoque une mort tragique pour justifier la présence de fantômes, mais ici, ce n'est pas le cas. Certes, la Grande Guerre a laissé des souvenirs douloureux dans le village puisqu'il a été occupé par les troupes allemandes, lesquelles auraient pu commettre quelque exaction dans la maison. Toutefois, au vu de l'étroitesse des lieux, il semble très peu probable que ses habitants aient hébergé des soldats dans leurs murs, sans compter que la mémoire collective ne fait état d'aucun fait de ce genre. Quant à la forge, ce n'est pas celle que les Allemands utilisaient puisqu'ils avaient la leur placée un peu plus loin. Reste comme événement « extraordinaire » la venue au monde de cet enfant naturel qui ne fut reconnu par son père que bien plus tard.

Si nous retenons l'hypothèse du trio Georges, Henri, Henriette, et que nous examinons leur vie (Georges meurt d'une crise cardiaque lors de l'arrivée des Uhlans dans le village le 28 octobre 1914, Henriette décède de mort naturelle en 1939, tout comme Henri, en 1965), on voit qu'il n'y a aucune raison pour qu'ils reviennent sous la forme de fantômes plusieurs années après leur disparition. Et pourquoi à trois, alors qu'ils ne sont pas décédés en même temps ?

Et que veut dire « vêtus à l'ancienne » pour un jeune de notre siècle ? Il est probable que pour lui, tout ce qui date d'avant 1980 paraît vieux. Je n'ai pas réussi à savoir comment étaient réellement habillés ces « fantômes », car, dans ce genre d'enquête, l'autocensure est omniprésente ; malgré tout, il faut sans doute insister – indépendamment, encore une fois, d'une affabulation à laquelle je ne crois pas – sur l'impartialité de l'observateur s'agissant des lieux et de leur histoire. En effet, avant de venir s'installer dans leur nouvelle demeure, les L. ignoraient tout de son passé. Il faut donc en conclure que les fantômes sont bien attachés à un endroit donné et non à la personnalité du témoin, élément supplémentaire à verser au dossier qui oppose spirites et animistes.

Chapitre 3

Poltergeists bavaisiens

DANS SON ÉDITION du 11 août 1991, *La Voix du Nord* faisait état de bruits suspects dans une maison de Bavay. Tout avait commencé quinze jours auparavant, dans la petite cité de Neuf-Fontaines, lorsque d'étranges bruits sourds semblant venir d'une maison du quartier se firent entendre, d'abord la nuit, puis le jour. Gênés dans leur sommeil, les locataires, un ancien professeur d'allemand à la retraite et ses deux nièces, se plaignent alors du phénomène, qui se répète les jours suivants.

L'hypothèse de quelque plaisantin vient immédiatement à l'esprit de beaucoup ; encore faut-il le débusquer et comprendre comment il opère pour les produire. Les tuyauteries sont soigneusement examinées par des techniciens, la maison est passée au peigne fin ; rien n'y fait, les bruits continuent ! Les sapeurs-pompiers de Bavay se déplacent et constatent à leur tour « un bruit comme une petite explosion », et que la paroi séparant la salle de bains de la chambre se met alors à vibrer, tout comme le volet de la fenêtre.

La thèse des mouvements de terrain est très vite écartée, car il n'y a aucune fissure dans les murs, aucune lézarde sur le carrelage non plus, et aucune plinthe n'est endommagée. Le plafond est également intact. Si fuite de gaz il y avait eu, les professionnels qui ont examiné les tuyaux n'auraient pas manqué de le signaler ; or, ceux-ci ne présentent aucun défaut. Dès lors, les investigations se portent sur la charpente. La propriétaire est convaincue qu'elle doit subir les effets de la chaleur – nous sommes en août – et que les mouvements de rétractation et de dilatation du bois sont à l'origine des bruits incongrus. Mais le chef de corps des sapeurs-pompiers de Bavay n'est pas du tout de cet avis. Selon lui, comme la charpente a plus de vingt-sept ans d'âge, les mouvements en question ont dû cesser depuis bien longtemps déjà ; le bois est désormais parfaitement sec, il ne faut donc rien espérer de ce côté-là.

Si la solution ne peut venir du haut, cherchons-la au sous-sol et tournons-nous vers la nature du terrain, disent alors les spécialistes. Le phénomène vibratoire doit provenir, dans ces conditions, d'une résonance lointaine ou de souterrains que l'on sait nombreux dans le coin...

À ce jour, les bruits étranges ont cessé, et le phénomène n'a toujours pas été expliqué.

Chapitre 4

Spectres et autres esprits

Après avoir rappelé que nos ancêtres consacraient les carrefours en y implantant des monuments en pierre qu'ils prenaient soin d'oindre d'une huile sacrée, Auguste Terninck[1] cite à plusieurs reprises des lieux où la croyance dans les esprits anciens était encore d'actualité à son époque.

Le prêtre fantôme

Au XIXe siècle, le chemin de Bois-Bernard, à Fresnoy-en-Gohelle, s'appelait « Tinard » ou « Ronville ». On y trouvait d'épaisses fondations en grès et des tombes souvent entourées de fortes pierres. On prétend qu'autrefois, le garde de l'abbaye d'Avesnes, ainsi que plusieurs habitants de la commune du Fresnoy, a vu, à cet endroit, un autel avec deux cierges allumés et le squelette d'un prêtre revêtu des ornements sacerdotaux y dire la messe. Aucun cependant n'a osé s'approcher, et la vision a disparu aussi vite qu'elle était apparue.

Plus tard, un peu avant la Révolution, le même événement se renouvela, mais cette fois, le clerc de l'église d'Acheville, qui en était témoin, voulut vérifier par lui-même. Il décida donc de servir la messe auprès de ce prêtre, et après l'office, celui-ci lui déclara être au purgatoire depuis très longtemps parce que avant sa mort

1. L'Artois souterrain, *1878, réédition G. Monfort Éditeur, Arras, 1981.*

– très ancienne –, il avait négligé de célébrer dans une chapelle sise en ce lieu une messe qui lui avait été commandée.

Un autre endroit maudit serait situé entre Bois-Bernard et Neuvireuil. Il porte le nom de « Capiau-Lambert ». On y passe encore la nuit en tremblant, car de nombreuses personnes soumises au pouvoir diabolique et qui ont été forcées de s'y rendre à minuit en sont revenues lardées de coups, tout cela parce qu'elles n'ont pas obéi à Lucifer, ajoute-t-on avec conviction.

L'homme rouge

Entre les villages de Biache-Saint-Vaast, Vitry-en-Artois et Hamblain-les-Prés existe une sorte de promontoire entouré jadis de marécages, qui domine le cours de la Scarpe sur une vaste étendue.

« Cette colline, écrit Auguste Terninck, avait sur les anciens titres, et porte encore le nom de "Trou" ou "Trou-du-Rouge". Une vieille tradition s'y rattache, car l'on prétend qu'un homme rouge y a péri autrefois, et que parfois encore, pendant la nuit, son spectre revient s'y promener et poursuit les voyageurs attardés qui, revenant de Vitry, se hasardent à passer par là. Surtout les femmes, d'ailleurs, qui font l'objet de poursuites, et bien peu, aujourd'hui encore, oseraient s'exposer seules le soir dans le sentier qui passe sur ce coin de sol maudit.

« On y voit les ruines d'un temple ayant eu la forme d'un parallélogramme de cinq mètres de côté, construit en pierres calcaires de moyen appareil. Le sol était pavé de marbre, et le toit couvert de tuiles à rebord épais. Un incendie l'aurait détruit en partie seulement, car il possédait une excavation dans laquelle on accédait par un escalier comportant huit marches, placé dans l'angle nord du bâtiment, et dont le prolongement en un sentier caillouteux conduisait à la rivière en contrebas. À ce temple devaient être associés des bâtiments légers édifiés en pisé ou en torchis, dont on ne trouve plus que l'emplacement au sol.

« Dans ce temple se trouvaient également des niches garnies de vases ou de statuettes, une sorte de table large de quatre-vingt-dix centimètres et longue d'un mètre et quatre-vingt-dix centimètres, le tout supporté par deux colonnes en avant et deux piliers carrés en arrière, le dessous étant creux. Sur cette table se trouvait une sorte de plateau de douze centimètres d'épaisseur supportant une statuette du dieu Mars, en bronze, haute de vingt centimètres. Ce dernier était nu et avait la tête couverte d'un casque bas, peu orné. Il portait un sabre à large lame dans la main droite qu'il tenait levée au-dessus de la tête. Près de lui étaient deux chandeliers en fer à double branche mais tordus par le feu et consumés par la rouille, puis une petite sonnette en bronze. Le long du mur se trouvaient deux têtes en bronze, elles aussi. Leurs dimensions étaient celles d'un enfant. Les orbites oculaires étaient vides, sans doute avaient-elles renfermé des yeux en émail. Un troisième objet était encore plus insolite, il s'agissait d'un tube en bronze, de vingt centimètres de longueur et de douze centimètres de diamètre, et dont l'extrémité avait été transformée en une tête d'homme barbu avec la bouche grande ouverte. C'était peut-être un tronc, car à l'intérieur se trouvaient encore quelques pièces de monnaie.

« Tout cela tendrait à prouver que ce temple n'était pas un édicule privé, mais bien un sanctuaire public construit au centre des marais, sur un terrain caché par des roseaux et des arbres, de manière à le préserver des déprédations. Il était donc dédié au dieu Mars, et il n'est pas étonnant, dans ces conditions, qu'ait été entretenu le souvenir d'un homme rouge, puisque les prêtres affectés au culte de cette divinité, les Saliens, portaient une toge rouge. Sans doute ce bâtiment fut-il incendié, et peut-être que le prêtre qui le desservait y trouva une mort tragique, c'est pour le moins la légende qui le dit.

« Plus tard, à l'époque mérovingienne, un cimetière a occupé ce terrain sacré, mais on n'y a déterré depuis qu'un seul sarcophage en pierre. Les autres corps ont été inhumés soit dans des coffres en bois, soit dans une fosse nue. Près d'eux ont été trouvés des vases, des lances, des haches et quelques plaques de ceinturons en fer, rien de bien précieux. »

Si le culte envers le dieu Mars a souvent été transformé en dévotion orientée vers saint Martin, homophonie oblige, ce dieu gallo-romain a parfois été remplacé également par saint Michel.

Est-ce la raison pour laquelle l'archange est devenu le patron de l'église d'Hamblain-les-Prés, et saint Martin celui de Vitry-en-Artois ?

Le fiancé maudit

Une légende macabre s'attache au château de Bailleulmont, au sud-ouest d'Arras, où Collart de Bois-Huon se suicide en 1348. La tragédie se déroule dans l'une des plus hautes chambres du donjon, appelée, depuis, la « salle du désespoir ». Collart de Bois-Huon, seigneur de Vis-en-Artois, a épousé la fille naturelle de Philippe de Saveuse, seigneur de Bailleulmont. Mais comme ce jeune homme affiche des comportements libertins et scandaleux pour l'époque, son beau-père décide de le placer sous tutelle et de l'enfermer dans l'une des chambres du donjon. Il entreprend même de le soumettre régulièrement à la correction dans le but de le ramener à la raison. Toutefois, ces mauvais traitements aigrissent encore davantage le jeune Collart, et un beau matin, le domestique chargé de lui apporter à manger le découvre pendu avec le sac qui a servi la veille au transport des victuailles.

Le jour suivant, le cadavre est descendu avec toute la discrétion que l'on devine dans la cave sépulcrale, et un oubli aussi glacial que le marbre du tombeau s'abat sur sa mémoire. Cependant, la nouvelle de sa disparition franchit les murs du château, et les villageois, qui s'étaient pris de sympathie pour ce jeune seigneur, dont ils apercevaient parfois le visage collé aux grilles de sa prison, commencent à penser et à dire que le fantôme qu'ils voient parfois errer dans une partie du donjon est sans doute celui de Collart.

Les moines de Saint-Vaast

Nous sommes au soir de la Toussaint, à Arras. Le fossoyeur de Saint-Vaast est malade, et il demande à son ami Matthias d'aller creuser une tombe à sa place. L'homme se dirige donc vers le cimetière, sa bêche sur l'épaule. Il fait nuit, et pour se donner du courage, il décide de boire une grande rasade de genièvre. Sitôt arrivé à l'endroit qui lui a été désigné, il se met à l'ouvrage. Mais il n'a pas encore fini qu'il voit venir vers lui une procession de gens vêtus de blanc, la tête cachée sous une capuche, tenant un cierge allumé à la main. Comme c'est la veille de la fête des Morts, Matthias ne s'étonne pas d'un tel cortège ; sans doute des moines, pense-t-il. Après avoir fait le tour de Ch' Grin Gardin, l'autre nom du cimetière, les religieux s'approchent de notre homme et déposent leurs cierges à ses pieds ; l'un d'eux place même une sorte de grosse boule de cire au milieu de laquelle brûlent deux mèches. Le fossoyeur s'émerveille de voir tant de cire à ses pieds et se dit que c'est là une véritable aubaine, sûr de pouvoir la revendre. Il l'emporte donc chez lui sans autre forme de procès, la cache sous son lit puis s'endort.

Le lendemain, jour des Morts, à minuit précise, il entend frapper trois coups à la porte. Il se lève, va ouvrir, et là, quelle n'est pas sa stupéfaction en voyant entrer la même procession que la veille. Les moines se rangent en silence autour de son lit. Ensuite, chacun relève le drap qui l'enveloppe, laissant apparaître ce qu'il est vraiment, c'est-à-dire un squelette à qui il manque : ici un bras, là une jambe, ou encore une côte ; et au dernier fantôme, tout simplement la tête. Soudain, la boule de cire que Matthias avait cachée sous le lit se met à rouler pour arrêter sa course au centre de la pièce, après quoi les cierges qui l'accompagnent apparaissent sous la forme d'os de morts. Et chaque spectre de se mettre à réclamer : « Matthias, mon bras, Matthias, ma jambe, Matthias, ma tête. » Enfin, une fois les squelettes reconstitués en entier, ceux-ci se mettent à danser une folle sarabande autour du fossoyeur, qui a pris son violon pour leur jouer un air de musique. Quand Matthias fait mine de s'arrêter, un bras s'abat sur lui pour l'inviter à continuer ; la danse dure ainsi jusqu'à l'aube, moment où les fantômes décident de ramasser leurs draps et de s'en aller.

Depuis cette aventure, on dit que Matthias ne va plus très bien. Certains affirment même qu'il est devenu un peu fou. Il raconte dans tout le pays ce qu'il a vu, mais personne ne veut le croire, sauf peut-être son ami fossoyeur qui sait bien, lui, ce qu'il en coûte d'aller la nuit de la Toussaint remuer la terre des cimetières.

L'esprit et les soldats

En février 1656, le monastère Saint-Ghislain, à Mons, est régulièrement visité par un spectre qui n'hésite pas à s'attaquer aux sentinelles chargées de le débusquer. Le gouverneur lui-même aurait été agressé. Une nuit, l'esprit serait venu lui tirer les cheveux. Chacun essaie de poursuivre le fantôme, mais en vain, car il est aussi rapide qu'imprévisible. Le seul qui nous en a laissé une description sommaire est le secrétaire Mancau qui, dans un récit manuscrit, évoque les mésaventures dont il a été témoin.

Installé dans la grande salle près du feu en compagnie de quelques soldats, Mancau voit soudain apparaître une ombre marchant avec maintien. Il est si effrayé qu'il croit sa dernière heure arrivée. En effet, le spectre se met à faire de telles grimaces que lui et ses compagnons en sont tout tétanisés. D'un coup, l'esprit porte son attention sur autre chose, un soldat en profite pour tenter de fuir, mais le fantôme rattrape le militaire et lui barre l'accès vers la sortie tout en lui assenant un violent coup de pied sur la cuisse.

Un autre soir, un autre soldat se met en tête de tendre un piège à l'apparition. Il se couche sur de la paille dans la grande salle en compagnie d'un valet, et attend son heure. À minuit, le fantôme apparaît, s'approche du feu comme à son habitude, saisit les tenailles qui servent à remuer les braises, puis se dirige vers le militaire couché sur sa paillasse en faisant mine de lui pincer le nez. Ce geste a pour but de faire s'enfuir le courageux, qui n'est cependant pas téméraire. On devine la suite : l'homme ne parvient pas plus que son camarade à gagner la sortie, l'esprit le rattrape et lui donne une telle gifle que celle-ci restera longtemps imprimée sur son visage[1].

La dame blanche

Au début du XIXe siècle, on raconte qu'une dame, toute vêtue de blanc, se montre la nuit entre les créneaux du château d'Esnes,

1. *Extrait d'un manuscrit de la bibliothèque de Mons, cité par Aimé Leroy et Arthur Martin Dinaux,* Archives historiques et littéraires du nord de la France et du midi de la Belgique, *Valenciennes, 1834, t. IV, p. 12.*

dans le Cambrésis. Les uns disent qu'il s'agit du fantôme de la dernière marquise de Beaufremez, les autres de celui de Mlle d'Assignies, locataire de la demeure féodale peu avant la Révolution.

Après la vente des biens nationaux, le fermier du château se met à éprouver de nombreuses insomnies. Il entend, dit-il, des bruits suspects provenant des galeries souterraines. Son neveu arrivé de Paris, qui ne croit guère à ces balivernes, descend donc dans lesdites galeries, et, après avoir lutté pendant plus de deux heures contre les fantômes, remonte à la surface pâle comme un spectre.

C'est alors que le curé du village décide d'aller voir à son tour ce qui se passe sous la grosse tour. Tenant dans une main deux bougies et, dans l'autre, un réchaud à braise, il pousse une porte et entre dans une vaste salle. Une forte odeur de moisissure se fait sentir. Après avoir observé les lieux rapidement, il s'enveloppe dans une couverture et se couche sur un matelas. Soudain, ses paupières s'alourdissent, sa poitrine est opprimée, et sa respiration devient haletante. Craignant d'étouffer, il se lève, et alors son cauchemar commence : il sent une main glacée étreindre sa poitrine, ses yeux troubles aperçoivent des ombres de loin, il entend des frôlements légers semblables à ceux d'un linceul que traînerait un spectre. Une lueur blanche apparaît et, au milieu, un fantôme s'arrête et le regarde. À travers la vapeur, son visage livide, décharné, fixe le prêtre qui tente de repousser l'ombre de ses bras. Le curé bondit en arrière. Il perçoit des bruits faibles comme des soupirs, devine l'apparition en train d'errer autour de lui. Celle-ci frôle sa poitrine puis le frappe à la tête. Le curé fait un dernier effort, s'abat contre la muraille qui cède. C'est pour lui un bonheur ! Il se sent moins oppressé, il peut enfin respirer. À ce moment précis, une entité froide et velue passe sur son front. Ses mains quittent l'embrasure, il s'écroule, puis plus rien.

Il faut attendre le lever du jour pour comprendre ce qui s'est vraiment passé. En réalité, les frôlements et les ombres étaient ceux de chauves-souris ; le curé, une fois revenu à lui, en aperçoit effectivement un grand nombre, collées aux angles de la galerie. Et le prétendu spectre était en fait son propre reflet dans un miroir placé dans un enfoncement. Enfin, pour ce qui est des odeurs, il lui suffit de se laisser guider vers une porte et de l'ouvrir pour, derrière, découvrir un tas de foin datant de l'époque où les Autrichiens ont occupé les lieux ; depuis, et avec le concours de l'humidité, celui-ci a pourri sur place en dégageant une odeur méphitique[1].

L'infortunée Gertrude

Entre les portes de Famars et de Le Quesnoy se tenait jadis, à Valenciennes, un cimetière qui accueillait les étrangers décédés dans l'anonymat le plus complet, ainsi que ceux qui étaient inscrits au ban de la société. Ils étaient appelés « les morts obscurs ». L'endroit portait le nom « Âtre-Gertrude ». Une légende explique pourquoi.

Un maréchal-ferrant de Valenciennes, veuf depuis longtemps, élève seul sa fille Gertrude âgée de seize ans. Un jour, il abuse d'elle et la met enceinte. Prétextant qu'il a besoin de faire un pèlerinage, il quitte la ville avec sa fille et se rend en Lombardie. Là-bas, le « couple » se fait passer pour mari et femme, et le maréchal-ferrant parvient à se faire embaucher chez un maître forgeron italien.

Quelques mois plus tard, Gertrude donne naissance à un fils, Jean. Le maître forgeron devient le parrain de l'enfant, et quand le ménage décide de rentrer à Valenciennes, il se propose de garder le petit et de l'élever.

Dix-huit ans sont passés, Gertrude est désormais seule. Un jour, elle reçoit la visite d'un apprenti forgeron qui cherche du travail. L'homme est jeune, fort, agréable. Gertrude lui plaît, et il l'épouse. À la faveur de quelques confidences, l'apprenti raconte sa vie, du moins ce qu'il en sait. Il avoue aussi comment, après une dispute avec son parrain, il a décidé de retrouver ses vrais parents. En écoutant son récit, Gertrude est saisie d'épouvante : elle repousse

1. *Abbé Louis Boniface,* Histoire du village d'Esne et de ses dépendances, *A. Régnier-Farez, 1863.*

son « mari » et lui apprend qu'elle est à la fois sa mère et son épouse.

Rendu coupable d'inceste malgré lui, Jean part alors à Rome pour implorer le pardon du pape. Il l'obtient non sans mal et, une fois lavé de ses péchés, il revient à Valenciennes, en 1394, le jour du trépas de Gertrude ! La malheureuse, au regard de sa double faute, sera enterrée avec les réprouvés dans le fameux âtre ou cimetière. Jean sombre dans le désespoir. Un peu plus tard, à l'heure de sa mort, il décide de creuser une tombe à côté de celle de sa mère-épouse et de faire ériger une grande croix de marbre noir avec un marteau et un fer à cheval attachés à son socle.

« Et c'est depuis ce temps-là que lorsque la nuit est obscure et brumeuse, l'ombre de Gertrude apparaît vêtue de blanc au sommet de la croix, allaitant son fils incestueux. Elle pousse de profonds gémissements attestant que son âme n'éprouve pas le repos du juste, et demande les prières des fidèles pour fléchir la miséricorde divine[1]. »

1. *Arthur Martin Dinaux, « L'Âtre-Gertrude », in* Archives historiques et littéraires du nord de la France et du midi de la Belgique, *Valenciennes, 1829, t. I, pp. 394-403.*

Le sabbat, d'après un ouvrage du XVIe *siècle.*
(Collection de l'auteur.)

Chapitre 5

Une sorcière au village

Ceux par qui le malheur arriva

En ce 8 mai 1679, jour des rogations, il fait encore bien froid, et Péronne Goguillon, humble paysanne de Bouvignies, près de Marchiennes, est en train de se réchauffer près de sa cheminée. Sa maison est à l'écart du village. Elle y est née, y vit avec son mari depuis son mariage – il y a déjà longtemps de cela – et n'aspire qu'à une chose : pouvoir y finir ses jours tranquillement !

Soudain, quatre militaires font irruption dans la pièce unique qui lui sert à la fois de cuisine, de chambre et de séjour. Ce sont des soldats du roi Louis XIV, récents vainqueurs de la bataille de Cassel (11 avril 1677) et qui, depuis le traité de Nimègue de 1678, sont cantonnés sur les nouvelles frontières du Nord. Ceux-là logent chez un habitant de Marchiennes. Péronne ne comprend pas leur présence chez elle. Peut-être ont-ils faim, car l'armée vit sur le pays ? Peut-être ont-ils froid ? À moins que... son mari parti, ils espèrent séduire une épouse esseulée. Quoi qu'il en soit, ils commencent par lui réclamer de l'argent, mais Péronne refuse net ! Décontenancés par tant de détermination, les soldats ne demandent pas leur reste et préfèrent prendre congé, non sans traiter la dame de « bougresse » en partant.

Quand l'époux rentre à la maison, Péronne lui raconte sa mésaventure. Le visage de l'homme s'assombrit aussitôt : il faut vite réagir, il faut faire quelque chose, car, il en est persuadé, les soldats vont revenir en force le lendemain, et même peut-être le soir même. Le couple s'enferme à double tour.

Le 9 mai, le paysan se précipite chez le magistrat pour porter plainte ; les soldats sont rapidement arrêtés.

L'affaire aurait pu en rester là si deux jours plus tard, le logeur des militaires n'était pas venu témoigner devant le juge de leur bonne foi, car, dit-il, « Péronne Goguillon est bien une sorcière, tout le monde dans le pays le sait bien ». Dès lors, les rôles s'inversent : d'accusatrice, Péronne devient accusée.

L'édile de Bouvignies est bien embarrassé. Il comprend ce qui s'est passé mais ne veut pas que les choses s'enveniment, la région a déjà assez brûlé de sorcières ces dernières années, et il est temps de passer à autre chose. Aussi, le samedi 13 mai, il convoque tout ce petit monde à 3 heures de l'après-midi afin de régler cette histoire à la lumière d'une confrontation générale. Seulement voilà, le dénommé Fontenier, logeur de son état, celui-là même qui a incriminé Péronne Goguillon, ne veut pas se déplacer à Bouvignies, et entend que l'affaire soit jugée à Marchiennes, d'où sont originaires les soldats. La procédure est donc bloquée.

La gouvernance de Douai est saisie de l'affaire, et, trois jours plus tard, elle décide que Péronne devra choisir entre se rendre à Marchiennes pour se défendre contre son diffamateur, ou rester à Bouvignies mais afin d'y être jugée, cette fois, pour fait de sorcellerie. L'infortunée paysanne, qui ne comprend rien à ces subtilités juridiques, refuse de se jeter dans la gueule du loup, et préfère rester chez elle de manière à se faire juger par des gens qu'elle connaît bien et en qui elle a confiance, depuis que « son » magistrat est parvenu à faire arrêter ses agresseurs. Et puis de toute façon, pense-t-elle, la sorcellerie n'est qu'un ramassis de balivernes… L'avenir lui prouvera que non !

Le piège se referme

Quand on veut tuer son chien, on dit qu'il a la rage, l'adage est bien connu. On n'a donc aucune peine à réunir dix-huit témoins à charge, tous prêts à jurer que la femme est une sorcière. On pourrait croire que le bon sens et l'honnêteté intellectuelle du magistrat sont capables à eux seuls de stopper la machine diabolique dans sa course, mais c'est sans compter sur l'Église, toujours à l'affût du Malin, laquelle dépêche, dans cette affaire, ses meilleurs démonologues dont la mission est de prouver que Péronne est bien une sorcière, quoi qu'elle dise, quoi qu'elle fasse.

Aussi, ces derniers vont observer attentivement tous ses faits et gestes. Ils commencent par examiner son chapelet, que Péronne, comme toutes les femmes de son époque, porte constamment sur elle : ils vérifient si l'objet possède une croix ou une médaille et inspectent ce qu'il y a dessus. Ensuite, ils regardent si elle pleure, blêmit, rougit face aux questions qui lui sont posées, ou si elle en rit, ce qui, de toute manière, constituera autant d'indices pour confirmer leurs *a priori*. Tout est fait pour se prouver à soi-même que l'on a raison de croire que Péronne est une sorcière. Les démonologues conseillent au juge d'interroger un certain Antoine Devauchelle, qui vient d'être condamné pour sortilèges, afin de savoir s'il a fréquenté l'accusée par le passé, auquel cas on n'aurait plus rien à démontrer. Chaque aveu de Péronne, orienté par des questions induites, la conforte dans son rôle de coupable. Ainsi, quand elle dit avoir été, un jour, griffée par une rate, le juge en conclut que, compte tenu du caractère maléfique de l'animal, cela ne peut qu'attester son état de possession. Le 20 mai, un témoin l'accuse de lui avoir volé du beurre « de façon magique ». Un second lui reproche le fait que des souris se soient mises à grimper le long de la jambe du meunier de Templeuve pendant que ce dernier assistait à la messe ; cela n'est pas étonnant, assure un autre, « Péronne n'aimait pas le meunier, car il se moquait souvent d'elle ».

Aujourd'hui, de telles charges prêtent à sourire, mais à l'époque, elles sont prises au sérieux par une grande partie de la population, même si certains édiles plus raisonnables doutent des faits. Il faut dire que la ville de Marchiennes est située au cœur de la vallée de la Scarpe, où, depuis plus d'un siècle, de nombreux procès pour sorcellerie ont été instruits. Le diable fait office d'explication à tout ce qui va de travers. Le malheur, les entraves, tout ce qui est un peu extraordinaire est justifié par son entremise.

Si une bête vient à mourir, c'est qu'elle a été ensorcelée ; si un accident survient, c'est que quelqu'un nous en veut...

Cependant, et malgré toutes ces présomptions, le magistrat reste perplexe, car il manque tout de même une pièce essentielle au dossier : les aveux de l'accusée. Conformément à la procédure judiciaire valable sous l'Ancien Régime, celle-ci va donc être soumise à la question, c'est-à-dire torturée.

La question

Rares sont les caractères aptes à résister aux tourments infligés par le bourreau. Quand les chairs sont meurtries et les os brisés, la victime est prête à tout dire pourvu que son supplice cesse. C'est ainsi que Péronne commence à raconter à ses juges comment elle a été envoûtée.

« C'était sur la route de Flines[1]. Un grand homme tout habillé de noir m'a demandé un de mes cheveux, je le lui ai donné ; j'avais à peine seize ans. Le lendemain, le même homme m'a emmenée au sabbat, qui se tient sur le grand chemin allant de la place du Bru à Douai, tout près du bois blanc [bouleau] où il y a une chapelle à la Vierge. »

Péronne est précise, elle cite des lieux connus de tous, ce qui ne fait qu'accentuer l'impression générale de sa culpabilité. Elle décrit même ce que l'on mange lors du sabbat : « Des pies, du beurre, du pain, mais jamais de sel. Et puis on finit par embrasser le derrière du diable. » En revanche, à la question de savoir si elle a eu des relations sexuelles avec le démon, elle répond que non. « Je n'ai senti qu'un simple vent qui passait, sans éprouver le moindre plaisir, la moindre satisfaction. » Et pour preuve finale de son appartenance aux milices infernales, elle montre sur son front et son épaule une marque qui lui a été faite avec les dents. Les sabbats auxquels Péronne participe se dérouleraient dans la nuit du jeudi au vendredi, et, pour s'y rendre, le diable viendrait la chercher personnellement à cheval alors que son mari est en train de dormir.

1. *Flines-lez-Râches.*

L'interrogatoire se poursuit, et les aveux se succèdent, identiques à ceux obtenus lors des autres procès, comme si les discours étaient convenus d'avance, formatés, stéréotypés. Péronne avoue ainsi avoir fait mourir des bêtes avec de la poudre noire lors du sabbat. Avec une seule plume noire, elle est également capable, dit-elle, de donner naissance à des nuages de hannetons ou de mouches.

Sur ce qu'elle aurait pu faire aux gens, la « sorcière » se voit reprocher « le mal que l'enfant Dubarre a aux yeux ». Les parents de ce dernier pensent que c'est elle qui le lui a transmis, mais l'accusée de répondre : « J'ai bien pu lui redonner le mal puisque je l'avais déjà guéri par deux fois de la même chose. » Elle était donc également rebouteuse !

Le 26 mai, la sentence est rendue : Péronne Goguillon est condamnée à être brûlée vive. Mais l'affaire n'en reste pas là. En effet, au moment de son interrogatoire, à la question de savoir si elle connaissait d'autres sorcières, Péronne a répondu par l'affirmative et a dénoncé dans la foulée sa cousine, une fermière, et d'autres encore, en tout cinq personnes de Bouvignies.

Le village semble désormais pris dans une spirale infernale, comme si une tornade diabolique venait de s'abattre sur lui. Heureusement, ces bûchers qui s'allument de façon récurrente dans cette partie de la Flandre « gallicante », comme on disait à l'époque, seront les derniers. L'annexion de la Flandre par la France a tout de même du bon, en ce sens qu'en 1682, Louis XIV mettra officiellement un terme aux procès de sorcellerie en signant l'édit de Versailles. Toutefois, cela ne veut pas dire que la sorcellerie disparaîtra définitivement des campagnes et des mentalités...

Till et sa compagne Nele. Bois gravé moderne.
(Collection de l'auteur.)

Chapitre 6

Katheline la sorcière

« À DAMME, EN FLANDRE, quand mai ouvrait leurs fleurs aux aubépines, naquit Ulenspiegel, fils de Claes. Une commère sage-femme nommée Katheline l'enveloppa de langes chauds, et, lui ayant regardé la tête, y montra une peau. "Coiffé, né sous une bonne étoile !" dit-elle joyeusement. Mais bientôt, se lamentant et désignant un petit point noir sur l'épaule de l'enfant :

« "Hélas ! pleura-t-elle, c'est la noire marque du doigt du diable.

« – Monsieur Satan, reprit Claes, s'est donc levé de bien bonne heure qu'il a déjà eu le temps de marquer mon fils ?

« – Il n'était pas couché, dit Katheline, car voici seulement Chanteclair qui éveille les poules."

« Et elle sortit, laissant l'enfant aux mains de Claes. »

Dès les premières lignes de son roman, *La légende et les aventures héroïques, joyeuses et glorieuses d'Ulenspiegel et de Lamme Goedzak au pays de Flandre et d'ailleurs*, paru pour la première fois en 1868, Charles De Coster donne le ton : il sera beaucoup question de sorcellerie et de magie dans son livre.

Au temps de l'Inquisition

Chacun reconnaît aujourd'hui que même si l'auteur n'a pas fait œuvre d'historien au sens canonique du terme, il s'est considérablement documenté afin de rédiger les scènes où la sorcellerie est abordée. Les aventures de Till Ulenspiegel se déroulent à l'époque de l'Inquisition, sous le règne de Philippe II, roi d'Espagne, né le même jour que le fils de Claes, et les personnages de l'œuvre de De Coster sont tous imprégnés de la terreur démoniaque qui règne dans le pays à ce moment-là. Chaque événement, jusqu'au plus intime, est alors expliqué par l'intervention de l'esprit malin. Par exemple, les commères, après avoir constaté – non sans jalousie – que « Nele reste si belle et si fraîche », déduisent de l'apanage de cette jeunesse et de cette santé que ladite Nele, qui se révèle être la fille de Katheline, dont la réputation de sorcière est connue de tous, ne peut être que diabolique. Tout comme ce nævus remarqué sur l'épaule de l'enfant au moment de sa naissance et dans lequel la sage-femme voit immédiatement l'empreinte du doigt du diable.

Dès le début de l'action, Katheline est sujette à des hallucinations.

« Madame femme de l'empereur Charles [Quint] étant grosse, il fallait dire des prières pour sa prochaine délivrance. Katheline entra chez Claes toute frémissante.

« "Qu'est-ce qui te *deult*, commère ? demanda le bonhomme.

« – Las, répondit-elle, parlant par saccades. Cette nuit, spectres fauchant hommes comme faneurs l'herbe. Fillettes enterrées vives ! Sur leur corps le bourreau. Pierre de sang, suant depuis neuf mois, cassée cette nuit.

« – Ayez pitié de nous, gémit Soetkin, la mère de Till, ayez pitié, Seigneur Dieu : c'est noir présage pour la terre de Flandre.

« –Vis-tu cela de tes yeux ou en songe ? demanda Claes.

« – De mes yeux, répondit Katheline." »

Cette vision revêt un caractère hystérique. Katheline ne doute pas un seul instant de la réalité de son rêve, elle raconte son hallucination avec un accent de sincérité qui force la conviction, et sans doute en a-t-il été ainsi dans beaucoup d'affaires de sorcellerie. Évidemment, l'écrivain se sert ici de l'histoire de Flandre, qu'il connaît bien, pour installer la prédiction de Katheline dans une logique historique, et lui donner, de ce fait, un certain crédit. Toutefois, c'est aussi le genre de prophétie qui, au XVIe siècle, pouvait laisser croire à l'existence d'un pouvoir occulte, positionnant délibérément le sujet dans le camp du diable.

Sorcière ou guérisseuse ?

Puisque Katheline s'occupe par ailleurs de soigner le bétail avec des simples, il ne faut pas s'étonner de la retrouver, un jour, devant la cour de justice disposée à réprimer les suppôts de Satan. Lorsque Katheline est amenée pour la première fois devant ses juges, il lui est reproché d'avoir « maléficié » du bétail. C'est le procès banal des guérisseuses dont les cures tournent mal.

« Katheline guérit en ces temps-là par des simples, un bœuf, trois moutons et un porc appartenant à Speelman, mais ne peut guérir la vache de Jean Beloen. Celui-ci l'accuse de sorcellerie. Il déclare qu'elle a jeté un charme à l'animal, attendu que pendant qu'elle lui donnait des simples, elle le caressait et lui parlait, sans doute en une langue diabolique, car une chrétienne ne doit pas parler à un animal. »

L'auteur a noté avec beaucoup de précision les interprétations tendancieuses des personnes qui se croyaient envoûtées. Il a également souligné l'influence des commérages du voisinage et des rivalités d'intérêts lors de ces procès.

« Ledit Jean Beloen ajouta qu'il était voisin de Speelman dont elle avait guéri les bœuf, moutons et porc, et si elle avait tué sa vache, c'était sans doute à l'instigation de ce dernier, jaloux de voir que ses terres, à lui Beloen, étaient mieux labourées et rapportaient davantage que les siennes, à lui Speelman. »

L'échevin qui procède à l'interrogatoire est particulièrement cruel envers Katheline. C'est un ivrogne et, de surcroît, un ancien prétendant éconduit ; il veut donc se venger de celle qui l'a naguère dédaigné. L'accusée est d'abord soumise au supplice de l'eau ; on lui verse dans la bouche de ce liquide brûlant au moyen d'un entonnoir, alors qu'habituellement, à l'occasion d'un interrogatoire, le bourreau utilise de l'eau froide pour distendre l'estomac. Puis elle est couchée sur un cercueil à arêtes aiguës ; elle subit ensuite, exposée devant un feu, le supplice des brodequins. Et cependant Katheline n'avoue rien.

Charles De Coster a trouvé ses informations dans le rapport d'un procès qui a réellement eu lieu, où le juge était également un buveur invétéré qui agissait avec brutalité. Sa conduite fut d'ailleurs sévèrement jugée par le conseil privé du Brabant. Lui aussi en voulait à sa victime, car il lui imputait la maladie dont il souffrait depuis trop longtemps. En réalité, ainsi que les médecins l'attestèrent lors de la révision du jugement, son mal était dû à son intempérance, mais comme le fils de l'inculpée, exécuté quelques jours auparavant, avait lancé une accusation de sorcellerie contre sa mère, les choses ne pouvaient que mal tourner pour Katheline.

C'est ainsi que la malheureuse octogénaire eut droit au supplice de l'eau ; et comme elle conserve obstinément le silence, un des échevins proposa même d'employer de l'urine de vache chauffée. La vieille femme en mourra dans la nuit.

Devant les juges

Avant d'être interrogée, Katheline est complètement rasée. « Le bourreau la mit toute nue, puis lui rasa les cheveux sur tout le corps, regardant partout si elle ne cachait pas un charme. » C'est un usage très répandu, et les manuels mis à la disposition des juges le recommandent vivement. Pour preuve, le témoignage d'un jurisconsulte de Bruges qui précise avoir vu une inculpée rester insensible aux plus cruelles tortures sous l'influence d'un sortilège magique, disant au passage que cette scène lui a laissé une singulière impression. Il s'agissait d'une guérisseuse à qui l'on reprochait d'avoir eu recours à des pratiques magiques. Et bien qu'on l'ait tondue, elle semblait ne pas ressentir la douleur qui lui était infligée : tantôt elle riait, tantôt elle dormait. Un des magistrats prétendait qu'elle usait d'un charme ; aussi, pour en avoir le cœur net, il proposa de la rendre complètement glabre. On découvrit alors, en un endroit fort caché, un petit rouleau de parchemin sur lequel étaient griffonnés des mots cabalistiques séparés par des croix.

Un jour, nous apprenons que messire Amman, le séducteur de Katheline, lui a donné le secret d'une poudre magique.

« Sorcière mignonne, voici la recette d'une mixture à moi envoyée par la femme même de Lucifer ; à l'aide de cela, tu te pourras transporter dans le soleil, la lune et les astres, commercer avec les esprits élémentaires qui portent à Dieu les prières des hommes et parcourir toutes les villes, bourgades et rivières et prairies de l'entier univers. Tu broieras ensemble à doses égales : *stramonium*, *solanum somniferum*, jusquiame, opium, les sommités fraîches du chanvre, belladone et datura. Si tu veux, nous irons ensemble ce soir au sabbat des esprits... »

Toutes ces herbes soporifiques et enivrantes sont connues depuis longtemps pour leurs effets hallucinogènes. Avec le recul, certains historiens – suivant en cela la position de Jules Michelet – leur attribuent, à juste titre, semble-t-il, les rêves diaboliques des sorcières. Mais à l'époque des procès, le démonologue Bodin ne peut admettre cette interprétation.

« Ce n'est point sommeil, écrit-il. On voit que tous les soporatifs ne sauraient empêcher que l'homme, tant soit-il endormi, ne sente ni feu ni douleur quelconque étant ravi en extase [étant l'âme séparée du corps par moyens diaboliques, le corps demeurant insensible et stupide]. »

Et de citer le cas d'une sorcière « qu'on ne parvint pas à réveiller à coups de verge ; et pour savoir si elle était morte, on lui fit mettre le feu aux parties les plus sensibles, et cependant ne s'éveilla point. Le matin, on la trouva couchée dans son lit ».

Katheline utilise l'onguent pour se transporter sur la tour de Notre-Dame ; elle y converse avec les esprits élémentaires et se renseigne sur le sort réservé à Claes et à l'empereur Charles Quint dans l'autre monde. Elle emploie aussi sa mixture pour rendre Nele et Ulenspiegel invisibles l'un à l'autre, et les conduire dans le royaume des esprits. En revanche, lorsque Claes veut voir, de sa chaumière, la scène de l'abdication de Charles Quint au palais, Katheline se sert de Nele comme médium et l'endort sans le secours de narcotiques.

« Katheline fit asseoir la fillette sur un banc, et par ses paroles et gestes, agissant comme un charme, Nele s'affaissa tout ensommeillée. Katheline lui dit alors : "Entre dans la petite maison du parc qui est le séjour préféré de Charles Quint..." »

Bientôt, les hallucinations de Katheline prennent une autre forme. Elle raconte la visite nocturne d'un esprit pour qui les murs, les haies, les portes et les fenêtres ne sont pas un obstacle. L'échelle qui craque, la présence du spectre près d'elle tandis qu'elle dort dans le grenier, les bras humides qui la saisissent… Et Claes de lui dire :

« Il te faut aller à la messe chaque matin, afin que Monseigneur Jésus te donne la force de chasser ce fantôme venu d'en bas.

– Il est si beau ! » lui répond-elle.

Katheline a maintenant un incube qui l'accompagne aux sabbats. La croyance en ces êtres fantastiques appelés à se rapprocher de manière pressante des sorcières est renforcée par la rumeur selon laquelle « des hommes arrêtaient effectivement, le soir, des jeunes filles, ou pénétraient jusqu'à chez elles, la nuit, en se disant le diable, et les profanaient mortes de frayeur ».

Croyant obéir aux ordres de son diable, Katheline raconte qu'un soir, elle est partie à la recherche du corps d'un certain Hilbert en s'aidant de formules magiques, sans savoir qu'elle aggrave son cas avec ce type de révélations.

« Elle se mit à genoux dans la neige et cria trois fois en l'air pour appeler l'esprit. Nele lui donna la bêche sur laquelle Katheline fit trois signes de croix ; puis elle traça sur la glace la figure d'un cercueil et trois croix renversées, une du côté de l'Orient, une du côté de l'Occident, et une du côté du Septentrion, et elle dit : "Trois, c'est Mars près de Saturne, et trois, c'est découverte sous Vénus, la claire étoile." Elle traça ensuite autour du cercueil un grand cercle en disant : "Va-t'en, méchant démon qui garde le corps." Puis, en tombant à genoux en prières […] "et pardonne-moi, de par Dieu et les saints". »

Cette incantation, dans laquelle on retrouve un curieux mélange de pratiques empruntées à la magie et d'invocations chrétiennes, illustre de façon probante les procédés employés par les magiciens et les devins de cette époque. Un édit de Charles Quint punissait de mort « tout magicien, sorcier ou devin convaincu d'avoir, par ses enchantements ou sortilèges, empoisonné ou nui aux personnes ou à leurs biens, et ceux qui, sans nuire à des personnes, s'étaient néanmoins appliqués à la magie ou à la divination, étaient punis d'une façon spéciale à déterminer après consultation juridique ».

Un fiancé diabolique

L'amoureux de Katheline s'appelle Joos Damman. Accusé de sorcellerie, il est, lui aussi, traduit devant la cour de justice. Lors d'une confrontation, il charge Katheline en décrivant les plaisirs étranges et pervers auxquels s'attendent toutes les personnes désireuses d'aller au sabbat. Ces horreurs figurent, avec les mêmes détails, dans les ouvrages historiques traitant de la question, comme le fameux *Malleus Maleficarum*, plus connu sous le nom de *Marteau des sorcières*. Il accuse Katheline « d'avoir tué des enfants pour en faire des pâtés, et les vendre ainsi que l'avait fait un pâtissier de Paris ; et couper les cuisses des pendus pour les emporter afin d'y mordre à pleines dents ».

Joos Damman a sur le dos une marque velue, brune et grande comme une fève. Lorsque le bourreau y passe une aiguille, elle ne saigne pas. Les baillis et échevins prennent alors peur et s'écrient : « Il est diable, il y a maléfice ! »

Damman et Katheline sont soumis au « supplice de la veille ». Charles De Coster s'inspire ici de la torture qui a été infligée en 1605 à une malheureuse qui se retrouva placée debout, le carcan au cou, devant un grand feu, et cela, jour et nuit sans dormir. Elle fut relâchée le quatrième jour, après que le supplice « lui ait perdu le sens et l'esprit ». Une autre, à qui pareille mésaventure arriva, mourut après deux nuits et trois jours de veille.

Après bien d'autres épreuves, Katheline est soumise à la submersion.

« Surnageant, elle serait brûlée comme sorcière ; allant au fond et en mourant, elle serait considérée comme étant morte chrétiennement, et comme telle, inhumée au jardin de l'église, qui est le cimetière. »

Cette pratique était réprouvée par les jurisconsultes, et, pourtant, elle fut de nombreuses fois utilisée au cours de la seconde moitié du XVIe siècle. En Flandre, la croyance était répandue que les personnes imprégnées de l'esprit malin étaient plus légères que les autres. Dans certains endroits, on pesait donc les suspects, et les échevins délivraient un certificat qui indiquait le poids et qui certifiait que la pesée s'était faite honnêtement. L'immersion donna lieu à tant d'abus que Philippe II, par une circulaire en date de 1595, l'interdit expressément, mais il arrivait que les villageois eux-mêmes jetassent à l'eau des personnes soupçonnées de sorcellerie.

Dans la suite du roman, Till aura à son tour affaire à la justice. Lui aussi sera rasé de près ; lui aussi sera questionné, étiré par des cordes après avoir été suspendu à une poulie attachée au plafond ; lui non plus n'avouera rien.

Retour de la sorcière transformée en loup-garou. Gravure du XVIe siècle.
(Collection de l'auteur.)

Chapitre 7

Histoires de loups-garous

SELON LA LÉGENDE, le troisième comte de Saint-Pol-sur-Ternoise, Hugues de Campdavaine, surnommé la « Bête Canteraine », passait pour être un loup-garou. D'un caractère violent et emporté, il était incapable de se maîtriser, et on le trouva ainsi de nombreuses fois aux prises avec ses voisins. Le sacré n'était pas plus respectable à ses yeux que le profane, et ses excès montaient souvent jusqu'à la fureur. Le curé de Beauval, bourg important dont Hugues de Campdavaine était le seigneur, s'emporta un jour devant le comportement intolérable du comte. En représailles, celui-ci pénétra avec rage dans l'église pour occire le prêtre à l'instant même où ce dernier s'apprêtait à dire la messe. Pour le punir de son crime et de bien d'autres encore, l'abbé de Saint-Riquier le condamna à fonder trois établissements religieux, ce dont le seigneur s'acquitta, trop heureux de s'en tirer à si bon compte, car cela ne représentait finalement qu'une toute petite partie de sa fortune. Sont ainsi nés les monastères de Clerfay, entre Arras et Amiens, d'Ourscamp, près de Noyon et de Cercamp, dans le comté de Saint-Pol, où Hugues de Campdavaine fut d'ailleurs inhumé en 1141, laquelle abbaye s'appelle depuis le « Saint-Denis des comtes de Saint-Pol ».

C'est bien entendu après sa mort que la légende du loup-garou a pris forme, en souvenir de ses rapines et autres exactions. C'est alors qu'on le vit errer couvert de chaînes dans toute la campagne artésienne.

Drôle de croyance

Par le passé, les Saint-Polois croyaient beaucoup aux loups-garous, qu'ils entendaient hurler dans les forêts les nuits de carême et de l'avent. Certains, complètement effrayés par la chose, disaient que c'étaient les âmes des excommuniés qui venaient pousser des hurlements lugubres. Dans un sens plus figuré, on traitait aussi de « loup-garou » le garnement espiègle ou le vaurien. Pour délivrer un loup-garou, il fallait le faire saigner.

« À Thièvres, un paysan se roulait chaque samedi dans la mare et en sortait transformé en loup. Puis il se rendait dans une bergerie du village pour enlever un mouton qu'il emportait ensuite dans le bois. Là, les sorcières allumaient un grand feu, le faisaient cuire et le mangeaient. Un jour, il avoua à un homme qu'il se changeait en loup parce que l'esprit du diable le possédait. Alors cet homme résolut de le délivrer. Il accompagna le garou invisible au Rond-des-Fées, fit tourner un sabre au-dessus de sa tête, et frappa le loup, qui tomba blessé sur le sol. Le sabbat se termina aussitôt, et le loup revint libéré au village. Depuis lors, les réunions ont cessé dans le bois[1]. »

Bien que la présence du loup en Artois ait été réelle, il paraît difficile de lui attribuer la paternité de tous les lieux-dits en « loup » figurant sur les cartes ou dans les textes anciens. À Verchocq, on va ainsi trouver conjointement une Fosse-aux-Loups, une Croix-des-Loups, un Buisson-à-Leus et un Louwarou. À Enquin-sur-Baillons, où se trouve le fond de la Fosse-au-Loup, on fait peur aux enfants en leur disant : « Attention, si tu passes tout près, le loup va sortir ! » À Manin, la peur du loup est à l'origine de la création d'une confrérie par huit charitables exclusivement masculins. Elle est placée sous le patronage de saint Hubert.

Le compagnon du moine

À l'issue de la première croisade, Eustache de Fiennes obtient de Godefroy de Bouillon un vase exceptionnel, si précieux qu'il

1. H. Carnoy, cité par Maurice Crampon, « Le Culte de l'arbre et de la forêt en Picardie », Mémoires de la Société des Antiquaires de Picardie, t. XLVI, 1936, p. 163.

construit, pour l'abriter, une abbaye à Beaulieu près de Marquise. Une légende raconte qu'à un moment donné, le vase sacré est enterré dans le jardin de l'abbaye afin de le soustraire à la convoitise des brigands. Quelques années plus tard, un frère convers se met en tête de le déterrer, un soir d'hiver, à la lueur de la pleine lune. Le moine entre seul dans le jardin, une bêche sur l'épaule. Il est suivi par un loup apprivoisé qui ne le quitte jamais. Soudain, il s'arrête, examine les lieux, cherche à se repérer en scrutant les arbres, compte une dizaine de pas depuis un mur délabré, et décide de planter sa bêche à l'endroit voulu. C'est là que le lendemain matin, ses frères le retrouvent mort au fond d'un grand trou avec son fidèle compagnon en train de hurler à ses côtés. Le moine a-t-il découvert quelque chose ? S'est-il tué à la tâche ? A-t-il été surpris par des voleurs ? Nul ne le sait, mais ce qu'il faut retenir ici, c'est le hurlement du loup au fond de la fosse, qui n'est pas aussi anodin qu'on pourrait le penser dans un premier temps. Il rappelle un rite jadis accompli par les frères d'un compagnon décédé, lesquels descendaient chacun leur tour dans le trou pour hurler à côté du défunt[1]. Par ailleurs, l'accointance du loup avec la mort est attestée dans de nombreuses croyances opposant par exemple « les vifs aux *leux* », dans le Mélantois. Pour preuve aussi ces chandelles qui entouraient le catafalque lors des enterrements d'antan, et qui étaient appelées des « *candelles à leux* »[2].

Le loup vert

La coutume du loup vert de Montreuil-sur-Mer fait sans doute également référence au loup-garou[3]. Pour accréditer cette thèse, nous disposons de plusieurs éléments. À commencer par l'ancienne dénomination du loup-garou, *leu-warou*, un nom à partir duquel il est facile de glisser vers *leu-verou*, *leu-vert*, loup-vert.

1. *Raoul Vegez,* La Pendule à Salomon, *Julliard, 1957, réédition 1995, p. 87.*

2. *C'est aussi le nom donné au bouillon blanc de nos jardins à la forme si caractéristique.*

3. *Bernard Coussée,* Les Nouveaux Mystères du Nord - Pas-de-Calais, *De Borée, 2008, p. 122.*

Puis parce que cette coutume se déroule sous le contrôle de l'abbaye dont la sainte patronne, Austreberte, a non seulement un rapport avec le loup[1], mais aussi avec ladite couleur verte. La reine Berthe, personnage dont le nom est une forme récurrente de celui de l'abbesse, et dont Montreuil cultive le souvenir depuis qu'elle a été enfermée dans une tour de la citadelle qui porte encore son nom, est très tôt appelée « la Reine Verte », la mort[2]. Enfin, pensons au Verbouc – Vert-Bouc ? – ardennais, qui fréquente assidûment les sorcières se rendant au sabbat.

Le moine et l'avocat

Par une triste soirée d'hiver, Sallengros, un avocat de Maubeuge, s'attarde à la ferme de la Basse, à Louvroil, en compagnie de dom Wulmaire, le père abbé de Maroilles, avec qui il vient de faire connaissance. Craignant tous deux de voyager seuls, ils forgent le projet de se rendre ensemble à l'abbaye où loge le prélat. Mais une fois leur décision prise, l'avocat change de comportement et se montre brusquement tout excité à l'idée de marcher dans la nuit en compagnie d'un moine. Il met donc rapidement un terme aux amabilités de leur hôte qui les presse d'accepter son invitation à dormir chez lui, après quoi les deux hommes s'engagent dans un chemin aujourd'hui supprimé. Ce soir-là, le vent redouble de violence, la neige fondue cingle les visages, pénètre les manteaux, glace les membres et gêne considérablement la marche. De grands nuages chassés par la tempête courent dans le ciel et cachent en partie la lune, dont la lumière blafarde et louche n'apparaît que par courtes intermittences, en laissant deviner, cachée sur la ligne d'horizon, la légion complète des fantômes qui peuplent ces nuits inquiétantes.

« Par ma foi, Me Sallengros, dit dom Wulmaire, nous aurions mieux fait d'accepter l'invitation du fermier. La route n'est certes

1. On lui accorde le miracle du loup-bâté alors qu'elle est abbesse de Pavilly, en Normandie.

2. Claude Gaignebet, À plus hault sens, *Maisonneuve et Larose Éditions, 1986, t. I, p. 148.*

pas très longue, mais c'est un temps infernal. Il n'y a que des sorciers pour sortir par une nuit pareille. »

Un éclat de rire strident retentit alors, et le cri d'un chat-huant emplit soudain tout le coteau.

« Qu'est-ce ? Une chouette, en cette saison ? s'écrie le religieux en se signant.

– Je ne sais pas, mais pressons le pas », fait l'avocat, l'air sombre et les dents serrées.

Et nos deux hommes de continuer leur marche tandis que le moine récite son chapelet.

« Ne me bousculez pas de la sorte, Me Sallengros, vous avez failli me faire tomber !

– Moi ? Mais je ne vous ai pas touché. »

Au même instant, le ciel s'éclaircit quelque peu et ils aperçoivent une énorme chauve-souris qui volette silencieusement au-dessus de leur tête.

« Nous sommes le jouet du démon, dit le supérieur. Prions, et nous braverons sans danger ses maléfices.

– Oui, répond Sallengros comme émergeant d'un rêve, c'est la faute à… »

À peine sorti de ses lèvres, le nom se perd dans la nuit comme si un bâillon invisible puissamment appliqué sur sa bouche venait de lui ôter l'usage de la parole. À ce moment-là, dom Wulmaire se retourne et regarde l'avocat avec plus de méfiance encore. Il saisit ensuite son chapelet et se met à chasser la bête, parvenant ainsi à la frapper en pleine face. Le volatile diabolique s'enfuit sur-le-champ.

« Malédiction ! crie aussitôt l'avocat. Voilà maintenant que je tombe sur ce maudit chemin. »

Parvenu au monastère, dom Wulmaire constate que ses mains sont humides bien qu'il n'ait pas quitté son chapelet de tout le trajet. Après avoir trouvé un rayon de lumière, il les examine et s'aperçoit qu'elles sont tachées de sang.

Les deux hommes gagnent silencieusement leur chambre, l'abbé n'osant pas, pour l'instant, réveiller les frères pour leur faire part de son aventure. Mais plus il réfléchit à ce qui s'est passé, plus il juge la conduite de l'avocat singulière. Par ailleurs, une tête grimaçante lui apparaît maintenant sans cesse, une voix sardonique lui tinte aux oreilles, son lit est frôlé par des bêtes invisibles qui le souillent de leur contact impur. En somme, le restant de la nuit lui semble horrible. N'y tenant plus, il se résout à tirer de leur sommeil deux autres moines pour leur raconter son périple. Tous trois vont aussitôt demander des explications à Sallengros, mais sa porte est fermée à double tour. Qu'à cela ne tienne ! L'un des religieux, doté d'une force herculéenne, l'enfonce sans ménagement, puis une exclamation suit son exploit : la chambre est vide ! L'avocat ne s'est même pas couché, ses vêtements traînent sur le plancher ; seule la cheminée laisse régulièrement descendre vers les trois hommes apeurés des hurlements que le bruit du vent amplifie à sa mesure. Les frères répandent alors à profusion de l'eau bénite sur les murs en cultivant le secret espoir que l'avocat puisse avouer un jour ses coupables machinations[1].

Vers une explication

À Morenchies, dans le Cambrésis, la fontaine des loups-garous était un lieu fréquenté par ces êtres fantastiques à la fois définis comme des hommes et comme des loups. Par ailleurs, « si une femme est malade de *varoles*, il convient que son mari achète un agneau noir de l'année et qu'il lie sa femme dans la peau toute chaude de cet agneau. Ensuite qu'il fasse pèlerinage à Sainte-Arragonde, et pour certain elle guérira ». Géry Herbert, qui cite cette curieuse pratique[2], précise que « *varol* » est synonyme de « *garol* », et donc de loup-garou, si l'on en croit l'ancienne langue française[3]. Être atteint de *varoles*, c'est donc être tourmenté par les mauvais esprits transformés en loups-garous ; en d'autres

1. *D'après René Minon,* La Vie quotidienne dans le Nord au XVIIIe siècle, *1898, p. 55.*
2. *Géry Herbert,* Le Folklore du Cambrésis, *Société de linguistique picarde, 1978, p. 100. Il dit la tenir des* Évangiles des Quenouilles *(XIVe siècle), mais j'avoue ne pas avoir réussi à retrouver ce passage. Il considère en plus que cette prescription n'est valable que pour Rumilly-en-Cambrésis, siège d'une dévotion à sainte Aragone.*
3. *A. J. Greimas,* Dictionnaire de l'ancien français, le Moyen Âge, *Larousse, 1979.*

termes, c'est être saisi de frayeurs nocturnes provoquées par le mauvais œil. Car, effectivement, le loup-garou passe pour être aussi « un coureur, un mauvais sujet qui ne sort que la nuit et court la bourgeoisie affublé d'une peau »[1].

Il existe des lignages de loups-garous comme il en existe pour les sorciers. On devient loup-garou en naissant le septième fils d'une famille pauvre. De plus, on croit que ceux qui naissent coiffés, avec une tache de vin ou des cheveux ressemblant à des poils de loup, sont des loups-garous. En général, la coiffe est conservée comme amulette et cousue dans les vêtements de l'intéressé ; elle est censée lui porter chance.

Être loup-garou, c'est devenir provisoirement une bête sauvage dont la caractéristique est de dévorer ses victimes. Il est facile d'établir ici un parallèle entre ces « excitations nocturnes » et les pulsions sexuelles, car le loup-garou est un être de luxure, caractère confirmé par son étymologie latine *lupa* (« prostituée »), un mot qui donne aussi « lupanar »[2].

Les origines de la croyance en un être humain capable de se transformer en animal, et plus précisément en loup, n'ont jamais été clairement établies. Elles sont pourtant fort anciennes, probablement issues de religions animistes préhistoriques puisque communes à de nombreux peuples européens.

Déjà, au ve siècle avant notre ère, Hérodote raconte que les Grecs, qui s'établissent sur les bords de la mer Noire, tiennent les habitants de ces contrées pour des magiciens très habiles, capables de se métamorphoser à volonté. L'historien grec parle d'une race d'hommes ayant le pouvoir de se métamorphoser en loup et de reprendre, lorsqu'ils le désirent, leur apparence humaine. On croit, en ces temps lointains, que ces étranges mutations sont le fait d'êtres humains anthropophages qui, par la pratique de la magie, prennent l'apparence d'un loup pour satisfaire plus facilement leurs appétits monstrueux. Cette métamorphose permet d'acquérir la puissance musculaire, l'agilité, la ruse et la férocité

1. Les Évangiles des Quenouilles, *notes de Madeleine Jeay, Vrin, 1985, p. 186.*
2. *Sophie Bridier,* Le Cauchemar, étude d'une figure mythique, *Presses universitaires de Paris-Sorbonne, 2001, p. 67.*

d'une bête sauvage tout en gardant la voix et le regard humains. Pour les Grecs et les Romains, le fait de se transformer en loup est considéré comme un châtiment divin. Il frappe toujours les mortels responsables de sacrifices humains.

À l'écoute de nos différentes légendes régionales, le loup-garou apparaît comme un homme ou une femme qui, certaines nuits de pleine lune, enlève ses vêtements pour revêtir une peau de loup soigneusement extraite d'une cachette secrète, avant de se mettre à courir la campagne. Si le loup-garou rencontre à ce moment-là une personne attardée ou légèrement éméchée, il saute sur son dos et s'agrippe sur ses épaules. Il sait alors augmenter indéfiniment son poids, de sorte que celui qui le porte se met à suer à grosses gouttes. On dit aussi qu'il arrache avec les dents, qu'il a aiguës et pointues, les boutons du pantalon ou de la veste de la victime. Cette dernière ne parvient à se libérer de son fardeau qu'une fois arrivée à un carrefour. À l'évidence, le loup-garou apparaît ici comme un être fantastique.

Derrière ce thème de la régression de l'homme à l'état animal se profile une fois de plus le combat de l'Église contre les relents des cultes animistes indigènes hérités du chamanisme. On sait, par exemple, son acharnement à vouloir faire oublier le culte de l'ours encore vivace à l'époque carolingienne[1]. La hantise envers les hommes qui aiment s'accoutrer d'une peau velue participe de cette démarche ; le combat contre les croyances relatives aux naissances coiffées aussi. De même, l'aversion pour le poil en général est symptomatique d'un rejet du monde sauvage tenu pour souillé aux yeux des clercs ; contraire aussi à leur doctrine qui voit dans l'homme, et dans l'homme seul, une image de Dieu.

1. *Michel Pastoureau,* L'Ours, histoire d'un roi déchu, *Seuil, 2007.*

Chapitre 8

L'infortunée Marie Magreau

UN PÈLERIN MARCHE dans la nuit. Il pleut à torrents, la tempête mugit et secoue les arbres qui dessinent des masses sombres autour de lui. Brusquement, au loin, une lueur d'espoir se met enfin à poindre : c'est la cabane de Jacques Magreau et de sa fille Marie, bâtie près des marais de Selles, en un endroit appelé « Trou d'enfer ». Notre voyageur s'y rend et frappe à l'entrée. Aucune réponse ! Il heurte à nouveau la lourde porte en bois, plus fort. Une voix rauque se fait alors entendre :

« Qui que vous soyez, passez votre chemin ! »

Cette réponse inattendue émeut notre homme, qui insiste cependant. Il supplie qu'on lui ouvre tant il est fatigué, affamé, malade peut-être... Rien n'y fait. Désespéré, il saisit un gros morceau de bois et se met à cogner avec. Devant un tel vacarme, l'habitant finit par céder.

« Eh bien, dit le voyageur, c'est comme ça que vous accueillez les pèlerins dans votre pays ? »

Jacques Magreau marmonne quelques mots d'excuse en prétextant qu'il ne savait pas qu'il avait affaire à un homme pieux, et que, par les temps qui courent, il vaut mieux rester prudent, attendu que les routiers et autres *francs-mitoux* errent souvent la nuit pour rançonner les gens. Après quoi il offre à son visiteur d'un soir un peu de pain noir et de l'eau puisée à une fontaine voisine.

Mais au lieu de manger, le pèlerin se met à regarder attentivement le paysan, à le scruter jusqu'au fond des yeux, tout en examinant l'intérieur de la cabane. Soudain, il aperçoit un second occupant couché dans un coin, lequel, malgré ses habits miteux, lui apparaît bien jeune et d'une rare beauté ; le pèlerin est si troublé par cet individu qu'il ne parvient pas à dissimuler son agitation. Il tire alors un flacon de dessous son manteau et verse quelques gouttes de liqueur dans la timbale du paysan en lui disant :

« Allez, j'ai pitié de vous. Voici un philtre qui va vous réconforter, qui calme et qui fait dormir. Vous en avez besoin, vous devez être épuisé, vous aussi ! »

Puis il donne le tout à boire à son hôte, lequel l'avale sans méfiance pour s'endormir peu après.

« Tu m'appartiens maintenant, Jacques Magreau. Oui, corps et âme tu m'appartiens, paix et repos, désespoir et angoisse. Tu m'appartiens, car ta fille m'appartient. »

Et, s'asseyant près de l'enfant qui dort, il l'attire doucement sur ses genoux et se met à lui murmurer des paroles d'amour à l'oreille. À demi éveillée, la jeune fille, car il s'agit bien de Marie, étend mollement ses bras, dévoilant ainsi ses épaules et ses longs cheveux noirs. Puis, se voyant étreinte par un étranger, elle tente un mouvement de recul, elle veut se sauver, mais le pèlerin l'enlace plus fortement et la retient.

Le lendemain, à son réveil, Jacques Magreau est seul dans sa maisonnée. Marie, sa fille unique, a disparu ; elle s'est enfuie avec son visiteur. Jamais un homme n'a éprouvé un tel désespoir. Jacques Magreau se tord les mains, hurle de douleur et crie éperdument : « Rendez-moi ma fille ! Rendez-moi ma fille ! » Mais il a beau la chercher, il a beau questionner le voisinage, personne n'a vu Marie. Au bout de six mois de recherches sans trêve, il doit se rendre à l'évidence : sa fille ne reviendra plus !

Quelque temps plus tard, sa cabane se trouve soudain entourée de larrons menés par une femme ivre, les bras nus, les cheveux épars, une dague au poing. Celle-ci pénètre dans l'humble demeure, se précipite sur le paysan et le terrasse. Jacques la reconnaît : c'est Marie ! L'assaillante, elle, n'a cure de son père.

« Dis-moi vite où tu as caché ton or. Tu m'en as parlé plus d'une fois, tu es riche !

– Mais Marie, je l'ai dépensé à te chercher pendant tout ce temps !

– Il ment, il ment. Il faut qu'il dise la vérité. Allumez un feu, ordonne-t-elle à ses compagnons en se tournant vers eux, nous allons lui réchauffer un peu les pieds. »

Et la jeune femme de se mettre à attacher elle-même les jambes de son père à la crémaillère.

« Maintenant, vieil avare, tu vas me dire où tu as mis ton or ! »

Jacques Magreau se tord de douleur, se démène, implore la pitié de sa fille mais ne révèle rien. C'est alors qu'entre dans la pièce le pèlerin dont il était question au début de cette histoire. Il étouffe de ses pieds le brasier qui dévore les membres du paysan, fait s'éloigner les uns et les autres puis, s'approchant de Jacques Magreau, il lui confie ceci :

« Souviens-toi, Jacques Magreau, reviens un peu en arrière, nous sommes à Valenciennes, tu fais partie de cette bande de soudards qui sont en train de mettre la ville à sac. Tu viens d'assassiner Jean Mauvoisy, et tu t'apprêtes à violer sa femme. Or, celle-ci est enceinte, mais cela ne t'arrête pas. Tiens, regarde, je porte là un témoin éternel de ton crime, un sceau que Dieu a imprimé sur ma poitrine pour me rappeler éternellement la vengeance que je dois accomplir. »

L'homme ouvre alors son manteau et laisse apparaître une main sanglante imprimée sur son torse par la nature.

« Oui, je suis le fils de Jean Mauvoisy, et cette femme que tu as outragée est ma mère. Aussi, je te prie de croire, Jacques Magreau, que tu n'as pas fini de souffrir et que les tourments que tu as actuellement accompagneront également ta fille jusqu'à la nuit des temps. »

Et ce qui va se passer par la suite confirmera les dires du pèlerin. En effet, trois jours plus tard, deux inconnus entrent chez Jacques Magreau, se saisissent de lui, le bâillonnent, lui bandent les yeux et, sans dire un mot, le transportent sur la place du Coupe-Oreille, à Cambrai, où ont lieu les exécutions, pour l'abandonner sur le pavé avant de disparaître dans la foule. On est en train d'y brûler une sorcière, la femme des brigands qui ont désolé la région pendant des mois, et qui aurait été dénoncée, dit-on, par un pèlerin de passage.

Par la suite, ce dernier ne cessa de raconter dans tout le pays que le fantôme de Marie Magreau hanterait à jamais les lieux et malmènerait les enfants jusque dans le sein de leur mère, voire dévorerait, en vrai loup-garou, les garçonnets et les petites filles qui viendraient à traîner sur la route[1].

---

1. *Samuel-Henry Berthoud,* Légendes et traditions surnaturelles des Flandres, *1862, réédition JPM 2002, p. 5.*

Chapitre 9

L'homme aux sept péchés

Le comte de Marcoing vient de mettre à la porte de son château son second fils Albéric, qui ne cesse de se livrer à des orgies répétées malgré la désapprobation de son père. L'homme est un impénitent, et de se voir ainsi expulsé du domicile paternel lui donne une raison de plus pour se livrer à la débauche. Nous sommes en 584.

Un soir, Albéric est attablé dans une taverne de Crèvecœur avec des amis, de tristes sires, eux aussi. Comme à son habitude, il est en train de vider un tonneau de vin. Dehors, le vent rugit ; à chaque rafale, il donne l'impression de vouloir entrer par les interstices des volets et des portes, que l'aubergiste a pourtant pris soin de fermer à double tour. Une lampe fumeuse éclaire la bande de soudards, dont la grande préoccupation du moment est de savoir quand le comte de Marcoing va se décider à mourir, de manière à ce qu'Albéric puisse hériter d'une partie de sa fortune. Les conversations vont bon train.

Soudain, un étranger apparaît dans un coin du cabaret. L'homme est grand, habillé de noir, et son ombre projetée par une flamme vacillante semble occuper le mur tout entier ; elle est comme auréolée d'un nuage de poussière dont l'odeur sulfureuse ne dit rien qui vaille aux hommes qui la scrutent et qui se mettent brusquement à tousser. Les convives attablés se regardent.

« Quelqu'un connaît-il cet individu ? » demande Albéric en s'adressant à ses camarades.

Tous répondent non.

« Ah ! Maudit tavernier, s'exclame le jeune seigneur. Tu n'as pas bien fermé ta porte, et tu laisses entrer n'importe qui. Ou alors, poursuit Albéric, à moins que le vin ne m'ait tourné la tête, "il" n'est peut-être pas entré par la porte...

– C'est vrai, répond un autre, je ne l'ai pas entendue s'ouvrir ni se claquer !

– Hé, l'homme ! Qu'attends-tu donc ? demande Albéric. Qu'es-tu venu chercher ici ?

– Toi, répond l'inconnu. Je m'appelle Wilfrid. J'ai aussi d'autres noms que chacun connaît, mais que beaucoup oublient. Je suis ici pour remplir de volupté le chemin de la vie, et permettre à chacun d'aller au diable en bonne compagnie. On raconte par tout le pays que le comte de Marcoing est en train de mourir et que son fils Théodoric s'apprête à lui succéder. C'est un modèle de sagesse, et ça, tu vois, je ne peux l'accepter. Aussi, je vais tout mettre en œuvre pour que cela n'arrive pas.

– Qu'est-ce que ça peut bien me faire, répond Albéric. Si mon frère veut s'occuper des terres de mon père, ça le regarde...

– Mais moi aussi je règne, reprend fermement l'étranger, seulement, c'est sur un vaste domaine qui s'appelle le "plaisir". Là, je suis vraiment souverain, et mes sujets n'ont qu'à se louer de moi. Je leur livre des vins capiteux, des femmes enivrantes, de joyeux compères.

– Ça ne m'intéresse pas, rétorque Albéric. Regarde, des amis, j'en ai déjà. »

Par un geste, il montre la table où, surprise, ceux avec qui il buvait il y a encore quelques minutes sont en train de somnoler, affalés sur leurs sièges comme par magie.

« Laisse-les dormir, poursuit Wilfrid, et écoute bien ce que j'ai à te dire. Si tu te précipites tout de suite au palais, tu peux encore sauver la mise. Ton frère est sous le choc de la mort de ton père, et tu peux obtenir de lui tout ce que tu désires. »

Le regard d'Albéric s'anime soudain sous l'effet de la convoitise. Un désir profond de jouissance semble l'animer. « Après tout, pourquoi pas ? Pourquoi ne serais-je pas, moi aussi, comte de Marcoing ? » Un sentiment d'orgueil se saisit de son âme, et quand Wilfrid lui demande : « Veux-tu la couronne comtale ? », il répond sans hésiter : « Oui, je la veux ! »

Alors Wilfrid se saisit de son épée, décrit avec la pointe de la lame un large cercle, et en appelle aux esprits infernaux. Au même moment, la foudre se glisse dans l'auberge, un horrible fracas se fait entendre, et, quelques secondes après, un bruit semblable à l'explosion d'un volcan fait voler la taverne en éclats.

Le lendemain, les habitants de Crèvecœur n'ont plus sous les yeux qu'un vaste tas de cendres. Comme par enchantement, Albéric et ses compagnons ont été transportés dans le palais de Marcoing. Albéric y retrouve son frère, mais, loin de partager sa peine, il ne pense qu'à une chose : l'héritage !

« Tu pleures ? demande-t-il en ricanant.

– Oui, je pleure, j'ai même des frissons, car j'ai l'étrange pressentiment qu'il va se passer quelque chose de grave.

– Tu peux l'avoir, lui répond Albéric, parce que figure-toi que je suis venu te demander de me laisser la place ; je veux désormais être le seul maître de Marcoing.

– Pour ça, Albéric, tu devras me tuer !

– Mais c'est bien mon intention ! » rétorque l'usurpateur en jetant à son frère un regard terrible.

Les hommes en viennent rapidement aux mains, et Wilfrid les regarde faire. Les frères se connaissent bien car ils ont souvent lutté ensemble dans leur enfance. Chacun connaît les forces et les faiblesses de l'autre, aussi, c'est sans surprise qu'Albéric parvient à tenir son rival en respect et à lui planter son épée au défaut de la cuirasse. Le temps que les gardes du château, avertis par le bruit des armes, arrivent jusqu'aux combattants, il est trop tard. Le fils aîné du comte de Marcoing gît dans son sang. La seule chose que les hommes d'armes peuvent désormais envisager est de venger leur maître.

Chacun crie à l'assassin, au fratricide. Albéric est séparé de ses comparses, il hurle de rage. Il est comme pris au piège, et c'est à peine s'il aperçoit dans un coin du château l'homme en noir qui se gausse. Les gardes, qui se sentent dans leur droit et qui n'ont pas du tout envie d'être gouvernés par Albéric et ses hommes, commencent à éliminer ces derniers un par un avant de se retourner vers le meurtrier.

Tout à coup, le vieux précepteur de la famille, celui-là même qui a pourvu à l'éducation des deux enfants du comte, entre dans la pièce. Sans se démonter, le vieillard, s'adressant à Albéric, dit : « Assassin, que viens-tu faire ici ? » Le jeune homme ne sait que répondre et, pour la première fois depuis longtemps, il baisse les yeux. C'est le moment choisi par Wilfrid pour se porter à ses côtés. Albéric croit voir en lui un allié.

« Que voulez-vous à cet homme ? lance Wilfrid au vieux précepteur.

– Le mettre dans un cloître jusqu'à la fin de ses jours afin qu'il demande pardon à Dieu de ses fautes.

– Un cloître ! Mais vous n'y pensez pas ! Albéric est un orgueilleux, un envieux, un avare, un gourmand, un coléreux, un paresseux, et ce qu'il aime par-dessus tout, c'est la luxure. Il est sous l'emprise des sept péchés capitaux, et en aucun cas il ne peut être admis dans un cloître. Non ! Croyez-moi, il ne mérite que la mort. »

Et c'est sur un Albéric abasourdi que se ruent les gardes après que l'éducateur a baissé les bras en guise d'approbation. Un violent coup de tonnerre se met alors à secouer l'atmosphère comme si le ciel souhaitait donner son assentiment à ce châtiment. C'est donc ainsi que fut porté un terme final à la lignée des comtes de Marcoing[1].

---

1. *C. R. Dautrevaux,* Chroniques populaires, surnaturelles, dramatiques et religieuses de la Flandre, *Lille, 1850, p. 21.*

Chapitre 10

Le diable et l'ermite des Blancs-Monts

DANS LES BOIS de Saint-Pol-sur-Ternoise existait, avant la Révolution française, un ermitage situé près d'une fontaine. Il était occupé par un religieux dont la bonté était devenue proverbiale. Il faisait l'objet d'attentions soutenues de la part des habitants, qui venaient lui apporter quelque nourriture en échange de bons conseils. Mais la vie d'un cénobite n'est pas toujours facile, car il est souvent aux prises avec les tentations du démon.

Un jour, tandis qu'il se rend à la fontaine pour y puiser de l'eau, notre homme croise un rétameur dont les yeux brillent comme des charbons ardents. Son tablier noir cache mal un pantalon de couleur jaune, et il transporte toute une série de poêles sur le dos.

« Achetez-moi une poêle ! Vous en aurez besoin pour faire vos grillades, c'est bientôt Pâques !

– Passez votre chemin, je n'ai besoin de rien, je ne mange que des herbes et des racines.

– Ne vous mettez pas en colère, un homme aussi bon que vous ne peut pas se mettre en colère... Allons, n'en parlons plus ! »

Et le rétameur recharge ses ustensiles de cuisine sur son dos avant de reprendre son chemin en ricanant. À peine l'homme a-t-il tourné le coin que notre ermite se met à penser au beau morceau de cochon qu'il aurait pu faire griller dans sa poêle, et il n'arrive pas à se défaire de cette idée. Même l'odeur du pied de sauge qui pousse près de sa cabane ne parvient pas à lui enlever cette image de la tête. Une poêle... ! Un porc... ! Du jambon... ! De la saucisse... ! Tout cela le tracasse au plus haut point.

Il rentre dans son ermitage, s'agenouille devant son crucifix et se met à prier toute la nuit.

Le lendemain, Vendredi saint, il décide d'aller à Saint-Pol pour écouter prêcher la Passion. Chemin faisant, il croise des paysans qui se rendent au marché pour vendre leurs volailles ; là, devant les oies bien grasses, les coqs et les agneaux dodus, il se met une nouvelle fois à rêver. Que de bonnes grillades en perspective ! Mais il reprend vite ses esprits, se signe et continue son chemin tout en se promettant de jeûner encore et toujours.

Arrivé à la lisière du bois, il aperçoit comme un feu follet, une lurette qui grandit et grandit en s'avançant vers lui. Il recule, effrayé, en voyant un porc suivre la furolle en criant, talonné lui-même par une dizaine de diables noirs arborant des poêles et des plats semblables à ceux que l'on a voulu lui vendre la veille. Maintenant, il a beau faire des signes de croix, rien n'y fait : les démons s'emparent de lui et l'entraînent du côté des Blancs-Monts.

À sa grande surprise, près de sa cabane, il découvre une grande maison d'où s'échappent des fumets odorants. La porte est ouverte et tout ce petit monde, porc, diables et ermite, s'y engouffre en un tour de main. Puis l'animal est sacrifié pour être transformé sur-le-champ en boudin et saucisses, tandis que les démons se mutent en marmitons tout blancs pour s'affairer devant une cheminée.

À la vue de ce spectacle, l'ermite se lèche les babines et s'assoit à la table. Il plante son couteau dans un énorme jambon à l'os puis en prélève un morceau qu'il s'apprête à porter à la bouche quand soudain, il aperçoit dans un coin de la salle le rétameur au tablier noir et au pantalon jaune rire comme pour le narguer. L'ascète retrouve alors tout à fait la raison, court dans sa cabane chercher son goupillon, et asperge ses invités d'eau bénite, ce qui a pour effet de tout transformer en fumée.

Depuis, on raconte que l'ermite des Blancs-Monts n'a jamais plus été tenté par le moindre diable[1].

1. *Ed. Edmont,* Quatre Légendes du pays de Saint-Pol, *Éditions Chez l'Auteur, 1902.*

Chapitre 11

La noce de Cavron-Saint-Martin

JEAN SAVEUX et Marguerite se marient. Ils ont invité beaucoup de monde à leur noce, mais ils ont oublié l'essentiel : le musicien. Si bien qu'au bout d'un moment, les convives commencent à trouver le temps long, et un climat morose s'installe. C'est alors qu'entre dans la maison un personnage lugubre, tout de noir vêtu. À sa vue, Jean Saveux blêmit.

« J'espère que je suis le bienvenu, dit l'étranger.

– Certes ! » lui répond le marié en tremblant.

L'homme en noir s'assoit à la table et commence à manger ce qu'il trouve dans les plats avec voracité. Il se verse ensuite à boire et, tandis que tout le monde le regarde, il se recule un peu, croise les jambes et, toisant Jean Saveux, dit :

« Mais tu ne m'as pas encore présenté ta femme. Serais-tu jaloux de moi ? Tu sais, dans le temps, j'étais un sacré gaillard, mais aujourd'hui... »

Jean va chercher Marguerite à contrecœur et la conduit par la main devant l'invité surprise.

« Eh ! eh ! Tu as bon goût, mon ami, c'est dommage que ce soir... » dit celui-ci en souriant. Ensuite, donnant à sa voix un ton grave et confidentiel, il s'approche de l'oreille du marié et lui murmure : « Eh oui ! C'est ce soir... Ne l'aurais-tu pas oublié, par hasard ? » Puis, redonnant de la voix : « Mais quelle noce bizarre ! Il n'y a même pas de musique pour faire danser les invités ! »

Alors il se saisit brusquement d'une chaise, la pose au milieu d'une table, grimpe dessus et se met à jouer du violon du haut de cette tribune improvisée. Cela étonne tout le monde, car chacun a pu constater qu'en entrant, l'homme n'avait aucun instrument de musique sur lui. Néanmoins, une fois la stupéfaction passée, tout le monde se met à danser, sauf Jean, qui devient de plus en plus mélancolique.

« Que signifie une telle conduite ? C'est le jour le plus merveilleux de ta vie, viens danser avec nous tout de suite, sois gai, enfin ! » s'exclame le musicien.

Mais Jean s'obstine. L'étranger saute alors de la table et pose la main sur l'épaule de l'épousé, qui se trouve alors comme transfiguré ; d'un seul coup, le voilà qui se met à rire, à danser. On dirait un possédé.

Minuit sonne. L'inconnu prend son violon sous le bras, ramasse ses affaires et regarde une dernière fois Jean Saveux, qui le supplie :

« Laissez-moi encore une nuit, quelques heures, un quart d'heure...

– Non ! » répond fermement l'homme en noir.

Puis, dirigeant son regard vers Marguerite, il se reprend et dit : « Allez, j'ai pitié de toi, je veux bien t'accorder encore huit jours, mais à condition que ta femme signe ceci. » Et il tend un parchemin sous la forme d'un rouleau. Jean s'en saisit et le jette à terre. « Puisqu'il en est ainsi, dit l'étranger, je m'en vais, mais tu vas sans doute m'accompagner un petit bout de chemin, le temps que je retrouve la route principale. » En prononçant ces paroles, il passe un bras sur l'épaule de Jean. Puis il poursuit : « Ne vous fâchez pas, ma belle, j'emprunte votre amant un moment, et vous le retrouverez assez vite, je vous le promets. »

La mariée n'a revu son époux qu'à l'aube, étendu mort au pied d'un chêne dans la forêt d'Hesdin. On aurait dit qu'il avait été frappé par la foudre. Quand on l'a porté à l'église, les cierges bénits se sont tous éteints en même temps, et on raconte que, le lendemain de l'enterrement, la fosse avait été ouverte et vidée de son contenu[1].

1. Le Mémorial artésien, *n° 32, 3 juin 1830.*

Chapitre 12

La forge du Fresseau

Fantastique endroit que ce coin de l'Avesnois où était installée la forge du Fresseau, là où les contreforts des Ardennes se font déjà sentir et où l'eau des ruisseaux tourmentés commence à être domestiquée pour actionner les roues à aubes des moulins. Bâtie sur le territoire d'Eppe-Sauvage, la fonderie du Fresseau avait une telle réputation dans le pays que chacun se disputait ses fers, dont la qualité était autant attribuée à la matière première utilisée qu'à la dextérité du maître affineur et de l'usinier qui y touchaient.

Cependant, ce que le client ignorait, c'était l'ambiance détestable qui régnait dans l'établissement, car, contrairement aux idées reçues, ce n'était pas toujours le paradis. On raconte ainsi que la tension entre le maître affineur et ses ouvriers était parfois si forte que ces derniers avaient menacé plus d'une fois de partir. Puis un jour, une dispute un peu plus mauvaise qu'à l'ordinaire fit « déborder le vase », et tous, comme un seul homme, cessèrent de travailler et quittèrent les lieux. Faute de bras, l'usine fut obligée de se mettre à l'arrêt ; son patron en était le premier gêné vu qu'il ne gagnait plus le moindre sou et que chaque jour qui passait le rapprochait inéluctablement de la faillite. Son amertume était d'autant plus grande que les commandes ne cessaient d'affluer, le départ des ouvriers n'étant pas encore arrivé à l'oreille des clients. Il devait donc remettre son affaire en marche coûte que coûte.

Préoccupé par cet état de faits, il commença par convoquer son maître affineur et par le réprimander fermement.

« Après tout, ce qui arrive est votre faute. Vous n'aviez pas à maltraiter ainsi mes ouvriers. À vous maintenant de réparer tout cela, sinon, vous aurez affaire à moi, vous pouvez me croire. Si demain vous ne m'avez pas trouvé d'autres valets, je m'en prendrai à vos biens. Allez, et ne revenez que lorsque vous aurez embauché suffisamment de monde pour faire redémarrer la forge. »

Le maître affineur n'en croyait pas ses oreilles. Lui qui naguère était bien vu par sa hiérarchie se retrouvait maintenant en disgrâce. Ce que venait de lui dire son patron l'avait touché profondément, et il était si peu habitué à recevoir des réprimandes qu'il en était tout bouleversé. Aussi était-il bien décidé à rechercher le personnel en question. « Et même si je dois m'adresser aux valets du diable, je ferai redémarrer la chaufferie », se dit-il, retrouvant peu à peu la détermination qui l'avait toujours animé.

C'est avec cette idée en tête qu'il se mit à arpenter la campagne, les bois et les bruyères, cultivant l'espoir de rencontrer des paysans désœuvrés qui pourraient être tentés par quelques deniers. Il marcha ainsi toute la journée, mais quand le soir vint à tomber, il n'avait encore recruté personne ; il n'avait trouvé aucun homme assez solide pour faire équipe avec lui. Il commençait à perdre espoir quand, en traversant la fagne de Sains, il rencontra un individu à l'allure bizarre et dont la silhouette imposante se détachait dans la clarté de la lune. Le maître affineur vit tout de suite en lui une recrue potentielle et engagea la conversation.

« Je suis le maître affineur de la forge du Fresseau, et je suis à la recherche d'hommes forts pour venir y travailler. Si vous êtes disponible, je vous embauche immédiatement. Il me faut des gars costauds comme vous, et j'irai les chercher jusqu'en enfer s'il le faut.

– Je pense pouvoir faire l'affaire, répond l'homme. J'ai moi-même déjà exercé dans une fonderie, et je connais bien le métier. J'ai la réputation de bien travailler, et je suis aussi fort que dix hommes réunis, vous pouvez me croire. Prenez-moi avec vous, vous ne le regretterez pas, j'en suis certain ; et pour le salaire, je le laisse à votre appréciation. »

Devant une telle assurance, l'affineur ne pouvait être que satisfait, et il s'empressa d'accepter la proposition de l'inconnu, dont il ne connaissait toujours pas le nom, mais qui l'avait suffisamment subjugué pour ne pas douter de la tournure qu'allaient prendre les événements. Il était désormais certain de pouvoir faire redémarrer la forge.

Les deux hommes se mirent en route sans dire un mot de plus, et, sans s'arrêter en chemin, gagnèrent l'aciérie. Il était 10 heures quand ils arrivèrent sur les lieux. Le maître affineur, un peu fatigué, souhaita se retirer chez lui pour se reposer un peu, et laissa à son ouvrier le soin d'inspecter l'usine.

« Vous pouvez commencer à tout remettre en marche si vous le souhaitez. Faites chauffer la gueuse et préparez les matières, je vous rejoins dès que c'est prêt. Vous n'aurez qu'à clamer très fort sur les fers pour m'appeler. »

Confiant dans les compétences de l'homme, le maître affineur alla dans sa chambre où il espérait dormir quelques instants. Toutefois, il avait à peine baissé les paupières qu'il fut réveillé par des bruits provenant de la forge : son ouvrier était déjà en train de clamer le fer !

« Ce n'est pas possible, se dit-il. Il n'a quand même pas réussi à tout remettre en marche en si peu de temps ! Il y a sûrement quelque chose de cassé, il faut que j'aille voir... Il ne faudrait pas qu'il fasse pire que mieux. Après tout, il ne s'y connaît peut-être pas autant qu'il le prétend. »

Et c'est tout étourdi que l'affineur se leva en trébuchant, enfila son pantalon, quitta sa chambre avec précipitation et accourut vers la chaufferie. Là, devant ses yeux ébahis, il vit un feu d'enfer.

« Damnation ! Tout est perdu ! » s'écria-t-il.

De fait, le feu s'était propagé partout.

« Et dire qu'il prétendait connaître le métier ! Je n'aurais pas dû l'écouter, maintenant la fonte est perdue, elle est toute calcinée, et la loupe est cassée en deux. Cette fois, le patron va m'en vouloir pour de bon. Ma vie est fichue ! »

Mais loin de se laisser décontenancer, le valet retroussa les manches de sa chemise jusqu'aux épaules et lança à l'autre :

« Rassurez-vous, maître, le fer n'est ni brûlé, ni fondu. »

Aussitôt, il plongea les bras dans le foyer d'où il retira une énorme barre incandescente, impeccable, autant que puisse l'être un fer sur le point d'être martelé sur l'enclume. L'affineur comprit alors qu'il se passait quelque chose d'extraordinaire, pour ne pas dire de diabolique. Sans plus attendre, il se signa plusieurs fois et s'enfuit en courant. De son côté, le valet, qui pouvait bien, finalement, être le diable en personne, s'estimant vaincu par ce signe, s'envola dans les airs en faisant un boucan terrible et en entraînant derrière lui un imposant nuage de fumée.

Rentré chez lui, le maître affineur eut beaucoup de mal à se remettre de ses émotions. À la suite de cet épisode, il conserva un esprit troublé ; nous le serions pour moins que ça ! Quand il racontait son aventure à qui voulait bien l'écouter, on sentait qu'il avait encore, devant les yeux, son usine en feu, peuplée par des diables qui s'évertuaient à retirer du brasier une barre de fer incandescente.

Il s'était montré si persuasif que bientôt, il ne fut plus le seul à voir des démons dans les restes charbonneux de la forge. Beaucoup, convaincus par le récit, commencèrent à apercevoir des spectres se promener dans les brumes qui envahissaient les ruines les matins blêmes, et c'est pourquoi on appela l'endroit « la forge Enfer », non sans quelque jeu de mots sur « en fer » et « enfer ».

Après cette catastrophe, plus personne ne voulut travailler à la forge du Fresseau, qui fut abandonnée. Une partie des matériaux fut récupérée au profit de celle de Willies, à deux pas de là, mais qui ne fonctionna jamais très bien, elle non plus. À croire que le diable avait décidé que, mis à part lui, personne n'était capable de domestiquer le feu.

Quatrième partie

Croyances et faits merveilleux

Parmi les sciences humaines, l'examen des cultes et des religions tient une place à part. Il a souvent été abordé sous un angle historique, mais il faut bien reconnaître que cette démarche donne peu dc satisfaction attendu que les mystères dont les dévotions ont su s'entourer n'y trouvent guère d'explication convaincante. C'est sans doute parce que l'on n'a pas pris suffisamment en compte le fait que celles-ci ne sont qu'un empilage de mythes qui ont trouvé en elles l'occasion d'émerger de nos consciences à la faveur d'un concours avantageux de circonstances.

Thomas de Cantimpré constate de visu le miracle de Saint-Amé.
(Collection de l'auteur.)

Chapitre 1

L'hostie miraculeuse

Le 14 avril 1254, une étrange nouvelle parcourt les rues de Douai : un miracle vient de se produire dans l'église Saint-Amé. Au moment où le chanoine Pikète, le curé-doyen de la paroisse[1], était en train de donner la communion pascale, une hostie tomba par terre, et, tandis que le prêtre se penchait pour la ramasser, celle-ci s'éleva d'elle-même pour aller se poser sur le linge utilisé par l'officiant afin de se purifier les doigts, puis le Christ y est apparu sous la forme d'un enfant. Depuis lors, les Douaisiens vouent un culte sans limite au saint sacrement[2].

Que s'est-il passé ?

C'est le dominicain Thomas de Cantimpré, un témoin oculaire, qui nous raconte les événements.

« Au temps de Pâques, un prêtre qui venait de donner la sainte communion au peuple dans l'église des chanoines de Saint-Amé vit avec effroi qu'une hostie se trouvait sur le sol. Il se mit à genoux et voulut recueillir le Corps de Jésus-Christ, mais aussitôt,

1. *À l'époque, Douai comptait six paroisses : Saint-Amé, Saint-Pierre, Saint-Jacques, Saint-Nicolas en Poterne, Notre-Dame, Saint-Albin.*

2. *Abbé P. Catrin,* Le Trésor eucharistique de la province ecclésiastique de Cambrai et le culte magnifique qu'elle lui a voué à travers les siècles, le Très Saint Sacrement de Miracle de Douai, *1941.*

d'elle-même, l'hostie s'éleva en l'air et alla se poser sur le purificatoire.

« Le prêtre pousse un cri, il appelle les chanoines ; et ceux-ci, accourus à sa voix, aperçoivent, sur le linge sacré, un Corps plein de vie sous la forme d'un charmant Enfant. On convoque le peuple ; il est admis à contempler le prodige, et tous les assistants, sans distinction, jouissent de cette vision céleste.

« Instruit de cet événement par le bruit qui s'en répandit bientôt, je me rendis à Douai. Arrivé chez le doyen de Saint-Amé, dont j'étais très particulièrement connu, je le priai de me faire voir le miracle. Il y consent et donne ses ordres pour me satisfaire. On ouvre le ciboire ; le peuple accourt, et peu après que le ciboire fut ouvert, chacun de s'écrier : "Le voici, je Le vois ! Le voici, je vois mon sauveur !" J'étais debout, frappé d'étonnement ; je ne voyais que la forme d'une hostie très blanche, et pourtant, ma conscience ne me reprochait aucune faute qui pût m'empêcher de voir, comme les autres, le Corps sacré.

« Mais cette pensée ne m'inquiéta pas longtemps, car bientôt, je vis distinctement la face de Notre Seigneur Jésus-Christ dans la plénitude de l'âge. Sur sa tête était une couronne d'épines, et du front coulaient deux gouttes de sang qui descendaient sur chaque joue. À l'instant, je me jette à genoux, et j'adore en pleurant. Quand je me relevai, je n'aperçus plus ni couronne d'épines, ni gouttes de sang, mais je vis une face d'homme, radieuse et éblouissante de beauté, vénérable au-delà de tout ce qui peut s'imaginer. Elle était tournée à droite, en sorte que l'œil droit se voyait à peine. Le nez était long et droit, les sourcils arqués, les yeux très doux et baissés ; une longue chevelure descendait sur les épaules, la barbe que le fer n'avait point touchée se recourbait d'elle-même sous le menton, et, près de la bouche, qui était gracieuse, elle s'amincissait. Le front était large, les joues maigres, et la tête ainsi que le cou, qui était assez long, s'inclinaient légèrement. Voilà le portrait, et telle était la beauté de cette face très douce.

« En l'espace d'une heure, on voyait ordinairement le Sauveur sous différentes formes : les uns l'ont vu étendu sur la croix ; d'autres, comme venant juger les hommes ; d'autres, enfin, et c'est le plus grand nombre, le virent sous la forme d'un Enfant. »

Des précisions supplémentaires

C'est le seul document contemporain en notre possession pour analyser cette incroyable histoire. Quelques siècles plus tard, Buzelin, l'auteur des *Annales de Flandre*, décédé en 1626, fait connaître certains détails supplémentaires que Thomas de Cantimpré passe sous silence. Il les a trouvés, dit-il, dans les manuscrits de la collégiale où a eu lieu le miracle.

« Au moment où le prêtre, curé de la paroisse, distribuait la communion, dans la *capelle du pule*, ou chapelle du peuple, les chanoines étaient au chœur occupés à réciter l'office. C'était, par conséquent, vers 9 heures du matin. »

Cela explique pourquoi le curé a dû les appeler pour les prendre à témoin. À partir de cette information, nous pouvons également supposer que le « premier miracle » a eu lieu en présence d'un nombre relativement restreint de clercs, voire de paroissiens. En revanche, le « second miracle », celui auquel a assisté Thomas de Cantimpré, s'est déroulé devant une foule nombreuse. Quand le dominicain demande à voir l'hostie, on appelle en effet la population au son de cloche ; on imagine alors assez facilement l'édifice religieux plein à craquer. Cependant, malgré cette grande affluence de fidèles, le rassemblement n'a pas lieu devant le maître-autel, mais dans la « chapelle latérale située à droite en entrant par le grand portail », donc côté sud. Cette chapelle, fréquentée par le peuple et où a eu lieu le « premier miracle », est à ce moment-là consacrée à Notre-Dame. Évidemment, par la suite, elle deviendra chapelle du Saint-Sacrement-de-Miracle.

Toujours selon les informations qu'a pu glaner Buzelin, nous apprenons que « le miracle en question se renouvelait chaque fois que la sainte hostie était exposée à découvert ; tous ceux qui entraient dans l'église en étaient témoins, bien que la transfiguration miraculeuse ne s'opérât pas pour tous sous la même forme ».

En 1854, Alexis Possoz examine l'hostie dans ses moindres détails. De son rapport officiel, j'extrais l'essentiel des informations utiles à sa description.

« Cette hostie, d'un diamètre de trente et un millimètres, est de celles servant à la communion des fidèles. Elle a une teinte roussâtre qui lui donne peut-être davantage l'aspect du pain ordinaire.

Le crucifix imprimé en relief sur le milieu de l'hostie ressort très nettement. On y voit les bras du Christ tendus très horizontalement à la manière du *tau* grec, caractéristique manifeste et indubitable de l'iconographie eucharistique du XIIIe siècle. Notre Seigneur a la tête légèrement inclinée à droite, sans couronne d'épines ; les jambes, quoique imparfaitement dessinées, sont disposées de telle sorte qu'il est aisé de voir que les pieds devaient être attachés par un seul clou. »

Les acteurs

La venue de Thomas de Cantimpré est enregistrée le mercredi de Pâques, c'est-à-dire apparemment trois jours après le « premier miracle ». En effet, à l'heure où Internet n'existe pas encore, il faut que la nouvelle arrive jusqu'à lui. Par ailleurs, et comme le religieux dit fort explicitement qu'il est « très particulièrement connu » du curé de la paroisse, on peut penser que c'est ce dernier qui l'a averti du phénomène.

Né près de Bruxelles en 1201, Thomas de Cantimpré est issu d'une famille noble du Brabant ; d'ailleurs, son père a suivi Richard Cœur de Lion en Palestine. Après avoir été formé dans les écoles de Liège, où il entend les prédications du célèbre Jacques de Vitry, il entre à l'abbaye Saint-Augustin de Cantimpré, près de Cambrai, en 1217. C'est probablement à cette époque qu'il fait la connaissance du futur doyen de Saint-Amé. Il reste dans le Cambrésis pendant quinze ans avant de faire son entrée au couvent dominicain de Louvain, après quoi il part faire ses études de théologie à Cologne sous la férule d'Albert le Grand. En 1246, il regagne le Brabant pour y enseigner cette discipline religieuse. Quand survient le miracle de Saint-Amé, il occupe le poste de prédicateur général et se trouve physiquement à Cambrai, c'est pourquoi il peut se rendre rapidement à Douai.

Le curé-doyen Thomas Pikète est, quant à lui, issu d'une famille douaisienne importante qui a fourni plusieurs échevins à la ville entre le XIIe et le XIVe siècle. Pikète est en place à Saint-Amé depuis dix-huit ans quand le miracle se produit, et il sait qu'il a tout intérêt à faire constater « son » miracle par quelqu'un qui a une certaine autorité en la matière, car la *vox populi, vox Dei*, si souvent citée, ne fonctionne pas toujours ! Thomas de Cantimpré apparaît donc comme l'homme de la situation.

Pour appréhender la question sous un angle différent de celui de la foi, laquelle ne saurait faire douter des apparitions, elle qui a généré des siècles de dévotion respectable, il semble utile de mettre en perspective plusieurs événements. Le texte de Thomas de Cantimpré est expliqué dans un ouvrage intitulé *De Apibus, Les Abeilles*[1], où le théologien propose un modèle d'organisation sociale humaine à partir de l'observation des abeilles. Au Moyen Âge, c'est une manière d'écrire que de tirer des inductions morales de la considération des créatures de Dieu. Dans ce livre, chaque fait relaté sert de point de départ à un développement doctrinal autour duquel sont brodées des histoires, comme celle du miracle de Saint-Amé. L'auteur en profite pour évoquer le respect dû à l'eucharistie ainsi que le phénomène merveilleux douaisien, qu'il a vu par lui-même après avoir fait le voyage depuis Cambrai pour la circonstance. Selon lui, le prodige venait fort à propos démontrer aux incrédules le dogme de la présence réelle.

Un environnement social particulier

Au-delà de ce point théologique, on peut dire aussi que l'affirmation de Thomas de Cantimpré vient judicieusement servir la cause de l'Église, en lutte contre une hérésie née chez les Stadinghs, ou Stadingues, peuple basé entre la Frise et la Saxe, et qui avait été excommunié au XIe siècle pour avoir refusé de payer les dîmes et créé une Église à part. Une bulle de Grégoire IX condamna ces descendants des Saxons « parce qu'ils recevaient le Corps du Sauveur dans la sainte communion, et, le conservant jusqu'en leur demeure, ils commettaient sur lui toutes sortes d'abominables sacrilèges ». Les Stadingues furent anéantis en 1233 par le duc de Brabant, et ce combat, à la fois politique et religieux, arriva forcément aux oreilles de Thomas de Cantimpré, fils

1. *Thomas de Cantimpré,* Les Exemples du Livre des abeilles, *Brepols, 1997.*

de l'un de ces nobles flamands qui avaient participé au massacre aux côtés de leur duc. Doit-on en déduire que les dix hérétiques qui furent brûlés à Douai hors de la porte Olivet, dans la rue des Lépreux (nom du chemin qui menait à Lambres), en 1235, avaient eu quelque rapport avec ces anciennes pratiques ? Si oui, on pourrait alors expliquer la peur panique qui s'empara du curé de Saint-Amé à la vue d'une hostie à terre.

Personne ne s'est vraiment posé la question de savoir pourquoi celle-ci est tombée. A-t-elle échappé aux mains du prêtre ? C'est peu probable ! Certes, le curé est âgé – c'est le doyen –, mais l'argument est à double tranchant, car on peut lui reconnaître aussi, à ce moment-là, une certaine « compétence technique » acquise avec les années. Par ailleurs, de par son expérience, il peut également revendiquer, me semble-t-il, une bonne connaissance de ses ouailles, ce qui pourrait expliquer pourquoi il se met à crier. Deuxième explication possible : on peut penser que l'hostie est tombée d'elle-même de la bouche d'un communiant, comme par inadvertance. Mais j'en doute ! Reste donc la troisième hypothèse, celle d'un acte déterminé par lequel une personne fait tomber l'hostie après l'avoir volontairement retirée de sa bouche. L'a-t-elle laissé s'échapper par maladresse, ou délibérément ? Parvenu à ce point crucial, il est difficile de se prononcer. Autant d'interrogations que personne ne semble jamais avoir soulevées jusqu'à aujourd'hui !

Le souvenir des dix hérétiques brûlés vingt ans plus tôt et la peur que cette exécution engendra peuvent expliquer ce silence. Mis à part un phénomène d'hallucination collective auquel je ne crois guère, on peut penser qu'il n'est sans doute pas bon, à ce moment-là, de se faire remarquer en pointant du doigt « ce qu'il faut impérativement voir ». Le chroniqueur est formel sur cette question : tout le monde a vu quelque chose sans que cela soit par ailleurs identique.

Six ans plus tôt, la mystique Julienne de Cornillon, que certains ecclésiastiques tiennent pour une visionnaire exaltée, proposait d'instaurer une fête du saint sacrement à Liège. Thomas de Cantimpré, qui connaissait bien la ville puisqu'il y avait fait ses humanités, et y avait conservé quelques attaches, n'était pas sans ignorer la chose. Le pape Urbain IV étendit la fête du Saint-Sacrement ou fête du Sacre à toute la chrétienté en 1264, et les processions dans lesquelles l'eucharistie était portée et exposée à la vue de tous n'étaient pas encore généralisées au moment du miracle douaisien. Donc, tout laisse à penser que celui-ci pourrait s'inscrire aussi dans une démarche de reconnaissance officielle de cette fête catholique. Tous ces événements relèvent de ce que l'historien appelle généralement « les miracles eucharistiques », lesquels semblent apparaître « souvent dans des lieux et des périodes où la foi est menacée »[1].

Une autre information singulière, sans doute plus opportune encore, est à mettre en perspective avec l'implication de Thomas de Cantimpré dans cette affaire. Quand les faits se sont déroulés, les dominicains étaient installés à Douai depuis une vingtaine d'années. L'ordre occupait une terre qui lui avait été donnée en 1232 par Marguerite de Constantinople. Le terrain en question était situé tout près du centre-ville, sur les bords des deux bras de la Scarpe. L'église du couvent n'ayant été achevée qu'en 1271, on peut dire que notre miracle, dont la promotion fut assurée par un dominicain, venait à point nommé donner un certain crédit à ces religieux. On notera également que les premiers arrivèrent à Douai deux ans avant que les dix hérétiques ne fussent brûlés. On pourra penser ce que l'on veut de cette occurrence, mais quand on connaît l'implication des dominicains dans la « chasse aux sorcières », on peut suggérer qu'il y a un lien entre ces événements.

Enfin, il ne faudrait pas passer sous silence la compétition que se livrèrent les villes entre elles pour drainer les flots de pèlerins qui sillonnaient les routes. En ce début de XIIIe siècle, on assistait un peu partout à la création de nombreuses dévotions, en particulier à Lille, la grande rivale médiévale de Douai, où Notre-Dame de la Halle (dénomination de 1189), puis de Lille (1214) et enfin de la Treille (1270) cherchait à se faire une place. Le miracle de Saint-Amé peut-il s'inscrire dans ce schéma concurrentiel ?

1. *B. Peyrous cité par Joachim Boufflet,* Une Histoire des miracles, *Seuil, 2008, p. 141.*

Après bien des péripéties, l'insigne relique fut confiée à la collégiale Saint-Pierre, construite en 1735 à l'emplacement de l'église primitive qui datait du VIe siècle. Elle s'y trouve toujours, et en 2004, elle était au centre de nombreuses manifestations à l'occasion de son sept cent cinquantième anniversaire.

Chapitre 2

L'œuf merveilleux

Au mois d'août 1730, un curieux message circule dans Lille. Il est imprimé sur une feuille carrée.

« *Avec la permission*
Avis du public
Le public est averty que l'on fait voir un œuf de poule, avec la figure d'un Dieu mourant d'un côté, et un rayon de l'autre ; la chose est d'autant plus admirable et surprenante que cela est un pur effet de la nature,
Pondu le 12 aoust 1730.
Il sera vu à toute heure dans la rue des Estaques, que l'on prendra un blanc patar pour chaque personne. »

À cet avis sont joints un dessin réalisé au crayon et une explication manuscrite, rédigée par un visiteur qui a vu l'œuf le 19 août. D'après le croquis, l'œuf porte sur l'une de ses faces une sorte de soleil, un noyau rond saillant avec des rayons assez réguliers qui partent du centre. Vers la pointe de l'œuf, on devine un corps humain dont on distingue à peine la tête. Les bras, les jambes et les pieds sont assez bien formés ; sur l'un de ces derniers, une petite bosse pourrait, à la rigueur, représenter la tête d'un clou.

Évidemment, ces formes sont dues au plissement de la matière crétacée qui s'est déposée inégalement. Ces « anomalies » sont relativement fréquentes sur les coquilles d'œufs de poule, mais elles offrent rarement des figures aussi suggestives.

Cet œuf insolite a été pondu chez la veuve d'Hugues André Demestre, exécuteur des hautes œuvres. Cette femme l'a montré le 15 août au magistrat et aux échevins, qui en ont autorisé l'exhibition moyennant une petite rétribution. Le 20, un visiteur maladroit l'a laissé tomber, et il s'est brisé ; on l'a alors porté chez les religieuses de l'hôpital Saint-Sauveur qui ont essayé, en vain, de le raccommoder[1].

On peut s'étonner, non pas du merveilleux qui entoure cet objet, mais de la source de revenu qu'il peut procurer à sa propriétaire. Car dès lors qu'on lui reconnaît une sorte de « caractère miraculeux », expression d'un signe du divin, il est logique de penser qu'il appartient à chacun, bien que le mot « miracle » ne soit pas ici prononcé expressément. On peut également remarquer que la propriétaire ne s'est pas spontanément rapprochée du clergé, malgré l'apparence christique du croquis, mais du magistrat, la puissance municipale. Et l'on peut supposer, enfin, que son statut de veuve de l'ancien bourreau de la ville a fortement influencé la décision des échevins.

L'œuf a été exposé pendant un laps de temps très court, soit tout au plus cinq jours, du 15 au 20 août, date à laquelle il a été cassé, ce qui mit un terme à toute polémique. On ne sait évidemment pas combien de curieux se sont déplacés pour le voir, mais tout laisse à penser qu'ils furent nombreux.

Pour comprendre un tel phénomène, nous pouvons le comparer à ce qui est arrivé à Bruay-sur-l'Escaut, à proximité de Valenciennes, en 1818. L'histoire avait commencé un jour d'orage, dans le petit bois jouxtant le village. La foudre venait de frapper un chêne quand trois mineurs, qui revenaient de la mine et qui assistaient à ce spectacle hallucinant, crurent voir apparaître à l'extrémité de l'une des branches une petite figure en bois représentant Notre-Dame des Sept-Douleurs.

Aussitôt, l'arbre merveilleux se vit doté d'un tronc pour recueillir des offrandes, et des béquilles furent accrochées aux ramures en guise de signes de guérisons miraculeuses. Une échelle fut même dressée contre l'arbre, de manière à permettre

1. Souvenirs religieux de Lille et des environs, *1896, p. 62.*

aux personnes qui le souhaitaient, moyennant un « droit de regard », de monter pour examiner la Vierge de plus près.

Au bout de quelque temps, l'arbre attira tant les curieux que les autorités républicaines durent mettre fin à ce nouveau pèlerinage en faisant abattre le végétal. Cela provoqua une vive protestation chez les âmes pieuses, qui voyaient dans ce geste une nouvelle attaque des anticléricaux, et surtout chez les charbonniers, qui continuaient à croire dur comme fer à l'apparition de la Vierge.

Et comme un malheur n'arrive jamais seul, on prétend aujourd'hui que lorsqu'une vache ou un chat vient à mourir dans le pays, cela est dû à un juste ressentiment de Notre-Dame des Sept-Douleurs[1].

Trois jours pour faire de l'œuf lillois un objet de dévotion, c'est évidemment très court, mais gageons que s'il avait survécu à la « maladresse » d'un visiteur, il le serait sûrement devenu.

1. *Aimé Leroy et Arthur Martin Dinaux,* Les Hommes et les Choses du nord de la France et du midi de la Belgique, *Valenciennes, 1829, réédition Gérard Monfort, 1977, t. I, pp. 2-3.*

Chapitre 3

L'orteil brillant de saint Pierre

DANS CERTAINES ÉGLISES comme à Lille, Bouvines, Aire-sur-la-Lys, Douai, Beauvais, etc., on peut voir saint Pierre assis sur son trône, présentant son pied à la vénération des fidèles. On nous assure qu'il s'agit d'une copie de la statue qui se trouve à Rome et qu'elle aurait été réalisée au XIIIe siècle par un anonyme. Les statues actuelles datent du XIXe siècle ; je n'en connais pas une qui ait survécu aux destructions opérées sous la Révolution française.

Le gros orteil droit de saint Pierre est devenu particulièrement luisant à force d'être caressé par des visiteurs dans l'attente d'une faveur ou d'une guérison, ou tout simplement pour « faire comme tout le monde ». Pourquoi tant d'acharnement sur cette partie du corps de l'apôtre ? Que cherche à obtenir le pèlerin par cette pratique ? Est-ce que la présentation ostensible du pied est une exclusivité réservée à saint Pierre ? Autant de questions qui vont nous permettre d'évoquer l'un des dossiers les plus insolites de la ferveur populaire.

Un symbole sans ambiguïté

Ne faisons pas durer le suspens plus longtemps : non, saint Pierre n'a pas l'exclusivité de la chose ! À Bruno-Bonnevaux (Essonne), une statue en fonte du Sacré-Cœur, appelée *Saint Guerluchon de Bonnevaux*, a longtemps présenté un gros orteil usé par les frottements des pèlerins venus implorer son

Saint Pierre dans l'église
Notre-Dame de la Treille.
(Photographie de l'auteur.)

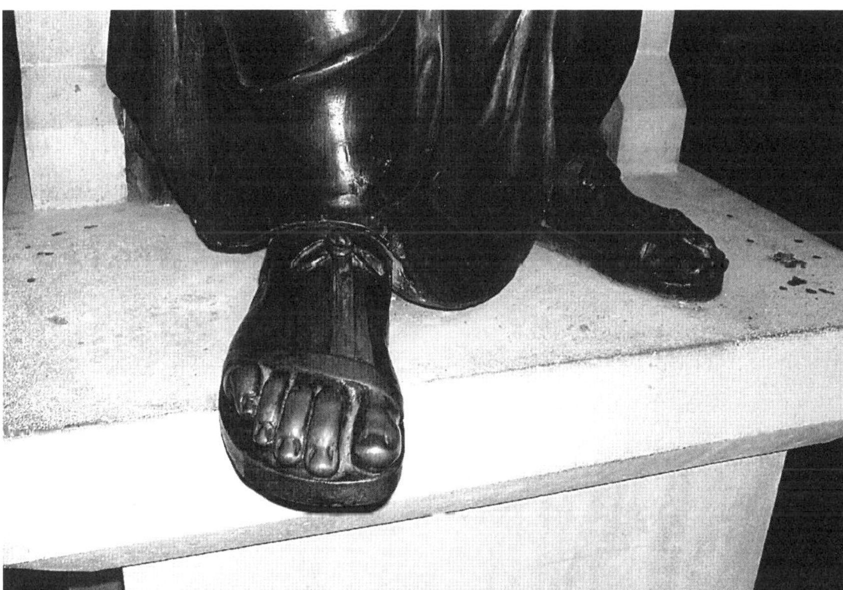

L'orteil brillant de saint Pierre.
(Photographie de l'auteur.)

intercession. En général, la statue de saint Guerluchon, ou Greluchon, est sollicitée un peu partout en France par « des générations rurales femelles en quête de procréation d'enfants »[1]. On dit même que parfois, sa statue est grattée et la poussière consommée sur place. À Gorze, en Lorraine, la relique principale de saint Gorgon, honoré en ce lieu, était aussi un orteil[2]. On notera avec profit que l'abbaye de Gorze est à l'origine du regain du culte rendu à saint Nicolas en Lorraine[3].

Que le gros orteil ait pu servir de substitut magique au pénis est une chose assurée sous presque toutes les latitudes. Que l'on ait cherché à obtenir fécondité, bonheur, plénitude en le caressant est également un fait établi. Déjà, à Athènes, Hermès présentait son sexe en érection à chaque coin de rue afin que le passant puisse le toucher et conjurer le sort. Les ailes dont on a ensuite pourvu les chevilles du dieu l'ont transformé en un phallus aérien. Sachant que de tels membres ailés ont été découverts à Pompéi, mais aussi, récemment, à Valenciennes, sur le site de la rivière Sainte-Catherine, ou encore dans la Seine[4], rien ne s'oppose à confirmer ce que dit généralement la tradition populaire à propos du pénis, à savoir qu'il s'agit d'un « oiseau ». Dans la mythologie grecque, Hermès passe d'ailleurs pour être l'inventeur du feu par frottement du pilon mâle dans le creuset femelle, idée largement partagée, là encore, par d'autres cultures[5]. Près de Nivelles, en Belgique, se trouve ainsi une chapelle connue sous le nom de « Saint-Pire-al-Brokète », ce qui signifie « phallus »[6]. Et « les femmes stériles viennent dans ce sanctuaire pour obtenir la fécondité et laissent une brochette de bois pareille à un petit pénis en *ex-voto* »[7].

1. Bulletin de la Société de Mythologie française, *n° 26, p. 62.*
2. Ibid., *n° 6, p. 21.*
3. *Bernard Coussée,* Saint Nicolas, *CEM Éditions, 1997, p. 19.*
4. *Arthur Forgeais, cité par Alain Daniélou,* Le Phallus, *Éditions du Rocher, 1993, p. 107.*
5. *Gaston Bachelard,* La Psychanalyse du feu, *Gallimard, 1949.*
6. *Le mot* brokète *sert à désigner l'allumette (*broquetto, *en italien), mais aussi le pénis sous toutes ses formes.*
7. *Rodolphe de Warsage,* Calendrier populaire wallon, *1920, réédition, Libro-Sciences, Bruxelles, 1988, p. 315.*

L'apôtre mélancolique

L'orteil droit de saint Pierre serait donc un symbole phallique en rapport avec la fécondité. Mais peut-on en dire davantage ? Oui, si l'on considère que ce type de dévotion apparaît chez nous au Moyen Âge – plus précisément au XIIIe siècle, si l'on s'en réfère à la première statue – et que les mentalités d'alors sont encore fortement imprégnées de connaissances médicales nées durant l'Antiquité.

À cette même période, Jacques de Voragine surnomme saint Pierre tour à tour « le Connaissant », « le Déliant » ou « le Déchaussant »[1], et il rappelle, comme pour justifier ce troisième surnom, que l'apôtre a demandé à être crucifié les pieds tournés vers le ciel. La raison traditionnellement avancée est qu'il ne se jugeait pas digne de mourir dans la même position que son maître.

Cependant, il existe une autre explication beaucoup plus simple pour justifier cette folle attitude cul par-dessus tête. Après la nuit tragique au jardin des Oliviers, et surtout son triple reniement avant le chant du coq, saint Pierre est devenu mélancolique, c'est-à-dire un peu fou, selon les principes de la médecine antique et médiévale. Lors de la Cène, Jésus annonce en effet à Simon Pierre : « En vérité, je te le dis, cette nuit même, avant que le coq chante, tu m'auras renié trois fois[2] ! » Alors que Jésus est devant Pilate, Pierre est assis dehors, dans la cour, et une servante l'aborde pour lui dire : « Toi aussi tu étais avec Jésus le Galiléen. » Mais l'apôtre nie une première fois. Comme il se retire vers le portail, une autre femme le voit et lance à ceux qui sont là : « Celui-ci était avec Jésus le Nazaréen. » De nouveau, Pierre jure que c'est faux. Peu après, d'autres s'approchent encore de lui et disent : « Pour sûr, tu en es toi aussi, d'ailleurs, ton parler te trahit. » Alors Pierre se met à jurer avec force imprécations : « Je ne connais pas cet homme. » Et aussitôt, le coq se met à chanter. Pierre se rappelle alors le mot de Jésus, sort et se met à pleurer amèrement[3].

1. *Jacques de Voragine,* La Légende dorée, *Garnier-Flammarion, 1967, t. I, p. 415.*
2. *Matthieu, XXVI, 34.*
3. *Matthieu, XXVI, 69 à 75.*

Ces larmes sont perçues, par quelqu'un qui est naturellement nourri de culture médicale traditionnelle, comme l'effet néfaste de la bile noire, l'une des quatre humeurs qui gouvernent le corps et l'esprit. Saint Pierre est donc devenu un mélancolique, un taciturne, c'est pourquoi Jacques de Voragine précise que « son visage s'est mis soudain à noircir ».

Cette couleur poursuivra saint Pierre jusqu'en Flandre. Pierre le Noir, *Zwarte Piet*, est ce personnage ambigu qui accompagne saint Nicolas dans sa tournée le 6 décembre, sans que l'on sache très bien s'il est devenu le substitut du « saint Nicolas ramoneur des cheminées », ou s'il est noir en tant que l'équivalent d'un lutin, dont les rapports implicites à la sexualité ont été démontrés par ailleurs[1].

Un boiteux de plus

La mélancolie dont est atteint saint Pierre lui communique une humeur chagrine qui fait de lui un lunatique, l'associant à une idée de retournement ou d'alternance. À ce stade de notre analyse, et en prenant en compte le fait qu'un seul orteil soit concerné, donc un seul pied et une seule sandale, nous pourrions également faire de saint Pierre un boiteux mythique en le comparant, par exemple, à Œdipe, fils de Laïos, qui a été suspendu par les pieds par un serviteur chargé de l'abandonner ainsi à son sort. La disparition d'Œdipe a été commanditée par son père en personne afin d'échapper à la malédiction d'Héra qui l'avait condamné, pour son comportement pédéraste, à ne pas avoir de descendant, ou, à défaut, un fils qui l'assassinerait. Pour ce faire, le serviteur passe donc un clou entre le talon de l'enfant et son tendon d'Achille. Trouvé par un berger, Œdipe est conduit au palais du roi Polype et de la reine Mérope qui vont l'élever comme leur fils... on connaît la suite ! Tête en bas, Œdipe profite donc d'une seconde naissance, mais il restera boiteux. C'est, là encore, l'idée d'alternance qui prévaut.

1. *Jocelyne Bonnet,* Terre des femmes, *Robert Laffont, 1988, p. 102.*

La boiterie est associée ici à un nouvel état, une seconde naissance qui peut être envisagée comme initiatique. Le jeu de la marelle rappelle, de son côté, que c'est à cloche-pied que l'on rejoint le ciel...

Le « retournement » de saint Pierre pourrait aussi s'inscrire dans un contexte calendaire, attendu que sa fête principale[1] échoit à l'époque du solstice d'été, moment de l'année où la course du soleil semble se retourner, à l'exemple des saules ou des peupliers qui présentent au ciel la face jusqu'alors cachée de leurs feuilles.

La plus grande fête de cette période de l'année reste la Saint-Jean[2], où sont allumés des feux en nombre pour danser tout autour jusqu'à s'en déchirer le soulier ; c'est pour le moins Adam de la Halle (XVe siècle) qui l'affirme : « *À la Saint-Jean, j'ai tant balé que mon soulier est tout desquiré.* » Autant, donc, de danseurs que de boiteux !

La Saint-Pierre, connue sur toute la côte d'Opale pour ses feux d'or, se présente comme un élément récurrent de la Saint-Jean, mais aussi de la Saint-Éloi (25 juin), où l'on vénérait jadis le digne successeur d'Héphaïstos, forgeron mythique et maître du feu, autre boiteux célèbre. Cette concentration de boiteux autour du solstice souligne que nous assistons bien à un retournement du temps, voire du monde, ce que confirme la présence du signe du cancer (21 juin – 20 juillet), symbolisé par un crabe à la démarche torse.

Une question de sang

Dans un commentaire particulièrement éclairant, et après avoir rappelé que « la boiterie symbolisait un défaut de périodicité saisonnière parfois désiré et souvent redouté », Claude Lévi-Strauss souligne qu'une femme qui a ses premières règles, donc une fois rendue périodique, se trouve mise, par les mythes, en opposition et en corrélation avec une boiteuse apériodique ; et de conclure

1. *Il est également fêté le 22 février et le 31 juillet.*

2. *Je tiens à confirmer, au passage, que les premiers feux nocturnes de la Saint-Jean étaient bien allumés en l'honneur de la lune, et non du soleil, comme on nous en rebat les oreilles depuis les Pères de l'Église.*

que les mythes sur l'origine du soleil et des taches de la lune d'une part, et ceux sur les épouses ou amantes des astres d'autre part, proclament d'une même voix que les taches de la lune symbolisent les menstrues[1]. Si parler du pied nous invite inévitablement à évoquer la boiterie, celle-ci, de par l'alternance « lunaire » qu'elle implique, nous conduit donc inévitablement vers les mystères féminins, et en particulier les règles.

Et nous voilà revenus à l'orteil ! Pline disait que Pyrrhus guérissait les douleurs de la rate en touchant les malades du gros doigt de son pied droit[2]. Or, une croyance bien installée en Amérique dit que le sang menstruel provient de la rate, voire du foie[3]. C'est pourquoi, en Castille, on dit d'une jeune femme « qui souffre de la rate » qu'elle est enceinte, surtout si elle n'a plus ses règles[4]. En Lettonie, la rate est donnée à manger aux jeunes filles, car elle est réputée pour faire croître la chevelure[5], tandis qu'elle est mise de côté lors de la tuerie du cochon au moment où il s'agit de faire le boudin. On sait par ailleurs que ce dernier sera à coup sûr « raté » si une femme « impure » se trouve à proximité. Toutefois, et comme les paradoxes sont légions en matière de superstition, la rate est quelquefois réintégrée dans le chaudron pour cuire à côté du fameux boudin, mais on notera qu'à ce niveau de fabrication, le sang appelé à être consommé se trouve à l'abri dans un boyau.

L'idée que la rate puisse être la source des menstrues tient au fait qu'il s'agit d'un organe gorgé de sang. Agir sur celle-ci permettrait donc, par voie de conséquence, d'avoir une influence sur les règles, et donc sur la fécondité, puisque l'on sait bien que l'absence des règles est conditionnée par la fécondation. Et c'est

1. *Claude Lévi-Strauss,* Mythologiques, *t. III,* Les Origines des manières de table, *Plon, 1968, p. 328.*

2. *Cité par Collin de Plancy,* Dictionnaire infernal, *1863, Slatkine Reprints, Genève, 1980, p. 62.*

3. *Claude Lévi-Strauss,* op. cit., *p. 332.*

4. *Claudine Fabre-Vassas,* La Bête singulière, les juifs, les chrétiens et le cochon, *Gallimard, 1994, p. 299.*

5. *Nos enquêtes directes confirment qu'aujourd'hui encore, on reconnaît que durant la période des règles, les cheveux sont plus difficiles à coiffer, que les mises en plis ne tiennent pas, et qu'il est déconseillé d'aller chez le coiffeur.*

cette action de thérapie magique qui semble devoir passer par l'orteil de Pyrrhus d'abord, de saint Pierre ensuite, dont on soulignera évidemment l'homophonie.

Le surnom que Jacques de Voragine a donné à saint Pierre, « le Déliant » ou « le Déchaussant », atteste du lien intime qui existe entre notre personnage et la procréation. La chaussure est en effet le complément indispensable de l'orteil ; entendez par là que le vagin est complémentaire du pénis, et les pratiques folkloriques rattachées au soulier de l'épousée[1] sont sans équivoque sur ce point.

En somme, après avoir constaté que la maternité était en corrélation avec l'absence des règles, les futures mamans ont compris qu'elles pouvaient devenir fécondes en agissant sur leur rate, siège du sang menstruel, et ce, par l'intermédiaire de l'orteil-phallus de saint Pierre.

1. *Bernard Coussée,* Les Nouveaux Mystères du Nord - Pas-de-Calais, *De Borée, 2008, p. 243.*

Cloches jetées en bas du clocher de Raimbeaucourt en 1916.
(Collection de l'auteur.)

Chapitre 4

Merveilleuses cloches

LA CLOCHE EST l'instrument sonore le plus fréquemment utilisé afin de se garantir du diable, et c'est en partie pour cela qu'elle est considérée comme sacrée. La raison est simple : lorsqu'cllc sc meut au lever du jour, elle met un terme aux œuvres infernales qui se déroulent exclusivement la nuit. Ainsi, à Pâques, les cloches annoncent la résurrection après s'être tues durant les ténèbres[1].

La cloche va faire très tôt l'objet d'attentions particulières de la part de l'Église. À partir de l'an 900, le pape Jean IX préconise son utilisation contre l'orage, l'apanage des sorcières et de tous ceux qui sont capables de déclencher des tempêtes, dont les fameux *tempestarii* carolingiens. Soixante-huit ans plus tard, Jean XIII instaure le baptême des cloches, considérées alors comme des êtres vivants. En fait, le mot « baptême » est une formule reprise par le peuple, car l'Église parle simplement de « bénédiction ».

Des objets précieux

Au moment de couler le bronze destiné à donner corps à la cloche, on observe des gestes en honneur de celle-ci. À Saint-Michel-sur-Ternoise, celle qui est fondue en 1780 reçoit de la princesse de Salm-Kirbourg une quantité importante de vieilles pièces

1. *Bernard Coussée,* Autour de Pâques, *CEM Éditions, 2008.*

d'argenterie, ce qui va lui donner, dit-on, un son argentin bien particulier[1]. Cette croyance n'a pourtant rien à voir avec la réalité, car il n'est pas possible de mélanger différents métaux avec le bronze sans s'exposer à des sons dissonants. En revanche, il est vrai que pour la confection d'une cloche, une collecte d'objets précieux est généralement organisée dans toute la ville, dans le seul but, toutefois, de pouvoir payer les artisans. La confusion s'est sans doute installée à ce moment-là.

Jusqu'à l'aube du XXe siècle, les cloches servent à marquer tous les événements importants de la vie sociale. Elles sonnent, par exemple, en cas d'incendie ou d'invasion : c'est le tocsin. En 1914, elles annoncent la mobilisation générale…

À Sains-lès-Pernes, le clocher abritait deux cloches, dont l'une était consacrée à sainte Berthe. Celle-ci avait un pouvoir exceptionnel : elle détournait les orages qui arrivaient sur le village pour les diriger sur les bourgs voisins, lesquels demandèrent finalement qu'on la dépende. Après s'être fait tirer les oreilles, les gens de Sains acceptèrent, et la cloche merveilleuse disparut à tout jamais. Nul ne sait ce qu'elle est devenue. Elle carillonne peut-être dans un clocher voisin sans que personne en sache rien. Quoi qu'il en soit, la confiance en sainte Berthe n'a pas été entamée par cet incident puisque les paroissiens lui adressent toujours une prière en cas d'orage afin que leur village soit épargné de la foudre.

Les cloches ont toujours été l'objet de convoitise de la part de l'ennemi. Ainsi, lors de la guerre de Lustucru[2], Louis XIV fait décrocher les cloches des églises du haut pays afin de gêner les rassemblements. D'autres, en 1916, les font jeter à bas des clochers pour récupérer leur bronze…

La préoccupation des villes qui vont subir une invasion est de les cacher parmi leurs richesses, si bien que dans la mémoire collective, l'idée d'une cloche sous terre est souvent associée à un trésor. Ce n'est pas pour rien qu'en mars 1968, à Reclinghem, une brave agricultrice a soudain entendu « comme venant de dessous

1. Abeille de la Ternoise *du 9 octobre 1982.*

2. *Bernard Coussée,* Les Mystères du Nord - Pas-de-Calais, *De Borée, 2006, p. 241.*

de sa porcherie, un bruit semblable à celui d'une cloche qui dégringole les escaliers d'un souterrain ». Sa ferme était bâtie à l'endroit même où se serait élevé, avant 1553, le château de Malfiance avec son donjon. Une légende locale affirme que les trésors de l'abbaye Saint-Augustin, transportés de Thérouanne par chariots entiers, y seraient également cachés avec les cloches de l'église du village[1].

Une cavité amplifie toujours un bruit, aussi minime soit-il, et un simple objet métallique, ou même une pierre, peut donner l'impression d'un son de cloche. Dans les souterrains de Longvillers, une tradition, apparemment vérifiée, prétend que l'écho se répète dix-sept fois, ce qui est largement suffisant pour donner à notre imagination le temps de rêver à un trésor.

Des auxiliaires surnaturels

À Merckeghem, c'est une ville marchande gallo-romaine tout entière que la transgression marine des Ve et VIe siècles a engloutie brusquement pour laisser place à d'immenses tourbières appelées « les Vives », et d'où monte parfois l'étrange bruit des cloches. Ces voix d'airain ont le triste pouvoir de prévenir du danger. En 1789, 1913 et 1918, les gens du coteau ont affirmé avoir entendu le glas des Vives. Une chapelle consacrée à Notre-Dame des Crampes tente plus ou moins d'exorciser les lieux, et des pèlerins y lient des linges en vue de guérir leurs maux. Des tumuli, sépultures oubliées de quelques guerriers francs, contribuent à donner au site un côté fantasmagorique.

Les Moëres, zone marécageuse constituée lors des différentes transgressions marines, ont fait l'objet, au milieu du XIXe siècle, de tentatives d'assèchement, et des témoins ont, paraît-il, vu distinctement la pointe des clochers de deux églises. Plusieurs chroniqueurs flamands affirment que cinq villages ont été ainsi engloutis par les eaux venues, *à une certaine époque*, des écluses de Nieuport, et qui ont formé l'espèce de lac qui se trouve au-dessus de Bergues, « la Mour ».

1. L'Indicateur des Flandres, *12 novembre 1996*.

L'image mythique du clocher ou de la cloche englouti trouve un écho inattendu dans le pèlerinage de la Kruys Bellaert, la croix aux Clochettes. Au XIIe siècle, des croisés rapportent à Petite-Synthe les restes de la vraie croix enchâssés dans un reliquaire garni de clochettes. D'après la tradition, la relique aurait été sauvée des Gueux en l'enterrant près de la fontaine, et retrouvée, plus tard, par un bélier broutant dans les environs et qui s'était mis à gratter le sol avec sa patte.

En Flandre, quand on parle de cloche, on dit « *Belle* », et l'on évoque alors immanquablement Bailleul, Baal ou Belenos. Or, le dieu gaulois fut, en son temps, associé à une divinité celte au corps de serpent et à la tête de bélier, et, comme par hasard, c'est bien un bélier, animal au symbolisme solaire reconnu, qui a retrouvé les reliques en question !

Quelquefois, c'est un carrosse, un attelage complet qui est englouti, et on entend ses cloches tintinnabuler au fond de l'eau. C'est le cas pour de nombreuses fontaines à engloutissement[1].

Notre-Dame-des-Miracles, à Saint-Omer, reste associée à un événement merveilleux digne d'un roman policier. Dans la nuit du 12 octobre 1609, la cloche de la chapelle se met à sonner à la volée pendant plusieurs minutes. Comme le curé et le sacristain sont en train de dormir, on pense à une attaque des Français conduits par le huguenot Henri IV, « l'ami du diable » pour les Audomarois de l'époque. Certains pensent avoir affaire à saint Ignace de Loyola, dont la béatification est sur le point d'être proclamée, le futur saint cherchant opportunément à attirer l'attention sur lui. D'autres, enfin, évoquent tout simplement la Vierge, puisque sa statue vient de changer de place en retournant d'elle-même par trois fois dans le coin de l'église où elle a l'habitude d'être honorée, entourée de cierges.

Dehors, une partie du peuple crie déjà au miracle, tandis qu'une autre dénonce une supercherie de la part du sacristain. Peu avant midi, les chanoines font leur rapport à l'évêque en précisant tout de suite que la corde de la cloche a été rompue et qu'il s'agit donc

1. *Bernard Coussée,* Les Mystères du Nord - Pas-de-Calais, *De Borée, 2006, p. 257.*

d'un cas peu banal ; en outre, des traces de transfert sont parfaitement visibles sur le pavement, ce qui laisse à penser que la « statue » s'est traînée d'elle-même vers les cloches, ou bien qu'elle a été déplacée en cet endroit – pour preuve, la Vierge a un doigt fracturé ; enfin, les armoiries de l'évêque ont été arrachées, acte probablement délibéré.

Dans le contexte politique de l'époque, l'affaire fait grand bruit, car on soupçonne le sacristain, né dans les environs d'Amiens, d'avoir de la sympathie pour les Français. Il aurait fort bien pu fomenter un complot. La rumeur s'enfle, et l'évêque décide d'agir au plus vite. Il interroge alors le sacristain avec une telle détermination que ce dernier finit par avouer sa machination. Le prélat saisit l'official, et l'homme est arrêté. Après trois mois de cachot, il est condamné à faire amende honorable avec une torche ardente à la main devant la chapelle, puis à être fustigé à tous les carrefours de la ville, et, enfin, à la confiscation de tous ses biens avant d'être banni définitivement de la cité[1].

En réalité, il est fort possible que le sacristain soit de bonne foi et qu'il ne cherche qu'à « fabriquer » un miracle de plus pour émerveiller le bon peuple amateur de surnaturel, mais quelques esprits critiques, sans doute plus cartésiens que les autres, ont bien senti l'arnaque. Dès lors, l'évêque ne peut que les suivre : *vox populi, vox Dei*, quelles que soient les circonstances !

1. H. Piers, Variétés historiques sur la ville de Saint-Omer, *Imprimerie De Vanelslandt, Saint-Omer, 1832, réédition Le Livre d'Histoire – Lorisse, p. 107.*

Le pécheur sur son lit de mort. Deux démons lui disent à l'oreille :
« Songe à ton trésor et distribue-le à tes amis. »
(Collection de l'auteur.)

Chapitre 5

Prières populaires du berceau au tombeau

IL EXISTAIT JADIS, dans les familles, des livres dits « de prière » appelés à être transmis de génération en génération. Beaucoup ont été imprimés à Lille, et si nombre d'entre eux ont été détruits, il en reste tout de même suffisamment pour nous permettre d'appréhender, aujourd'hui, les préoccupations de nos ancêtres en la matière.

L'aspect extérieur de ces ouvrages prouve qu'ils ont servi. Ils sont pour la plupart jaunis, usés, les pages sont arrondies aux angles, l'endroit où les doigts ont été posés est marqué, leur frottement a mangé les marges. Toutefois, il n'y a pas de déchirures ; on y trouve, au contraire, de nombreux raccommodages : ici, on a recollé les pages, là, on a ajouté des feuilles volantes et des petites prières imprimées séparément. Le soin avec lequel la reliure est recousue, réparée, reprisée, les coins refaits, montre que l'on souhaitait conserver ces livres le plus longtemps possible. Ce n'était pas une question d'économie, car les familles les plus riches, dont le nom figure généralement dans l'intérieur de la couverture, caché dans le papier qui a servi à recouvrir le livre, ne possédaient pas les livres les moins raccommodés. En revanche, à ces ouvrages étaient attachés des souvenirs personnels qui leur donnaient beaucoup de valeur. Souvent, la mère transmettait son livre à son fils ou à sa fille, et c'est pourquoi celui-ci n'était jamais délaissé. Il servait chaque jour, au point de devenir parfois un véritable confident qu'il aurait été difficile de remplacer par un semblable.

Voici quelques dédicaces relevées sur ces objets, lesquelles en disent long sur l'attention qui leur était portée :

« Ce livre est celui de ma mère, Dieu ait son âme. »

« Ce livre vient de ma tante, elle lisait ses prières dedans. »

« C'est le livre de mon oncle Paul, qui me l'a laissé par testament. »

Consulter ces ouvrages, c'est donc puiser à une source inestimable des renseignements sur les mentalités religieuses des différentes époques. Le soin apporté aux détails de la vie quotidienne démontre que nombre de nos aïeux avaient réglé leur existence d'une façon toute dévote. Et si, du matin au soir, dans les soins du ménage ou du métier, leur vie se voyait ainsi gratifiée de formules religieuses, il ne faut pas s'étonner que dans les grandes circonstances de la naissance et de la mort d'un des membres de la famille, il y ait eu des pratiques établies, répertoriées dans ces livres pour l'éternité.

Autour de la naissance

La prière pour « les pères et mères qui demandent à Dieu l'amendement de leurs enfants » a beaucoup servi. Bien des parents ont prié pour cet amendement, pour cette conversion. Ainsi, l'une des mères a imité sainte Monique jusqu'aux larmes ; son livre porte encore les traces de celles qu'elle a versées en priant pour son fils ; celui-ci avait un grand nom, et c'était probablement le maintien de l'ensemble de la famille dans la foi catholique que cette maman demandait à Dieu avec insistance. La femme chrétienne, quel que soit son milieu social, traduit à travers ces textes les mêmes peines, les mêmes chagrins, le même rôle. Ce qui frappe le plus, c'est le courage qu'elle affiche, l'énergie qu'elle déploie. Elle ne rejette rien, elle subit tout : la mort seule la sépare de ceux qu'elle aime. Les livres sont usés et flétris aux mêmes pages. Ils montrent combien elle a prié sainte Anne et sainte Marguerite lors de ses couches ; le froissement du feuillet témoigne de l'angoisse qui l'habitait alors. Il y a des traces de larmes aux prières pour les agonisants, il y a des cassures pour l'ensevelissement.

La naissance des enfants, avec tous les dangers et les craintes que cela comporte pour la jeune mère, est une des grandes préoccupations des chefs de famille. Aussi, de combien de prières et de pratiques pieuses est-elle entourée ! Avant tout, on prie pour avoir des enfants ; on les considère comme l'honneur de la famille dont ils vont transmettre le nom. À Lille, on va prier sainte Anne à l'église Saint-Maurice, mais aussi à Notre-Dame-de-la-Ceinture, aux Augustins et à Notre-Dame-Auxiliatrice, dont la confrérie est si répandue. Chez les Hybernois, c'est Notre-Dame-de-Montserrat qui a la faveur des fidèles, tandis qu'aux Minimes, on implore saint François de Paule et on allume des chandelles pour enfanter des garçons.

Les pèlerinages les plus renommés sont ceux de Notre-Dame-de-la-Visitation, à Bollezeele, près de Wormhout, et de Notre-Dame-de-Bonsecours, à Péruwelz. Si, le temps passant, on craint de ne plus avoir d'enfants, on a recours à saint Bonaventure au hameau de la Cloche, à Zegerscappel, à saint Remacle, à Ypres, à saint Mathias, au pays de Furnes, et à sainte Colette, à Gand. La prière à sainte Anne est également fréquente.

Une fois enceinte, la mère de famille récite quotidiennement des oraisons à sainte Marguerite et à la Sainte Vierge. Elle demande que « son fruit parvienne jusqu'au baptême ». Puis vient le temps de la délivrance où il va falloir être particulièrement vigilante. La dévotion la plus répandue est alors celle de sainte Marguerite, que l'on va vénérer à Faches-Thumesnil, d'où l'on rapporte un cordon bénit qu'il faut ensuite porter sur soi, attaché autour de la taille ou du bras.

Au moment de l'accouchement, la parturiente se fait apporter sur son lit une ceinture dans laquelle se trouvent quelques fragments de relique ; celles de saint Ghislain sont réputées pour ce type de protection depuis que l'homme a démontré l'efficacité de son baudrier lors de la naissance difficile de Baudry à Roisin. On va aussi beaucoup à Wervicq, Comines, Douai, en l'église Saint-Amé, ainsi qu'à l'abbaye des Prés, à la Chartreuse-de-la-Boutillerie, et à Waregem, près de Courtrai. Sainte Marguerite possède également une chapelle des Bons-Pains dans l'église Saint-Pierre de Lille.

Dans le quartier populaire de Saint-Sauveur, à Lille, Notre-Dame-du-Réconfort fait l'objet d'un culte particulièrement insolite. Quand une femme est sur le point d'accoucher, elle va allumer devant sa statue trois chandelles, puis récite trois *Ave* et un *Stabat Mater*. La façon dont les bougies brûlent est une source de divination : on peut y voir un heureux déroulement ou l'annonce de la mort de la mère, voire celle de l'enfant, ou encore la santé de celui-ci dans l'avenir ; la future maman rentre donc chez elle soit confiante dans la suite des événements, soit accablée par la crainte suscitée lors de la crémation des cierges.

Quoi qu'il en soit, cela ne lui interdit pas d'emprunter à une voisine un ancien cordon de sainte Marguerite ou une ceinture garnie de médailles, dont l'efficacité a été prouvée à maintes reprises dans des cas semblables. Jamais personne n'oserait refuser cette faveur à une future maman.

Une fois les préparatifs terminés et l'objet « magique » posé sur le lit, la mère de la parturiente dit auprès de sa fille les prières du moment, et le père, s'il se trouve à la maison à ce moment-là, prend son chapelet et n'en interrompt la récitation qu'à l'issue du travail. Les frères et/ou sœurs du nouveau-né sont confiés à quelque parent et ne rentrent à la maison que lorsque tout est terminé. Ils viennent alors embrasser dans son berceau « un petit frère que les anges ont apporté dans le jardin de monsieur le curé, où le médecin l'a trouvé dans les choux ». Suivant l'âge des enfants, on dit qu'ils seront chargés d'assurer la protection du bébé que Dieu leur a envoyé, ou du moins qu'ils devront être bien sages afin de lui donner le bon exemple. Cette leçon est précieuse, et l'on s'attache particulièrement à le leur faire sentir.

Les dentellières de ce quartier populaire lillois, fort nombreuses jusqu'au milieu du XIXe siècle, ont leur propre madone, à qui elles se recommandent au moment de la naissance de leurs enfants : c'est Notre-Dame des Neiges. Elle a sa chapelle portative fixée contre le mur de la montée de la Piquerie, que l'on emprunte pour se rendre au calvaire. Avant la Révolution, une pelote était pendue près de cet oratoire, et en se hissant sur le parapet, on pouvait y piquer des épingles à dentelle. Leur nombre, la façon dont elles étaient disposées, l'heure où on les piquait avaient un sens divin.

Sainte Brigitte, fondatrice des Brigittines, est invoquée pour la conservation de la mère et de l'enfant. On se rend à son couvent situé rue de Ban-de-Wedde afin de prier Notre-Dame de Miséricorde, titulaire de l'église, et de les sauver tous les deux.

Saint Léonard, qui a une chapelle à Saint-Vital-du-Château et à La Madeleine, et que tous les prisonniers supplient pour obtenir leur délivrance, est également sollicité en faveur des futures mères. C'est un « saint délieur » dont la spécialité a été forgée à partir d'un jeu de mots sur son ancien nom, « Liénart », et sur « lien ». On fait célébrer une messe sur son autel et on allume des chandelles devant sa statue, dans le même esprit que pour Notre-Dame du Réconfort à Saint-Sauveur. Il est grandement vénéré à Spycker, sur la Colme, en Flandre, et à Râches, près de Douai.

À l'Abbiette de Lille et dans les chapelles dominicaines, sainte Catherine de Suède est invoquée lorsqu'on redoute un accident. Pour les mêmes raisons, on sert sainte Lutgarde, vierge cistercienne, dans les abbayes de son ordre, comme à Loos, Marquette-lez-Lille et Flines-lez-Râches. On prie aussi beaucoup saint Chrétien, qui est enterré en l'église Saint-Albin de Douai.

Les jeunes femmes s'adressent à sainte Marie d'Oignies et se font imposer sa chemise pour obtenir une heureuse délivrance ; son corps repose à Nivelle. Saint Folquin, évêque de Thérouanne et cousin de Charlemagne, est vénéré dans ce même but à Pitgam et à Esquelbecq. On honore également Notre-Dame de la Crèche à Bailleul, et la future maman qui ne peut se rendre à sa chapelle, située dans un hameau à l'écart de la ville, y envoie des vieilles femmes qui récitent les prières et allument les chandelles, toujours trois, qui servent à pronostiquer l'état de la mère, de l'enfant, son sexe, et même sa santé future.

On prie pour les mêmes raisons saint Winoc, saint Godefroy et saint Norbert à Bergues, saint Druon à Sebourg, saint Vaast à Bailleul. À l'église de La Madeleine, on s'adresse à sainte Agathe pour l'allaitement de l'enfant, les crevasses au sein, ainsi que pour trouver une bonne nourrice. On va, dans le même but, à Solre-le-Château servir sainte Aldegonde, dont la tradition prétend qu'elle aurait guéri d'un cancer du sein. On rapporte un peu d'argile prélevée dans sa maison paternelle de Cousolre, que l'on délaie ensuite dans de l'eau avant de donner le breuvage à la jeune mère. C'est, dit-on, un procédé fort réputé.

Dans l'ancien prieuré d'Englos, on vient en pèlerinage pour invoquer saint Corneille dans certaines circonstances critiques de la vie des femmes. On y bénit des linges en son honneur, et celles qui les portent voient leur santé se rétablir, en particulier à l'occasion de flux de sang. C'est pour cela qu'il est également servi à Hem, Hardifort ou Hazebrouck.

Une fois né, l'enfant est très vite baptisé. La mère n'oublie pas la cérémonie des relevailles, et après avoir voué son enfant au bleu ou au blanc, elle entame pour lui les suppliques et les prières. On le mène à Notre-Dame-de-Grâce, à Loos, pour lui imposer les Évangiles afin qu'il n'ait ni convulsions, ni frayeurs, et que le démon n'ait aucune prise sur lui. D'autres parents préfèrent invoquer, dans ce cas, saint Ghislain ; ils vont alors à Hellemmes chercher la médaille ou le collier de perles que l'on passe ensuite autour du cou du bébé. À Bergues, on prie à cet effet saint Jean-Baptiste.

Dans l'église Saint-Sauveur, à Lille, c'est sainte Dorothée qui a la faveur des fidèles. On lui demande de faire tomber les croûtes que les enfants ont souvent sur la tête et que l'on appelle les « *diétes* ». À Eecke, en Flandre, on bénit à son autel des petits fils de soie rouge que l'on place ensuite autour du cou des petits pour les prémunir des maladies de peau, comme l'érysipèle. On demande la même protection à saint Riquier dans sa chapelle de La Gorgue, ou à saint Blaise, à Wemaers-Cappel. Si les croûtes de lait ont du mal à tomber et que l'enfant transpire de la tête, il est alors recommandé de s'adresser à sainte Baudile ou Baudilon, à Leuze.

Pour soulager les enfants perturbés par les humeurs froides, on a recours à saint Marcoul. Sa chapelle est dans l'église Saint-Brice de Tournai, et elle est fort fréquentée. Par le passé, il était servi également à Haubourdin, avec neuvaine. Saint Maurand, le patron de Douai, en avait fait sa spécialité thérapeutique.

Si le petit reste faible et maladif et qu'il ne se développe pas, on va, le lundi de la Pentecôte, à Amay, près d'Huy, en Belgique, prier saint Poppon. Saint Hélier, qui possède plusieurs chapelles dans les diocèses d'Arras, de Saint-Omer et de Boulogne-sur-Mer, accueille les enfants *langreux*, tout comme sainte Pharaïlde à Gand, ou sainte Justine à Ghyvelde. Ceux qui ne peuvent pas marcher sont conduits par leur mère à l'église Notre-Dame-du-Perroy, à Béthune, afin d'invoquer sainte Milforte[1], à qui l'on demande de fortifier les jeunes malades ou, si cela est impossible, de les faire mourir.

Les enfants noués sont placés sous la protection de saint Guillaume de Bailleul, dont on trouve une vieille statue en bois dans sa chapelle. On aide les petits à en faire le tour et à en embrasser le socle. La confiance de leur mère est souvent récompensée par une amélioration de leur état.

Si l'enfant souffre de coliques, c'est saint Érasme qui est invoqué, tandis que saint Germain les préserve de l'enflure et du carreau, et que sainte Colette les fait grandir.

Pour ceux qui pleurent trop, les mamans viennent servir saint Maclou à Borre où, le jour de sa fête, le 1er mai, on bénit des gâteaux dans sa chapelle. Les parents en achètent deux, et l'enfant en mange un tout de suite pendant qu'ils prient ; le second est emporté à la maison et conservé. À Zuytpeene, c'est à l'Enfant Jésus que l'on demande de calmer les *brayous*. À Valenciennes, c'est saint Christophe qui fait office de saint Brayou.

À examiner tous les saints Brayou[2] du nord de la France et de Wallonie, force est de constater que ce personnage peut être finalement n'importe qui pourvu que son visage exprime quelque peine, quelque douleur ; qu'il affiche, par exemple, des yeux bouffis, un air attristé, et il sera élu en qualité d'intercesseur efficace pour apaiser les pleurs et les cris de l'enfançon. Le nom de Brayou est un sobriquet attribué à un saint, de manière à expliciter clairement le service demandé. C'est une démarche qui met en synergie la peine de la maman et la compassion du saint.

1. *En fait, il s'agit de saint Quentin, appelé aussi «* Christi miles fortis *», « courageux soldat du Christ ».*

2. *Alain Colignon,* Dictionnaire des saints et des cultes populaires de Wallonie, *Musée de la Vie wallonne, 2003, p. 94. Roger Pinon, « Saint Braillard, un sobriquet de plusieurs saints en Wallonie et en Picardie », in* La Vie wallonne, *t. LXII, 1988, pp. 68-83. Bernard Coussée,* Légendes et Croyances en Douaisis, *CEM, 1982, p. 158, et* Légendes et Croyances en Avesnois, *CEM, 1985, p. 89.*

Pour faciliter le développement de l'enfant, rien ne vaut la sérénité de ses parents. Pour ce faire, quelques saints peuvent être appelés à la rescousse. Ainsi, saint Acaire, à Haspres, soigne le caractère acariâtre des époux ; saint Gengoult aide les maris trompés, et sainte Godelieve, ou Godeleine, les femmes délaissées ; saint Antoine de Padoue apaise les discussions de famille. Pour éloigner un mari ennuyeux ou lui imposer sa volonté, l'épouse peut avoir recours à sainte Ontcommène ; cette sainte singulière porte une grande barbe, une couronne et une longue robe ; elle est crucifiée sur un autel avec une de ses chaussures posée à côté d'un calice, laissant entrevoir un pied dénudé ; suivant les régions, on la nomme « sainte Wilgeforte », « sainte Libérate » ou « sainte Ragnuflède » ; son lieu de culte principal se trouve à Wissant.

Au moment de l'agonie

Une des plus grandes préoccupations de nos aïeux est de « faire une fin chrétienne ». C'est obtenir la considération publique que de pouvoir dire qu'aucun des membres de sa famille n'est mort sans sacrement, et l'on est fier d'ajouter : « Ils sont tous ensemble à l'église, au cimetière, et j'irai me placer près d'eux. » Aussi ces livres de prières apparaissent-ils comme un miroir de la vie de leurs propriétaires ; ils nous montrent comment ceux-ci assistent leurs malades, les préparent à la mort, se préparent eux-mêmes au grand passage, prient pour les agonisants, pour ceux qu'ils ont perdus, pour les âmes du purgatoire.

L'assistance des malades et leur préparation à la mort incombent naturellement à la mère de famille. Elle a été au chevet de sa fille lors de la naissance des enfants ; on la retrouve maintenant au chevet des malades, les oignant, les encourageant, les disposant à recevoir le viatique lorsque le moment sera venu.

Les livres de prières font état de suppliques qui demandent à Dieu la patience en cas de maladie, afin de lui offrir ses souffrances en réparation de ses péchés, patience nécessaire aussi pour accepter la mort, le temps que le malade se repente et qu'il ne meure pas intestat. La recommandation d'exhorter le malade à tester se rencontre dans beaucoup de livres, et ceux-ci présentent presque tous un modèle de testament chrétien. Ce dernier commence généralement par une profession de foi, puis le testateur manifeste sa volonté de réparer, autant que faire se peut, les dommages qu'il a causés en paroles et en actions. Il demande pardon à tous en promettant de restituer ce qu'il a injustement acquis. Il faut qu'il satisfasse aussi à ses obligations, qu'il ne déshérite aucun de ses proches sans raison valable, qu'il fasse quelques legs aux pauvres, et qu'il n'oublie pas non plus de récompenser ses fidèles domestiques. Il doit prendre garde de ne mentionner sur son testament aucune clause équivoque ou contraire à la coutume du pays, ce qui est « ordinairement une semence éternelle de procès et d'inimitiés dans les familles ».

Viennent ensuite des prières plus dogmatiques pour la préparation aux sacrements. Parmi elles, il s'en trouve une pour les agonisants, une autre pour la recommandation de l'âme, puis l'ensevelissement, etc. Ensevelir les morts ou assister à cette œuvre corporelle est recommandé aux membres de diverses confréries des Trépassés. Pour ce faire, ils reçoivent des indulgences. Ceux de la confrérie de Saint-Étienne, à Lille, obtiennent ainsi soixante jours d'indulgence chaque fois qu'ils aident à enterrer un mort.

Le livre de prières explique ensuite comment préparer le malade à recevoir l'extrême-onction. L'Ange conducteur des âmes dévotes recommande ainsi à la mère de rester au chevet du mourant et lui enseigne ce qu'il reste à faire.

« On donne souvent de l'eau bénite, on allume la chandelle bénite, on présente le crucifix à baiser, on fait réciter au moribond divers actes comme celui de foi, espérance ou charité. On lui suggère de s'adresser à la Sainte Vierge, à son bon ange, à saint Michel, et à ses saints patrons. On lui en montre les images, on lui fait tenir le cierge bénit, on lui adresse de très courtes instructions, on doit lui dire de ne pas craindre les esprits malins. »

« Avant que le malade ait perdu connaissance, faites-lui gagner l'indulgence plénière en lui faisant répéter les noms de Jésus et de Marie, ainsi que les très populaires oraisons de sainte Mechtilde, qui invoquent en plus saint Joseph. Quand le malade viendra à l'agonie, faites-lui souvent baiser le crucifix, et jetez-lui de l'eau bénite ; faites-lui encore plus fréquemment réciter des actes, dites-les pour lui. Si le malade décline et va vers la mort, imposez-lui le crucifix, jetez-lui de l'eau bénite, et dites les prières pour la recommandation des malades qui sont à l'article de la mort. »

Curieusement, les pages consacrées à l'agonie sont relativement propres, comme si elles n'avaient pas servi. En réalité, la mère est à ce moment-là trop angoissée pour suivre pas à pas les conseils prodigués dans son livre, qu'elle connaît d'ailleurs par cœur. Il faut attendre les prières en rapport avec l'ensevelissement et l'office des morts pour retrouver des pages jaunies, usées aux angles mais sans aucune cassure, et apprécier le calme et l'apaisement qui habitent désormais le détenteur de l'ouvrage.

La bonne mort

Tous ces soins, toutes ces peines montrent l'importance que l'on attache, à l'époque, à une bonne mort. Les associations qui ont pour but de s'y préparer sont nombreuses et variées. L'une d'elles est placée sous le patronage de la Sainte Vierge, en l'honneur de son Immaculée Conception ; elle est citée dans les livres imprimés au début du XVIIe siècle pour les ursulines à l'usage de leurs pensionnats et des maisons de leur ordre. La dévotion par excellence reste néanmoins celle du scapulaire. La bulle sabbatine donne le privilège à tous ceux qui portent le scapulaire de sortir du purgatoire le samedi qui suit leur décès. Le patron de l'Association pour la bonne mort est saint Joseph ; il est réputé puissant entre tous, puisque, dès 1676, on l'appelle, dans le titre d'un livre imprimé à Lille, *Le plénipotentiaire de la paix pour l'honneur des mortels, le patron des agonisants et de la bonne mort*.

Sainte Ursule partage ce patronage, et elle possède de nombreuses confréries. Celle de Lille, érigée en 1686, dans la chapelle des Ursulines de la place aux Bleuets, a pour titre : « Confrérie pour obtenir une sainte et heureuse mort, par l'intercession de sainte Ursule et des Onze mille vierges, ses compagnes. »

Dans les couvents dominicains, on honore sainte Catherine de Sienne pour ne pas mourir sans sacrements, autrement dit de « male mort ». C'est dans la chapelle du couvent des Vieillettes, à

Lille, ruelle de Sailly, aujourd'hui rue des Trois-Mollettes, qu'elle est priée dans ce but. On demande aussi à sainte Brigitte de connaître l'heure de sa mort, laquelle se devine par l'observation de la crémation des bougies.

Sainte Barbe est également priée dans toutes les églises de Flandre pour les mêmes raisons. Trois églises sont particulièrement visitées à cet effet : Zermezeele, Saint-Jans-Cappel et l'Abeele, près de Steenvoorde. À Lille, sainte Barbe est servie dans les églises Saint-Sauveur, Saint-Maurice et Saint-Étienne, et surtout aux Récollets, où se trouve la chapelle pour la bonne mort. Il y a une formule à réciter chaque jour, et l'on doit la porter sur soi pour être exempt de mort subite. L'oraison à sainte Barbe est très populaire. La voici :

« Sainte Barbe, la sainte fleur,
Tient la Croix de Notre Seigneur,
Elle est debout sur sa tourelle
Et répond à Dieu qui l'appelle :
"Je reviendrai vers les élus
Lorsque vous ne tonnerez plus.
Je tiens votre Croix sur la terre
Pour en détourner le tonnerre ;
C'est pour cela que nuit et jour
Je suis de garde dans ma tour.
J'écoute la voix de la belle
La belle Dame qui m'appelle
Qui m'appelle parmi les lys
Les lys fleuris du paradis
L'hiver passera sur la terre
Le printemps me rendra ma mère
Et je verrai Pâques fleurir
Quand Dieu me dira de mourir." »

Une autre dévotion locale consiste à réciter l'oraison des *Trois saints rois mages* pour être préservé de l'apoplexie et de la mort subite.

Il y a surtout contre la *male mort* de nombreux charmes, formules, caractères que l'on doit dire chaque jour et porter sur soi avec grand soin. J'ai déjà cité dans un précédent ouvrage la fameuse prière de l'empereur Charles[1], en voici une autre tout aussi insolite :

« Si quelqu'un la porte sur soi, il ne sera pas tué en guerre... le voyageur qui la portera soixante-dix jours ne sera pas attaqué... et aura le temps d'avoir un prêtre pour se confesser et avoir la rémission de ses péchés... utile aussi sur mer... elle préserve du péril qui la portera : AUTHOS + A NOSTRO + NOXIO + BAY + GLOY + APEN + AGIA + AGIOS + HITCHIROS. »

Cette formule, consignée sur un morceau de parchemin, a été retrouvée dissimulée dans un livre de prières imprimé au XVIIIe siècle.

Au registre de ces « prières à porter sur soi », il faut maintenant ouvrir le *Saint-Suaire*, ce petit livre d'à peine cinq centimètres de hauteur sur trois de largeur. Les exemplaires connus n'ont pas le même nombre de pages, mais ils renferment un passage commun concernant « trois belles oraisons au saint suaire, les privilèges et la complainte du soldat ». L'un de ces livrets a été imprimé avec une approbation de 1725 par l'imprimerie Blocquel, à Lille.

Les oraisons sont adressées : la première à Dieu ; la seconde pour sauver une âme du purgatoire ; la troisième au saint suaire. Elles ont été « recueillies dans le Saint Sépulcre de Notre Seigneur, et quiconque les portera sur soi en mémoire de la mort et passion de Jésus-Christ sera délivré du diable et de la mort subite. Les sorciers et les sorcières ne pourront rien contre eux ; une femme enceinte enfantera sans péril, ni pour elle ni pour son enfant, et ne mourra sans confession ».

La Complainte du soldat est le récit de quelques miracles arrivés aux dévots du saint suaire qui ont porté le livret. Il s'agit du bon soldat qui, au siège de Belgrade, ou Bellegarde, suivant les éditions, est pris par les Turcs qui veulent le tuer.

« Quatre grands Turcs misérables
Pour exercer leur courroux,

1. *Bernard Coussée,* Les Mystères du Nord - Pas-de-Calais, *De Borée, 2006, p. 185.*

Lui ont donné plusieurs coups
De baïonnette et de sabre,
Ils ont fait tous leurs efforts
Pour le réduire à la mort,
Mais le soldat débonnaire
Portait dessous son habit
L'image de Jésus-Christ
Qui est le précieux Suaire.
"Faut qu'il ait un caractère",
Disaient les Turcs païens
"Non, répondit le chrétien,
J'ai le précieux saint suaire
Qui m'a toujours préservé
De malheurs et de dangers." »

Ces livrets, dont certains portent aussi le titre *Trépassement de la Sainte Vierge*, du nom dc la première pièce qui s'y trouve, contiennent généralement le « charme de la plaie de Notre Seigneur avec celui du saint suaire ». Ce charme consiste dans une petite figure d'environ un centimètre de long, de forme lenticulaire ; c'est la représentation de la plaie de Notre Seigneur, « laquelle fut rapportée de Constantinople à l'empereur Charlemagne dans un coffre en or, comme la relique la plus précieuse. Baisez donc cette image dévotement, et entrez en esprit dans cette fontaine sacrée, jamais le malin esprit ne vous causera accident ou mort subite ».

La paroisse Sainte-Catherine de Lille abrite la confrérie des Agonisants, constituée avant 1695 sous le nom « Nativité de Notre Seigneur ». De leur côté, les jésuites dirigent, dans leur chapelle, l'association dite de la « Sainte Agonie de Notre Seigneur mourant sur le calvaire », créée en 1610. On prie aussi saint Patrice aux Hybernois, et à Saint-Pierre, on invoque saint Marc contre l'impénitence finale. Saint Etton est prié dans l'église de Bienvillers-au-Bois, dans le Pas-de-Calais, et dans celle de Dompierre-sur-Helpe, dans le Nord, pour les mêmes raisons. À Maubeuge, le prêtre dit la *messe des Agonisants* revêtu de la chasuble qu'aurait portée sainte Aldegonde, la patronne de la ville.

Les croyances populaires concernant les âmes des parents et des amis qui demandent des prières sont fort nombreuses. On commence par rêver du défunt, puis on croit le voir dans l'obscurité, toujours au même endroit de la maison où l'on a vécu avec lui. On l'aperçoit ensuite dans le noir, et il nous répond si on lui parle. Le fait qu'il se manifeste prouve qu'il n'a pas encore atteint le repos éternel, qu'il souffre au purgatoire, qu'il a besoin de prières, qu'on lui a d'ailleurs peut-être promises ou qu'on lui doit au titre d'une amitié passée. Quand l'âme est libérée, elle le fait savoir par une grande sensation d'apaisement qui nous envahit à ce moment-là.

Une autre croyance locale veut que lorsqu'on souhaite se réveiller à une heure précise, de bon matin, on récite son *Pater* avec *Gloria* pour les âmes du purgatoire. C'est, dit-on, l'âme soulagée par nos prières qui, en reconnaissance, nous rend ce petit service.

Pour la fête de la Toussaint, si l'on se contente aujourd'hui de visiter les cimetières, dans les campagnes flamandes, on célèbre la fête autrement. On cuit un gâteau, et pendant qu'il est au four, on récite le *Rosaire*. Dans chaque maison des environs d'Hazebrouck, on allume des petites chandelles, et tant qu'elles brûlent, on dit son chapelet. Quand la flamme s'éteint, on mange la « soupe des âmes », confectionnée avec du lait sucré et parfumée à la cannelle. Dans les cantons de Bergues, Bourbourg et Wormhout, les boulangers préparent des petits pains de forme toute particulière ; à chaque fois que l'on en mange un, une âme est délivrée du purgatoire.

Le rituel de l'enterrement proprement dit est à peu près partout le même, sauf peut-être à Saint-Omer, où les religieux suivent d'anciennes coutumes. Après avoir béni le sépulcre, le prêtre, accompagné des membres du clergé, se tient aux pieds du défunt, tandis que le sous-diacre porteur de la croix et les deux acolytes flanqués de leurs grands cierges se positionnent du côté de la tête. Une fois le caveau refermé, le curé prend la croix processionnelle des mains du sous-diacre et, avec le bâton de celle-ci, fait le signe de croix sur le sépulcre en disant : « Je scelle ce corps du sceau de la croix. » Puis, signant une seconde fois vers le milieu du corps, il déclare : « Pour qu'il ressuscite au jour du jugement. » Enfin, en le signant pour la troisième fois vers les pieds, il ajoute : « Et qu'il soit en possession de la vie éternelle, par Notre Seigneur Jésus-Christ. » Le corps est ainsi scellé du sceau de la croix, qui le garde pour l'éternité. Le célébrant prend ensuite la bêche du fossoyeur puis jette à trois reprises un peu de terre sur la pierre du tombeau en disant, la première fois : « Seigneur, vous avez fait ce corps avec la terre » ; la seconde fois : « Vous avez assemblé les nerfs et les os qui le forment » ; la troisième fois : « Ô, Seigneur, ressuscitez-le au dernier jour. » Après avoir procédé de nouveau aux aspersions et aux encensements prévus par la liturgie, il récite quelques oraisons, puis termine en conjurant la cour céleste de prier pour le mort.

Le Christ du Saint-Sang Miracle de Lillers.
(Photographie de l'auteur.)

Chapitre 6

Le Christ du Saint-Sang Miracle

LA COLLÉGIALE Saint-Omer de LILLERS est le joyau de l'art roman en Artois. C'est le seul monument religieux important de ce type que le nord de la France a réussi à conserver. Son vaisseau à deux étages, étayé de contreforts, occupe le fond d'une petite place où s'étalait jadis le cimetière. Le plan de l'église se compose d'une nef à collatéraux, d'un transept saillant et d'un chœur à déambulatoire. Selon toute vraisemblance, l'édifice, construit entre 1125 et 1135, a remplacé un sanctuaire en bois, car les archives font état d'une fondation d'un chapitre de chanoines par le seigneur du lieu, un certain Wénemar, en 1045. Il est important de prendre en compte ces dates, car elles « encadrent » le début des croisades et la prise de Jérusalem en 1099, événements qui ne sont pas sans rapport avec ce qui nous intéresse, à savoir ce qui se trouve au chevet de l'église : le Christ du Saint-Sang Miracle !

Le sacrilège

La travée droite du déambulatoire, ornée de voûtes d'ogives datant du XIIe siècle, conduit devant un très grand crucifix qui possède toutes les caractéristiques de cette époque : raideur du corps et de la tête, absence de couronne d'épines, visage serein, bras bien positionnés le long des traverses de la croix, jupon long et membres attachés par quatre clous, les pieds étant posés côte à côte et non l'un sur l'autre. Il a sans doute été sculpté à l'époque de la construction de l'église, donc avant 1187, moment où le seigneur de Lillers a versé une rente de 16 sols pour l'entretien d'une lampe à huile appelée à brûler jour et nuit devant le Christ. Sous le jupon qui couvre ses reins et ses jambes, on remarque, à hauteur de la cuisse droite et en son milieu, un trou circulaire jadis obturé par un cristal et aujourd'hui bouché par une forte cheville de bois.

La tradition rapporte que cet « accroc » serait la conséquence d'un sacrilège opéré soit par un soudard, soit par un émeutier au cours d'une des nombreuses scènes de pillages auxquelles l'église a été soumise. On avance aussi l'hypothèse d'un hérétique qui aurait porté un coup à la statue, et l'on pense alors aux Stadinghs, connus pour leurs exactions en Flandre durant tout le XIIe siècle[1]. Du sang vermeil se serait ensuite mis à couler de la « plaie » et aurait été pieusement recueilli avant de devenir l'objet d'un important pèlerinage.

Le reliquaire disparu à la fin du XVe siècle n'est retrouvé qu'en 1931, à la faveur de travaux de restauration effectués sur le mur extérieur du transept sud. Il s'agit d'une pièce d'orfèvrerie datée, d'après son style, du XIVe siècle, et composée d'un pied en argent supportant une masse de cuivre dans laquelle est enchâssé un disque de cristal à l'intérieur duquel on peut voir des taches brunâtres. Vendue en 1793 à un Lillérois, la statue a été rendue à l'église par son acheteur après le Concordat de 1801.

Cela dit, si le crucifix remonte à la première moitié du XIIe siècle, rien ne permet de dater précisément l'outrage dont il a été l'objet. Et d'ailleurs, celui-ci a-t-il vraiment eu lieu ? N'a-t-on pas fabriqué une légende pour expliquer *a posteriori* la présence d'une relique du Saint Sang à Lillers ? C'est une hypothèse qui mérite d'être examinée.

Le Saint Sang

Dès le début des croisades, le commerce des reliques est fructueux. Celles qui concernent le Christ sont très recherchées, en

1. *Voir* supra, *« L'hostie miraculeuse »*.

particulier le fameux Saint Sang. Comment celui-ci a-t-il pu être recueilli ? Le poète flamand Jacob Van Maerlandt, né à Damme en 1230, nous l'explique.

Joseph d'Arimathie, lavant les plaies du Crucifié, aurait épongé le sang qui s'était caillé pour le mettre ensuite pieusement dans un vase. L'Évangile apocryphe de Nicodème fournit d'autres précisions :

« Dès que Joseph d'Arimathie apprit la mort de son divin maître, il se rendit dans la maison où le Sauveur avait célébré la Cène, s'empara du vase dont Jésus s'était servi pour boire et pour rompre le pain. Lorsque le corps fut descendu, c'est dans ce calice que Joseph recueillit les gouttes de sang qui tombaient des plaies. Il conserva toujours avec vénération une aussi précieuse relique qui conférait à son possesseur les plus grands privilèges, celui, entre autres, d'être en communication directe avec Dieu. Avant de mourir à son tour, Joseph la confia à son neveu[1]. »

Soit ! Mais personne ne nous dit comment ce sang a pu traverser les siècles jusqu'à arriver dans les mains des croisés, où il commence seulement à faire parler de lui. Godefroy de Bouillon, qui a refusé la couronne de roi de Jérusalem pour ne revendiquer que le statut d'avoué du Saint Sépulcre, est le premier à en posséder une partie, en fait, un morceau de linge taché qu'il expédie à sa mère Ide restée en Artois. La relique est alors entreposée dans une « capelette » construite au pied de la colline d'Ostrehove, au faubourg de Brequerecque, en bordure de la route de Paris. Détruite sous la Révolution, cette petite chapelle est remplacée par un sanctuaire plus important en 1862, érigé, cette fois, en l'honneur de Notre-Dame du Saint Sang. Cachée durant les temps difficiles, la relique se trouve maintenant dans l'église Saint-François-de-Sales, à Boulogne-sur-Mer.

Godefroy de Bouillon meurt en 1101. Il devait son nom ardennais à sa mère, laquelle avait épousé Eustache de Boulogne [-sur-Mer]. Le château maternel, dont il hérite, a été construit au Xe siècle sur un piton rocheux. Il y a quelques années, on y a découvert de manière fortuite une très grande croix en bois, incrustée dans le grès.

1. *Jules de Douhet,* Dictionnaire des légendes du christianisme, *1855, Encyclopédie théologique, sous la direction de l'abbé Migne, colonne 443.*

Comme les archéologues datent cette partie du château du XIIIe siècle, ce ne serait donc pas Godefroy qui l'y aurait placée. Qui, alors ? Sans doute l'un de ses successeurs qui voulait mettre l'accent sur la relation entre le Saint Sang et son illustre ancêtre par l'intermédiaire de la croix, puisque c'est par la présence de l'une que l'on peut expliquer celle de l'autre, et réciproquement. Autrement dit, après les premières croisades, la Croix et le Saint Sang se seraient trouvés irrémédiablement mêlés dans les esprits, l'un ne pouvant plus exister sans l'autre, et, dès lors, les crucifix se sont mis à saigner un peu partout.

Cinquante ans après Godefroy de Bouillon, Thierry d'Alsace rapporte, lui aussi, quelques gouttes du Saint Sang à Bruges[1]. Cette nouvelle relique lui a été offerte par le patriarche de Jérusalem en signe de gratitude, mais il faut attendre le tout début du XIVe siècle pour voir démarrer la dévotion à la faveur des premiers miracles.

« Chaque vendredi, de 1303 à 1309, le Saint Sang se liquéfie, se distille, coule et bouillonne dans sa fiole, depuis le matin jusque vers 3 heures de l'après-midi. Le miracle cesse brusquement le 14 mai 1309[2]. »

A-t-on observé pareilles choses à Lillers ? Nul ne le sait !

Des reliques du Saint Sang ont été repérées à Anvers, Chartres, Dobereau, Fécamp, Mantoue, Orléans, Palerme, Paris, Reichnau, Rome, Venise, Weingarten[3]...

Leur origine est variable. Le Saint Sang aurait été tour à tour recueilli par le centurion Longin, Nicodème, Joseph d'Arimathie déjà cité, et Marie-Madeleine. En 1244, Lambert de Noyon, le chapelain de Baudouin Ier, lui-même frère cadet de Godefroy de Bouillon à qui il succède sur le trône de Jérusalem, rapporte un vase en or contenant du sang du Christ à l'abbaye Saint-Jean-des-Vignes de Soissons. Quelques années plus tôt, en 1239, l'abbaye d'Anchin, près de Douai, s'enrichit d'une relique semblable provenant de Saint-Pierre de Rome. Entre 1205 et 1246, on

1. *Bernard Coussée,* Les Mystères du Nord - Pas-de-Calais, *De Borée, 2006, p. 231.*
2. *Jacques Toussaert,* Le Sentiment religieux en Flandre, *Plon, 1963, p. 260.*
3. *Pierre Saintyves,* Les Reliques et images légendaires, *Robert Laffont, « Bouquins », 1987, p. 962.*

recense pas moins d'une dizaine de parcelles du Saint Sang : Jérusalem, Namur, Reims, Chartres, Tours... la plus célèbre restant celle de la Sainte-Chapelle, à Paris.

Le sang n'a cessé de jouer un rôle capital dans l'histoire des reliques. Sa liquéfaction, contraire à toutes les lois naturelles, entraîne l'enthousiasme des foules. Le sang vermeil qui se met à couler d'un corps mort, à bouillonner dans une fiole, à jaillir d'un objet sacré, qui n'est pas censé en contenir *a priori*, ébranle l'imagination au point de convaincre les plus incrédules.

Sacré sang

Il faut maintenant être honnête et rappeler que les crucifix ne sont pas les seuls à distiller ce genre de relique. Saint Amand, décédé un 6 février, vers l'an 661, à l'âge présumé de quatre-vingt-dix ans, a été enseveli dans la crypte de son abbatiale. Cent cinquante ans après sa mort, une inondation menace l'endroit. L'abbé de l'époque, Lothaire, est inquiet. Il songe à sauver les restes précieux, descend dans le souterrain et, d'une main tremblante, soulève lentement la pierre du sépulcre. Il est aussitôt frappé de stupeur et tombe face contre terre. Saint Amand est là, étendu devant ses yeux. Son corps n'a subi aucune altération. Ses vêtements sacerdotaux sont intacts. Ses cheveux et ses ongles ont poussé depuis qu'il a été déposé dans son linceul. L'abbé décide de lui tailler la barbe. Il a même l'audace de vouloir lui extraire les dents avec une tenaille pour en faire des reliques, mais là, surprise, des gouttes de sang perlent dès qu'il tire dessus. Sans se départir, il recueille alors le précieux liquide dans un vase en ivoire comme relique supplémentaire[1].

Une tradition locale observée à Bévillers, dans le Cambrésis, affirme que saint Thomas Becket de Cantorbery, expulsé d'Angleterre par le roi Henri II Plantagenêt et réfugié en France, a

1. *Victor de Courmaceul,* Histoire de Saint-Amand-les-Eaux, *E. Gouy-Druon, 1908, p. 80.*

séjourné à la commanderie templière du Fresnoy vers 1170. On raconte que le saint distribuait ses souvenirs aux habitants en leur disant : « Un jour, on parlera de moi. » Avant la Première Guerre mondiale, dans l'ancienne église, un tableau racontait le martyre de saint Thomas, patron du village[1]. Il montrait comment, une fois rentré dans son pays natal, celui-ci avait eu la calotte crânienne tranchée par trois chevaliers à la solde du roi anglais alors qu'il disait la messe dans sa cathédrale. Les meurtriers n'avaient pas échappé au châtiment de Dieu, et la légende s'empara des faits. On raconte que le jour de sa fête, le 29 décembre, les Sœurs grises de Pernes, dans le Pas-de-Calais, avaient le privilège de laver le surplis de saint Thomas conservé comme relique par les Prémontrés de Dommartin, et que les taches devenaient vermeilles après chaque lavage.

Parfois, le sang vient aussi directement du ciel. En 958, les habitants de Saint-Omer voient soudain tomber un liquide rougeâtre, désigné sous le nom de « pluie de sang ». Chaque goutte, dans sa chute, forme une croix sur les vêtements et sur les pierres.

La rumeur d'un grand péril se répand aussitôt dans la cité. Chacun estime avoir quelque péché à se faire pardonner. Le clergé prend cette pluie de sang au sérieux, et l'évêque de Thérouanne, depuis une chaire dressée contre les murs des maisons, exhorte la foule à porter patiemment les « croix que le ciel leur envoie ». Ce discours est prononcé devant la maison du Sermon, dont on montre encore aujourd'hui l'endroit où elle s'élevait. Le 22 janvier 959, jour de la Saint-Vincent[2], une croix de pierre est érigée en mémoire de cette prédication, la Belle-Croix[3], et les stigmates disparaissent ensuite comme par enchantement.

Que représentent ces gouttes de sang ? Un signe porté par les Flamands – partisans des Normands – soucieux de marquer leur désapprobation à l'encontre de leur comte Arnoul Ier, qui vient de

1. *Géry Herbert,* La Commanderie de Fresnoy du Temple, *1980, p. 39.*

2. *On ne peut qu'être admiratif sur le choix de la date où l'on honore à la fois le vin et le sang (Vin-Cent).*

3. *Le monument devait se trouver à l'endroit de la fontaine au Cygne, entre la rue Caventou et la rue d'Epeers.*

faire assassiner Guillaume Longue Épée, comte de Normandie ? Toujours est-il qu'après les événements, le comte de Flandre quitte précipitamment la ville avec sa femme et son fils, qui décèdent de maladie l'année suivante. Lui-même mourra quelque temps plus tard de la maladie de la pierre, qu'il a refusé de soigner en expiation, dit-il, de ses fautes[1]. Et si cette pluie de sang était le signe avant-coureur d'une épidémie ? Car l'évêque, prêcheur du fameux sermon, est atteint de la peste et meurt le 10 août de la même année !

Il faut souligner que lors de ce phénomène insolite, il n'est jamais fait allusion au Christ. Il faut donc bien attendre le début des croisades pour voir les « crucifix saigner ».

Les hosties leur emboîtent le pas à partir de la fin du XIIIe siècle, après le fameux miracle des Billettes par lequel le juif Jonathan, ayant poignardé une hostie le vendredi saint, a vu celle-ci devenir vermeille. Nous sommes là sous le règne de Philippe le Bel[2]. Ce miracle se reproduira à plusieurs reprises jusqu'au XIXe siècle.

Avant de conclure, il faut citer pour ordre ce « miracle » de Pierremont, dans le Pas-de-Calais, où, en 1793, un calvaire se met à saigner. Des témoins auraient vu couler du sang des plaies du Christ. Un culte populaire se développe aussitôt, mais les autorités du district de Saint-Pol-sur-Ternoise interviennent pour faire transporter toutes les croix du secteur dans les églises, ce qui coupe court au regain de dévotion, qu'il est difficile de ne pas qualifier de « réactionnaire » face au climat anticlérical du moment.

Le miracle du crucifix de Lillers s'inscrirait donc dans ce grand élan populaire en faveur du Saint Sang initié par le retour des premiers croisés. Le fait que l'on ait besoin de justifier la présence d'une telle relique par un sacrilège opéré par un soudard ou par un hérétique pourrait dès lors apparaître comme une justification « historicisante » susceptible de dissimuler une origine douteuse.

1. *H. Piers,* Variétés historiques sur la ville de Saint-Omer, *Le Livre d'Histoire – Lorisse, 1832, p. 26.*
2. *Patrice Boussel,* Des Reliques et de leur bon usage, *Balland, 1971, p. 268.*

Distribution du pain bénit lors
de la Saint-Hubert au mont des Cats en 1980.
(Photographie de l'auteur.)

Chapitre 7

Les pèlerinages de la rage

SAINT HUBERT EST le saint de la rage. C'est aussi le patron des chasseurs depuis qu'il a rencontré, lors d'une battue, le jour de Noël, un cerf dix-cors portant un crucifix disposé entre ses bois. Le grand centre de pèlerinage se trouve à Saint-Hubert, dans les Ardennes belges. Dans la région Nord – Pas-de-Calais, on se contente de bénir des pains que l'on distribue aux animaux et aux malades de manière à leur donner le répit, c'est-à-dire un délai de quarante jours, le temps d'aller se faire imposer les Évangiles en Belgique.

Du pain bénit

Au siècle dernier, à Valenciennes, saint Hubert était aussi le patron des tourneurs, des charrons et des menuisiers. Ce jour-là, les apprentis menuisiers faisaient bénir des galettes qu'ils portaient chez leurs maîtres pour les préserver de la rage. Certains membres de la famille de saint Hubert avaient le pouvoir de préserver les animaux et les hommes de la rage en leur donnant le répit. Furetière cite le cas d'une demoiselle de Tournai qui aurait ainsi soigné deux vaches enragées simplement en les touchant. Mais en général, ces descendants de saint Hubert cautérisaient la plaie occasionnée par la morsure avec une clé rougie au feu qui n'était, le plus souvent, qu'un gros clou[1].

1. *Arthur Martin Dinaux, « Les Descendants de saint Hubert », in* Archives historiques et littéraires du nord de la France et du midi de la Belgique, *troisième série, t. V, Valenciennes, 1855, p. 429.*

À Estourmel, dans le Cambrésis, et à Lestrem, dans la région de Béthune, on bénissait des pains le jour de sa fête – le 3 novembre –, pour les distribuer ensuite comme autant d'amulettes. Ce type de bénédiction était encore pratiqué un peu avant 1970 en l'église Saint-Denis de Saint-Omer. La Couture a également connu son pain de saint Hubert, tout comme Metz-en-Couture, qui en pourvoyait les alentours.

À Saint-Martin-Choquel, un pain était bénit par le curé le jour de la Saint-Hubert. Puis un confrère était chargé de le distribuer à domicile comme produit contre la rage. Le porteur de pain, revêtu d'un chaperon comparable à celui de saint Hubert, allait de maison en maison présenter ses petits morceaux de pain, y compris dans les villages environnants comme Vieil-Moutier, Lottinghen, Quesques, Brunembert, Menneville, Le Courset, etc., et il recevait une offrande afin de dire des prières à l'intention des donateurs.

À Watten, en Flandre, saint Hubert était jadis vénéré en compagnie de sainte Apolline et de sainte Madeleine dans une chapelle construite au bord de l'Aa. Les fidèles mangeaient le pain bénit à jeun avant le repas du matin et après la récitation d'un *Pater* et d'un *Ave*.

À Dunkerque, la bénédiction du pain de saint Hubert avait lieu à la chapelle Notre-Dame-des-Dunes, mais c'était surtout dans le pays d'Hazebrouck que le culte et la cérémonie annuelle qui s'y rattachait étaient scrupuleusement observés. Ainsi, dans la ville même d'Hazebrouck, les boulangers faisaient de petits massepains sans levain qui se conservaient toute l'année dans les familles. Chaque gâteau avait la forme et la taille d'une pièce, et affichait d'un côté l'image du saint, et de l'autre un cor de chasse.

À Godewaersvelde, toutes les familles de la paroisse étaient représentées à la messe solennelle par au moins un de leurs membres, lequel apportait un pain pour la bénédiction. À Merville, Holque, Ledringhem, Rosendaël, on restait fidèle à la bénédiction du pain de la Saint-Hubert.

Aujourd'hui, celui-ci est toujours bénit lors de la fête de la Saint-Hubert du mont des Cats, sur la commune de Godewaersvelde, organisée depuis 1949 par la société hippique de Bailleul… en octobre. C'est l'occasion de réjouissances folkloriques auxquelles sont conviées plusieurs milliers de personnes. Initialement, c'était seulement un rendez-vous de chasseurs qui avaient coutume de célébrer une messe au mont des Cats en l'église Saint-Constance. Un jour, deux d'entre eux prirent l'initiative de venir à cheval : l'idée était lancée. En 1951, on comptait cent cinquante cavaliers ; en 1993, plus de cinq cents.

Cette fête de la Saint-Hubert est devenue le rendez-vous des amoureux de la nature. Aux chasseurs se sont joints des randonneurs, des cyclistes et de simples promeneurs. Le pain bénit est distribué aux chevaux, aux cavaliers aussi. Pour le folklore, le curé bénit également une ou deux meutes de chiens, de celles qui entretiennent la tradition de la petite vénerie, c'est-à-dire la chasse à courre au lièvre.

L'étole mystérieuse

Dans le village de Montcavrel, qui connaît aussi la coutume des pains, saint Hubert est représenté sur un tableau en train de recevoir une étole des mains d'un ange. Une légende précise qu'il aurait reçu en même temps une clé de la part de saint Pierre destinée à la cautérisation des plaies. À bien examiner la chose, ce n'est donc pas saint Hubert en personne, ni même ses restes corporels qui servent à la guérison, mais des ustensiles surnaturels. Il faut porter au crédit de l'étole le fait qu'elle joue déjà un rôle dans les exorcismes où elle sert à délivrer les fous des démons qui les entravent. Elle rend dociles les plus excités, à l'image de l'ours dompté par saint Vaast qui passe son étole au cou de l'animal.

Parmi les pratiques magico-religieuses relevées, il y a celle de l'entaille, faite dans le front du malade pour y introduire une parcelle de l'étoffe surnaturelle. Tout laisse à penser que cette opération est l'expression d'un vieux rite médical sympathique qui a pour but de favoriser le combat du sang purifié au contact d'un objet sacré, contre le sang noir et mauvais dû à la maladie. La taille n'est prescrite que chez les personnes mordues à sang[1].

1. *Henri Gaidoz,* La Rage et saint Hubert, *Picard, 1887, pp. 59-70.*

À Saint-Hilaire-Cottes, une confrérie avait été établie dans la paroisse. Chaque année, il était recommandé de faire une neuvaine en jeûnant, ce qui, au-delà de la démarche pieuse, était aussi une prescription qui faisait partie de la panoplie des recommandations classiques pour se soigner[1].

Dans le village de Manin, la confrérie existe toujours. Elle aurait été créée après l'attaque d'un loup en 1738 et les huit guérisons miraculeuses qui s'ensuivirent sur les neuf personnes qui s'étaient fait mordre et qui avaient fait le pèlerinage jusqu'à Saint-Hubert, dans les Ardennes. La communauté comporte huit membres, et chaque année, l'un d'eux est remplacé par un nouveau désigné par la collectivité. Ce dernier ne peut pas refuser l'honneur qui lui est fait, au risque de devenir proscrit et de ne pas pouvoir bénéficier, lui ou l'un des membres de sa famille, des services de la confrérie lors de funérailles. Chaque 3 novembre, les frères et le curé se réunissent pour participer à un banquet.

À Halinghen, la confrérie de Saint-Hubert comptait encore trente membres en 1975, et deux cents associés. Il suffisait de payer 25 centimes pour en faire partie et se trouver ainsi automatiquement protégé contre la rage.

À Bomy, le curé soignait les morsures suspectes en apposant les clés de saint Hubert, confectionnées en forme de cornet, lesquelles tiraient leur pouvoir de l'étole miraculeuse qu'elles avaient touchée. Ces clés étaient de deux types : l'une en forme de petits disques en plomb, dont l'encadrement affectait l'aspect d'un cor de chasse ; l'autre, plus rare, en forme de véritable clé, petite plaque de fer prenant parfois l'allure d'un anneau et emmanchée au bout d'une longue tige, que certains ont simplement appelée un « clou ». Ces instruments chauffés à blanc servaient à cautériser les plaies.

Le répit

En cas de morsure suspecte, il n'était pas nécessaire de se précipiter à Saint-Hubert. En effet, dans les campagnes, il y avait des

1. *Roger Pinon, « De quelques prières populaires et semi-populaires adressées à saint Hubert », in* Médecine populaire, *CEM, 1996, pp. 47-108.*

personnes, dites « de la famille de saint Hubert », qui avaient le pouvoir d'accorder un répit aux personnes en danger, le temps pour elles d'accomplir leur pèlerinage dans un délai de quarante jours. Les habitants de Frévent se rendaient notamment dans la Somme, à Neuvillette, où deux familles guérissaient la rage : les Lefebvre-Lavallart et les Beugnet. Les premiers étaient une très vieille famille de la région, quant aux seconds, ils s'étaient installés dans la ville en 1811. Benoît Beugnet était appelé « Ch'répisseux d'Neuvillette ». Il caressait la statue de saint Hubert avec du pain, commandait une messe à l'intention du malade, pressait la plaie, et appliquait dessus un fer rouge ou de l'huile bouillante.

À Saint-Pol-sur-Ternoise, celui qui avait le pouvoir d'accorder le répit s'appelait le « répicier ». Son emploi était rémunéré par la ville. Il fut supprimé en 1767. Il y en avait un également à Aire-sur-la-Lys.

C'est à Berlencourt-le-Cauroy que le dénommé « Fidéric d'el Bouchère », c'est-à-dire Frédéric de La Buissière, exerçait ses « talents ». La Buissière est un hameau de cette commune. Avant 1914, celui-ci se vantait d'être appelé lorsqu'un cas de rage se déclarait dans une maison. Il avait une façon très originale de régler le sort de ceux qui avaient le malheur de devenir enragés. Il commençait par choisir quelques gars costauds capables de se saisir du malheureux en évitant de se faire mordre, car la bave est très « contaminante ». Ensuite, les hommes plaçaient le malade entre deux matelas, Frédéric invitait les membres de la famille à venir s'asseoir sur cette construction, après quoi il les exhortait à étouffer l'enragé dans les plus brefs délais ! Bien entendu, plus il y avait de personnes sur le matelas, plus la responsabilité de sa mort se trouvait diluée...

En 1867, la famille Vandale, de Conteville-lès-Boulogne, passait encore pour avoir le pouvoir d'accorder le répit. Dans l'église, l'autel de saint Hubert arbore un très curieux retable représentant la chasse miraculeuse où le saint débusqua un dix-cors dans les bois duquel il aperçut un crucifix ; deux chiens blancs aboient face à face ; la scène se déroule dans une forêt dont les arbres ressemblent à des artichauts.

À Moriocourt, un hameau d'Hernicourt, c'est la famille Régnier qui possédait ce privilège. Selon une *Vie de saint Hubert* éditée en 1621[1], il y avait dans le château une chapelle flanquée d'un cabinet dans lequel les personnes atteintes de la rage se rendaient pour faire une neuvaine en l'honneur du saint. Il y avait aussi un canal, ou aqueduc, où l'on venait s'abreuver et laver les lésions des enragés, que l'on prenait bien soin de boucher de peur de voir un chien y boire et d'attraper la rage.

« Dès qu'ils arrivent, les malades sont traités en urgence. Il y en a que quatre hommes ne sauraient dompter, mais dès qu'ils voient le seigneur et entrent dans son château, ils deviennent tranquilles. Entre tant d'autres délivrés ces années passées d'une rage cruelle, l'an 1619, dans le seul mois d'août, il en est venu une si grande multitude qu'à peine on pouvait les compter. Ils furent tous guéris. »

Depuis peu, termine le père jésuite, l'évêque de Boulogne a transporté cette puissance de dire la messe dans la forteresse de Thure.

Vers 1845, chaque dimanche, les précieuses reliques étaient exposées à la sortie de la messe dans des échoppes, espèces d'armoires décorées d'ornements et d'images de dévotion, que des marchands ambulants annonçaient avec ferveur au son d'une clochette. Cela attirait une foule considérable de pèlerins et de curieux, à qui ces marchands vendaient des médailles aux vertus multiples[2].

Un mal de chien

Ce panégyrique fournit une information importante, à savoir que c'est pendant la canicule[3] d'août que se trouve le pic de la

1. *Ed. Edmont,* Quatre Légendes du pays de Saint-Pol, *Éditions Chez l'Auteur, 1902, pp. 19-20.*

2. *Ernest Deseille,* Curiosités de l'histoire du pays boulonnais, *Picard, vers 1880, réédition Gérard Monfort, 1977, p. 39.*

3. *Période du calendrier allant de la fin juillet à la fin août. Le mot vient du latin* canis, *« le chien ».*

maladie. Il suggère aussi une mise à l'écart des chiens pour les empêcher de boire l'eau des chrétiens, ce que confirme la légende de saint Josse décrivant un épisode de chasse susceptible de s'être déroulé durant cette saison[1]. Le nom du hameau Moriocourt s'écrit « Mariancourt » au XIXe siècle, « Mauriocourt » au XVIIe siècle, « Morelcourt » en 1050. Cette récurrence de la racine « maure » associée, dans l'imaginaire, à la couleur noire, alimente le mythe qui gravite autour du sang noir, ensauvagé, celui du cerf en rut[2].

Cet état est la conséquence d'un dérèglement de la bile noire, l'une des quatre humeurs qui régissent le corps humain, selon la médecine médiévale ; ce trouble rend les hommes mélancoliques. Les malades ne sauraient guérir qu'en se purgeant avec quatre grains d'ellébore[3], ou en ne mangeant, pendant neuf jours, que des mets à base de viande blanche ou de poisson avec du pain blanc ; ils doivent se coucher dans des draps blancs, boire du vin blanc ou clairet, mais aussi se méfier des miroirs et ne jamais se peigner les cheveux[4].

C'est ce genre de prescriptions que l'on a longtemps ordonnées à l'abbaye de Flines-lez-Râches où, depuis 1440, un riche reliquaire abritait une phalange d'un doigt de saint Hubert.

« On donnait au malade un clou neuf qui avait touché les reliques et avec lequel on faisait sortir de la plaie, si la morsure en avait occasionné une, quelques gouttes de sang, pendant neuf jours de suite. Le neuvième jour, on cachait le clou dans un lieu quelconque où personne ne pouvait le trouver. Le malade ne devait, durant ces neufs jours, ni changer de chemise, ni de draps, ni se servir de peigne, et encore moins de miroir ; ne point manger de lard ou de pain cuit le jour même ; ne pas toucher ni aux aromates, ni aux poissons sans écailles ; ni aux ails, aux oignons, aux poireaux et à tout ce qui rend l'haleine forte. Il devait boire seul

1. *Bernard Coussée,* Les Mystères du Nord - Pas-de-Calais, *De Borée, 2006, p. 287.*

2. *Bertrand Hell,* Le Sang noir, chasse et mythe du sauvage en Europe, *Flammarion, 1994.*

3. *Voir* infra, *sixième partie, « Martin le taciturne ».*

4. *Jules de Douhet,* Dictionnaire des légendes du christianisme, *1854, Encyclopédie théologique sous la direction de l'abbé Migne, t. XIV, colonne 599.*

dans un gobelet, coucher seul, s'abstenir de la danse et des amusements semblables, et ne manger de la tête d'aucun animal[1]. »

À Vron, dans la Somme, dès qu'un chien enragé posait la patte sur le terroir de la commune, il était aussitôt guéri[2]. C'est sans doute à partir de ce fait merveilleux qu'a été inventé le personnage de saint Evron, parent de saint Hubert et parfaitement inconnu des martyrologes.

Les habitants de Neulette ne contractaient jamais la maladie. Si des chiens enragés du voisinage venaient sur le territoire, ils étaient mis à mort par ceux du village sans dommage pour ces derniers. Et de citer le proverbe : « On ne voit homme ni bête sorti enragé de Neulette. »

Le village de Lebiez possède une chapelle Saint-Hubert, qui fut construite au XVIIe siècle après la guérison miraculeuse d'un enfant qui avait été mordu à cet endroit par un chien enragé. Il est reconnu que toute bête atteinte de la maladie qui se présenterait à la porte de la chapelle ne saurait entrer, tandis qu'un animal en bonne santé le pourrait.

---

1. Souvenirs religieux de Lille et des environs, *1889, p. 125.*

2. Maurice Crampon, « Le Culte de l'arbre et de la forêt en Picardie », mémoires de la Société des Antiquaires de Picardie, t. XLVI, 1936, p. 332.

CINQUIÈME PARTIE

Fêtes et coutumes

Les fêtes et les coutumes établissent une sorte de rituel social qui permet à l'individu de communier avec la société dans laquelle il évolue. L'une ne saurait aller sans l'autre, et réciproquement. Il ne faudrait pas pour autant s'imaginer que tous ces rites restent figés au point de se dupliquer indéfiniment au cours des différentes périodes historiques où ils sont observés, car si les civilisations ou les sociétés savent opérer des mutations, il en est de même de leurs usages. Toutefois, il est surprenant d'y relever la pérennisation de certains motifs qui laissent à penser que ce rituel évolue aussi à l'intérieur d'un canevas relativement stable. Nous aurions donc bien affaire, comme le dit Françoise Héritier, à « une pensée universelle en mouvement » plutôt qu'à des créations spontanées sans réel fondement historique. L'approche de ce type de structure permet alors de lever quelque peu le voile sur certains autres secrets.

Chapitre 1

Les Matines des bergers

C'EST DANS UNE toute petite gazette locale, le *Journal d'annonces des ville et arrondissement de Saint-Pol* [-sur-Ternoise] que se trouve la plus ancienne relation de la cérémonie qui se déroulait, jadis, à Valhuon (Pas-de-Calais), connue sous le nom des « Matines des bergers ». L'article est paru dans les numéros du 23 février et du 15 mars 1834, et fait état de la dernière représentation, qui a eu lieu le 24 décembre 1807.

Dans son *Glossaire*, au mot *festum*, Ducange fait allusion à un drame médiéval appelé « l'Office des pasteurs », mis au point au XVe siècle par le clergé normand, et qui se répandit très vite dans les provinces voisines. Il s'agissait d'une évocation de l'adoration des bergers jouée par les chanoines après le *Te Deum* inaugurant la cérémonie. Les enfants tenaient le rôle des anges, les bergers entonnaient des chants religieux, deux prêtres jouaient les sages-femmes conformément à la tradition. Rien ne s'oppose à ce que par la suite, cette manifestation quasi canonique ait été « folklorisée » au point de devenir ces Matines de bergers observées un peu partout en Artois. Mais rien ne s'oppose non plus à ce que d'autres éléments, disons plus insolites, se soient glissés dans la fête, empruntés à une « tradition ancestrale », c'est-à-dire à quelque chose qui n'a plus d'âge, en application de la formule « Il était une fois ». La liturgie a favorisé la réapparition, voire la maintenance, de comportements relevant de l'anthropologie structurale, et a encouragé, par moments, leur développement en leur apportant la caution bienveillante d'une Église soucieuse d'encadrer la vie sociale. C'est ce qu'il nous appartient de mettre ici en exergue.

À l'intérieur du sanctuaire

Il faut commencer par imaginer une église pleine à craquer et des sergents armés de couteaux de chasse pour tenter de la contenir. Les enfants y sont fort nombreux, Noël étant, par essence, leur fête puisqu'il y est question de naissance. On les devine alors volontiers bruyants, impatients, se bousculant pour avoir la meilleure place afin de ne rien manquer des réjouissances, et surtout d'obtenir à coup sûr une part du gâteau, qui sera offert un peu plus tard par les bergers. Au moment de l'offrande, le prêtre descend majestueusement les marches et vient se placer contre la balustrade, face aux assistants. À droite et à gauche, les enfants de chœur, qui paraissent d'ailleurs être les vrais officiants de la cérémonie. À l'évidence, ils ne sont pas les simples servants du prêtre ; comme il s'agit prioritairement d'enfants, ils ont eux aussi leur place dans l'église, certes, mais en étant de « l'autre côté de la barrière », ils bénéficient également de la considération de tous.

Les extrémités de la balustrade sont flanquées de jeunes gens robustes qui portent à la main une énorme branche de houx. On peut voir en eux la réplique de ces hommes sylvestres ou sauvages couverts de feuilles de lierre en carnaval qui commencent à s'exhiber dès le lendemain de Noël, et ce, dans toute l'Europe. Le houx fait partie des *evergrün*, des « toujours verts », comme disent les Allemands, qui sont particulièrement mis à l'honneur à Noël. Les seuls grands délaissés sont le buis, dont l'Église s'est emparée pour sa fête des Rameaux, et le lierre, pourtant « toujours vert », lui aussi, mais qui reste à l'extérieur des maisons, cantonné délibérément du côté du sauvage, ainsi que l'atteste le combat du Lumeçon, à Mons, le jour de la Trinité, où les partisans du dragon sont entièrement couverts de feuilles de lierre.

Le prêtre a à peine présenté la patène au lutrin que l'on entend le son de la cornemuse. À cet instant précis, les spectateurs commencent à s'agiter ; la foule doit alors être contenue fermement par les sergents, quitte à ce que ceux-ci fassent usage du plat de leurs couteaux de chasse. Les différents chroniqueurs insistent sur ces « armes », qui seront citées à plusieurs reprises. Doit-on les mettre en perspective avec les hommes sauvages dont il a déjà été question ? L'hypothèse est envisageable dans la mesure où, dans l'imaginaire, l'homme sauvage reste associé à des souvenirs de chasse. Mais il faut reconnaître que les couteaux sont ici écartés de leur fonction première qui est d'égorger ; seul le plat de la lame est utilisé pour faire régner l'ordre.

Le berger enfariné

Dans l'église, le calme se rétablit assez vite. Un berger s'avance alors en tenant un gâteau au bout d'une houlette. Il est immédiatement suivi d'un individu affublé de blanc des pieds à la tête, la figure poudrée de farine ; celui-ci conduit un agneau magnifique qui résiste de toutes ses pattes à suivre son pasteur jouant de la cornemuse.

S'il faut retenir un élément archaïque dans tout cela, c'est sans aucun doute la présence de cet homme poudré, « lunaire », jusqu'à avoir le visage enfariné. Qu'il soit vêtu de blanc, passe encore, puisqu'il s'agit d'un berger, que l'on n'imagine pas sans sa peau de mouton ; mais qu'il ait le visage blanchi à ce point mérite que l'on s'intéresse à lui de plus près.

Nous connaissons, dans le nord de la France, d'autres personnages enfarinés. Le saint Nicolas de printemps, tout d'abord, connu sous le nom de « comte Demi-Carême », ou « Sinte Graaf », lequel distribue des noix et des noisettes à l'occasion de la Mi-Carême, à Ypres ou à Hazebrouck. Il y a aussi celui qui, assis au balcon de la maison placée au centre du tableau de Breughel *Carnaval contre Carême*, examine l'ensemble des scènes festives hivernales[1] ; sans oublier, pour finir, les enfarinés de la Saint-Nic' de Lille[2].

Que penser maintenant de cette superstition dénoncée au concile de Leptines, en 742, dans le Hainaut, où il est question de

1. *Bernard Coussée,* Carnavals de Flandre et d'ailleurs, *CEM, 2001, p. 86.*
2. *Voir* infra, *chapitre 3, « Saint Nicolas, patron des écoliers ».*

« simulacre poudré de farine » ? Il est certain que tous ces personnages doivent leur couleur blanche à l'au-delà auquel ils appartiennent, c'est une règle presque incontournable. Ils sont censés assurer la liaison entre les deux mondes, notamment en pourvoyant le nôtre de cadeaux. Or, si Porphyre dit vrai[1], les portes de l'au-delà s'ouvrent à l'époque des solstices (capricorne et cancer) pour permettre la circulation des âmes... C'est aussi le message véhiculé par l'implantation du menhir de Lécluse et du dolmen d'Hamel[2].

Arrivé en face du prêtre, le berger s'agenouille et baise la patène. En se relevant, il présente son offrande, qu'il retire au moment où les enfants de chœur sont sur le point de l'atteindre. Il y met enfin un peu de complaisance, et le gâteau est décroché de la houlette sur-le-champ. Nous n'avons pas d'indication sur son aspect : est-ce une *cugnole* en forme de baigneur ? Un *guénel* en forme de coin[3] ? Ou encore une bûche grossière ? De quoi est-il fait ? Œufs, lait, beurre, comme les pâtisseries traditionnelles de Noël ? On ne parle pas ici de pain d'épices ni de spéculoos comme pour la Saint-Nicolas. Normalement, le pain de Noël commun à toute l'Europe est plus blanc que celui dit « de ménage », consommé au quotidien. Il est difficile de taire le parallèle symbolique entre ce pain de Noël et l'idée qu'un accouchement, une naissance, est toujours la sortie d'un enfant-pain du four-matrice. D'ailleurs, le mot latin *placenta* signifie « gâteau », et quand il est utilisé pour la première fois par les anatomistes du XVIe siècle, c'est pour désigner le délivre, l'arrière-faix, et inscrire la naissance dans une analogie aisément comprise par tous à ce moment-là[4].

Mais pour l'heure, seul compte le fait d'avoir été apporté par des bergers venus des pâturages, et d'être donc devenu, en quelque sorte, un pain d'alouette. C'est le nom que donnent habituellement les paysans au casse-croûte qu'ils n'ont pas mangé et

1. *Porphyre,* L'Antre des nymphes, *chapitre 22.*

2. *Voir* supra, *deuxième partie, chapitre 3, « Le secret du menhir ».*

3. *Voir* infra, *chapitre 2, « Allumoires et guénels ».*

4. *Renaud Zeebroek,* Fêtes d'hiver et calendrier liturgique dans les Pays-Bas méridionaux, *Bruxelles, 2002, pp. 108-134.*

qu'ils rapportent des champs en disant à leurs enfants, qui les croient fermement, que l'alouette le leur a offert. Ce pain a meilleur goût que l'autre puisqu'il est merveilleux. Mon père, mineur, faisait la même chose, et je me souviens d'avoir mangé de ce pain-là, avec son goût de noisette, après son court séjour au fond de la mine ; et mon père d'insister sur ce détail pour m'en persuader davantage !

Une fois son offrande accomplie, le berger enfle de nouveau sa cornemuse et se fait reconduire cérémonieusement jusqu'au portail de l'église, en compagnie de l'individu enfariné. En effet, si ceux-ci s'étaient noyés simplement dans la foule, il est à craindre qu'ils n'eussent perdu un peu de leur aura magique.

Un chien à l'église

Viennent ensuite les bergers d'Huclier, de Belval, d'Hestrus, de Sains-lès-Pernes, de Tangry, de Bours et des autres communes environnantes. Les offrandes sont déjà abondantes, et plus d'un gâteau a reçu les atteintes des doigts des enfants de chœur quand paraissent enfin les bergers de Diéval. Ils sont deux. Le troisième, affaibli par l'âge, a dû retourner sur ses pas, mais avant de quitter ses compagnons, il a joint ses présents à ceux des autres en les attachant aux pattes de son chien. Ce dernier, qui remplace donc son maître, suit sagement le cortège, et à son long poil gris et noir pendent de petits glaçons brillants comme le cristal. Il est gêné par son nouvel équipement, ses pattes se levant plus que de coutume, et le petit bruit qu'il produit en marchant contribue à le faire remarquer des assistants. Il y a dans ce chien de la contenance qui commande le respect, et pas un seul des enfants ne tenterait de lui donner un coup de pied, bien au contraire, chacun essayant par tous les moyens de le caresser !

Le rédacteur parle de cet animal comme d'un simple suppléant ; comment imaginer, en effet, un berger sans son chien ? Et si l'on compare les Matines de Valhuon avec celles, par exemple, de Wierre-au-Bois, appelées à durer jusqu'en 1870, les cérémonies se déroulent toujours en présence d'un chien, acteur pourtant normalement absent de la crèche. Car faire entrer un canidé dans une église n'est pas un geste anodin : cela est considéré, ainsi que pour le chat, comme un sacrilège. Le seul moment où sa présence est admise, c'est pendant la messe des chiens de la Saint-Hubert, et encore les bêtes sont-elles bien encadrées[1]. En d'autres circonstances, quand un tel animal divague dans l'église, c'est pour attester la présence de la rage dans la commune[2] ou pour lever la patte contre l'autel, se faire expulser à coups de pied, et revenir prendre sa revanche avec ses congénères remontés des enfers[3]. Car le problème est bien là : le chien a le handicap d'avoir le païen Cerbère pour ancêtre. La découverte de squelettes de canidés dans des tombes du VIIe siècle à Nemetacum (Arras) laisse à penser que les Germains, occupants du site, accordaient à cet animal le pouvoir de conduire les âmes des morts dans l'au-delà[4]. Peut-on, dès lors, imaginer un lien entre ces croyances antiques et la considération dont fait preuve le chien à l'occasion d'une naissance aussi exceptionnelle que celle célébrée à Noël ? Ou bien ne faut-il voir en lui qu'un « gentil toutou » que les enfants caressent ?

Le lièvre de Noël

Les costumes des deux bergers sont magnifiques : un large chapeau orné de rubans, de longues guêtres blanches avec de jolis nœuds rouges et verts, des casaques et des culottes d'étoffe noisette. Ils s'avancent majestueusement en jouant de la cornemuse à ravir. À la houlette du premier est suspendu un énorme gâteau parfaitement doré, sur lequel les rubans disposés harmonieusement forment deux cœurs enflammés. Le second, outre une pâtisserie sur laquelle est dessinée une sorte de bouquet de roses, apporte un énorme lièvre.

1. *Bernard Coussée,* Les Mystères du Nord - Pas-de-Calais, *De Borée, 2006, p. 70.*
2. *Voir* supra, *quatrième partie, chapitre 7, « Les pèlerinages de la rage ».*
3. *Bernard Coussée,* Les Nouveaux Mystères du Nord - Pas-de-Calais, *De Borée, 2008, p. 121.*
4. *Alain Jacques,* Arras, ville antique, *2000, p. 72.*

Il faut prêter une attention particulière à ce lièvre. En effet, c'est une offrande naturelle de la part d'hommes vivant dans les champs, mais c'est aussi un animal au caractère lunaire. Nous connaissons le lièvre de Pâques, attribut de l'ancienne divinité celtique Ostara, laquelle donnera son nom à la fête pascale : *Easter*, en anglais, et *Ostern*, en allemand. Et voilà maintenant celui de Noël ! Le lièvre est connu pour son caractère futile, La Fontaine l'a bien dit ! La consommation de sa cervelle est par ailleurs frappée d'un interdit général dans la mesure où elle conduit à la folie. Les fous, dont la fête échoit quelques jours après Noël, portent des bonnets avec des oreilles de lièvre... En revanche, en Wallonie[1], le sang d'un très gros lièvre – un énorme lièvre – est utilisé pour faire cesser les hémorragies.

« On le recueille, on en imprègne des linges qu'on fait ensuite sécher avant d'en utiliser des morceaux pour faire des infusions... »

Y a-t-il ici quelque allusion à l'impureté féminine consécutive à l'accouchement ?

À peine les deux bergers sont-ils arrivés à la balustrade que la foule envahit l'espace, si bien que bon nombre de ceux qui se sont rapprochés du chœur viennent se heurter contre le pupitre. Les deux hommes armés de houx les font alors reculer en les frappant sur les jambes, les mains et même la figure ; beaucoup finiront avec des égratignures, d'autant plus piquantes que le froid est assez vif.

Les yeux des enfants de chœur sont rivés sur les gâteaux et le lièvre que les bergers apportent ; le prêtre, lui, conserve son attitude pleine de dignité et leur fait baiser la patène. Les enfants de chœur parviennent enfin à se saisir de l'offrande. Les bergers font ensuite acte de complaisance, et toutes les mains enfantines se plaquent bientôt sur l'épaisse fourrure du lièvre. Enfin, le murmure flatteur qui a accueilli les bergers de Diéval les reconduit jusqu'à la sortie de l'église, tandis que d'autres s'apprêtent à entrer.

1. *Auguste Hock,* Croyances et Remèdes populaires au pays de Liège, *Liège, 1888, p. 368.*

Le crépuscule des Matines

Au lendemain du Concordat de 1801, le clergé tente de reprendre les choses en main, et Bonaparte place à la tête de l'évêché d'Arras le cardinal de La Tour d'Auvergne, né en 1768. C'est un homme de l'Ancien Régime attaché aux traditions qu'il entend bien rétablir. Il s'attache aussi à faire appliquer, dans les églises de son diocèse, la liturgie parisienne gallicane. Sur le terrain, les curés suivent sa politique.

Dès la première instruction pastorale, en janvier 1803, Mgr de La Tour d'Auvergne veut inspirer à ses prêtres un amour charitable pour les enfants, les pauvres, les humbles, dont les bergers sont de dignes représentants. Le retour des Matines des bergers s'inscrit dans cette politique cléricale. Cela dit, ce système confère aussi au prêtre de grands pouvoirs locaux qu'il ne manquera pas d'exercer dès qu'il sentira les choses lui échapper. Politique de la main de fer dans un gant de velours ! Et c'est ce qui arrive à Valhuon à la suite, dit-on, de quelques débordements assimilables, pour certains, à une véritable chienlit. On ne sait rien sur le curé de ce village artésien au moment des faits. Est-il âgé ? Est-il un ancien prêtre réfractaire ? Difficile à dire ! Toutefois, il est certain que sa décision n'est pas contestée. Les vieux bergers manifestent bien des regrets, mais personne ne songe à remettre en cause le choix de leur pasteur.

Les Matines des bergers sont donc abolies, au grand regret des pâtres du canton qui se plaisent encore à raconter (en 1834) combien ils étaient fiers, chaque année, d'aller déposer leurs offrandes aux pieds de « Jésus Enfant ».

À Heuchin, le curé a essayé de rétablir cette coutume vers 1817. Dans un premier temps, cela a eu l'air de marcher, mais, ensuite, il a dû l'interdire à cause des désordres que cette pratique avait provoqués.

À Sombrin, après la réouverture des églises, on a également tenté de reprendre les usages relatifs à la messe de minuit. Les bergers du village et des fermes environnantes sont venus à l'église en chantant et en jouant de leur musette. Ils avaient avec eux un mouton enrubanné. Cela attirait une foule de fidèles dans le sanctuaire illuminé, tant de la paroisse que des communes environnantes. Les Matines des bergers de Sombrin prirent fin vers 1830.

À Wierre-au-Bois, à côté de Samer, cette coutume a été observée jusqu'en 1870. Les bergers, revêtus de leur manteau en peau de mouton recouverts de toile et de leur grand chapeau ciré sur la tête, se rendaient à la messe de minuit suivis chacun d'un agneau et d'un chien, en enflant leur cornemuse. La messe terminée, ils se rendaient ensemble à la crèche où ils jouaient des Noëls du pays, comme celui qui se chante encore partout aujourd'hui, *Il est né le divin Enfant*. Il y avait tant de curieux qui accouraient des alentours pour assister à cette cérémonie ancienne que l'église ne pouvait les contenir tous.

Cette coutume se pratiquait également dans l'Aisne, où elle était connue sous le nom de « Messe des bergers ». À l'offrande, ceux-ci, dans leur costume traditionnel avec la houlette et le paneton, s'avançaient processionnellement vers l'église pour y saluer l'Enfant Jésus. Des bergères conduisant un agneau les suivaient, et tous les fidèles chantaient des Noëls.

La grande fête des Allumoires.
(Dessin de Cuvelier dans *La Voix du Nord* du 4 octobre 1991.)

Chapitre 2

Allumoires et guénels

AVEC LE RETOUR de l'automne, des jours courts et des soirées précoces, un besoin bien naturel de lumière se fait sentir. L'activité humaine est ainsi faite que contrairement à ce que l'on peut observer dans la nature, elle ne saurait entrer en sommeil. Mais pour l'imaginaire, cette période apparaît encore plus dramatique dans la mesure où elle coïncide avec une immersion du monde des esprits dans celui des vivants, qui se traduit notamment par l'institution de la fête des Morts. Pour se garantir contre le risque inhérent à une telle entreprise, l'homme va user d'instruments propres à éclairer ce qu'il fait, tout en assurant un contrôle magique de la situation.

Une histoire « d'*èrvenant* »

Parmi les luminaires utilisés, la betterave creusée, destinée à recevoir une chandelle, apparaît comme un objet incontournable. En général, elle est directement arrachée dans le champ, ou ramassée derrière un chariot qui rapporte la récolte à la ferme. Volée, dérobée, elle a ainsi plus de valeur. Après avoir tranché le collet avec un bon couteau, il suffit de découper une partie du pivot pour lui donner l'allure d'une tête, puis d'évider la partie supérieure en enlevant soigneusement la pulpe avec un canif jusqu'à environ cinq centimètres de sa base. L'épaisseur laissée à la peau dépend de la luminosité que l'on souhaite donner par la suite à l'objet. Plus la peau est fine, plus le lampion fournira de lumière. Enfin, deux fentes sont découpées pour former les yeux, une triangulaire pour le nez et une quatrième horizontale pour la bouche, en ayant soin de laisser de la matière à intervalles réguliers pour imiter les dents. Sur le fond de la tête ainsi sculptée est donc posée une bougie, soit en l'incrustant dans un petit trou fait dans la pulpe restée à l'intérieur, soit en l'affermissant avec un peu d'argile, voire du suif obtenu après l'avoir allumée. Le collet un peu arrangé sert ensuite de couvercle à l'ensemble qui est fixé, le plus souvent, au bout d'un bâton, à défaut d'être suspendu à une ficelle.

Dans la région de Valenciennes, cette betterave est simplement appelée une « lanterne », mais à Mouscron et à Roubaix, ce sont des têtes de morts, qui portent le nom d'« *alumwâres* ». À Comines, *l'armeûreûle* est une « lumerote », c'est-à-dire un feu follet, un esprit de l'au-delà. À Warneton, ce sont des *martisafes*, et ils sont utilisés pour les fêtes de la Saint-Martin[1].

L'attrait de la betterave sculptée réside dans la peur qu'elle est censée communiquer. Les dents ont une importance majeure, c'est pourquoi elle porte aussi le nom de « grigne-dents ». L'expression « grigne-dents » est composée du verbe *grigner*, qui signifie, en ancien français, « plisser les lèvres en montrant les dents ». Le sens moderne est « grincer », terme que l'on associe encore aujourd'hui au mot « dent » pour parler d'agacement.

Dans la région d'Ath, en Belgique, le cimetière porte le surnom de *gardin grigne-dêts* pour « jardin grince-dents », et à Tourcoing, on l'appelle *gardin des graignards*. À Denain, le *grigne-dints* personnifie la mort. C'est donc bien, à l'évidence, une histoire d'*ervenant* qui se cache derrière l'image de la betterave sculptée, laquelle s'inscrit dans la mouvance de la fête de la Saint-Martin[2], voire de celle d'Halloween, qui n'est que l'un de ses avatars.

Avec la dénomination dans le Borinage de *chorchêre*, *sorcière* ou *macrale*, un pas de plus est franchi. On rencontre aussi *Mère à rodges dints*, expression qui rappelle que la sorcière est souvent

1. *Roger Pinon,* La Betterave sculptée dans la tradition wallonne, *Liège, 2001.*
2. *Bernard Coussée,* Les Nouveaux Mystères du Nord - Pas-de-Calais, *De Borée, 2008, p. 235.*

caractérisée dans la culture populaire par une bouche en partie édentée.

Dans la région de Namur, la betterave transformée en tête de mort est placée le long des chemins dans le but avoué de faire peur. Elle est posée sur un piquet de clôture, dans un saule, dans un buisson, sur un mur – de préférence celui du cimetière –, voire simplement à un carrefour ou sur le passage emprunté par des habitués. On ne la trouve pas forcément dans des lieux inquiétants ; disons plutôt que ces derniers le deviennent du fait de la présence de la betterave.

Quelquefois, on fixe l'objet au niveau de l'imposte d'une entrée de maison ou d'une fenêtre, surtout si celle-ci est restée ouverte, comme si l'on avait affaire à un feu follet ou à un lutin.

Enfin, on pourra identifier absolument le revenant en plaçant la betterave près d'un linceul, ou en se promenant avec, un drap blanc posé sur la tête, tout en éructant des râles.

Jouer avec la peur

À l'évidence, il s'agit là d'un jeu avec la peur. La betterave sculptée est utilisée pour effrayer des amis, des voisins ou soi-même. L'un des plus anciens documents relatifs à ce genre de farce date du début du XIXe siècle, ce qui ne veut évidemment pas dire que ce jeu n'a pas existé auparavant.

« On fit venir le méchant garnement. Il vint et apprit en tremblant à ceux qui ne savaient point ce secret, qu'ayant creusé avec son couteau une betterave bien rouge et bien grosse, il lui avait donné la figure de la tête d'un chat, ou plutôt d'une vilaine chouette ; il avait percé à jour les yeux et l'ouverture du bec, y avait placé un bout de chandelle comme dans une lanterne, et l'avait mise à la place où elle avait été aperçue. Forcé de tout expliquer, il avoua qu'il s'était enveloppé dans ses draps de lit comme d'une sorte de mantelet et que, caché derrière sa lanterne, il imitait de son mieux, en levant et baissant alternativement les bras, le mouvement des ailes d'un oiseau[1]. »

1. *Frédéric Rouvroy,* Le Petit Bossu, *1828.*

Mais si ce jeu avec la peur prend tout son sens du fait de la présence de la betterave, il peut également s'expliquer par le moment de l'année choisi pour y participer, c'est-à-dire l'entrée dans la saison sombre, quand justement nos organismes sont empreints d'angoisse. S'installe dès lors une sorte de synergie entre une peur structurelle et un symbolisme généré par la betterave qui pousse sous terre, dans le royaume des morts. Il apparaît donc normal que celle-ci soit regardée comme la matérialisation d'un esprit infernal, semblable au lutin ou au feu follet.

Cela permet de comprendre pourquoi, dans un chant de la Saint-Martin[1], il est dit de prendre un bâton et de « taper dessus pour qu'il parte ». Compte tenu de la syntaxe, ce « il » ne peut être que saint Martin en personne, mais comme les enfants appellent également leur betterave-lanterne un « Saint Martin », il y a tout lieu de penser que saint Martin, la betterave et le revenant ne sont qu'un seul et même concept, et que c'est bien sur le fantôme ou l'esprit infernal qu'il faut frapper.

Allumoires et *cafotins*

Pour ce qui est des *allumoires*[2], c'est un peu la même chose. L'un des premiers auteurs à décrire cette fête est Alexandre Desrousseaux[3] qui, en 1889, l'évoque en ces termes :

« À Tourcoing et à Roubaix, chaque année, le dernier lundi de septembre, on reprend les veillées dans les fabriques.

« À cette occasion, un grand nombre d'enfants se promènent avec des pots de terre cuite, de vieilles casseroles, des betteraves creusées, et d'autres objets contenant de la résine ou de la braise allumée et qu'ils balancent à la manière d'un encensoir, au

1. *Bernard Coussée,* Les Nouveaux Mystères du Nord - Pas-de-Calais, *De Borée, 2008, p. 238.*

2. *Dans l'esprit populaire, le mot est du féminin, aussi l'écrirai-je de préférence avec un « e », me ralliant en cela aux conclusions des linguistes du début du siècle dernier.*

3. *Alexandre Desrousseaux,* Mœurs populaires de la Flandre française, *1889, réédition Gerard Monfort, 1976, p. 67.*

moyen de ficelles, de fils de laiton ou de fer auxquels ils sont attachés.

« En même temps, ils chantent sur une sorte de mélopée les paroles patoises suivantes :

« “Des *cafotins* pour ouvrer [travailler] du matin !

« Des *alleumoir[e]s* pour ouvrer du soir !”

« On brûle en outre des pièces d'artifices : pétards, soleils, chandelles romaines, etc.

« Ainsi que le disent tous les lexicographes de notre région, le mot *cafotin* signifie “étui servant à renfermer les aiguilles”. Cependant, à Roubaix, on applique maintenant ce mot aux *allumoir[e]s* ci-dessus désignés.

« Autrefois, la fête des Allumoir[e]s durait trois ou quatre jours et donnait lieu à des réjouissances publiques et privées. Aujourd'hui [1889], la plupart des établissements industriels chôment à partir de midi, les ouvriers se divertissent et, suivant un vieil usage, se régalent dans les cabarets de portions de saucisses accommodées aux pommes de terre ou aux haricots, et qu'on appelle “*pirreux*”, en patois, et pierrots en francisant.

« On se demande avec étonnement comment on a pu donner le nom de pierrots à des saucisses. On nous a donné à ce sujet une définition que nous ne pouvons décemment reproduire[1]. Voici d'ailleurs une autre supposition qui a aussi été faite. À Roubaix, et surtout à Tourcoing, on prononce *pirre* pour pierre, *pirreux* pour pierreux, mais aussi pierrots. Or, à l'époque où l'on fabriquait les saucisses à la main, on a pu leur donner, par exagération, le nom de *pirreux* pour pierreux (qui contient des pierres) à cause des parties dures qui s'y trouvaient (nerfs et cartilages), et que le hachoir mécanique réduit, de nos jours, en si petites parcelles qu'il ne paraît plus y en avoir.

« Le jeu des *cafotins* coïncide avec la reprise du chauffage dans les ateliers. Les enfants fabriquent à cette occasion, dans des boîtes cylindriques à conserves, des sortes d'encensoirs. Ils les munissent de fils de fer qu'ils attachent parfois à une grosse

1. Le mot auquel pense Desrousseaux est sûrement « phallus », hypothèse confortée par le fait que pierrot est synonyme d'oiseau (autre nom donné au sexe masculin), le plus souvent un pinson d'ailleurs et dont le chant est noté par cette formule populaire : « Ti, ti, ti... p'tit couillon. »

baguette. Ils y placent du bois, des copeaux, de la braise de boulanger, de la sciure de bois, de la poussière de saule[1], puis y mettent le feu. Les plus anciens témoignages parlent de *carbon d'fau* (charbon de hêtre). Le mot a été mal traduit au départ par des journalistes peu au fait du picard qui y ont vu à tort du saule (*halot*), et c'est ainsi qu'on retrouve aujourd'hui cette erreur dupliquée à l'envi dans tous les articles de presse. Quoi qu'il en soit, l'expression "*carbon d'fau*" a aussi été traduite par l'expression plus généraliste de "charbon de bois"[2]. On peut y ajouter de temps en temps une pincée de résine et d'encens. Le *cafotin* est balancé comme un encensoir. Pour ranimer le feu, on lui fait suivre un mouvement circulaire autour du joueur. »

Le mot *cafotin* désigne donc un appareil de chauffage avec braise, genre chaufferette. C'est ce que l'on appelle ailleurs un « couvet ». Et quand Desrousseaux parle d'étui à aiguilles, c'est en réalité un sens dérivé du mot « *coffin* », lequel désigne, dans la région de Maubeuge, la petite corbeille où le faucheur place sa pierre à aiguiser. Une description datée de 1876 explique que les *cafotins* sont bien des pots en terre dans lesquels les enfants mettent des braises et/ou brûlent de la résine.

La date choisie pour l'apparition des *cafotins* n'est pas toujours celle annoncée par Desrousseaux. À Roubaix, la fête des Allumoires se célèbre le lundi du *rinclos*, ou *rassise* (octave) de la ducasse de Roubaix (on dit aussi raccroc), laquelle tombe le premier dimanche de septembre. Les Allumoires ont donc lieu le deuxième lundi du mois. À Tourcoing, on attend la fin de la ducasse de Mouvaux, le dernier lundi de septembre, pour donner le départ des réjouissances à la fois à Mouvaux et à Tourcoing. Cette ducasse se nomme pour cela « la ducasse à pierrots ». Là-bas, les *cafotins* s'appellent des « *éconces* », autre terme picard pour désigner la lampe que l'on porte avec soi. À Mouscron, la fête se déroule le soir du dernier lundi de septembre. Le 5 octobre 2002, la ville de Marcq-en-Baroeul a exprimé la volonté de perpétuer la coutume

1. « Halot » *en picard,* « willow » *en anglais, qui va donner sorcière,* « witch ».
2. *A. Desrousseaux aurait pu aller plus loin en rappelant que le hêtre (*« fau », *voire* « fayt »*) est aussi l'arbre des fées. Fées, sorcières, même combat !*

en organisant une fête des Allumoirs (*sic* !). À Loos, depuis 1992, c'est à la mi-octobre, à l'occasion de l'événement national Lire en fête, qu'est organisée « la fête des Allumoirs » (*sic* !) dans toute la ville. À cette occasion, chaque enfant reçoit un croissant en guise de remerciement pour sa participation, ainsi qu'un livre, promotion de la lecture oblige ! À Roubaix, c'est le premier lundi du mois d'octobre qui a été choisi, lorsque la rentrée des classes était encore fixée au 1er octobre. Il en va de même à Wambrechies. Le tout avec un commentaire journalistique nouveau du type : « C'est une fête qui marque la fin de l'automne et l'arrivée de l'hiver (*sic* !). »

« Vive les *allumoires*, ma mère,
Vive les *allumoires* !
On les allume
Quand il fait noir
Vive les *allumoires* », dit la chanson.

Les *guénels*

Chaque année, la veille de Noël, une autre mélopée tout aussi étrange parcourt les rues de Boulogne-sur-Mer. Elle est chantée par de jeunes enfants, des *margats*, dont le but apparent est de quêter quelques sous et des friandises. Cela commence parfois très tôt dans l'après-midi, de manière à ce que les plus petits puissent rentrer avant la nuit, bien qu'ils portent chacun un lampion ou une betterave creusée et éclairée afin de ne pas s'égarer, le fameux *guénel* !

Leur chant de quête s'identifie en partie à la chanson *Au clair de la lune, mon ami Pierrot*..., avec des paroles inspirées par l'actualité. Au XIXe siècle, on fredonne une chanson qui, au fil du temps, va s'imposer comme traditionnelle.

« *Au Guénel par un p'tit treuw,*
Ech j'vous vois bien là tous les deux
Minger de l'tarte et du gatiau

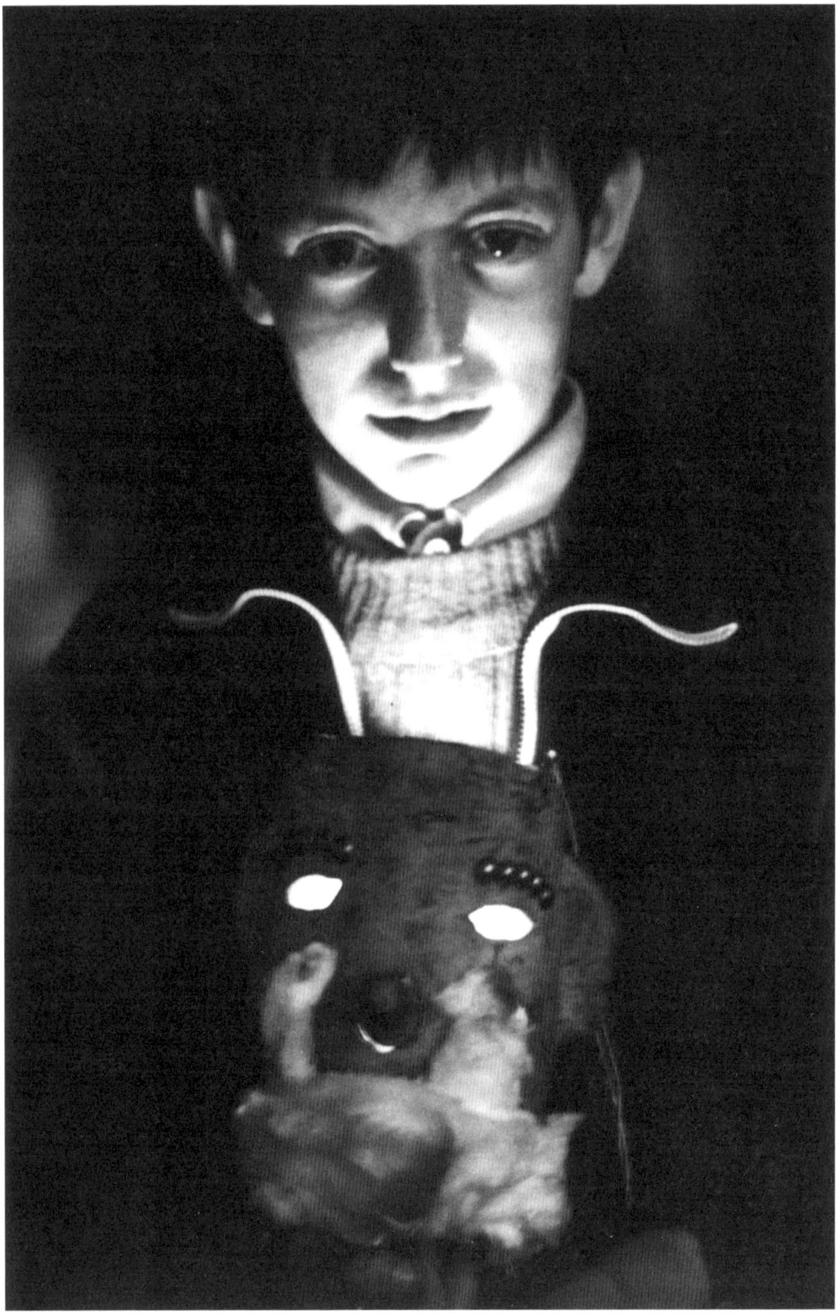

Margat *boulonnais et son* guénel.
(Photographie de l'auteur.)

Sin m'in donner un p'tiot morciau
Au Guénel, Guénel tioup et tioup et tioup
Laver vos écuelles et léquer vos plats
Si vos filles sont belles on les mariera
Si elles sont pont belles on les laissera là
El Bon Diu pass'ra par là
I' dira quo' qu'te fais là
Ech cueu'lle des violettes pour ches p'tites fillettes
Ech j'jue du violon pour ches p'tits garchons. »

Il y a quelques années, le premier couplet a été remplacé par les vers suivants :

« *Au Guénel grand-père Barbot*
Il a un vint' comme un tonneau
Au Guénel tioup, tioup tioup. »

Ce grand-père Barbot en question était une figure locale du début du XXe siècle. Il tenait un café dans le centre-ville et avait un gros ventre « à force de manger trop de haricots » – autre variante de la chanson[1].

Comme il est facile de le constater, les chants ne sont jamais constitués d'éléments figés. En Picardie, le chant des *guénels* devient ainsi :

« *Au Guénel, ma tante Michèle*
Ech j'vous vo's par un p'tiot treu
Qu'vous minger du bon gatiau
Qu'i' soit bis, qu'i' soit blanc
Ech j'm'in irai toudis point sans
Au Guénel ! Au Guénel ! »

Ou encore :

« *Au Guénel pied d'équelle*
Ech j'vous vo's par un p'tiot treu

1. La Voix du Nord, *25 décembre 1981.*

Qu' vo's minger du pâté caud
Donnez-me un p'tiot morciau. »

C'est toujours un chant de quête qui exige un don sans pour autant être comminatoire. Mais à cette demande s'ajoute aussi un geste qui mérite d'être souligné : le regard jeté par un petit trou, que l'on ne dit pas être celui de la serrure, mais qui y fait penser. La serrure est cet endroit magique qui facilite la transgression d'un interdit : pensons à Barbe Bleue, à Mélusine... C'est aussi un lieu privilégié par où se manifestent les esprits, les diables et les fantômes ; d'ailleurs, nombreuses sont les croyances qui attribuent le bruit des clés dans une serrure à la présence de mauvais esprits[1].

C'est pourquoi, puisque la tradition des *guénels* s'inscrit dans la perspective des quêtes du début de la saison sombre, il faut nous poser la question de savoir si ces « quêteurs » boulonnais ne jouent pas, finalement, le rôle de fantômes ou de revenants.

Dans les années 1960 – et c'est encore vrai en partie aujourd'hui dans la mesure où s'observe un regain d'intérêt pour toutes ces coutumes populaires authentiques –, les enfants reçoivent du boucher des rondelles de saucisson, de l'épicier des bonbons, de la ménagère des friandises. Ensuite, ils récoltent quelques sous auprès des consommateurs attablés dans les estaminets. Le soir, ils participent à une retraite aux flambeaux avant d'assister à la messe de minuit. C'est au retour de celle-ci qu'ils dégustent le fameux *roustintin*, sorte de chocolat chaud aromatisé de kirsch et accompagné d'un *craquelin*, un peu comme, quarante jours avant, les petits Flamands ont dévoré leurs *croquendoules*, un mot aux consonances voisines qui nous fait deviner un « craquement » sous la dent.

Le pain de Noël

De multiples hypothèses ont été proposées à propos de l'origine du mot *guénel*. Comme la coutume est très proche du Nouvel An,

1. *Bernard Coussée,* Les Nouveaux Mystères du Nord - Pas-de-Calais, *De Borée, 2008, p. 45.*

l'expression « Au gui l'an neuf » a souvent été utilisée, mais il faut se rendre à l'évidence : le gui n'a strictement rien à voir avec nos *guénels*.

L'expression qui remporte aujourd'hui la faveur du grand public est « Gai Noël », mais j'ai bien peur qu'il ne s'agisse là que d'une tentative de rationalisation reposant sur l'aspect phonétique de la question. Même chose pour la *guénée* touchée par le marin au retour de la pêche, et dont on se demande bien pourquoi celle de Noël se transformerait d'un coup en quête d'enfants.

Et puis la recherche des *guénels* n'est pas exclusivement boulonnaise. À la fin du XIXe siècle, à Lacres et dans certaines communes des environs de Samer, les enfants déguisés vont eux aussi mendier, le soir du 24 décembre, en chantant *Au Guénel*. Même observation pour Hesdin, où la quête est menée, cette fois, par des enfants de chœur revêtus de leur soutane et chantant également *Au Guénel*, le tout selon une pratique similaire observée au Moyen Âge un peu partout dans notre région, le jour de la Saint-Nicolas ou des Saints-Innocents (28 décembre)[1].

Le mot picard *aguilaner*, qui signifie « aller de maison en maison dans le but de quêter », pourrait bien nous offrir une piste intéressante. L'expression synonyme est en effet « aller à cuings », le terme *cuing* signifiant « morceau de pain ». Ce mot appartient à la grande famille des *cugnoles*, coquilles et autres *cougnous* qui sont autant de gâteaux que l'on déguste à Noel, et qui dérivent tous du mot latin *cuneolus*, signifiant « pain-coin ». À l'origine, ce sont des pains blancs faits avec de la fine farine de froment, qui diffèrent du pain quotidien à base de seigle. Ils sont de forme carrée et ont des cornes ou des crolles. Mais la notion de coin pourrait aussi venir du fait qu'il ne s'agit que d'une partie du pain, d'un morceau. Il faudra attendre les temps modernes pour les voir prendre la forme de gâteau.

Il apparaît maintenant évident qu'à la veille de Noël, ce fameux pain blanc ne peut pas être dissocié de l'eucharistie (pain consacré). Il rappelle notamment que pendant longtemps, les fidèles, y compris les indigents, ont apporté du pain au moment de

1. *Voir* infra, *chapitre 3.*

l'offertoire dans le but de le faire bénir pour le consommer ensuite lors de la communion, voire l'emporter chez eux. Il ne peut pas non plus être séparé de la Nativité elle-même et de cette croyance populaire qui transforme le ventre de la femme tour à tour en un four ou en une armoire à pain. Rappelons ici que le latin *placenta*, qui servira à désigner l'arrière-faix, signifie aussi « gâteau ».

Parler de pain de Noël n'est donc pas une chose anodine. C'est seulement à la fin du XVIe siècle que ces gâteaux, symboles de Jésus Bébé, perdront leur caractère chrétien pour devenir une simple friandise pour les enfants.

Dès lors, nous pouvons conclure que ce que les enfants appellent abusivement leur « *guénel* » n'est pas l'ustensile utilisé ce soir-là mais bien l'objet de leur quête, c'est-à-dire leur pain ou gâteau de Noël. Cela dit, cet abus de langage, déjà relevé à propos de la Saint-Martin et des Allumoires, qui utilise le même nom pour la manifestation et l'objet éclairé, conforte la fête des Guénels dans cet ensemble de pratiques étonnamment cohérentes qui visent, dans leur principe, à se prémunir contre les risques associés aux nuits hivernales hantées par les esprits et les revenants.

Chapitre 3

Saint Nicolas, patron des écoliers

Depuis toujours, les enfants se livrent au chahut, organisé ou non, à l'école. Au XVIe siècle, de nombreux conciles rappellent aux clercs, aux écoliers et aux enfants de chœur qu'il est interdit de faire les fous dans les églises, y compris le jour de leur fête, c'est-à-dire à la Saint-Nicolas et aux Innocents. Il leur est notamment défendu, à cette occasion, de « porter les habits des fous, qui sont des personnages de théâtre »[1]. Cette assertion porte à confondre la Saint-Nicolas et la fête des Innocents (28 décembre), et à déduire que ce qui s'observe chez l'une a apparemment de bonnes raisons de s'observer chez l'autre. Les deux fêtes donnent en effet naissance à des comportements sociaux sensiblement identiques.

Que de fous !

Les témoignages sur la fête des Innocents dans le nord de la France sont assez nombreux. À Lille, jusqu'au XVIe siècle, le 27 décembre au soir, l'église Saint-Pierre était occupée par les enfants de chœur qui élisaient parmi eux un évêque. Aux vêpres sonnées, ils se rendaient en procession du local où ils avaient l'habitude de recevoir des cours de musique jusqu'à l'église où l'évêque récemment élu, crossé et mitré, prenait possession de

1. *Abbé Thiers,* Traité des jeux et des divertissements, *1686, p. 451.*

son siège épiscopal. La fête des Innocents de Lille fut interdite en 1552 à cause des débordements et des violences qui y furent observés.

À Tournai, à la même date, les notables désignaient un évêque des fous parmi les petits vicaires de la cathédrale. Ils le coiffaient d'une mitre ornée de grelots et lui donnaient une crosse dont l'extrémité était garnie d'une marotte. La cérémonie se déroulait sur des tréteaux élevés devant le porche.

À Laon, les Innocents profitaient de la fête du saint patron de la cité, saint Éloi, pour jouer un mystère dans la nef de la cathédrale. La représentation terminée, tout le monde se précipitait en ville en une procession folle où chacun faisait des grimaces, des farces et des grivoiseries.

À Saint-Omer, un ban de 1302 a interdit de faire des momeries nocturnes avec des masques à Noël, et aux enfants de chœur de faire les fous dans l'église. À Damme, en Flandre, un *kinderbiscop* monté sur un âne était également honoré lors d'une joyeuse entrée dans l'église.

Tout ce qui s'observe le jour des Innocents semble avoir fait l'objet d'une *répétition* le jour de la Saint-Nicolas. En 1367, à Mons, un évêque de Saint-Nicolas était choisi parmi les écoliers. C'était en général le meilleur élève de la classe. De grand matin, tous les élèves se rendaient à l'école en habit de fête et, sous la présidence du maître, l'évêque recevait une belle image qu'il suspendait à son cou avec un ruban bleu. Ensuite, un cortège se formait, et tout le monde se rendait à l'église pour assister à la messe. Au moment de sortir, on criait : « *Claeye ! Claeye ! Claeye !* » (« Vive saint Nicolas »). Enfin, on se retrouvait à la demeure du héros de la fête pour déguster des gâteaux.

Dans la ville de Dunkerque, l'élève portait le nom « d'évêque des enfants ». À Alost, on l'appelait « l'évêque des écoliers » ou « l'évêque d'âne ».

Les écoliers de Paris ont fêté saint Nicolas jusqu'au milieu du XVIe siècle par une mascarade, évêque en tête, suivi des chantres et des enfants de chœur déguisés, qui conduisaient une femme à cheval tourmentée par des diables.

« La procession se rendait à Saint-Nicolas-des-Champs en faisant et disant des choses dont bien des gens se scandalisaient[1]. »

Le 6 décembre 1645, cinq amis d'Hénin-Liétard (Hénin-Beaumont) célébrèrent *la feste des Pucheaux* en allant à l'église, puis à la taverne. Ils en sortirent à 11 heures du soir pour affronter dans le noir deux adversaires, dont l'un fut tué. Lors de l'instruction de ce meurtre, la fête de saint Nicolas fut qualifiée de « jour de récréation ordinaire pour les jeunes gens », que l'on devine volontiers empreints de violence.

En Espagne, les étudiants élisaient un *obispillo*, c'est-à-dire un évêque, le 6 décembre. Son règne s'étendait en principe sur la période comprise entre la Saint-Nicolas et les Innocents. La fête fut condamnée au XVIIe siècle à cause des méfaits qui avaient lieu le long du cortège. Malgré cela, la coutume s'est plus ou moins maintenue jusqu'au XXe siècle sous la forme d'une quête durant laquelle les enfants, âgés de neuf à quatorze ans, recueillaient, dans la chasuble de l'évêque, les noix et les noisettes qu'on leur lançait. Avec les produits récoltés, ils achetaient ensuite un coq qu'ils s'amusaient à décapiter sur le parvis de l'église en lui lançant des épées en bois[2].

À Saint-Omer, le 6 décembre était un moment de grandes réjouissances pour les écoliers. Ce jour-là, rassemblés sur une estrade installée sur la place publique merveilleusement décorée de tentures de haute lisse et disposée face aux autorités religieuses et civiles réunies, les écoliers jouaient un mystère, c'est-à-dire une pièce de théâtre comme celle des *Trois Mors et des Trois Vifs*. Le 6 décembre 1417 fut ainsi donnée avec succès la représentation du *Jeu de saint Nicolas*, de Jean Bodel, trouvère d'Arras. La pièce terminée, les écoliers se répandirent dans les rues de la ville en poussant des cris désordonnés, au grand dam de la police, après quoi ils se réfugièrent dans les tavernes pour jouer aux dés et au brelan, activités bien entendu interdites par l'Église.

Ces jeux de Saint-Nicolas s'inspirent des miracles attribués à notre évêque. Celui de Jean Bodel relate l'épisode du juif qui

1. *Pierre Perdrizet,* Le Calendrier parisien à la fin du Moyen Âge, *Belles Lettres, 1933, p. 272.*
2. *Julio Caro Baroja,* Le Carnaval, *Gallimard, 1979, p. 315.*

confie le soin à saint Nicolas de veiller sur ses trésors, mais qui se fait néanmoins voler. Évidemment, l'auteur ne s'en tient pas strictement au récit du miracle, et réalise à partir de ce « fait divers » une œuvre dramatique où païens et chrétiens s'affrontent.

Un vieil homme est un jour capturé par les Maures. Ceux-ci lui reprochent sa vénération envers la statue de saint Nicolas. Il leur répond que le saint fait croître et multiplier tout ce que l'on place sous sa protection. Le roi décide donc de laisser ses trésors sous la garde de la statue. Malgré cela, il se fait voler et, en colère, condamne le chrétien à mort. Celui-ci demande un délai. La nuit, il prie saint Nicolas, qui convainc les détrousseurs de remettre le trésor à sa place. Le roi païen croit alors au miracle et se fait baptiser.

Mais il ne s'agit là que du noyau du récit, car le *Jeu* de Jean Bodel s'enrichit au fil des situations de détails pittoresques, qui sont autant de révélateurs pour nous fournir une bonne idée de ce qu'était la culture populaire en Artois au XIIe siècle.

Un auxiliaire pédagogique

L'efficacité de tout bon enseignement reposant essentiellement sur le binôme récompense-punition, on comprend que saint Nicolas ait été sollicité en qualité d'auxiliaire pédagogique. Utilisé par l'Église, le saint a le mérite de faire intervenir le ciel dans cette affaire. Charlemagne avait tracé la voie, saint Nicolas n'a fait que l'emprunter à son tour, ravissant au passage à saint Grégoire un patronage bien trop timoré sur ce plan-là. La fête de ce dernier a toujours fait pâle figure à côté de celle de saint Nicolas. Pour preuve, ces maîtresses de Lille qui profitent de la proximité relative des fêtes de la Saint-Grégoire (12 mars) et de la Saint-Nicolas d'été (9 mai) pour honorer le premier en même temps que le second, facilitant dès lors le remplacement de l'un par l'autre. À cette occasion, les enfants assistaient à une messe en portant des pains d'autel coloriés et des cierges ornés de fleurs, après quoi ils allaient s'amuser selon leur âge autour de la Nouvelle-Aventure, le lieu de plaisirs des Lillois en ce début de XIXe siècle[1].

1. *Alphonsine Clément-Hémery,* Histoire des fêtes civiles et religieuses du département du Nord, *1834, p. 92.*

La Saint-Nic'

Cette fête lilloise est progressivement devenue la Saint-Nic', sorte d'apothéose du bizutage des étudiants. J'emprunte ici le récit de l'un des participants dans les années 1960.

« Puis arrivait le temps de la Saint-Nicolas. Le matin même du 6 décembre, ou le jeudi précédent, si la Saint-Nicolas tombait un vendredi, jour où les étudiants retournaient chez leurs parents, ou encore un samedi ou un dimanche, il n'était pas question de laisser les cours se dérouler normalement. Des bandes qui grossissaient de minute en minute et braillaient des chansons paillardes, dont le refrain était toujours le même – “Ah non, ah non, saint Nicolas i' n'est pas mort (*bis*)/Car il bande encore (*bis*)” –, parcouraient les couloirs des facultés, pénétraient dans les amphithéâtres, les salles de travaux pratiques, et menaient un chahut d'enfer en frappant le sol du pied et en scandant : “Libérez nos camarades !”, jusqu'à ce que le professeur, de guerre lasse, quitte sa chaire. Aux maîtres récalcitrants, la horde de sauvageons ne se faisait pas prier pour chanter : “Quand on a une gueule comme ça/On la ferme ! On la ferme !/Quand on a une gueule comme ça/On la ferme et on s'en va.”

« La matinée se terminait au bar du RU[1], où les serveuses ne chômaient pas, par des poussées de gueulantes et de paillardes. Le repas de midi était sérieusement perturbé par des jets de yaourts ou des tartines, voire de l'eau. Puis un mot d'ordre parcourait les groupes : “Rendez-vous à la gare de Lille vers 15 heures !”

« À l'heure dite, on voyait converger vers le point de ralliement des groupes d'étudiants habillés en *dégueu* (vieux pull élimé, vieux jean, vieilles chaussures) ou en blouse blanche pour les sections scientifiques. Un cri s'élevait soudain : “Formez le monôme, formez le monôme !”, et la troupe s'ébranlait en empruntant la rue Faidherbe vers le centre-ville, sans chef de file apparent, sans service d'ordre non plus. L'invasion déferlait sur toute la largeur de l'artère. Un quidam lançait les premières paroles d'une paillarde,

1. *Restaurant universitaire.*

La Saint-Nic' à Lille en 1972.
(Photographie de *La Voix du Nord*. Droits réservés.)

aussitôt reprise en chœur par tout le monde. Puis commençaient les jets de farine et d'œufs à destination des curieux et des passants, dont le seul tort était de se trouver là. Les pare-brise des automobiles étaient vite badigeonnés d'une bouillie d'œufs et de farine mêlés, et brassée par les essuie-glaces. Et le conducteur était de surcroît obligé de "klaxonner", ce qui n'était pas toujours du goût de l'agent de police de faction au carrefour, lequel n'hésitait pas, d'ailleurs, à verbaliser parfois le bruyant automobiliste.

« À l'adresse des employés, qui s'agglutinaient aux fenêtres des bureaux, fusait le classique : "Les cocus, au balcon !" Place du Général-de-Gaulle, c'était le *sit-in* où chacun s'asseyait par terre et où les paillardes reprenaient de plus belle sur l'air de l'*Ave Maria* : "Les anges et les saints/Et tous les élus/Quand ça leur démange/Se grattent le cul/*Ave*, *Ave*, *Ave*, le petit doigt." Puis le cortège reprenait un parcours chaotique de rue en rue, en laissant dans son sillage des souillures de farine et d'œufs sur la façade de tel ou tel magasin, sur le manteau de fourrure de telle ou telle élégante, sur le crâne chauve d'un passant. Le standard du commissariat de police chauffait sous les appels. Les panonceaux publicitaires sur les trottoirs étaient malmenés, déplacés, emportés. À 18 heures, la sortie des bureaux ajoutait à la confusion. La gare était envahie, les voyageurs enfarinés, les chariots électriques confisqués par les émeutiers, les départs retardés.

« Chacun, où qu'il fût dans ce gigantesque serpent qui donnait l'impression de processionner, pouvait voir des choses parfois pittoresques. Rue de la Clef, un ancien quartier chaud de Lille, on entendait : "Les putains avec nous !" ; autour de la Grande Pharmacie de Lille, rue Faidherbe, une troupe criait : "Des capotes, des capotes !" ; et le pharmacien, bon joueur, lançait à la foule en délire des poignées de préservatifs comme un parrain aurait lancé des dragées. Un convoi nuptial se trouva une fois bloqué dans la cohue ; aussitôt, un préservatif gonflé comme une vessie de porc fut accroché à l'antenne du véhicule de la mariée, qui dut ensuite faire la bise à plus d'un, non sans recevoir au passage un œuf sur sa belle robe blanche. Une autre fois, un *minet* en voiture de sport décapotable démarra en trombe, força la foule, mais plus loin, il fut providentiellement bloqué dans un embouteillage : la bande le rattrapa, son véhicule fut aussitôt assailli de coups de pied, sa capote crevée, et il se réfugia sur le trottoir pour piquer une crise de nerfs ; personne ne porta la main sur lui. Un peu plus loin, même scène, mais de la voiture sortirent quatre loubards avec des matraques... repli général des étudiants ! Rue de Béthune, des rombières s'étaient prudemment réfugiées dans un magasin qui avait fermé sa porte vitrée le temps de voir passer la bande. Une blouse blanche s'approcha alors du seuil de la boutique, se déculotta et montra son cul... sursaut et recul des dames du troisième âge effrayées ! À un arrêt de bus, une semi-clocharde un tantinet éméchée se mit à gouailler une rengaine populaire en esquissant un pas de danse ; un cercle se forma : "Elle n'a pas de culotte !" ; sans se faire prier davantage, la diva se mit à relever ses jupes et... l'horreur changea de camp !

« La horde des étudiants était maîtresse du pavé lillois ce jour-là, au terme d'un curieux accord tacite avec les forces de police. Il est vrai que la préfecture, ceinturée de CRS qui ne furent jamais taquinés qu'à distance, demeura inaccessible ; jamais non plus le cortège ne menaça l'hôtel de ville ; et si quelques incrédules lancèrent une fois : "Tous dans l'église !" en passant devant Saint-Maurice, personne n'y pénétra vraiment. Toutefois, cela n'empêcha pas, en 1955, tandis que le cortège défilait devant l'église Saint-Michel où l'on célébrait un service mortuaire, que certains escogriffes se permirent d'investir le corbillard et de fouetter le cheval, qui se mit en route vers la rue de Valmy.

« Et quand le vieux lion, chatouillé par sa trop turbulente progéniture, trouvait que cela avait assez duré, il assenait un vigoureux coup de patte. Les CRS et les policiers chargeaient, et c'était le sauve-qui-peut général. Personne ne songeait alors à faire front, c'était la "débandade de saint Nicolas, Ah ! Ah ! Ah !". Les plus malchanceux ou les moins rapides remplissaient alors les *paniers à salade*. Ce grand carnaval était aussi une sorte de baptême collectif pour les bizuts, qui n'étaient plus, dès lors, inquiétés par les anciens, mais intégrés[1]. »

Outre les farces, classiques pour la circonstance, les paillardes et le monôme, il faut souligner ici l'emploi de la farine et des œufs

1. *Alfred Lefebvre, « La Saint-Nic' à Lille »,* Bulletin du CEM, *p. 693.*

destinés à maculer les passants, en particulier les dames et les demoiselles. Ces ingrédients sont d'habitude utilisés pour faire des crêpes, comme en carnaval, mais rappelons que *Sinte Graaf*, le comte de Demi-Carême flamand, était lui aussi saupoudré de farine quand il parcourait les rues d'Ypres ou d'Hazebroucq pour distribuer des noix et des noisettes. La couleur blanche de la farine évoque celle des matins blêmes de l'hiver, de la mort et des fantômes ; c'est la couleur de l'au-delà par excellence.

La Saint-Nic' de Lille a été définitivement interdite en 1972.

Œufs de Pâques décorés.
(Collection de l'auteur.)

Chapitre 4

La quête des œufs de Pâques

Même si, de nos jours, les vrais œufs ont été remplacés par leurs avatars en chocolat, ils restent indissociables de la fête de Pâques. Frappés d'un interdit de consommation durant le carême, on les trouve en grande quantité à un moment de l'année où, du simple fait que le printemps a rendu leur ardeur aux poules, celles-ci ne cessent de pondre.

Durant le Haut Moyen Âge, l'œuf est surtout consommé le dimanche et les jours de grande fête. Il est aussi donné à manger aux malades. Après les privations du carême, il est signe d'abondance, c'est pourquoi il est largement consommé. Dans un monastère comme celui de Saint-Amand-les-Eaux, on pouvait y servir à la fois trois cents poulets et trois cents œufs. Ces derniers étaient consommés durs, au poivre, ou entraient dans la composition des gâteaux, des tartes, du pain ; ils étaient donc cuits.

Obnubilés que nous sommes par les dates de limite de consommation imposées par notre société dite justement « de consommation », nous sommes persuadés que l'œuf est une denrée très périssable. Or, il faut savoir qu'un œuf pondu reste « extra-frais » pendant neuf jours, période durant laquelle on peut le consommer cru, ou simplement sur le plat, sans aucun risque, et qu'au-delà, l'œuf reste « frais »... jusqu'à ce qu'il ne le soit plus, c'est-à-dire beaucoup plus tard. Passé les neuf jours de ponte, il est conseillé de le manger cuit, dur, en omelette ou dans une pâtisserie. Cela explique pourquoi, à l'issue des quarante jours de carême, on va trouver énormément d'œufs durs à Pâques.

Cueillir les œufs

Participent à la quête des œufs les enfants mais aussi les maréchaux-ferrants, les charrons, les bourreliers, les menuisiers, les tonneliers, les boueux, les guetteurs, et même les instituteurs, qui allaient, eux aussi, « cueillir leur *paucage* » comme on va chercher ses étrennes. C'est en effet par *paucage*, ou *pocage*, que l'on a longtemps désigné la quête des œufs de Pâques, un mot avec lequel il est bien tentant d'établir un rapprochement phonétique[1].

Les enfants allaient chez leur parrain et marraine chercher des œufs rouges, bleus, jaunes ou verts. Les clercs, puis les enfants de chœur, se présentaient dans les maisons pour offrir de l'eau nouvellement bénite et, en retour, recevaient quelques œufs. Les trésorières de la fabrique en profitaient aussi pour aller quêter des œufs au profit de l'église. Les curés qui allaient asperger de sel bénit le seuil des maisons revenaient eux aussi avec des œufs. Tout cela s'appelait « *paucage* ».

À Roubaix, les enfants de chœur quêtaient leurs œufs dès le jeudi saint ou « blanc jeudi » en chantant :

« *Alleluia ! Batisse i s'en va*
Au catéchisse chercher d'la saucisse
C'est pas pou' li, c'est pour sin cat
Alleluia ! »

À Gondecourt, les enfants et les pauvres allaient au « blanc Dieu » de porte en porte en disant :

« *Blanc Di, Blanc Di*
Pour l'amour de Di
Muchi vou pain
Donnez-m'un œu ! [...]
Cachez votre pain
Donnez-moi un œuf[2] ! »

1. *Ernest Deseille parle aussi de «* Pauscage *» pour le Boulonnais dans* Curiosités de l'histoire du pays boulonnais, *réédition G. Monfort, 1977. René Debrie, dans* Glossaire du moyen picard *(CEP, 1984), repère un «* paucaige *» en 1540.*
2. *Fernand Carton,* Récits et Contes populaires des Flandres, *Gallimard, 1980, p. 123.*

De son côté, Ernest Deseille insiste sur le fait que les quêteurs recevaient plutôt un couple d'œufs, c'est-à-dire « deux ». Le détail n'est pas sans importance puisqu'il va générer du sens. Relatant la coutume dans son Midi natal, Frédéric Mistral rapporte que ses amis, parents et commères du quartier lui « portèrent, comme c'est la coutume, des œufs, un morceau de pain, un grain de sel et une allumette en [lui] disant : "Mignon, que tu sois bon comme le pain, sage comme le sel, droit comme une allumette", puis, en [lui] donnant les œufs : "*Vaqui toun signe d'ome*" – "Voici ton signe d'homme" »[1]. Si l'on rappelle que l'allumette est également un symbole phallique[2], il y a lieu d'être effectivement attentif au sens sexuel à conférer à l'ensemble des objets mis en cause, les œufs étant universellement comparés aux testicules.

Les œufs ramassés, reçus, collectés ou récoltés – on dit encore cueillis[3] – servent encore à faire une immense omelette aux vertus prophylactiques : en manger éloignerait la fièvre.

Rouler les œufs

Mais les œufs sont aussi l'objet de divertissements divers. Déjà, en 1391, lors des foires de Pâques, on jouait à « *bouler doefs* », et en 1392, les hommes et les femmes « *se esbatoient ensemble à juer aux oefs les uns contre les autres, comme il est accoutumé de faire au pays* »[4]. Ces deux documents prouvent qu'au XIVe siècle, la coutume de rouler les œufs, de les toquer, était déjà très courante.

« Le jeu de la roulée marquait jadis tout le temps de Pâques. Les petits s'y adonnaient avec une véritable frénésie, et les grands ne dédaignaient pas d'y risquer leur chance [...]. La roulée se jouait

1. *Manuscrit daté de 1889 cité par Claudine Fabre-Vassas,* La Bête singulière, *Gallimard, 1994, p. 236.*

2. *Bernard Coussée,* De la botte d'allumettes à la botte d'asperges, *ART, 2005.*

3. *Le mot « cueillir » associé aux œufs est utilisé avec le sens de « prendre », « ramasser », « collecter » jusqu'au milieu du XIIe siècle, où il est remplacé par « récolter », le même sens qu'aujourd'hui. (Alain Rey,* Dictionnaire historique de la langue française, *Le Robert, 1992.)*

4. *Roger Vaultier,* Le Folklore pendant la guerre de Cent Ans, *Guénégaud, 1965, p. 60.*

avec des œufs durs teints en rouge qu'il fallait faire rouler sur un plan incliné pour les amener à heurter ceux des autres joueurs [...]. Vers 1910, le "jeu des œufs" faisait fureur dans la commune de Neuilly-sur-Marne. Une planche était posée en guise de plan incliné contre une pierre ; on posait un œuf comme le *boulet* au jeu de billes, à trente ou quarante centimètres de la planche, et à tour de rôle on jouait un œuf, de telle sorte que placé en haut de la planche, il aille par la vitesse acquise toquer la *pose*. Tout œuf joué devait rester sur le jeu ; le gagnant ramassait le tout.

« [...] Les dames y jouaient durant les dimanches du temps pascal, pendant que les messieurs se réunissaient au jeu de boules ou aux cartes. Du fait de son inégale grosseur, l'œuf roulait avec une fantaisie trompeuse ; le profane ne heurtait jamais la *pose*. Les habituées, elles, lui faisaient prendre sa course incliné d'une certaine façon ; elles *mettaient la queue* [la queue de l'œuf étant la partie la plus fine], et quand l'inclinaison était mauvaise, leurs compagnes de jeu s'écriaient : "Elle n'a pas *mis la queue*." [...] Ce jeu n'était pas de fillettes ; [seules] les matrones les plus respectables par l'âge s'y adonnaient[1]. »

Et ce dernier détail n'est pas sans importance non plus dès lors que les œufs conduisent d'eux-mêmes à une image à caractère sexuel.

Pour définir correctement la roulée, il faut tenir compte de deux éléments : il est nécessaire de faire rouler les œufs sur un plan incliné, artificiel ou non, et ce jeu doit se dérouler à Pâques. Quand il ne concerne plus que les enfants, c'est qu'il y a eu transfert de classe d'âge, les adultes ayant abandonné ce qui était à l'origine un rite agraire, soit parce qu'ils ne le comprenaient plus, soit parce qu'un pasteur zélé les avait incités à le faire. Il faut également noter que par contamination, le terme « roulée » a été attribué parfois au ramassage des œufs en lui-même.

À Loos, Roubaix, Tourcoing, on *courait à-z-œués*.

« Un individu parie avec ses camarades d'aller les yeux bandés, d'un point à un autre du village, dans un délai déterminé. On lui

1. « Le jeu des roulées en Seine-et-Oise », Bulletin folklorique d'Île-de-France, *janvier-mars 1954, p. 584.*

bande les yeux, on lui fait faire trois tours sur place et, armé d'un bâton avec lequel il doit, pour gagner, frapper un des œufs placés au point d'arrivée, il se met en marche. Ses camarades suivent et doivent lui crier : "Casse-cou !" lorsqu'un danger quelconque se présente, par exemple la rencontre d'un arbre, d'un fossé, etc. Bien rarement, l'homme aux yeux bandés gagne le pari, mais cela ne fait rien, en somme, puisque généralement, chaque camarade doit à son tour mettre le bandeau et tenter la même entreprise. Cela s'appelle "*courir à-z-œués*" ("à œufs, pour des œufs"), parce que des œufs cuits durs et teints de différentes couleurs sont ordinairement achetés avec le produit des paris pour être mangés par tous les joueurs.

« On court aussi *à-z-œués à brouette*. Il y a, dans ce cas, trois joueurs dont les yeux sont bandés : l'un marchant en avant de la brouette à laquelle il est attaché par une corde, le second qui est assis sur le véhicule, et le troisième qui conduit la brouette suivant la règle ordinaire, avec une bretelle passée autour du cou et accrochée aux brancards [...].

« Dans l'après-midi [du lundi de Pâques], les faubourgs sont très fréquentés. Les cabarets et les guinguettes regorgent de monde : les archers, les arbalétriers et les joueurs de boule [bourle] font des parties pour des œufs. Le soir, en ville, on danse dans beaucoup d'endroits[1]. »

Il est vrai, comme le fait remarquer Arnold Van Gennep, qui a aussi utilisé ce document, qu'au cas précis, on ne sait pas lequel des joueurs doit éventuellement casser les œufs. S'il avait fallu les écraser avec la roue de la brouette, Desrousseaux n'aurait pas manqué de le signaler. Aussi, je pense qu'il faut comprendre l'attelage ainsi constitué comme semblable à ceux repérés dans les ducasses en train de jouer à la quintaine, à la bague ou tout autre jeu du même genre.

Dans l'Avesnois, on pratiquait la *course à œufs*.

« Cent et un œufs de poule étaient rangés par terre en ligne droite, à une distance d'environ un mètre [l'un de l'autre] ; au

1. *Alexandre Desrousseaux,* Mœurs populaires de la Flandre française, *1889, pp. 28-30.*

besoin, on disposait plusieurs lignes. Deux paysans, la perruque poudrée, se tenaient par la main à l'extrémité de la ligne et, au son d'un orchestre rustique, ils avançaient lentement vers l'autre bout. Là, ils se saluaient gravement. L'un courait [ensuite] vers un but désigné d'avance à quelques centaines de pas et revenait précipitamment, pendant que l'autre ramassait rapidement les œufs pour les mettre dans un panier tenu par un jeune garçon. Mais autant d'œufs tombés à terre, autant il en était remis à l'extrémité libre, ce qui augmentait son travail. Pour être classé, il devait avoir achevé son ramassage avant que l'autre revînt au point de départ, et la casse devait être, par ailleurs, modérée. Les gagnants couraient ensuite les œufs entre eux, et les plus habiles remportaient les prix : souvent, un jambon qui venait à point orner l'omelette confectionnée par la cabaretière ayant offert une partie de l'enjeu[1]. »

À Denain, on faisait *l'battache des œués*.

« Ce jeu commençait le dimanche avant Pâques [donc le jour des Rameaux], se continuait le dimanche et le lundi de Pâques, pour prendre fin le dimanche suivant ; il attirait chaque année, pendant ces quatre jours, une grande foule de joueurs et de curieux [venus] des villages environnants.

« L'endroit réservé pour *l'battache des œués* était la vieille rue de l'église [...]. Les amateurs achetaient des œufs aux différents marchands installés spécialement ces jours-là dans la rue de l'église [...], de préférence des œufs un peu jaunâtres et tiquetés qu'ils savaient plus résistants que les autres. L'acheteur criait : “Qui bat une pointe ?” Un amateur s'approchait. L'un tenait l'œuf de la main gauche et en laissait passer un petit bout entre le pouce et l'index ; il mettait la main droite en dessous. L'adversaire avec son œuf frappait l'autre ; celui qui se brisait était remis au gagnant [...]. On pouvait donner un œuf en échange d'un plus résistant ; battre sur le petit bout, sur le gros bout ou sur la panse, selon les conventions [...]. Pour se débarrasser des œufs gagnés, les joueurs les revendaient aux pâtissiers [à un prix dérisoire]. »

1. *René Minon,* La Vie dans le Nord au XVIIIe siècle, *1898, p. 91.*

Cette coutume attirait tant de monde qu'une seule marchande, qui faisait revenir ses œufs de Normandie, parvenait à en vendre à elle seule jusqu'à cinq mille cinq cents pendant les quatre jours[1].

Tous ces jeux se déroulant aussi bien à l'occasion des pèlerinages que des ducasses – on notera ici l'insistance du témoin sur le fait que cela se pratiquait dans la rue de l'Église à Denain –, il est tentant de les considérer comme de simples amusements en société, si ce n'est leur enjeu commun, l'œuf de Pâques.

Décorer les œufs

La décoration des œufs de Pâques n'est pas nouvelle, et si, aujourd'hui, on en a fait une activité artistique avec ses salons et ses expositions, il faut savoir qu'au Moyen Âge, on teintait déjà les œufs en rouge en les trempant dans une mixture obtenue à partir de pelures d'oignons rouges mises à macérer pendant plusieurs jours dans de l'eau. En Europe, cette coutume est surtout observée dans les pays de l'Est : Pologne, Hongrie, Tchéquie... En Roumanie, ils sont appelés « *mesisoare* » parce qu'ils étaient teintés avec des airelles.

Nous ne manquons pas d'occurrences chrétiennes pour justifier cette couleur rouge. Le passage de la mer Rouge par Moïse, le sang de l'agneau avec lequel ont été marqués les linteaux des juifs avant l'Exode, le sang versé par le Christ sont autant de signes pouvant être retenus.

Une légende polonaise veut que la Vierge Marie ait pris l'habitude de peindre des œufs en rouge, bleu, vert, lors de la Pâque juive pour amuser l'Enfant Jésus !

En pays catalan, on raconte « qu'on avait donné des œufs à des enfants juifs de Jérusalem pour qu'ils les jettent sur Jésus quand il passerait devant eux, mais aussitôt que les œufs entrèrent en

1. *A. Durénil cité par Arnold Van Gennep,* Manuel de folklore français contemporain, *Picard, 1949, p. 213.*

contact avec leurs mains innocentes, ils rougirent de sang, et les enfants ne purent les jeter à la face du Crucifié ».

En Roumanie, le cycle légendaire des œufs rouges est très riche. Marie en est l'héroïne. On la montre en train d'en jeter à la tête des Juifs qui la poursuivaient à l'occasion de la Nativité. Selon une autre légende, elle aurait donné un panier d'œufs aux centurions romains pour qu'ils adoucissent le supplice de son fils ; c'est le sang de celui-ci qui, tombant sur les œufs, les aurait teintés d'écarlate.

Marie-Madeleine, se promenant un jour de Pâques au marché, proclama à qui voulait l'entendre : « Jésus est ressuscité. » À quoi une juive moqueuse qui se trouvait là avec un panier d'œufs promis à la vente aurait répondu : « Il ressuscitera quand ces œufs seront rouges ! » Et bien sûr, les œufs le devinrent aussitôt[1].

Dans ces légendes, l'œuf rouge traduit la présence du sang du Christ et établit une sorte de ligne de partage entre les juifs et les chrétiens. Mais si cela se comprend aisément à l'aune de notre culture religieuse, il est plus difficile d'expliquer pourquoi les Chinois peignaient déjà des œufs en rouge au Xe siècle. Il n'était évidemment pas question pour eux de rattacher cela à la fête de Pâques. En revanche, si l'on admet une sorte de code symbolique des couleurs valable chez l'ensemble des peuples de la terre, il faut considérer non seulement la couleur rouge, mais aussi son *alter ego* symbolique, le blanc, comme le sang forme un couple symbolique et structurel avec le sperme.

Le parallèle entre le blanc de l'œuf et le sperme a été fait très tôt, la naissance du poussin venant confirmer aux yeux des plus incrédules la concordance fonctionnelle entre les deux éléments. Les peintres médiévaux, qui utilisaient tour à tour l'une ou l'autre de ces substances comme fixatif pour leurs peintures, étaient eux aussi convaincus de la chose. L'attention portée à l'œuf pascal, symbole de renouveau, de renaissance et de recréation, couve aussi cette idée majeure.

La couleur rouge de la coquille peut ainsi entrer en correspondance avec le blanc de l'œuf, au point de pouvoir nous demander

1. *Claudine Fabre-Vassas,* op. cit., *p. 237.*

si en réalité, en teignant les œufs en rouge, l'homme ne cherche pas à « rectifier » une erreur de la nature qui a mis sous la coquille du « jaune » au lieu du « rouge », car il faut bien aussi expliquer d'où vient le sang du poussin. Cette idée peut être mise en perspective avec la croyance populaire qui affirme que c'est le sperme du père qui fabrique le sang du bébé à naître.

La tradition des Borelle où l'on allume un feu pour chasser les mauvais esprits.
(Photographie de l'auteur.)

Chapitre 5

Borelle ! Borelle !

C'EST À deux pas de Bailleul, très exactement à Dranoutre, que la coutume des Borelle a revu le jour en 1977. La dernière manifestation remontait à 1905. Selon une tradition locale, un feu était primitivement allumé le 21 mars par les anciens Germains sur le Waaienberg et rapporté dans le village. Ils faisaient cela, dit-on, pour chasser les esprits malins qui nuisaient aux plantes, aux animaux et aux gens. Les anciens disent qu'au siècle dernier, on dansait autour du feu ; on sautait par-dessus ; on faisait traverser les cendres fumantes au bétail ; enfin, on se noircissait mutuellement le visage avec des charbons éteints.

Cette tradition, dite « antique », a bénéficié d'un « relais médiéval ». En effet, la cité d'Ypres, toute proche, connaissait aussi un *borellezondag* (dimanche de Borelle ou deuxième dimanche de carême). Chaque dimanche de carême, il était convenu de jouer une scène de la Passion, et ce jour-là correspond à l'arrestation au jardin des Oliviers, laquelle s'était déroulée, comme le précisent les Évangiles, à la lueur des torches. Le soir, les jeunes gens prolongeaient la fête en parcourant les rues en criant : « *Borelle, borelle, steeckt het vuur in de helle*[1]. »

Le terme *borelle* est le mot flamand pour désigner la torche, la lanterne, le lampion. Il se prononce *bor (h) elle*, avec un *h* aspiré au milieu, ce qui laisse à penser que ce nom a peut-être été

1. *« Torche, Torche, puisses-tu mettre le feu à l'enfer. »*

fabriqué par la juxtaposition de *bor*, un vieux vocable gallo-romain qui signifie « brûler », que l'on retrouve dans *bourdis*, le jour du *bour*, ou *bor*, et du nom flamand *helle*, « enfer ». *Borelle* serait donc bien le feu de l'enfer.

Aujourd'hui, à Dranoutre, un cortège de quêteurs de feu emmenés par deux sonneurs de cloches parcourt la campagne en s'arrêtant à des carrefours bien précis pour embraser des mannequins de paille appelés « œuvres de feu ». Ceux-ci sont enflammés après que les sonneurs ont crié : « *Borelle ! Borelle !* », et la foule répondu : « Le feu en enfer », ce qui ressemble assez, finalement, à ce qui se déroulait jadis à Ypres. Chaque halte est aussi l'occasion pour le meneur de jeu de déclamer un long poème humoristique.

En fin de promenade, tout le monde se retrouve dans une auberge sur le Monteberg afin de déguster le gâteau des Borelle, sorte de galette fourrée à la crème et contenant un *patacon*, jeton d'environ cinq centimètres de diamètre. Un bûcher avec un mannequin de paille est de nouveau dressé derrière l'auberge puis brûlé. Le feu est ensuite recueilli à l'aide de torches et rapporté par chacun dans le village.

Aujourd'hui, la fête s'est indiscutablement « folklorisée », mais le fond reste authentique. Les Borelle, même inspirés par un drame médiéval, appartiennent, en effet, à la grande famille des feux de printemps qui commencent en carnaval, se poursuivent à Pâques et jusqu'à l'ancienne fête celtique de Beltaine (1er mai), au lendemain de la Walpurgis, moment où il est question, dans toute l'Europe, de chasser les sorcières et les mauvais esprits, ce qui est l'objectif avoué des Borelle.

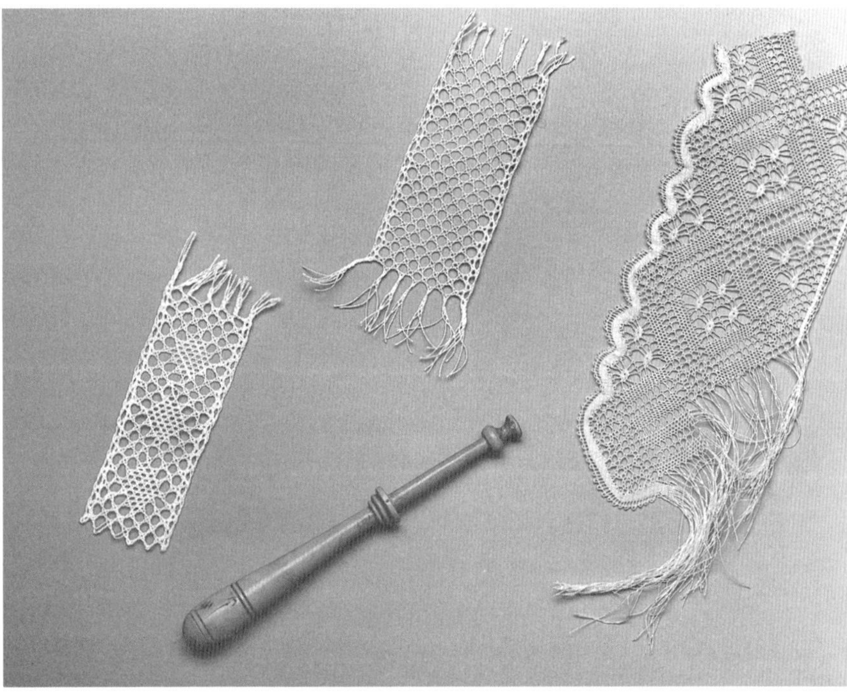

Broquelet et échantillon de dentelles.
(Photographie de l'auteur.)

Chapitre 6

La fête du Broquelet

La fête du Broquelet est primitivement celle des dentellières lilloises. On en connaît mal l'origine, mais on peut présumer qu'elle reste attachée au développement de cette activité qui n'apparaît de façon significative, dans cette ville, que vers le milieu du XVIe siècle. Dire que cette fête a tout de suite eu l'ampleur qu'elle connaîtra au XIXe siècle serait sans doute exagéré, et, d'ailleurs, deux chroniqueurs dignes de foi du XVIIe siècle, Chavatte et Buzelin, n'en font pas état, sans compter que les documents les plus intéressants, car les plus descriptifs, ne remontent guère au-delà de 1830.

Les dentellières s'amusent

« Dès la première heure du lundi qui suivait la Saint-Nicolas d'été [9 mai], le guetteur de l'église Saint-Étienne, située alors sur la grand-place, annonçait au son de trompe le commencement de la fête. Une foule d'enfants accourait de toutes parts, et du haut de la tour étaient jetés des milliers de gâteaux qu'ils se disputaient non sans se donner et recevoir force horions. Un peu plus tard, cette multitude bruyante d'apprentis se rendait à l'hôtel de ville[1] où de chaque lucarne étaient lancées des *nieulles* coloriées. Ces légers pains d'autel, qui voltigeaient de tous côtés, étaient poursuivis au vol par les nombreux enfants.

1. *L'actuel palais Rihour.*

« Vers 10 heures, l'un des syndics arborait en personne, au sommet de la tour Saint-Étienne, une immense bannière qui flottait au vent pendant toute la durée de la fête. À partir de ce moment-là, les maisons se couvraient de guirlandes de fleurs et de feuillages disposés d'une façon très pittoresque. Certaines fenêtres étaient ornées de pièces d'étoffes parsemées de fuseaux dorés. Dans les habitations du quartier Saint-Sauveur, la plupart des façades, de l'étage supérieur au rez-de-chaussée, disparaissaient entièrement sous les fleurs, les draperies et les branchages. Puis, peu à peu, la ville était sillonnée par de nombreux groupes de jeunes filles des ateliers de dentellières, le front ceint d'une couronne de roses au centre de laquelle était attaché le fameux *broquelet*.

« C'était à qui, dans les ateliers rivaux, organiserait le plus brillant cortège. Les groupes, après avoir parcouru chaque quartier en chantant des refrains de circonstance, se réunissaient quelques heures plus tard sur l'Esplanade, dans un immense bal qui se prolongeait jusqu'à l'heure du dîner.

« Dans l'après-midi, toutes ces joyeuses bandes allaient se réjouir de nouveau à la Nouvelle-Aventure, au Sabot, au Pierrot-Libre, au Jardin-de-la-Compagnie, etc., où quelque temps qu'il fît, on voyait arriver des vinaigrettes et des fiacres remplis d'une douzaine d'hommes, de femmes et d'enfants entassés les uns sur les autres.

« La fête durait ainsi pendant huit jours employés très diversement. Le mercredi, par exemple, on promenait en ville un mannequin habillé en paillasse que l'on faisait sauter au son du tambour ; le jeudi, les enfants des écoles de dentellières assistaient à une messe solennelle avec des cierges ornés de fleurs et de pains d'autel diversement coloriés. Le cinquième jour, les ateliers et les écoles réunis organisaient un somptueux cortège précédé d'un char traditionnel où deux maîtresses dentellières, richement vêtues, portaient des *broquelets* ornés de fleurs et de verdure. Un détail curieux, c'est que seules les femmes possédaient le privilège d'organiser les divertissements pendant la fête, et d'y inviter patrons, amis ou parents. Le huitième jour, pour clore le tout, il était d'usage d'habiller un individu en saint Nicolas et de le promener, sur une civière, avec trois petits garçons accroupis dans une cuve, en chantant à tue-tête, bras dessus, bras dessous. Arrivés au faubourg de la Barre, près du lieu-dit le Grand-Tournant, les porteurs rendaient leur liberté aux trois enfants et jetaient à l'eau le saint Nicolas qui était, comme on le pense bien, un excellent nageur ; et après sa "noyade", il allait rejoindre ses amis dans un cabaret[1]. »

Les Lillois se marient

La fête du *Broquelet* était marquée également par une recrudescence des mariages. Un conteur anonyme nous décrit ce qu'il a vu : « Je suis donc la foule qui monte l'escalier du Conclave, et pénètre à grande peine dans cette belle salle où, entre parenthèses, on arrive par un petit couloir large de vingt et quelques pouces. Dieu ! Quelles vapeurs, quelle cohue, quel bruit, malgré la présence de l'autorité municipale[2] ! C'est à n'y pas tenir. À côté d'un bon vieillard qui dépose sur le front de sa fille un baiser et sa bénédiction, on voit un groupe d'hommes adressant à la jeune femme des plaisanteries grossières ; ici, un nouveau marié réclame sa Thérèse qu'il a déjà perdue ; là c'est une future qu'on n'a pas encore appelée à la barre, et qui commence à s'inquiéter de l'absence trop prolongée de son fiancé, dont elle a gardé bien soigneusement le chapeau ; puis, une nouvelle poussée de la foule qui entre réunit ceux qui étaient séparés, en séparant ceux qui étaient réunis. Je profite du moment pour m'esquiver, car je commence à avoir besoin de respirer le grand air[3]. »

Étonnant, cet acharnement des Lillois et des Lilloises à vouloir se marier à cette occasion. Car *a priori*, le mois de mai n'est pas favorable aux unions. « En mai, mariage mauvais ! » La maxime est connue depuis l'Antiquité. Plutarque la cite, et Ovide, dans ses *Fastes*, insiste :

1. *Albert Devienne,* Mélanges littéraires, *Lille, 1882.*
2. *Nous sommes bien là dans l'ancien hôtel de ville, l'actuel palais Rihour, qui a brûlé en 1917.*
3. *Arthur Dinaux et Aimé Leroy,* Les Hommes et les Choses du nord de la France et du midi de la Belgique, *Valenciennes, 1829, réédition Gérard Monfort, 1977, p. 251.*

« Que ce soit pour une veuve ou pour une vierge, l'époque n'est pas favorable au mariage : celle qui se marie alors n'a pas longtemps à vivre. Voilà l'explication du dicton populaire : en mai, ce sont les méchantes qui se marient. »

En 1618, le *Calendrier perpétuel aux bons laboureurs*, après avoir cité cette croyance fort ancienne et les vers d'Ovide, ajoute :

« Ce qui a tellement pris racine qu'encore aujourd'hui on l'observe et partout on dit : "*Si le peuple dit vray, la mauvaise s'épouse en may ; et tient-on pour assuré qu'une épousée de may sera la maîtresse.*" »

Au XVIIe siècle, l'abbé Thiers rapporte cette superstition comme générale : « On ne veut pas épouser en mai parce qu'on croirait épouser la pauvreté. » Et cette croyance a perduré longtemps puisqu'au milieu du XXe siècle, un homme ne voulait pas marier sa fille en mai au prétexte que lui-même, qui s'était marié deux fois en ce mois, était devenu veuf à deux reprises[1]. Enfin, des statistiques dressées en 1974 sur l'ensemble du territoire montraient encore une chute très nette des mariages en mai.

Pour transgresser une telle « règle », il faut donc avoir de bonnes raisons. Les poètes antiques redoutaient surtout la domination de la femme dans le foyer : si l'épouse porte la culotte, tout est à craindre ! En revanche, c'est peut-être finalement ce que recherchaient les dentellières qui, comme on l'a vu plus haut, avaient la mainmise sur l'organisation de la fête et savaient prendre des initiatives, au point de lancer seules les invitations.

Bien sûr, on pourrait objecter que les ouvriers lillois, totalement coupés de leurs racines, n'avaient plus connaissance de cet adage, mais j'ai bien peur qu'il ne s'agisse là que d'un cliché. En effet, les enquêtes auxquelles je me suis livré ont montré que l'être humain reste en général profondément attaché à ses superstitions, et c'en est une ! On pourrait également prétendre que les Lillois profitaient d'une fête inscrite au calendrier avec son cortège de jours chômés pour se marier, mais alors pourquoi, dans ce cas, ne pas profiter des autres fêtes, fort nombreuses dans l'année, comme la

1. *Arnold Van Gennep,* Manuel de folklore français contemporain, *Picard, 1949, p. 1693.*

fameuse Braderie ? Non, si se marier un 9 mai revient à braver un interdit, cela signifie aussi que l'on se place délibérément sous la protection d'un saint particulièrement « branché » en matière de sexe[1] !

Le mot *broquelet* est en effet à rapprocher de l'italien *broquetto*, qui signifie « allumette » et, dans le langage populaire, « pénis ». L'objet possède par ailleurs une forme qui ne souffre aucune difficulté de lecture, et il est évident que les dentellières ont fait le rapprochement. Il est également vraisemblable que les plus vieilles en ont profité pour initier les plus jeunes, comme cela se pratique généralement dans des milieux strictement féminins. Les *broquelets* virevoltant sous des doigts agiles et experts parmi les chas des aiguilles qu'on enfilait et les fuseaux aux formes suggestives, pouvaient dès lors facilement cultiver leur double sens.

Un chant de dérision allemand du XIXe siècle qualifiait saint Nicolas de marchand d'allumettes.

« Saint Nicolas, barbouillard,
Marchand d'allumettes,
Qui a vendu sa femme au bois
Pour une poire verte. »

Comment interpréter aujourd'hui toutes ces occurrences ? Faut-il n'y voir qu'une allusion carnavalesque ? Peut-on tenir ces allumettes pour un élément récurrent du caractère sexuel de saint Nicolas ? J'ai la faiblesse de le penser.

1. *Bernard Coussée,* Saint Nicolas. Histoire, mythe et légende, *CEM, 1999, pp. 95-128.*

Chapitre 7

La fête de saint Jacques et de saint Christophe

SUIVANT UN USAGE antique et solennel dont l'origine se perd dans la nuit des temps, on célébrait, dans la ville de Valenciennes, la fête de saint Jacques et de saint Christophe, laquelle échoit le 25 juillet, par des réjouissances et une pompe sans pareilles. Nos vieilles chroniques sont pleines de gais détails de cette solennité qui durait plusieurs jours et plusieurs nuits, d'où s'ensuivaient « *beaucoup de débauchemens, noises folies et autres choses mal sonnantes, et telles que les estrangers qui venoient ès jours dans la ville le cuidoient* [croyaient] *ou estimoient que les manans d'icelle estoient tous devenus folzs et rentrez en sottie* ».

On a souvent cherché l'origine de cette grotesque institution, mais rien n'est écrit sur ce joyeux sujet dans les anciens manuscrits, et les vieux souvenirs du peuple valenciennois n'offrent que des raisons confuses et peu admissibles. Quelques-uns font découler cette fête d'une journée mémorable où les bourgeois vainquirent leur comte et reprirent leurs privilèges, mais ils ne peuvent citer ni l'année où l'événement a eu lieu, ni le comte qui en fut la victime, les archives n'ayant conservé aucune trace de cette lutte importante.

Quoi qu'il en soit, cette fête ancienne et aujourd'hui oubliée consistait en banquets publics qui se déroulaient sur les places et aux carrefours, et de *ruages en ruages*, le tout à grands frais, avec une profusion toute flamande. Les festivités étaient étalées sur plusieurs jours, principalement le soir, et elles duraient souvent toute la nuit. Cela devait être fort gai, surtout le troisième jour. Un auteur dit que les convives, après s'être échauffés avec le vin, « *faisoient beaucoup de joyeusetés* ». Nous le croyons sans peine, sachant par tradition que nos pères de la bonne Flandre, qui avaient, du reste, nombre de vertus, étaient comme privés de celle de la tempérance.

Quelques *ruages*, ou corporations de rue, ajoutaient aux repas publics des jeux et des carrousels où l'on gagnait des prix appréciables délivrés par les reines des banquets ; d'autres tournaient des repas de noces en dérision en choisissant pour jeune mariée la créature la plus laide de toute la rue, revêtue néanmoins de vêtements brillants requis par son état d'épousée supposée. Cette pompe nuptiale, qui contrastait avec le visage et, quelquefois, avec l'état général de la dame en représentation, provoquait les rires ou les huées des spectateurs. On peut juger à quel diapason se montait l'hilarité des loustics du quartier lorsqu'on prolongeait la plaisanterie jusqu'à reconduire la mariée à son domicile avec l'époux que le jeu lui avait attribué. En compensation de ces moqueries, cette « belle épousée » recevait des cadeaux de noces de tous les grands *ruages* de la ville, et « *n'y avoit nulz de ce ruage, excepté de venir en ce banquet, ains y étoit chacun contraint povre et riche, et de venir à la dance de ce populace, sur grosses amendes* ». Les habitants de la rue des Anges obtinrent jadis un prix pour avoir excellé dans l'exécution de cette farce joyeuse.

Dans d'autres rues, on organisait des espèces de foires avec des boutiques chargées de marchandises que l'on gagnait à la loterie, et le plus vil prix correspondait quelquefois à l'objet le plus précieux.

Lors de cette fête, on voyait aussi, dans certains coins de la ville, des luttes, des courses, des simulacres de sièges de château, des joutes et des exercices sur l'Escaut. D'autres composaient par « *passe-temps des compagnies de labours et de dames oiseuses, qui estoient chose assez ridicule* », dit Simon Leboucq.

Jusque-là, tout se passait relativement bien. Toutefois, au Moyen Âge, les dames de Valenciennes, qui avaient, dit-on, le vin tendre, finirent par dégoûter les pères et les maris de cette récréation. À la fin des repas, lorsque les illuminations des rues commençaient à faiblir, la vue de ces bonnes dames se troublait quelque peu, et elles se livraient à des actes sur lesquels il valait mieux jeter le voile. Laissons plutôt parler ici les chroniqueurs, qui faisaient état de ces scandales.

« *Aucunes femmes ayant le vin en teste se rassemblaient de nuict comme insensées par grandes congrégations n'ayant en leur parole et geste aucun respect ny à leur sexe et condition, ny à leur honneur...* »

Mais ce n'est pas tout. L'humeur du pays étant quelque peu guerrière, il s'élevait souvent des disputes qui dégénéraient en bagarres. C'est ainsi que souvent, une rue marchait contre une autre. On combattait à coups de pierres, on dressait des barricades, on dépavait la chaussée ; on a même vu, dans ces désordres affreux, des gaillards aussi dépourvus de compagnes que les fondateurs de Rome, renouveler, au XVe siècle, l'enlèvement des Sabines, manière par trop païenne de célébrer la fête de saint Jacques le majeur et de saint Christophe le colosse.

Tous ces excès conduisirent à abolir cette solennité :

« *Au mois de juillet 1547, messieurs de la loi de Valenciennes, qui avaient eu à se plaindre de plusieurs insolences faites aux demoiselles de leur lignée, défendirent que dores-en-avant, cette fête de récréation eût lieu.* »

Ce qui évita, dit l'histoire, beaucoup de péchés mortels aux habitants et *manans* de la noble cité de Valenciennes.

Entrée du roi de l'Épinette à Lille, miniature du XVIe *siècle.*
(Bibliothèque de Rouen.)

Chapitre 8

Le roi de l'Épinette

JUSQU'AU MILIEU du XVIe siècle, la ville de Lille a été le théâtre de pratiques bien singulières. Chaque année, en carnaval, la Grand-Place était dépavée, recouverte de sable et livrée aux jouteurs, chevaliers aventureux pour la plupart, qui voyaient dans cette coutume l'occasion de perpétuer la grande tradition médiévale des tournois. Tel semble être le souvenir, au demeurant bien tardif, que l'on a conservé de cette fête.

Au temps du carnaval

La fête commençait le dimanche gras au cours d'un banquet donné par le roi de l'année précédente appelé « prince descendant », durant lequel son successeur, le « prince montant », était désigné. Puis ce dernier était « *tenu de prendre l'espinette au riez et de faire souper en la manière accoustumée* ». Le *riez* en question était une terre laissée en friche, une prairie située hors les murs de la cité ; le détail n'est pas sans importance. Ensuite, au cours des jours gras proprement dits, se déroulaient encore de nombreux banquets, avec une pause le mercredi des Cendres. Dès le lendemain, le roi était tenu de régler les modalités des tournois qui devaient se dérouler le dimanche suivant, appelé « jour du Béhourt ». Le vendredi, toute la compagnie allait honorer saint Georges, le patron des chevaliers, à Templemars pour, dit-on, obtenir un règne glorieux. Le samedi, on montait les *hourts*, c'est-à-dire les estrades pouvant servir de scène, afin d'y jouer les mystères. Des tribunes garnies de riches tapis de Flandre et d'Artois étaient installées tout autour de la place.

Les compagnies de jouteurs faisaient leur entrée le dimanche matin. Quelques chroniques évoquent ce temps fort.

« Ceux de Valenciennes entrèrent ainsi en noble cortège, en 1435. Premier chevauchait le héraut portant sa cotte d'armes de Valenciennes ; Piéron le Poivre portait l'étendard de ladite ville et marchait à son côté dextre. Ensuite chevauchaient deux à deux les autres seigneurs ; chacun d'eux était armé et vêtu d'un *juppeau* avec ses armes. Derrière venaient deux archers avec le serment de la ville. Au milieu de la troupe, quatre hommes vêtus de rouge portaient sur leurs épaules trois cygnes vifs qui soutenaient une ville d'où sortait à chaque tour une petite bannière avec les armes de Valenciennes[1], et qui en fut fait présent au roi de l'Épinette. Derrière suivaient deux chariots recouverts de tissu rouge pour transporter plusieurs demoiselles de Valenciennes, ainsi que des femmes, filles, parentes de damoiseaux venus pour décorer la fête. Le roi se porta au-devant du cortège tout accoutré de satin blanc, comme son cheval, qui était houssé jusqu'à terre. Il était accompagné de valets à pied ou à cheval habillés de soie verte. »

Les Valenciennois ont, semble-t-il, toujours fait impression lors de leur entrée, car en 1438, on nous les décrit comme « vêtus en hommes sauvages. Leurs écus, les gros bâtons qu'ils portaient ainsi que leurs chevaux étaient *déguisés* de peaux de bêtes étrangères. Certains étaient revêtus d'une peau d'ours », précise un manuscrit de l'époque. Cette année-là, le roi de l'Épinette sortit de la ville pour les accueillir vêtu, lui aussi, de peaux et couvert de plumes de cygne, son cheval étant harnaché de miroirs et de plumes de paon. En 1442, les chevaliers valenciennois étaient, cette fois, tout habillés de rouge, et au milieu de leur cortège se tenait un chariot où huit demoiselles jouaient d'instruments mélodieux.

Les hommes sauvages, l'ours, la débauche de costumes rappellent que nous sommes, avant tout, en carnaval, et que les jouteurs

---

1. Il existe une étymologie fantaisiste de Valenciennes qui en fait un « val des cygnes ». (Bernard Coussée, Les Nouveaux Mystères du Nord - Pas-de-Calais, *De Borée, 2008, p. 106.)*

semblent s'y être invités pour se donner en spectacle. Les tournois se déroulaient ensuite sous la conduite d'un héraut d'armes appelé le « *noble épousté* », et le gagnant des joutes recevait un épervier d'or pour sa bravoure.

Un jeu dangereux

Les tournois étaient pourtant condamnés. Ils le furent une première fois par le concile de Lyon en 1244, puis par Philippe de Valois en 1336. Mais voilà, la Flandre n'était pas la France, et ceux-ci reçurent encore, dans nos provinces, la bienveillance des princes, comme l'atteste le droit d'octroi accordé sur le *minck* (« marché aux poissons ») par Philippe le Bon au profit du roi de l'Épinette, afin que celui-ci puisse subvenir à ses dépenses, car l'accueil des jouteurs, les beuveries et les banquets en tout genre coûtaient fort cher. Et tout cela malgré l'opposition de l'Église, qui voyait d'un mauvais œil ces joutes occuper un temps réservé à la pénitence, comme il est de mise durant la période du carême qui s'ouvre le mercredi des Cendres. Un prêcheur de l'époque s'exprime en ces termes :

« *Autres circonstances sont adjointes et concomitantes à cette feste de Béhourt à cause de la cohabitation et assemblée et grande multitude d'hommes et de femmes nobles et non nobles, dames et demoiselles, et de gens de tous états, comme sont la profusion de dépenses excessives en vin et viandes et vestures et paremens et outrageux atours des dames et demoiselles desquels dépenses mille pauvres peut-être seraient suffisamment vêtus et repus […].*

« *Item danses et esbattements esquels les femmes s'efforcent de montrer ou feindre et préférer leur beauté, la prééminence de leur lignage et la pompe de leurs atours sur toutes leurs compagnes, dont sourdent entre elles envies et haines immortelles, chacune d'elles désirant avoir le bruit de la feste sur toutes les autres.*

« *Item autres luxures innumérables.*

« *Item les voluptés de l'ouïe en instruments de musique qui sont en cette feste abondamment administrés, par quoi même les courages et vertus sont amollis et espars à charnalité.*

« *Item les jus de dés esquels aucuns hommes épuisent leur chevrance autrui…* »

Pour calmer les esprits, Charles le Téméraire tenta bien d'avancer les combats de huit jours en les déplaçant au dimanche Gras, mais cela n'atténua en rien le courroux des clercs.

La fête se maintint du mieux qu'elle put jusqu'à ce que la Flandre passât sous la coupe de l'Autriche et que l'empereur Maximilien l'interdît en 1482. Elle reprit quatre ans plus tard avec davantage de faste et des dépenses telles que le magistrat fut obligé de la suspendre de nouveau en 1489.

En 1496, un impôt sur les bêtes à pieds fourchus fut prélevé pour faire face aux « *frais d'entretien de l'Espinette* », mais comme la défense de la ville requérait un renforcement de ses remparts, tous les impôts furent peu à peu affectés aux fortifications, si bien que durant tout ce temps, la fête fut suspendue. Charles Quint autorisa son regain en 1552, mais son fils Philippe II l'abolit quatre ans plus tard. La mort tragique d'Henri II, frappé par la lance de Gabriel de Lorges, futur comte de Montgomery, lors d'un tournoi organisé en 1559 pour fêter la signature du traité du Cateau-Cambrésis, fit définitivement passer de mode les tournois en Occident.

Le rituel originel

Pour juger de ces fêtes de l'Épinette, nous ne possédons que des documents tardifs. Nous ne disposons même pas de leur acte de naissance, que l'on situe, de façon hypothétique, au début du XIIIe siècle, époque où Marguerite de Constantinople met sur pied ce type de rencontre afin de canaliser la fougue des jeunes seigneurs flamands, toujours empreints de rivalité les uns envers les autres. Ainsi, ces derniers prennent-ils l'habitude de jouter le 1er mai à Douai, à l'occasion de la fête du Blanc-Rosier, et à l'Ascension, à Bruges, lors de la fête du Forestier de Flandre, où le vainqueur reçoit un ours en or.

À Lille, le choix de la date a peut-être été conditionné par le nom de ce jour si particulier qu'est le premier dimanche de carême, appelé un peu partout « jour du Béhourt », ou « Béhourdis ». C'est à ce moment-là que dans les campagnes, les enfants font le tour des vergers avec des torches enflammées pour chasser, *béhourder*, les chenilles et autres nids de vermines des branches où elles hibernent. Rite prophylactique à l'évidence, mais rite magique aussi, puisque l'on parle parfois de chasser, par la même occasion, le dragon qui infeste les airs. Toutefois, comme *béhourder* signifie également, en ancien français, « repousser la foule avec des bâtons », et que le *béhourt* est l'autre nom de la lance des jouteurs, il est facile de comprendre qu'en ville, on ait cherché à *béhourder* autrement qu'à la campagne, d'où, sans doute, l'idée d'organiser les tournois ce dimanche-là.

Le « pèlerinage » à Templemars pourrait se justifier par le fait qu'on y honore saint Georges, le patron des chevaliers, auprès de qui chacun cherche une protection bien naturelle, mais il faut également souligner que Templemars, *Templum Martis*, est une référence martiale à lui seul, et que, dans ces conditions, l'honneur rendu à saint Georges pourrait bien être, dans les esprits de l'époque, la christianisation tardive d'un vieux réflexe. Cela dit, un ancien témoin précise que le vainqueur des joutes allait autrefois suspendre ses armes à la voûte de l'église, et que le premier à le faire fut un certain Jean le Niez, ou, mieux, « le Niais », pour ne pas dire « Jean le Sot » ; n'oublions pas que nous sommes en carnaval !

Le roi de l'Épinette n'est pas le vainqueur des joutes, comme on pourrait le penser, mais simplement le maître d'œuvre de la fête. Bien qu'il soit choisi parmi les notables de la cité, il appartient à la grande famille des abbés de jeunesse, comme « le pape des Guingans, le roi des Festus, le prince des Embrouillez, le duc du Lac, le marquis des Enfunquets, le cardinal de Saint-Genois, l'Abbé-que-tout-y-faut, le prince de la Sotteresque, le roi Carcocq, voire le roi de l'Épiphanie », tous repérés à Lille au XVIe siècle.

Il possède un sceptre de dérision taillé dans une branche d'épine ou d'aubépine, sorte de bâton noueux qui est la marque de son pouvoir en qualité de juge des tournois. Ce sceptre serait *a priori* une sorte d'avatar des bâtons de commandement primitifs, dont on peut voir quelques modèles dans certains musées de Suisse ou de Hollande ; ils auraient jadis servi de « verge de justice aux juges locaux ». Par la suite, ce bâton deviendra un cierge de cire verte, noueux lui aussi, et ressemblant étrangement aux objets peints sur les tableaux de l'époque, dans lesquels on retrouve sans peine la thématique de la boisson.

Il s'agit, pour la circonstance, de grands gobelets aux dimensions impressionnantes, de trente à soixante centimètres de haut, pouvant contenir jusqu'à quatre litres de bière. Dans l'ère linguistique germanique, ils sont désignés sous le nom de *willkomm*, ou « verres de bienvenue ». Le saint Nicolas que Jost Amman a dessiné au XVIe siècle en brandit un fort beau. Chez Urs Graf, c'est une prostituée qui arbore une telle coupe ouvragée. Heinrich Aldegrever, dans sa série sur les vices et les vertus, représente l'intempérance d'une femme qui tient une chope à bosses dans la main gauche et une gourde dans la droite. Enfin, chez H. R. M. Deutsch le Jeune, un lansquenet porte dans le creux de la main un verre semblable.

Certes, notre épinette n'est pas un récipient à boire, mais il est intéressant de souligner l'analogie entre ces deux « objets noueux » et les plaisirs qu'ils commandent l'un comme l'autre.

Cela dit, tout laisse à penser que cette épinette a dû aussi, à l'origine, servir de trophée au vainqueur des joutes, le tout dans une perspective évidemment magique. En effet, la nature du bois choisi nous oblige à prendre en compte plusieurs détails : d'abord, le fait que ce « bâton » soit prélevé dans un *riez* situé hors les murs ; ensuite, que l'aubépine en question soit par définition un végétal employé pour marquer les limites, car elle ne fait pas de rejets et pousse là où elle a été plantée ; enfin, que dans ces conditions, cette frontière naturelle se trouve en permanence confrontée aux forces obscures de la nature rejetée au-delà des bornes du monde civilisé.

Prélever une branche dans un lieu exposé à l'agression des puissances infernales, en une période de l'année tout orientée vers la lutte contre les mauvais esprits[1], dans le but de l'offrir à un vainqueur de joutes, devient dès lors une démarche riche en symboles. C'est donc par la force des choses que l'épine primitive a été remplacée par une récompense plus substantielle, un épervier en or, et transformée ensuite en attribut pour le roi de la fête.

1. C'est le sens profond des rituels du carnaval, qui peut être considéré comme une fête au cours de laquelle on cherche à accompagner la fin de l'hiver pour aider le printemps à naître.

Sixième partie

Une légende dorée « pas très catholique »

Dans cette sixième et dernière partie, consacrée à « l'incroyable » légende dorée des saints, il s'agit moins de tenter de démontrer la vérité historique de tel ou tel récit que d'insister sur le ou les messages qui pourraient s'y trouver dissimulés au regard d'une culture empreinte de merveilleux cherchant sans cesse des occasions pour s'épanouir. C'est à la lumière d'une telle démarche qu'il devient dès lors possible de revendiquer l'existence d'une véritable « mythologie chrétienne », laquelle cherche ici, auprès de saints bien connus dans le nord de la France, de quoi se mettre de nouveau en valeur.

Sainte Barbe, patronne des mineurs.
(Collection de l'auteur.)

Chapitre 1

Sainte Barbe

CHACUN s'accorde à reconnaître que la dévotion à sainte Barbe est née, dans les pays occidentaux, après la publication du livre de Jacques de Voragine intitulé *La Légende dorée.*

Le texte de Jacques de Voragine

« Il y avait à Nicomédie, du temps de l'empereur Maximien, un païen du nom de Dioscore, qui était d'une grande famille très distinguée et possédait de grandes richesses. Il avait une fille de grande beauté qui se nommait Barbe [latin *Barbara*]. Son père l'aimait beaucoup ; et afin que nul homme ne pût la voir, il l'enferma dans une tour très haute qu'il fit élever.

« Dès son plus jeune âge, Barbe, sentant le néant des choses terrestres, commença à s'appliquer à la méditation des choses du ciel. Étant une fois entrée dans un temple et voyant, le long des murailles, les statues des idoles, elle demanda à ses parents : "Qu'est-ce que signifient ces images d'hommes ?" Ses parents lui répondirent : "Tais-toi ; ce ne sont pas des hommes mais des dieux, et ils veulent être adorés." Barbe dit : "Autrefois furent-ils des hommes ?" Et on lui répondit que oui. Et elle réfléchissait là-dessus le jour et la nuit, se disant en elle-même : "Si nos dieux ont été des hommes, ils sont donc nés comme des hommes, ils sont morts comme des hommes ; s'ils étaient des dieux, ils ne seraient point nés, ils ne seraient point morts ; car la divinité, à ce qu'il me semble, ne commence point et ne peut cesser.” Elle en vint donc à mépriser ces prétendus dieux de bois ou de pierre ; mais il lui manquait encore la connaissance du vrai Dieu.

« Sur ces entrefaites, la renommée se répandit à Nicomédie qu’il y avait à Alexandrie un homme d’une sagesse prodigieuse nommé Origène, qui démontrait l’existence du vrai Dieu et la vanité des idoles. En apprenant cela, Barbe fut remplie de joie, et elle se demandait comment elle pourrait faire pour aller l’entendre ; mais elle n’osa pas en parler à son père, et elle adopta l’idée d’écrire à Origène ; ce qu’elle fit en ces termes :

« “À Origène d’Alexandrie, dont la gloire est universellement répandue, moi, Barbe de Nicomédie. Ta servante soupire pour que tu la conduises à la connaissance du vrai Dieu. Dès la première lueur de ma raison, j’ai éprouvé dans mon cœur le plus vif désir d’arriver à cette connaissance, et j’ai toujours pensé que la divinité ne pouvait être dans des images, œuvre de nos mains, incapables de parler et d’entendre. J’ai pensé aussi que ceux qui avaient été des hommes et qu’on représentait comme des dieux ne pouvaient pas l’être ; car l’homme commence et finit, et Dieu est avant tous les temps et après tous les temps. Et j’ai mis ma confiance en Dieu qui m’est inconnu mais qui a créé toutes choses ; je lui ai voué mon amour, et je n’épargnerai rien pour arriver à le connaître. La renommée de tes talents est venue jusqu’à moi, et j’ai pensé, père vénérable, que tu m’amènerais à la science de ce Dieu que tu prêches. Et j’espère que tu dissiperas les ténèbres de mon ignorance et que tu me conduiras à la lumière de la vraie foi.”

« Ayant envoyé sa lettre à Origène, elle pria le Seigneur en versant des larmes et en disant : “Seigneur, affermissez le pied de celui que j’ai envoyé à votre serviteur afin que la lumière que j’ai réclamée m’arrive.”

« Le messager arriva à Alexandrie et il trouva Origène dans le palais de la mère de l’empereur Alexandre, Mamée, et il était occupé à prêcher la doctrine de Jésus-Christ. Il reçut avec grande joie la lettre de Barbe, et il loua Dieu de ce qu’elle suscitait une pareille ferveur, et il s’empressa de lui répondre ainsi :

« “Origène, indigne prêtre de Jésus-Christ, peut-être son prédicateur, demeurant encore à Alexandrie, à Barbe de la race des gentils, mais par adoption de la race des enfants de Dieu et de Jésus-Christ, je vais t'enseigner, ainsi que tu me le demandes, quel est le vrai Dieu. Ajoutes-y donc créance pour compléter ce qui manque à la plénitude de ton désir ; consulte mon envoyé, il t'informera de la loi de Dieu et il te lira les livres saints qu'il porte sur lui. Ne redoute pas d'être exposée à de grands tourments pour le nom de Jésus-Christ. Il a dit : 'Celui qui perd pour moi son âme en ce monde, la gardera dans la vie éternelle.'"

« Origène envoya un de ses disciples pour conférer avec Barbe, et quand on lui dit qu'il était arrivé, elle dit aussitôt de le faire entrer. Le serviteur de Dieu la salua au nom de Jésus-Christ. Et voilà que son père survint et, voyant un inconnu, il s'effraya et dit : "Quel est cet homme et que vient-il faire ?" L'Alexandrin répondit qu'il était instruit de la science de la médecine et qu'il avait un maître qui, contre l'usage des médecins, guérissait aussi les âmes. Le père de Barbe, entendant cela, se retira et les laissa converser. Et le chrétien qui se nommait Valentin expliqua à Barbe les mystères sacrés de la religion, et il la baptisa dans cette même tour où son père l'avait mise, et il lui remit les livres envoyés par Origène. Elle s'appliqua beaucoup à les lire et elle fit, quoique sans maître, de très grands progrès dans la science des choses divines.

« On lit qu'à cause de sa beauté, des nobles du pays s'éprirent d'amour pour elle, et ils parlèrent à son père afin qu'elle prît un époux. Et son père, allant la chercher dans la tour, cherchait à l'y décider en disant : "Ma fille, des personnages puissants se sont souvenus de toi et m'ont dit qu'ils te prendraient en mariage ; qu'est-ce que tu veux faire ?" Elle répondit à son père en le regardant avec courroux : "Ne me force pas à agir ainsi, mon père." Il la quitta et, se séparant d'elle, il fit venir un grand nombre d'ouvriers et leur ordonna de construire une maison de bains, et il s'en alla dans un pays éloigné.

« Barbe descendit de la tour pour voir ce que l'on avait fait, et elle vit que du côté nord il n'y avait que deux fenêtres, et elle dit aux ouvriers : "Pourquoi avez-vous fait ces deux fenêtres ?" Et ils répondirent : "Votre père l'a ainsi commandé." Elle répondit : "Faites-moi une autre fenêtre." Et ils répliquèrent : "Nous craignons que votre père ne s'irrite contre nous." Elle leur dit : "Faites ce que je vous dis, et j'amènerai mon père à donner son approbation." Ils firent donc une autre fenêtre. Barbe plaça de sa propre main, du côté de l'Orient, dans cet édifice, une croix précieuse ; et, remontant dans la tour, elle vit les idoles qu'adorait son père. Obéissant à l'inspiration de l'Esprit-Saint, elle leur cracha à la figure et leur dit : "Qu'ils deviennent semblables à vous, ceux qui vous font et ceux qui mettent en vous leur confiance."

« Quand la bâtisse fut finie, son père revint de son voyage, et lorsqu'il vit les trois fenêtres, il dit aux ouvriers : "Pourquoi avez-vous fait trois fenêtres ?" Ils répondirent : "Votre fille nous l'a ordonné." Il dit à sa fille : "Est-ce toi qui as commandé de faire ces trois fenêtres ?" Elle répondit : "J'ai eu de bonnes raisons pour agir ainsi, car ces trois fenêtres illuminent l'homme entier." Et son père la mena avec lui dans la salle de bains et lui dit : "Pourquoi trois fenêtres éclairent-elles plus que deux ?" Elle répondit : "Il y en a trois qui illuminent le monde et qui règlent le cours des étoiles : le Père, le Fils et le Saint-Esprit, et ils sont Un en essence."

« Alors son père, rempli de fureur, tira son épée pour la tuer. Mais la sainte fit sa prière à Dieu et les murailles s'entrouvrirent, et elle fut transportée sur une montagne où étaient deux bergers qui faisaient paître leurs brebis. Son père se mit à sa recherche et il alla vers ces bergers pour leur demander s'ils avaient vu sa fille. L'un d'eux, voyant combien le père était irrité parce qu'il ne savait point où elle était, se tut ; l'autre l'indiqua du doigt. Sainte Barbe maudit celui qui l'avait trahie, et sur-le-champ, il fut changé en une statue de marbre, et ses brebis furent métamorphosées en sauterelles.

« Mais ce récit est apocryphe (*Sic !*). Son père, la trouvant, la battit, la traîna par les cheveux et la chargea de chaînes. Il l'enferma dans un cachot et y mit des gardes, et il s'en alla prévenir de tout ce qui s'était passé le proconsul Marcien. Le proconsul voulut que Barbe fût amenée devant lui. Quand il la vit, il fut frappé de sa grande beauté et il lui dit : "Si tu veux te sauver, sacrifie aux dieux immortels, ou tu mourras dans les plus grands tourments." Elle répondit : "Je veux m'offrir en sacrifice à mon Dieu Jésus-Christ qui a fait le ciel et la terre et tout ce qui est contenu. Quant aux démons que tu adores, le prophète a dit : 'Ils ont une bouche et ne parlent point ; ils ont des yeux et ne voient point ; ceux qui leur rendent hommage leur ressembleront.'"

« Le proconsul, furieux, ordonna de la dépouiller et de la frapper sans ménagement à coups de nerf de bœuf ; et quand tout son corps fut en sang, il prescrivit de la ramener à la prison jusqu'à ce qu'il ait décidé quel tourment il lui infligerait. Au milieu de la nuit, une grande clarté entoura la martyre, et Jésus-Christ lui apparut et lui dit :

« "Prends courage, ma fille ; il y aura grande joie dans le ciel et sur la terre lors de ta passion ; ne redoute point les menaces du tyran ; je suis avec toi pour te préserver de tous maux."

« Sainte Barbe ressentit une joie extrême des paroles du Seigneur, et, le matin, elle reparut devant le proconsul qui, voyant qu'il ne restait nulle trace des coups qu'elle avait reçus la veille, lui dit : "Vois combien les dieux te sont favorables et combien ils t'aiment puisqu'ils ont guéri tes plaies." Barbe lui répliqua : "Tes dieux sont comme toi, sourds, aveugles et muets ; comment auraient-ils pu me guérir ? Celui qui m'a guérie, c'est Jésus-Christ, le Fils du Dieu vivant ; mais tu ne vois pas, parce que ton cœur est endurci par le diable." Le proconsul, frémissant comme un lion irrité, ordonna qu'on lui brûlât les côtes avec des torches allumées et qu'on lui frappât la tête à coups de marteau. La sainte regardant le ciel dit : "Vous avez fait, Seigneur, que je souffre pour l'amour de vous ; ne m'abandonnez pas." L'impie consul commanda qu'on lui coupât les mamelles et elle dit : "Ne me rejetez pas hors de votre présence, Seigneur, et ne m'ôtez pas l'Esprit saint." Il prescrivit ensuite qu'on la menât nue dans la ville en la frappant ; et elle dit : "Seigneur, vous qui êtes mon soutien et qui couvrez le ciel de nuages, couvrez mon corps afin qu'il ne soit pas exposé aux regards des impies." Et il descendit du ciel un ange qui lui apporta une tunique blanche. Le proconsul ordonna alors qu'on lui coupât la tête ; mais son père se saisit d'elle et la mena dans la montagne et elle fit cette prière : "Seigneur Jésus à qui toutes choses obéissent, accordez que ceux qui invoqueront votre nom en se souvenant de mon martyre trouvent leurs péchés mis en oubli au jour du jugement." Et elle entendit une voix qui venait du ciel et lui répondit : "Viens, ma bien-aimée ; repose-toi dans la demeure de mon Père qui est dans le ciel ; ce que tu demandes t'est accordé." Et la martyre eut la tête tranchée des mains de son propre père. Et lorsqu'il redescendit de la montagne, le feu du ciel tomba sur lui et le consuma, et il ne resta pas même un vestige de lui.

« Il y eut un homme puissant, un comte de Saxe, qui fit prisonnier son ennemi et qui l'enferma dans une tour en défendant, sous les peines les plus grandes, que personne lui donnât à boire ni à manger. Après qu'il y fut resté quelques jours, il pria en gémissant le gardien de la tour de lui donner, pour l'amour de sainte Barbe, un peu de pain afin qu'il ne mourût pas ; le gardien ne fit pas attention à ses plaintes et il gisait par terre, défaillant ; le gardien le crut mort et demanda au comte la permission d'enlever le cadavre avant qu'il répandît une mauvaise odeur ; on attacha donc une corde au cou de celui qu'on croyait mort, et on le précipita du haut du rocher ; aussitôt qu'il en eut touché le sol, il se releva, et tous ceux qui étaient présents s'enfuirent, saisis de crainte. Il les rappela et leur dit de ne pas avoir peur ; et ils s'approchèrent de lui et lui demandèrent comment il avait pu soutenir son existence, et il leur répondit : "Sainte Barbe m'a assisté dans toutes mes peines ; c'est elle qui m'a soutenu dans ma chute, et je ne peux mourir avant de m'être confessé et d'être muni de la sainte communion." Interrogé pourquoi il avait obtenu cette grâce, il répondit : "Je n'ai jamais manqué aucune année de jeûner et de prier le jour de la fête de sainte Barbe pour lui faire honneur, et c'est pourquoi elle a demandé à Dieu que je ne mourusse pas sans avoir reçu les sacrements." Et dès qu'il les eut reçus, il expira.

« Nous lisons aussi que du temps du roi des Romains, Adolphe, un comte, fut mis à la tête du gouvernement des provinces de l'Orient, et un soldat fut accusé d'avoir fait violence à une jeune fille. Tandis qu'il était en prison, attendant son jugement, il demanda à se confesser, et son confesseur, ayant reconnu qu'il était innocent, l'engagea à se vouer au service de sainte Barbe et à promettre de ne pas revenir chez lui avant d'avoir fait un pèlerinage en son honneur. La femme réclamait à grands cris un jugement, et les juges, s'étant réunis et ayant fait comparaître devant eux l'accusé, le condamnèrent à mort ; alors il se présenta quelqu'un que personne ne connaissait et qui, ayant demandé la parole, prouva par des raisons pertinentes et irrécusables que le soldat n'était point coupable et que la sentence était injuste. Et les juges la révoquèrent ; et le soldat, rendu à la liberté, finit ses jours au service de sainte Barbe, et l'inconnu qui lui avait servi d'avocat disparut sans qu'on sût qui il était. »

La tour

C'est parce qu'elle ne veut pas se marier que le père de Barbe l'enferme dans une tour. D'abord contrarié par le fait que sa fille ne veuille pas honorer les anciens dieux, ensuite par l'arrivée de Valentin, l'envoyé d'Origène, on comprend que le refus de Barbe lui apparaisse comme « la goutte qui fait déborder le vase ». C'est donc un homme déterminé qui agit.

Mais au-delà de cette réaction radicale, il ne faut pas perdre de vue que nous avons affaire à un récit hagiographique, dont l'un des objectifs est de convertir d'anciennes coutumes jugées païennes en bâtissant une légende chrétienne. Or, parmi celles-ci, il en est une qui prévoit justement d'enfermer une jeune fille pubère pour la mettre à l'abri de forces étranges susceptibles de corrompre sa pureté, et de la protéger du fameux dragon (on parle de chien blanc, dans le Boulonnais)[1], dont il a été maintes fois souligné qu'il reflétait une image sexuelle négative[2]. Toutefois, la puberté, ou l'arrivée des premières menstrues, permet aussi à la jeune fille d'intégrer le groupe des femmes nubiles, état corroboré dans le récit par la demande en mariage.

Frazer l'a montré à plusieurs reprises[3], cette mise à l'écart sous-entendait, jadis, un certain nombre d'interdits dont celui, notamment, de se couper les cheveux. La légende de sainte Barbe ne dit rien à propos des cheveux de la jeune fille, mais la présence de la tour-prison induit l'image mythique de la corde qui pend le long du mur, comme dans le conte de Grimm où Raiponce laisse

1. *Bernard Coussée,* Le Mystère de la lune rousse, *CEM, 1996, p. 56.*

2. *Bernard Coussée,* Légendes et Croyances en Hainaut-Cambrésis, *CEM, 2005, p. 86.*

3. *J. G. Frazer, « Tabous et périls de l'âme », in* Le Rameau d'or, *réédition Robert Laffont, « Bouquins », 1981, t. I, pp. 568-575.*

traîner sa tresse pour que l'on puisse, d'abord lui donner à manger, puis permettre ensuite au prince charmant de monter la voir[1]. Le nom même de « Barbe » est ici suffisant, de mon point de vue, pour renvoyer à l'idée des poils et des cheveux, objet du tabou. Les noms propres sont en effet d'excellents conservatoires de mythes, et ils savent parfaitement jouer le rôle de catalyseur dans la production d'images. Toutefois, on ne sait pas si sainte Barbe a coupé les siens, transgressant dès lors le premier tabou, comme elle le fera avec les suivants.

Parmi les interdits associés à l'enfermement de la jeune fille nubile rappelés par Frazer, il y a également ceux de toucher la terre, de montrer son visage, de voir la lumière ; et là, cette fois, on peut dire que Barbe transgresse les trois en même temps. Les deux premiers en se rapprochant des maçons, manipulateurs de briques en terre, comme le veut la tradition du pays, avec qui elle engage une conversation, allant jusqu'à leur donner des ordres. Pour ce qui est du tabou sur la lumière, la transgression est encore plus évidente : alors que son père a ordonné la construction de deux fenêtres donnant sur le nord, par où le soleil ne risque pas d'entrer, elle demande à en faire bâtir une troisième ; et Jacques de Voragine insiste sur ce point : celle-ci est ouverte vers l'Orient, vers l'est, par où le soleil est bien obligé de pénétrer dans la tour durant une partie de la journée. Exposer son visage aux rayons de l'astre diurne, c'est enfreindre expressément un second interdit associé, lui aussi, à la nubilité. La raison retenue par le clerc de faire de la troisième fenêtre un symbole de la Trinité est d'ordre purement idéologique et doctrinal[2].

1. *Charles Deulin a adapté ce conte pour en faire la légende de la dame des Clairs (Bernard Coussée,* Les Mystères du Nord - Pas-de-Calais, *De Borée, 2006, p. 122.)*

2. *Le dogme de la Trinité apparaît dès le* II*e siècle en Orient, et au* III*e siècle en Occident. Il sera sans cesse réaffirmé par les conciles de Nicée (325) et de Florence (1442). La légende de sainte Barbe a fort bien pu aider à sa diffusion dans les masses populaires (Réau,* Iconographie de l'art chrétien, *PUF, 1958, t. III, pp. 169-177), mais comme c'est souvent le cas en hagiographie, c'est le récit légendaire mythique qui est premier, et non le symbole chrétien qu'il est censé expliquer* a posteriori.

Sainte Barbe apparaît donc comme un « personnage solaire », ce que semble conforter cette plume de paon perçue parfois comme l'un de ses attributs. Louis Du Broc de Segange la justifie par une légende allemande qui veut que les verges avec lesquelles la jeune fille a été martyrisée aient été transformées en plumes de paon[1] ; à moins, poursuit le père Charles Cahier, que cela soit dû aux barbes de la plume, ou encore au fait que l'oiseau partage avec la sainte la ville d'Héliopolis où elle est née[2]... En fait, ces divergences sont là pour noyer le poisson, car le paon est depuis toujours un animal solaire, sa roue étant finalement son meilleur argument[3].

Jacques de Voragine utilise comme source littéraire une compilation attribuée à Simon Métaphraste (xe siècle), laquelle reprend de nombreux détails des contes populaires russes et slaves, régions dans lesquelles la dévotion envers sainte Barbe s'est structurée avant de gagner l'Occident. C'est là que l'on retrouve les lieux où sont censés se dérouler les événements qualifiés d'« exotiques ». Le père qui enferme sa fille est, de son côté, toujours un personnage important, un chef, un roi ; l'idée que ce dernier s'absente pour faire un long voyage à l'étranger est également un trait commun à l'ensemble des récits, comme la désobéissance systématique de la jeune fille[4].

Tous ces éléments, qui figurent dans des contes archaïques russes et slaves, permettent donc de conclure que la légende de sainte Barbe est bien un habillage chrétien de récits primitifs faisant état de coutumes ancestrales en rapport avec les femmes pubères.

La descente des mineurs

La question de savoir pourquoi sainte Barbe est devenue la patronne des mineurs n'a jamais reçu de réponse convaincante.

1. *Louis Du Broc de Segange,* Les Saints patrons des corporations, *Blaud-Barral, Paris, 1887, t. II, p. 527.*
2. Les Caractéristiques des saints dans l'art populaire, *1867, p. 690 et p. 775.*
3. *Jean Chevalier et Alain Gheerbrant,* Dictionnaire des symboles, *Seghers, 1974.*
4. *Vladimir Propp,* Les Racines historiques du conte merveilleux, *Gallimard, 1983, pp. 41-54.*

On a souvent parlé d'explosions qui éventrent le fond de la mine, voire le foudroiement du père assassin, mais cela ne justifie pas tous les aspects du patronage. Parmi les phases essentielles du métier, il en est une qui n'est pas souvent prise en compte : c'est la descente dans le puits. Voici, à ce sujet, un témoignage recueilli par Paul Sébillot[1].

« Au moment de se placer dans la cage, aux environs de Liège, le receveur dit tout haut : "La Sainte Vierge et sainte Barbe nous protègent." Parfois, quand la cage s'enfonce, ils crient : "Avec l'aide de Dieu, de saint Léonard et de sainte Barbe." »

Le fait de descendre dans les profondeurs du puits génère une angoisse, au demeurant parfaitement justifiée au regard du nombre d'accidents que l'on a pu déplorer à cette occasion, qui fait recourir, dans ce cas, à la protection de sainte Barbe et à son concurrent légitime saint Léonard – deux protections valent mieux qu'une ! C'est leur pouvoir sur le lien, la corde, à qui la destinée des mineurs est à ce moment-là confiée, qui a déterminé ce choix. Saint Léonard est un « lieur-délieur », et sa présence peut être jugée normale. Il hérite ses pouvoirs mythologiques du dieu gaulois Ogmios-Lug, déjà divinité des liens... Mais en suivant cette piste, il n'est pas évident que nous y rencontrions sainte Barbe, à moins d'admettre, *a priori*, la suprématie de celle-ci, par poils interposés, sur la culture des plantes fibreuses, et en particulier le chanvre, qui sert à faire les cordes.

Un détail de la légende rapportée par Jacques de Voragine nous apporte à ce point de vue du grain à moudre : il s'agit du prisonnier détenu par le comte de Saxe que l'on dit mort, et qui est jeté par-dessus la muraille, pendu à une longue corde de manière à le faire atterrir en douceur... Pourquoi prendre une telle précaution envers quelqu'un qui est déjà mort alors qu'il suffit de se débarrasser de son corps en le « balançant » purement et simplement dans le vide ? C'est probablement la seule astuce trouvée par le rédacteur du texte où Jacques de Voragine a puisé son information pour mettre l'accent sur la présence de la corde, véritable « ustensile mythologique » !

1. *Paul Sébillot,* Les Travaux publics et les mines dans les traditions et les superstitions de tous les pays, *1894, réédition Guy Durier, 1979, p. 509.*

Derrière cette corde à laquelle est suspendue la vie des mineurs, nous retrouvons donc saint Léonard, *alias* le gaulois Ogmios. Représenté sur une image d'Épinal en qualité de patron des mineurs, on voit le saint tenir sur l'avant-bras droit une cage avec trois personnages à l'intérieur. Celle-ci est maintenue par des chaînes et par deux crochets, dont l'un ressemble à un torque gaulois. Quand il s'agit de remplacer saint Léonard par sainte Barbe, le dessinateur conserve strictement le même décor, et se contente de mettre sainte Barbe à la place de saint Léonard. Il ajoute simplement, sur la gauche du personnage, la tour avec ses trois fenêtres (attribut principal de la sainte) et, dans le fond, derrière une grande cheminée, la fameuse muraille du château du comte de Saxe, du haut de laquelle est précipité le prisonnier au bout d'une corde.

Le pouvoir des saints protecteurs sur la descente dans la mine est primordial, mais il ne saurait, évidemment, se limiter à cette phase tellement le danger y est permanent : éboulements, coups de grisou, etc. Pragmatique en toute occasion mais tout aussi superstitieux, le mineur reste persuadé qu'il doit également ses ennuis à des mauvais génies comme Knocker, Kobold, Boubleine, Gathon, ou tout simplement Petit Mineur[1]. La lutte contre ces agressions quotidiennes se situe donc à la croisée d'une perception réaliste et d'une forme de pensée magique. Elle se traduit à la fois par des comportements rationnels et superstitieux. Ainsi, pour lutter contre les éboulements, le mineur étaye et boise, mais il recourt aussi à la protection d'un saint capable de le délivrer en cas de malheur. Choisir un grand délivreur de prisonniers, un grand « délieur », un maître des liens comme saint Léonard, apparaît dès lors cohérent. Mais la confiance dans le pouvoir de sainte Barbe, qui s'appuie sur la capacité de la jeune fille à s'enfuir en laissant la montagne s'ouvrir, est tout aussi légitime.

Ce qui va faire la différence entre les deux personnages à la conquête d'un patronage exclusif, c'est la lutte contre le grisou. Alfred Harou[2] cite un étonnant document daté du XVIe siècle sur la lutte engagée par les mineurs contre le grisou.

1. *Paul Sébillot,* op. cit., *pp. 446-478.*
2. Revue des traditions populaires, *1900, t. XV, p. 555.*

« Le feu n'étant fomenté et entretenu que par l'air, il est nécessaire de l'agiter et de le battre pour disperser les soufres dont il est chargé, ce qui paraît ne pouvoir se faire sans être exposé à l'activité des flammes. On prend pour s'en garantir de la toile de chanvre non roui qui n'a pas été lavée, qui est à l'épreuve de ce feu souterrain dont les mineurs se couvrent ; s'armant de verges et de bâtons, ils attaquent la flamme, la frappe d'estoc et de taille jusqu'à ce qu'elle se dissipe avec l'air qui la transporte. Les ouvriers préviennent les embarras en prenant la précaution de faire, à côté de la veine qu'ils coupent, un petit canal par où les exhalaisons se dissipent. Ils font même et entretiennent dans l'ouverture de la fosse un petit feu [fourneau d'appel] qui les attire. »

Étonnant, ce recours des mineurs à une plante textile à la mythologie consacrée ! Il permet de tisser autour du personnage tout un régime d'images : sainte Barbe/tour/descente/lien/plante textile/grisou/mine, qui se lit comme une véritable réaction en chaîne et finit par s'imposer aux consciences.

Au fond de la mine, l'homme rencontre tout un monde fantastique avec lequel il est bien obligé de composer. « Travaillant dans les entrailles de la terre, dit Gaston Bachelard, le mineur avale sans façon les êtres du monde souterrain[1]. » C'est sa façon à lui de triompher des peurs de l'ombre. Rendu à la lumière (la remontée de la cage n'est pas moins significative sur ce plan-là que la descente), le mineur renaît à la vie, et cette renaissance quotidienne, cette « remontée vaginale », pourrait-on dire aussi, justifierait à elle seule un patronage féminin.

La male mort

Mis à part le monde de la mine, sainte Barbe est encore honorée dans notre région pour la bonne mort. En revanche, elle n'a plus la faculté d'éloigner la foudre, bien que l'utilisation de la joubarbe comme paratonnerre soit toujours de mise en Flandre, où on la voit parfois pousser au faîte de quelques vieux toits de chaume.

1. *Gaston Bachelard,* La Terre et les rêveries du repos, *José Corti, 1948, p. 143.*

« Joubarbe », c'est étymologiquement la « barbe de Jupiter », le dieu romain du tonnerre. Toutefois, le *Sempervivum tectorum* (de son nom latin) n'est pas la seule plante à se réclamer de sainte Barbe, ni la seule à protéger de la foudre. L'aubépine (*Crateagus monogyna*) et la grande chélidoine (*Chelidonium majus*) n'hésitent pas à lui prêter main-forte. Côté orage, il faut signaler également cette analogie amusante qui veut que le barbier soit non seulement un personnage qui rase la barbe, mais aussi quelqu'un qui sait couper les orages.

Au XIVe siècle, quand le culte de sainte Barbe commence à se répandre dans notre région, celui-ci bénéficie d'un environnement particulièrement favorable dans la mesure où les pestes, les épidémies, la guerre font sans arrêt sentir leur menace. Seule la religion est alors capable d'offrir un réconfort à tous ceux qui sont soumis à l'angoisse permanente de la mort. Les sacrements de l'Église catholique deviennent ainsi une sorte de laissez-passer pour l'au-delà, la garantie d'une transition rassurante, non sans quelque méfiance de la part des pasteurs qui les administrent et qui ont encore à faire face aux risques de superstition dus à « l'anxieuse fébrilité des fidèles ». Le concile de Cambrai de 1325 éprouve ainsi le besoin de menacer d'hérésie ceux qui détourneraient les rites de l'Église de leur fonction essentielle[1]. L'administration des sacrements s'impose, car en être privé signifie qu'il n'y aura d'autre destinée que l'enfer et ses tourments éternels. C'est notamment ce qui est réservé, au XVIe siècle, aux suppliciés pour forfaits exécrables, aux excommuniés pour dette, aux condamnés à mort, le refus d'une sépulture chrétienne étant alors vécu comme une peine supplémentaire bien que jugée inhumaine[2].

Véritable passeport sacré, l'extrême-onction s'applique à l'époque selon un rite précis, de manière à éviter toute déviance. Le sacrement étant administré en présence des fidèles, on commence par les réunir à l'église au son de la cloche. En 1300, un concile stipule que ceux qui y assisteront obtiendront une indulgence, faveur qui

1. *Jacques Toussaert,* Le Sentiment religieux en Flandre à la fin du Moyen Âge, *Plon, 1963, p. 206.*
2. *Lucien Febvre,* Le Problème de l'incroyance au XVIe siècle, la religion de Rabelais, *Albin Michel, 1942, p. 367.*

sera constamment reconduite jusqu'au XVIIe siècle. Les fidèles se rendent donc d'abord à l'église, puis sont emmenés par le prêtre revêtu de la chape, précédé d'un enfant de chœur porteur d'une sonnette et du luminaire liturgique. Lors de la cérémonie, quelqu'un tient un cierge allumé à côté du malade (souvent celui qui a été bénit à la Chandeleur). Lorsqu'il a fini, le prêtre brûle tout ce qu'il a utilisé, c'est-à-dire les sept petites boules de charpie, coton, étoupe de lin nécessaires aux différentes onctions, les miettes de la mie de pain ayant servi à la communion, puis il jette l'eau dans laquelle il s'est purifié les mains, de manière à prévenir tout emploi détourné et maléfique. Ensuite, toujours suivi de ses paroissiens, il retourne à l'église.

Une fois passé de vie à trépas, le mort est veillé selon des pratiques ancestrales qui sont pourtant sans cesse critiquées par l'Église. Ainsi, au cours des vigiles, il est fréquent de voir les gens danser, chanter ou rire. Au XIe siècle, un guide d'examen de conscience se permet même de poser cette question : « As-tu chanté des chansons diaboliques près du lit des trépassés ? As-tu dansé sur les tombes ? »

Une fois la mort venue, il faut l'annoncer aux animaux, car celle-ci se fait accompagner d'« un fluide étrange et mystérieux [qui] passe dans l'étable, l'écurie, le chenil ; le bétail se communique l'alarme et demeure un moment en état d'alerte. Le chien hurle, les vaches gémissent ». Comment ne pas comprendre, dans ces conditions, que l'imagination de nos ancêtres ait été sollicitée au point de les contraindre à annoncer le décès, d'où les expressions : « On va au mort », « On crie au mort », « On prie au mort » ?

C'est dans ce contexte que se développent les confréries dites « de la bonne mort », où l'on croise essentiellement des femmes qui s'identifient tellement à leur patronne qu'elles n'hésitent pas à proclamer en Flandre : « *We zijn Barbara*[1]. » S'identifier de cette façon à sainte Barbe n'est pas un choix innocent. On peut penser qu'il relève d'une démarche pieuse, et que ces femmes cherchent à reproduire un modèle de sainteté allant jusqu'à « l'enfermement dans la tour », c'est-à-dire le refus du mariage et l'abstinence sexuelle.

1. *« Nous sommes Barbe. »*

Si des livrets lillois de 1705 font état de confréries de canonniers et d'arbalétriers tenus d'honorer leur sainte patronne, le 4 décembre, devant son autel en l'église Saint-Maurice, ils mentionnent aussi une confrérie indépendante de dames qui a ses offices dans la même chapelle, et dont les préoccupations sont orientées vers la bonne mort. À cette époque, on répertorie une deuxième chapelle Sainte-Barbe dans l'église Saint-Étienne de Lille. Elle s'enrichit au XVIe siècle d'un *ex-voto* offert par Antoine de Tenremonde, qui a miraculeusement survécu à un projectile de canon tiré sur lui le 13 juillet 1531. L'existence d'une troisième chapelle en 1723 dans l'église Saint-Sauveur[1] est également attestée.

Quand la Révolution française met à mal les confréries, « les dames » ne renoncent pas pour autant à leur dévotion, et elles continuent de se rassembler, par exemple le 4 décembre 1838, jour de la neuvaine, dans une maison particulière d'Abeele, un hameau de Boeschepe, afin de recevoir des offrandes propres à faire célébrer des messes pendant l'octave de la Sainte-Barbe[2].

Une prière, relevée par l'abbé Verdonck vers 1850, confirme l'influence de la confrérie exclusivement féminine dans ce type de dévotion flamande :

« Sainte Barbe vierge
Qui porte la belle couronne
Et martyre,
Assiste-moi pour que j'aie
Une bonne confession et contrition,
Avant d'avoir à quitter ce monde ! »

Le fait de recourir à sainte Barbe pour avoir une bonne mort découle toujours de la légende, où il est dit que son bourreau de père a été foudroyé et complètement anéanti en un instant. Une bonne mort, c'est tout le contraire d'une « male mort », ou mort subite, où l'on n'a pas le temps de se faire pardonner ses péchés.

1. Souvenirs religieux de Lille et des environs, *1893, p. 49.*
2. *Bernard Coussée,* Les Nouveaux Mystères du Nord - Pas-de-Calais, *De Borée, 2008, p. 302.*

Sainte Barbe renforce sa popularité à propos de la bonne mort à la faveur de la diffusion du culte envers les quatorze saints auxiliateurs, dont elle fait partie. Alors qu'ils ne sont encore qu'une dizaine au XIVe siècle, elle y côtoie déjà sainte Marguerite, sainte Christine, sainte Marthe et sainte Catherine. Elle partage alors son pouvoir avec saint Christophe[1].

À la suite de la punition divine accordée à son père, sainte Barbe se met donc à protéger tous ceux qui, de près ou de loin, risquent d'avoir affaire à la foudre et aux explosions, tant les effets sont similaires : canonniers, salpêtreux, artificiers, artilleurs, armuriers, carriers, mineurs... La réserve de poudre dans une caserne ou sur un vaisseau de guerre est toujours appelée « la sainte-Barbe ». Le danger aidant, sainte Barbe protégera finalement tous ceux qui sont menacés de mort subite, y compris « les joueurs de paume, un jeu jugé dangereux dès lors qu'il est mené vigoureusement »[2].

Son rapport à la foudre en fait également la patronne des sonneurs et carillonneurs, car on sonnait jadis les cloches en cas d'orage. De même, son accointance avec la mort incite les fossoyeurs à se placer sous son patronage. L'histoire de la tour en fait encore la patronne des ouvriers du bâtiment, des charpentiers, des couvreurs, des maçons. Enfin, c'est par un jeu de mots sur « barbe » et « poil » que sainte Barbe a été qualifiée de patronne des chapeliers, brossiers, pelletiers, marchands fourreurs, drapiers et tisserands[3].

Son pouvoir sur la « bonne mort » associée à l'incontournable viatique a conduit les graveurs du XIVe siècle à la représenter en train de donner la communion, un acte en principe exclusivement réservé au prêtre, ce qui fait d'elle l'une des rares saintes viriles de notre calendrier ; disposition à laquelle le mot « barbe » n'est bien sûr pas étranger non plus.

---

1. *Les autres saints auxiliateurs sont Georges, Denis, Gilles et Blaise. Ils sont rejoints au XVIe siècle par Pantaléon, Cyriaque, Guy et Acace pour former la liste des quatorze. (L. Réau,* op. cit., *t. III, pp. 680-682.)*

2. *Charles Cahier,* op. cit., *p. 608.*

3. *Louis Du Broc de Segange,* Les Saints patrons des corporations, op. cit., *1887, t. II, p. 520.*

Le blé de la Sainte-Barbe

Une tradition veut que le jour de la Sainte-Barbe, on fasse germer des grains de blé ou des lentilles dans des soucoupes de manière à obtenir une touffe de verdure pour Noël. Celle-ci est mise en évidence sur la table où se fera le repas du réveillon, et sans doute a-t-elle pu servir, un jour, de décoration dans la crèche.

En réalité, cette pratique est surtout destinée à pronostiquer le devenir des récoltes qui seront compromises si la touffe se met à jaunir. Certains témoignages font état, d'autre part, d'un repiquage de la touffe de blé le jour de la Chandeleur, dans un sillon laissé vacant lors des semailles d'automne. Il s'agit alors, par magie sympathique, d'amplifier le démarrage des cultures en y apportant un élément catalyseur, en l'occurrence une touffe démarrée. Ce processus est à comparer à la danse de l'ours qui piétine les semences jetées dans le premier sillon de l'année tracé par les Koukeri bulgares, et dont les poils jouent, par analogie, le même rôle fécondant que l'herbe de la Sainte-Barbe.

En réalité, cette pratique magico-agraire correspond au temps d'ouverture de l'Avent. En Suisse, c'est à la Sainte-Catherine que l'on dispose des grains à germer dans une rave creusée et remplie de terre pour avoir une touffe à Noël[1]. En Russie, on dit que c'est à la Saint-Nicolas que se produit le réveil des ferments de la terre, c'est-à-dire que celle-ci retrouve son pouvoir de germination[2]. En Allemagne, le jour de la Saint-André, on met des branches de griottier dans de l'eau de manière à obtenir un bouquet fleuri le jour de Noël[3].

Cette coutume a également été observée en Alsace et dans les Ardennes où, le 4 décembre, on force des branches d'arbres fruitiers

1. *Arnold Van Gennep,* Manuel de folklore français et colonial, *Picard, t. VIII, 1988, p. 3390.*

2. *Angelo de Gubernatis,* Mythologie des plantes, *Paris, 1878, réédition Arche Milano, 1976, t. II, p. 163.*

3. *Albert Marinus, « Le Folklore belge », cité par Marianne Mesnil, in* Les Plantes et les Saisons, calendriers et représentations, *Institut de sociologie de l'Université libre de Bruxelles, 1990, p. 104.*

dans un vase. Si elles fleurissent pour Noël, c'est que l'année sera bonne ; sinon, ce sera la disette[1].

Si la touffe de verdure est à ce point associée à la Sainte-Barbe, c'est pour profiter de l'attraction du mot « barbe », qui induit l'image des poils et, par analogie, celle d'une végétation produisant des tiges fibreuses. L'observation d'une « barbe » qui continue de croître sur les cadavres a dû favoriser la croyance dans la capacité de la sainte à vaincre l'hiver et la mort apparente de la nature. C'est si vrai qu'à Hassel, au Luxembourg, les paysannes déposaient jadis, en offrande sur l'autel, le jour de la Sainte-Barbe, une pelote de chanvre ou de lin pour s'attirer les faveurs de la sainte, donnant ainsi l'impression, par son nom et la date de sa fête, de présider à la croissance des plantes textiles[2].

Une sainte gardienne des secrets féminins

Dans l'optique d'un codage de la nubilité, le blé de sainte Barbe pourrait revêtir un caractère sexuel. Le mot « touffe », sans cesse employé, induit en effet l'image des poils pubiens. Il renvoie aussi à la toison de l'ours, un animal qui a fourni un nom populaire aux menstrues, lesquelles sont par ailleurs nommées « fleurs ». Ces dernières sont rappelées, dans ce dossier, par celles du cerisier. Autour de cet arbre gravitent par ailleurs quantité de signes qui renvoient à la procréation et à la conception. Angelo de Gubernatis évoque par exemple la coutume de couper la branche d'un vieux cerisier pour le faire saigner de manière à en chasser le démon responsable de sa stérilité[3]. Dans le langage des mais[4] offerts le 1er mai aux jeunes filles, le cerisier renvoie à la femme impudique

1. *Eugène Rolland,* La Flore populaire, *Paris, 1896, réédition Maisonneuve et Larose, 1967, t. V, p. 342.*

2. *Joseph Hesse, « Le Culte de sainte Barbe au Luxembourg », in* Revue du folklore français et colonial, *1930, t. I, p. 192.*

3. *Angelo de Gubernatis,* op. cit., *t. I, p. 111. En fait, sur le plan purement botanique, l'arbre cherche à se cicatriser en faisant de la gomme.*

4. *Branches coupées et offertes à la jeune fille au mois de mai.*

dans le Nivernais[1] et dans les Vosges[2], mais en Picardie, il traduit un désir de mariage[3], quoique Edmont précise, pour l'Artois, qu'il s'agit surtout de rappeler « qu'il est grand temps de marier la fille », formule évidemment toute orientée vers la moquerie[4]. Eugène Rolland précise de son côté que si l'on donne une feuille de joubarbe à une jeune fille, c'est pour lui reprocher d'offrir son cœur (d'artichaut) à tout le monde[5].

Toujours pour aller dans le sens d'une idée de procréation associée à sainte Barbe, il est important de dire que le fait de manger de la joubarbe permet de rompre le charme du nouement de l'aiguillette, c'est-à-dire de l'impuissance sexuelle[6]. Enfin, les mots « barbe » et « bouc » tissent entre eux de tels échanges sémantiques qu'il n'est pas possible d'écarter de notre étude cet animal à la vigueur sexuelle proverbiale, que les sorcières ont mis au centre de leurs sabbats[7].

Si nous regardons maintenant du côté des maladies dont le nom évoque sainte Barbe, nous observons une étonnante récurrence du « gonflement ». Le mal Sainte-Barbe définit une série de maux autour de la bouche et du menton (feu de barbe, boutons de barbe, etc.), mais il s'applique aussi aux maçons qui ont les mains qui gonflent[8]. Cette affliction se caractérise également par un gonflement des pieds et des jambes[9]. De son côté, *l'Eresymum barbarœ* raffermit les gencives qui gonflent sous l'effet de l'infection[10]. Et Louis

1. Ibid., *t. II, p. 57.*
2. *Louis-François Sauvé,* Le Folklore des Hautes Vosges, *Maisonneuve et Larose, 1888, p. 132.*
3. *Maurice Crampon,* Le Culte de l'arbre et de la forêt en Picardie, *Amiens, 1936, p. 371.*
4. *Eugène Rolland,* La Flore populaire, op. cit., *t. V, p. 345.*
5. Ibid., *t. VI, p. 98.*
6. *Thiers,* Traité des superstitions, *cité par Eugène Rolland,* op. cit.
7. *Bernard Coussée,* Sorcellerie et Mythologie, *à paraître.*
8. *Léon Maes, « Les Maladies portant le nom du saint guérisseur », in* Enquêtes du Musée de la vie wallonne, *1954, t. VI, p. 87.*
9. *Robert Dascotte, « Les maladies portant le nom du saint guérisseur dans la région Centre », in* Mélanges offerts à Albert Doppagne, *Tradition wallonne, n° 4, 1987, p. 123.*
10. *S. Berthoud,* Féeries de la science, *Garnier, fin* XIX*e siècle, p. 382.*

Du Broc de Segange de rappeler que l'on utilise cette plante comme un antiscorbutique, maladie qui se traduit par l'enflure, et comme un résolutif sur les contusions[1]. Dans les Ardennes, on se sert de cette plante appelée « herbe de saint Julien »[2] pour cicatriser les plaies, les coupures et les ulcères[3].

Tous ces gonflements sont l'expression d'un message plus complexe qu'il nous appartient d'identifier. Dès lors qu'ils sont mis en perspective avec la femme, ils nous guident soit vers les seins, soit vers le ventre. Le rapport de sainte Barbe avec les premiers s'établit au niveau de son martyre, ce qui lui permet d'appartenir à la grande famille des « saintes mammectomisées »[4]. Guérie par le Christ, la jeune femme apparaît dans l'iconographie avec les deux hémisphères de ses seins réunis, image parfois confondue avec celle de deux boulets de canon, et revendiquée, bien entendu, par les canonniers.

Le gonflement du ventre induisant l'idée de maternité, on peut supposer que ce n'est sûrement pas vers elle que les jeunes femmes se tournent pour devenir mère dès lors qu'elles lui reconnaissent un pouvoir qui atténue les enflures. À se demander si les mères accablées par les maternités successives ne vont pas solliciter son recours pour éviter de nouvelles grossesses. De nombreux folkloristes font en effet remarquer que la fête de sainte Barbe concerne essentiellement les femmes mariées, et non les jeunes filles, qui sont renvoyées devant sainte Catherine. Dans la Puysaye (Yonne), seules les premières assistent au bal durant lequel le pain bénit est offert à l'une d'entre elles, à charge de le conserver jusqu'à la Sainte-Barbe prochaine où il sera utilisé au

---

1. Op. cit., *p. 527.*

2. *Son nom est en réalité la julienne jaune,* Hesperis matronalis. *Elle est appelée « aragonne » (herbe au dragon) dans le haut Boulonnais (Rolland,* op. cit., *t. I, p. 224). Selon le* Guide Clause, *c'est une plante vivace légèrement velue, rameuse, haute de soixante à quatre-vingts centimètres. Ses fleurs en grappes terminales sont odorantes et violettes ou blanches. Elle est très rustique.*

3. Almanach des vieux Ardennais, Traditions des saints de l'été, *Musée en Piconrue, Bastogne, 1994, p. 76.*

4. *Les autres sont les saintes Agathe, Macre, Martine, Calliope, Christine, Emerite, Febronice, Apolline, Pélagie, Basilesse, Anastasie, Engratide, Eulalie, Casilda. (G. J. Witkowski,* Les Seins à l'église, *Maloine, 1907, p. 73.)*

cours de la messe[1]. Veiller sur le pain, c'est, par voie de conséquence, opérer un contrôle sur la procréation, depuis que l'on sait l'analogie existant entre le four et le ventre maternel. Une surveillance que peuvent assurément mener ces « dames » des confréries, lesquelles ne sont plus des demoiselles juvéniles.

La barbe est depuis fort longtemps un symbole de virilité. C'est aussi un symbole de sagesse, de raison et de courage, vertus que la société traditionnelle n'a pas pour habitude de conférer à la femme, sauf si elle est capable d'autorité. C'est ainsi que dans l'Antiquité, « on a attribué des barbes postiches à des femmes remarquables par leurs qualités viriles et leur capacité à diriger des affaires dont les hommes sont alors les seuls à s'occuper »[2]. C'est tout dire ! Sainte Barbe donnant des ordres aux maçons pourrait sans doute illustrer cette assertion.

À l'époque mérovingienne, dans les monastères de filles, il y avait des récréations appelées « *barbatoriæ* ». Elles consistaient en mascarades au cours desquelles les pensionnaires portaient un masque d'où pendait une barbe postiche pour « mieux se déguiser »[3]. C'est de cette manière que ce message est généralement lu, mais gageons qu'il s'agit aussi, par ce déguisement hautement symbolique, de renforcer la « virilité » des nonnes en les éloignant encore un peu plus de leur féminité. Un dicton météorologique populaire prétend que le 4 décembre est le jour où le soleil arde le moins ; je dirais, pour rester sur une même longueur d'onde sexuelle, que c'est le moment où ses rayons « dardent » le moins.

Les masques associés à sainte Barbe rappellent enfin la correspondance symbolique entre le visage, le soleil et les menstrues, dont l'influence négative sur les récoltes et la procréation est bien connue. En prenant les dames sous son patronage, sainte Barbe les renvoie aux arcanes de la religion ancestrale et archaïque, où la femme assurait un contrôle exclusif sur la prospérité du clan, mesurable à l'aune de la croissance des plantes fibreuses dont le poil est l'avatar animal.

1. *Georges Bidault de l'Isle,* Vieux Dictons de nos campagnes, *Nouvelles Éditions de la Toison d'Or, 1952, t. II, p. 195.*

2. *Plutarque, « La vertu des femmes », in* Œuvres morales, *Hachette, 1870.*

3. Dictionnaire d'archéologie chrétienne et de liturgie, *1924, au mot « barbe ».*

Chapitre 2

Martin le taciturne

LA POPULARITÉ de saint Martin est considérable. En France, il détient le record des patronages d'églises, sans compter les Martinville, Martincourt, etc., situés un peu partout sur le territoire. Ce n'est donc pas pour rien qu'il a été surnommé « l'apôtre des Gaules ». En revanche, il a laissé tellement de traces de son passage dans nos campagnes que nous nous demandons encore aujourd'hui comment il a pu être partout à la fois. Dans la région Nord - Pas-de-Calais, son parcours épouse celui des anciennes voies romaines. Dans le Cambrésis, nous le retrouvons en sept endroits différents entre Bavay et Cambrai (Rieux, Thun-Saint-Martin, Villers-en-Cauchie, Villers-Pol, Saulzoir, Preux-au-Sart et Saint-Martin). Dans l'Artois, nous le rencontrons trois fois entre Thérouanne et Arras (Thérouanne, Estrées-en-Cauchie, Divion), et six fois en Flandre (Wemaers-Cappel, Ochtezeele, Wulderingghe, Ledringhem, Steene, Armbouts-Cappel). À l'évidence, les vieux patronages « Saint-Martin » s'établissent en cercle autour des centres gallo-romains tels Cambrai, Arras, Tournai. Plus loin, ils se raréfient, et à l'intérieur de l'angle formé par deux voies romaines, le patronage fait défaut. Les rivières, anciennes voies de pénétration dans les campagnes, apportent elles aussi leur concours à la diffusion de la « geste martinienne ». Des centres bien marqués existent ainsi le long de la Marque et de la Deûle.

Pouvons-nous rattacher tous ces lieux à un prétendu voyage de saint Martin dans la région ? Une légende le signalant à Cysoing, Tournai et Phalempin voudrait nous le faire croire. En réalité, ce sont surtout les abbayes, nombreuses dans la contrée, qui ont cultivé son souvenir en le revendiquant comme modèle. Pour parfaire leur message prosélyte, les moines rappelaient sans cesse l'acte majeur de cet ancien militaire romain qui, un matin d'hiver, à Amiens, rentrant d'une ronde de nuit, partagea son manteau avec un pauvre. Et de gloser ensuite sur le dogme de la charité... mais ils oubliaient souvent de raconter ce qui suit.

Saint Martin victime de la risée

Dans sa *Vie de saint Martin*, Sulpice Sévère ne s'arrête pas au geste de l'épée tranchante ; il poursuit en disant que Martin, ainsi vêtu, devient la risée de tous : « On rit de ce qui lui manque, on rit de ce qui lui reste ! » Le geste de charité accompli par Martin scandalise la plupart des gens, car il va à l'encontre de la plus élémentaire des précautions : on ne se dévêt pas quand il fait aussi froid ! Surtout qu'apparemment, le soldat romain est nu sous son manteau. Martin est devenu fou !

Sans remettre en cause la beauté charismatique de sa démarche qui pourrait même, dans ces conditions climatiques extrêmes, être qualifiée de « mystique », on peut également lui appliquer un autre code de lecture moins doctrinal. Je note pour commencer que la risée dont est victime saint Martin n'est rapportée que par Sulpice Sévère. Jacques de Voragine, par exemple, n'en parle pas ! Il est vrai que le rire des témoins apparaît comme superflu puisqu'il n'apporte rien de plus au partage, qui reste l'image première sur le plan clérical, au point de le retrouver sans cesse évoqué dans les églises. Si Sulpice Sévère en fait état, c'est qu'il se sent obligé de reprendre l'élément d'un dossier plus complet, un détail archaïque obligatoire, pour se faire comprendre de son auditoire. Ce rire exprimerait donc quelque chose de plus profond qu'une simple moquerie.

Avant de proposer une explication, il faut d'abord souligner que le rapport de saint Martin au rire n'est pas aussi anodin qu'il y paraît à première vue, comme le montre le conte suivant :

« Un jour, tandis que l'apôtre des Gaules dit la messe, le diable est caché dans un coin de l'église en train d'écrire sur un parchemin tous les caquets des femmes et les propos inconvenants qu'il entend pendant l'office. Quand sa feuille est remplie, il met le parchemin entre ses dents et le tire de toutes ses forces pour l'allonger de manière à agrandir la surface et pouvoir en écrire davantage ; mais la feuille se déchire, et la tête du diable vient frapper un pilier qui se trouve derrière lui. Saint Martin, qui se retourne à ce moment-là pour le *Dominus Vobiscum*, se met à rire de la grimace du diable et perd le mérite de sa messe sur-le-champ[1]. »

Autrement dit, il se laisse distraire et, pour un rire de trop, compromet son salut. Il se comporte encore une fois comme un fou incapable de maîtriser ses réactions.

Cette « accointance » avec le rire, saint Martin la cultive aussi avec saint Hilaire. Bien sûr, historiquement parlant, le prélat est connu. Il ordonne saint Martin et fonde avec lui l'abbaye de Ligugé, près de Poitiers ; mais ici, il est difficile de faire l'économie du jeu de mots qui rapproche « Hilaire » de « hilarité ». Saint Hilaire est fêté le 13 janvier, c'est-à-dire le jour des « *rois brousés* » qui fut, dans nos régions, et en particulier dans le Cambrésis, un moment de folie carnavalesque. En retenant l'étymologie qui fait de « Hilaire » un « rieur », ou être hilare[2], le rapport de saint Martin au rire s'en trouve renforcé.

Soigner l'état mélancolique

Depuis l'Antiquité et pendant tout le Moyen Âge, le rire témoigne de la « visitation » d'un esprit démoniaque. Le roman d'Umberto Ecco, *Au nom de la rose*, illustre bien cette position. Le rire qualifie un état furieux ou mélancolique, en somme, un état de folie qu'il appartient de soigner selon un mode reconnu : « Purger avec quatre grains d'ellébore ! » (La Fontaine.) Martin va s'y employer.

1. *J. Collin de Plancy,* Dictionnaire infernal, *1863, p. 448.*
2. *Philippe Walter,* Mythologie chrétienne, *Entente, 1992, p. 74.*

Le Moyen Âge tire ses connaissances médicales de l'Antiquité, et les humeurs continuent de régir le corps de l'homme. Elles sont quatre, nombre retenu pour son analogie avec la nature et ses quatre saisons : la matière et ses quatre qualités fondamentales (le chaud, le froid, le sec et l'humide), et l'univers, avec ses quatre éléments (la terre, l'air, le feu et l'eau). Ces quatre humeurs sont le sang, la bile jaune, le flegme (ou pituite) et la bile noire.

La maladie provient d'un déséquilibre entre ces humeurs, l'une d'elles prenant le pas sur les autres. Un excès de bile noire engendre ainsi la mélancolie. Le mot « mélancolie » vient du grec *kholê*, « bile », et *mélas*, « noir ». La bile noire se définit comme une humeur captive et morose ayant son siège dans la rate sans avoir la capacité de s'évacuer, et la seule façon de la traiter est d'avoir recours à des vomitifs ou des laxatifs. La paresse intestinale est souvent désignée comme l'un des traits récurrents de la maladie mélancolique.

Selon Marsile Ficin, les nourritures tenues pour responsables de la bile noire sont : « Le vin lourd et épais, la nourriture dure et sèche, salée, amère, piquante, rassise, brûlée, rôtie ou frite ; du bœuf et la viande de lièvre, du vieux fromage, des aliments mis en saumure, des légumes flatulents [fèves, lentilles, chou, radis noir, ail, oignon, poireau, carotte], et quoi que ce soit comme le chaud ou le froid et aussi la sécheresse et tout ce qui est noir[1]. »

Que retenir de cette liste impressionnante ? D'abord, qu'il est surtout question de légumes d'hiver, ceux qui sont consommés durant la « saison sombre », du 1er novembre au 1er mai. Le « vin lourd et épais » renvoie par ailleurs à l'expression « martiner » (boire le vin de la Saint-Martin), voire le « mal Saint-Martin » (ivresse), autant d'images qui rappellent qu'avec la Saint-Martin (11 novembre) arrive effectivement le temps de boire le vin nouveau, de faire sauter les bondes.

La liste de Marsile Ficin, empruntée à Constantin l'Africain, lui-même disciple de Galien, évoque la période de l'année où les nuits noires dominent. C'est comme si un lien analogique se tissait entre la couleur de la bile mise en cause et celle du temps, le tout

1. *Jean Clair (sous la direction de),* Mélancolie, génie et folie en Occident, *Gallimard, 2005, p. 237.*

sur fond de dépression crépusculaire due, chez l'homme, on le sait aujourd'hui, à une baisse du taux de sérotonine causée par une régression de la lumière solaire, conjuguée avec une hausse de la mélatonine, hormone qui favorise le sommeil. Jadis, ce phénomène était imputé à la bile noire.

Une fois la maladie définie, expliquée, installée, il reste à la soigner. Contrairement à ce que l'on pourrait penser, l'homme traditionnel n'est pas dépourvu de moyens. Son remède principal réside dans le port de pierres précieuses. Les perles de corail tiennent une place importante, mais aussi le béryl, l'onyx ou la topaze. Parmi ces corps durs, une mention particulière doit être accordée à des excrétions animales comme l'ambre gris ou la corne de cerf. L'ambre gris suscite l'urine, facilite le travail de l'estomac, élimine les flatuosités (nous dirions aujourd'hui qu'il agit sur le système neurovégétatif).

Par ailleurs, puisque la mélancolie consiste en un excès d'humeur et que les symptômes sont essentiellement des troubles intestinaux comme les flatulences et la constipation, le remède choisi se révèle être le plus souvent la saignée, la purgation, le vomissement, l'expectoration ou la défécation, de manière à réduire la pression du liquide dans le corps. La pharmacopée la plus simple contient dès lors des purgatifs, des émétiques, des expectorants, et parmi les plantes à disposition pour ce genre de soins se trouve précisément l'ellébore[1]. C'est la médication choisie par saint Martin.

« Chassé de Milan par les Ariens, Martin se réfugie à l'île de Gallimaria accompagné d'un seul prêtre. Là, entre autres herbes, il mange de l'ellébore qui est un poison et il se sent mourir, mais par la force de la prière, il réussit à faire disparaître tout danger[2]. »

Il existe deux variétés d'ellébore : l'ellébore noir, considéré comme un poison pour les chevaux, les bœufs et les porcs, qui purge par le bas et guérit les écrouelles, abcès, tumeurs, fistules et

1. *Jean Clair,* op. cit., *p. 85.*

2. *Jacques de Voragine,* La Légende dorée, *Garnier-Flammarion, 1967, t. II, p. 338.*

verrues ; l'ellébore blanc qui fait éternuer. Ce dernier, plus redoutable que le noir, est utilisé pour prévenir les frissons, les étranglements, les hoquets ; il sert à exciter le vomissement[1].

Quel que soit l'ellébore choisi, nous pouvons dire qu'en consommant la plante, saint Martin confirme son état mélancolique, en parfait accord avec la date de sa fête principale fixée au 11 novembre, et son comportement de folie exprimé par le rire.

L'ours Martin

Par deux fois, Sulpice Sévère met saint Martin en rapport avec l'ours. Le jeune officier romain vient d'être démobilisé à Worms, il a tout juste vingt ans. Il se rapproche de l'évêque de Trèves, Maximin, pour effectuer avec lui un voyage à Rome. Arrivé près d'un bourg, Martin part acheter des vivres ; son compagnon, fatigué, s'endort et, sur ces entrefaites, un ours dévore l'âne qui leur a servi jusqu'alors de monture. À son retour, Martin ne peut que constater les dégâts et oblige l'animal à remplacer l'infortuné baudet, ce dont le fauve s'acquitte jusqu'au terme de son voyage.

Deuxième épisode, celui des chevaux affolés. Martin n'est pas, semble-t-il, le beau militaire que l'on aime se représenter. On dit même qu'il est difforme et laid de visage[2]. Un jour, revêtu d'un habit à longs poils et couvert d'un manteau noir qui pend de çà et de là, Martin chemine monté sur un petit âne. Des chevaux venant du côté opposé s'en effraient et font tomber les soldats qui les chevauchent. Remis de leur frayeur, ceux-ci se saisissent de Martin et le frappent durement. Mais le saint reste muet (comme une bête privée de la parole) et présente même le dos à ceux qui le maltraitent (comme un animal dominé et inhibé). Les chevaux demeurent paralysés jusqu'à ce que les militaires confessent leurs fautes. Il faut bien glisser un trait de morale religieuse dans le récit ! Martin leur pardonne, et les chevaux s'éloignent. Connaissant la peur viscérale que les chevaux ont de l'ours, ne pourrait-on pas envisager que sous cet habit de poils puisse se cacher un autre « ours » ?

1. *Pline,* Histoire naturelle, *Folio, 1999, livre XXV, chap. 21 à 25.*
2. *Jacques de Voragine,* op. cit.

Encore une fois, ce n'est pas l'animal à l'allure débonnaire que nous essayons de traquer ici, mais bien un ensemble de représentations, un imaginaire, des croyances qui lui sont attachées et qui font finalement de tout homme un peu fruste un ours en puissance.

Pour le moine du Moyen Âge qui duplique, colporte, enjolive la légende « martinienne », l'ours est une image de l'homme sauvage qu'il aime se figurer vivant au fond des bois, porteur d'une lourde massue taillée dans le tronc d'un jeune arbre, un chêne, de préférence. Pour le clerc médiéval qui rédige, ce sauvage est une représentation païenne. Il est l'héritier des divinités obscures de la forêt, dont Merlin paraît être un autre modèle. Il faut relever, non sans un certain intérêt, que « le nom Merlin est la forme francisée du gallois *Myrddin*, de l'ancien breton *Marzen, Marthin* (*th* anglais = *dd* gallois), de l'écossais *Meller*, lequel a évolué en *Mellin et Melle*. L'écart phonétique entre *Marthin* et Martin n'est pas très grand, et c'est sans doute la raison pour laquelle saint Martin a pu occuper lentement, au fil des siècles, le terrain où régnait Merlin ou son homonyme celtique continental »[1]. Or, Merlin est de son côté un « devin maudit » dont le rire précède les visions[2].

À la Chandeleur (2 février), l'ours examine le ciel : si ce dernier est sombre, il cesse son hibernation ; en revanche, s'il est clair, il rentre dans sa tanière, car « l'hiver reprend vigueur » (rime avec Chandeleur oblige !). Quand l'animal décide de se réveiller, il consomme aussitôt de l'*aros* (arum), une plante qui a la propriété de le purger, de lui libérer les entrailles, et c'est en partie pour cette raison qu'elle est aussi utilisée pour provoquer les règles ou menstrues, appelées populairement les « ourses »[3]. Certains se sont inquiétés de savoir si Pline disait vrai, et si l'arum pousse en février au point de pouvoir être consommé par l'ours. Mais pas plus que la vérité historique ne révèle le sens d'un mythe, la vérité naturelle ou botanique ne peut donner ici de réponse satisfaisante. Seule compte la croyance colportée depuis l'Antiquité et

1. *Philippe Walter,* La Mémoire du temps, *Champion, 1989, p. 508.*

2. *Philippe Walter (sous la direction de),* Le Devin maudit, Merlin, Lailoken, Suibhne, *Éditions Ellug, Grenoble, 1999.*

3. *Pline,* Histoire naturelle, op. cit., *livre XXIV, chap. 92.*

qui insiste sur la fonction thérapeutique et magique de cette plante laxative. En rapprochant les deux purges, la première de Martin-Merlin par l'ellébore[1] et la seconde de l'ours par l'arum, c'est bien vers une unité mythologique que nous tendons, laquelle passe assurément par une lutte contre l'état mélancolique associé à la période sombre.

Le « fou » des fêtes hivernales participe de cette cure, tout comme les « souffle-à-culs » qui cherchent, en carnaval, à contrôler la circulation des souffles internes générateurs de flatulences et de troubles intestinaux, les deux symptômes essentiels de la mélancolie. Les différentes purges carnavalesques mais aussi printanières, car il faut dès lors reconsidérer l'ensemble de la « saison sombre », seraient ainsi orientées vers un même but : la domestication de la bile noire tenue pour responsable des états mélancoliques. Pour preuve qu'il y a ici une lecture calendaire à faire, c'est l'utilisation de la bourrache qui revient dans nos jardins en mai, dont on vante les vertus dépuratives, et qui est aussi une plante donnant « joyeuseté aux mélancoliques », pourvu qu'elle soit mélangée avec le vin[2].

Les compagnons de saint Martin

Au premier rang des compagnons de saint Martin figure son frère jumeau saint Brice, fêté le 13 novembre, ainsi nommé parce qu'il portait attaché à son côté le bras coupé de sa mère Hélène[3]. C'est pour le moins la *Chanson de la Belle Hélène*[4] qui nous l'apprend. Brice, dans ce roman médiéval, est le brillant,

1. *L'ellébore se fait appeler, en anglais,* bear's foot, *ou* bearfoot *(pied d'ours) ; en gallois,* troed yr arth *(pied d'ours),* crafange yr arth *(griffe d'ours),* palf yr arth *(patte d'ours).*

2. *Eugène Rolland,* Flore populaire, op. cit., *t. VIII, p. 72.*

3. *Claude Gaignebet et J. D. Lajoux,* Art profane et Religion populaire au Moyen Âge, *PUF, 1985, p. 301, note 32. À noter qu'une autre légende fait de Martin et Brice les fils d'une « Berthe » et du roi Flore de Hongrie. (Claude Gaignebet,* À plus hault sens, *Maisonneuve et Larose, 1986, t. II, p. 438, note 360.)*

4. *Il s'agit d'un roman médiéval qui nous conte, entre autres choses, les aventures du fameux Gayant de Douai.*

l'étincelant, l'indocile, tandis que Martin apparaît sombre, noir, vertueux. Sulpice Sévère ne parle pas de ce frère jumeau qui relève essentiellement de la galaxie mythologique gravitant autour de l'évêque de Tours.

Saint Martin et saint Brice appartiennent en fait à la grande famille des Gémeaux et autres Dioscures, dont Daniel Gricourt et Dominique Hollard ont montré qu'ils sont les héritiers du couple celte Lug-Cernunnos[1], des dieux qui contrôlent toute une série de partitions. Selon un code temporel, Lug, dieu de la lumière, se verrait attribuer l'aube, tandis que Cernunnos, la divinité pourvue de cornes de cerf, obtiendrait le crépuscule, qui se caractérise par la couleur rouge. Toujours selon ce code temporel, Lug gouvernerait la « saison claire » et Cernunnos la « saison sombre ». Selon un code morphologique, Lug se trouverait orienté vers le civilisé, le beau, tandis que Cernunnos serait plutôt tourné vers le sauvage, le laid, avec les caractères analogiques qui lui sont associés (poils et fourrure, animal cornu, forêt, etc.). Un code topographique permettrait enfin d'attribuer les sommets à Lug (les *summa* de Jupiter)[2] et les cavernes, les abîmes et les grottes à Cernunnos (les *prima* de Janus).

Le calendrier annuel se fait l'écho de ce partage du temps dans la mesure où les fêtes d'été sont placées sous la coupe du dieu lumineux (Lug a sa fête principale le 31 juillet : c'est Lugnasad), tandis que Cernunnos, dieu cornu des enfers, ouvre la « saison sombre ». Ce dernier a fortement inspiré le rédacteur de la *Vie de saint Hubert*, dont la fête échoit le 3 novembre.

Deuxième compagnon de saint Martin, l'inévitable mendiant pourvu de son incontournable béquille. C'est un enfant de Saturne, comme tous les marginaux et autres déchus de la société.

« Les enfants nés sous Saturne ont le corps déformé, le teint sombre et les cheveux noirs, la peau velue et le menton couvert de

1. *Daniel Gricourt et Dominique Hollard,* Les Saints jumeaux héritiers des Dioscures celtes, *Mémoires de la Société belge d'études celtiques, Bruxelles, 2005, p. 88.*
2. *Georges Dumézil,* La Religion romaine archaïque, *Payot, 1974, réédition 1987, pp. 333-339.*

petits poils, la poitrine étroite ; ils sont perfides, vils et tristes, aiment les choses malpropres, préfèrent les vêtements sales au beau linge ; sont débauchés, n'aiment pas se promener avec les femmes ou passer leur temps en leur compagnie ; ont par nature en eux tout ce qui est mauvais. L'heure de Saturne est l'heure du mal. À cette heure-là, Dieu fut trahi et livré à la mort[1]... »

C'est aux astrologues arabes que nous devons la filiation entre Saturne et la mélancolie. À partir du XIIIe siècle, un immense travail de traduction permet à l'Occident d'intégrer cette correspondance dans sa pensée. Il est difficile de dire si Saturne est ici la planète sombre, dont la révolution est particulièrement lente aux yeux des astronomes, ou bien le dieu romain, avatar du Cronos grec dévorant ses enfants et divinité des labours et des moissons, qui sait si bien manipuler la faucille qu'il s'en sert pour emasculer son père.

Pour l'astrologue, Saturne est néfaste. Il représente la partie la plus basse de l'univers et il influence négativement l'humanité. À Saturne sont associés le plomb, l'indolence, la froideur, mais aussi la tristesse, l'inquiétude, l'angoisse.

Il n'y a donc rien d'étonnant à ce que nous retrouvions un enfant de Saturne, parfois baptisé de « diable » en Italie, à côté de saint Martin. Cette association possède la même signification au regard de notre code de couleurs puisque le démon se cantonne délibérément dans l'obscurité.

Retour au mythe

On pourrait chercher longtemps des exemples de cette bivalence née d'observations directes de la nature, qui trouve de quoi s'exprimer en ce début du mois de novembre où « nos ancêtres les Gaulois » avaient placé leur nouvel an, appelé « *Samhain* » en celte, ce qui veut dire « fête de la fin de l'été ». C'était l'occasion d'établir des bilans, de faire les comptes, d'établir des projets ; comme nous !

1. *Barthélemy l'Anglais, XIIIe siècle, cité par Hélène Prigent,* Mélancolie, les métamorphoses de la dépression, *Gallimard, « Découverte », 2005, p. 42.*

L'idée de récapituler ainsi le passé dans le but plus ou moins avoué de l'abolir pour pouvoir recommencer une autre vie à travers une nouvelle création, concourt à ce que l'on appelle volontiers une « mythologie des commencements ». Cette démarche vise, structurellement parlant, à exorciser l'angoisse du temps qui nous entraîne inéluctablement vers la mort. Ce « mythe de la bipolarité » découle aussi, sans doute, de la primitive, archaïque et ancestrale dévotion envers la lune, qui apparaît tour à tour noire, puis blanche, vide, puis pleine, morte, puis vivante, et qui donne ainsi à l'humanité en train de l'observer un vrai sujet de méditation. Le symbolisme lunaire se manifeste en ses multiples épiphanies comme étroitement lié à l'obsession du temps. La lune est non seulement le premier mort, mais aussi le premier mort qui ressuscite. L'astre nocturne est à la fois mesure du temps et promesse explicite de l'éternel retour[1].

Dans sa communion avec l'univers, l'homme s'invente des relations le poussant à entrer en synergie avec tout ce qui l'entoure. Face à une intimation du milieu dans lequel il se trouve, il tente d'expliquer ses sensations par l'interaction de forces invisibles qui paraissent dicter des lois de fonctionnement. Sa pensée analogique favorise dès lors la manifestation de comportements sympathiques au sens étymologique du terme. C'est sans doute là que se trouve la raison d'être de la mélancolie de saint Martin.

1. *Gilbert Durand,* Structures anthropologiques de l'imaginaire, *1re édition Bordas, 1969, 11e édition Dunod, 1992, pp. 332-333.*

Sainte Véronique et la « vraie image du Christ »,
vera icona, *église Saint-Riquier (Somme).*
(Photographie de l'auteur.)

Chapitre 3

Les deux Véronique

Il existe bien deux saintes appelées « Véronique » : une première qui recueille l'empreinte du visage du Christ sur un linge lors de la montée au Golgotha, et dont la fête est le 4 février ; puis une seconde nommée aussi « l'hémorroïsse », qui guérit son flux de sang en touchant le vêtement de Jésus sans être vue, et qui est honorée le 12 juillet. Les deux ont un point commun évident : le sang ! L'une d'elles est servie sous le pseudonyme de « sainte Vénisse » par les femmes qui souffrent de leurs menstrues. Elle est mentionnée par Simon Leboucq dans son *Histoire ecclésiastique de la ville et comté de Valenciennes* (XVIe siècle) parmi « les saints guérisseurs présents dans la chapelle de l'hostellerie de la chapelle Saint-Jean ». De plus, des fouilles archéologiques récentes, réalisées à Valenciennes lors des travaux d'aménagement du centre-ville, ont permis de retrouver une quantité importante de médailles jetées en guise d'*ex-voto* dans la rivière Sainte-Catherine, et l'une d'elles représente sainte Vénisse. Cette dernière ne figure pas dans l'attitude où on la trouve généralement en Normandie, sa région de culte favorite, où on la voit « plongée à mi-corps dans un cuvier garni de rubans rouges et blancs, nue jusqu'à la ceinture, et que personne ne songerait à confondre avec celle qui expose la Sainte Face »[1]. Sainte Vénisse était également servie dans la cathédrale de Tournai par les femmes qui

1. *Docteur Jean Fournier,* Le Culte populaire et l'Iconographie des saints en Normandie, *Paris, 1973, p. 60.*

souhaitaient soigner leurs règles et qui lui offraient, pour ce faire, des chandelles et des linges[1].

La Véronique fêtée en juillet

Autrefois, début juillet, à Valenciennes, se déroulait la fête de la Marie au Blé qui n'avait rien à voir, à l'origine, avec la moisson, laquelle, comme chacun le sait, se fait plutôt, sous nos latitudes, en août. On dit d'ailleurs encore « faire l'a-oût » !

La description la plus fiable des événements date de 1829. On la doit à Gabriel Hécart, qui nous décrit sa dernière manifestation observée en 1823.

« On nomme "Marie au Blé" une fille choisie dans l'année, le jour de la fête des fileuses, par les portefaix de la Halle au Blé. Ils la revêtent d'un habillement blanc qui est garni de rubans roses [sûrement rouges à l'origine], et l'accompagnent dans les rues où ils lui font danser le menuet, l'allemande, la valse. L'un des garçons de la fête porte un plat d'étain couvert d'une serviette bien blanche dans lequel on met les prémices du grain de l'année (*sic* !). Ce garçon est costumé à l'antique avec un plumet vert et rouge autour de son chapeau ; il tient une espèce de thyrse garni de rubans. Le danseur est comme la Marie au Blé vêtu d'un habit blanc garni de rubans roses. Deux violons et une basse, également costumés, forment l'orchestre qui accompagne le cortège. Cette fête dure huit jours. Elle commence vers le 15 juillet, ou plutôt le troisième lundi du mois... »

Dans un article paru la même année, Arthur Dinaux[2] fournit des détails supplémentaires sur la date :

« C'est le lundi qui suit la fête de sainte Véronique, patronne des fileuses et des *mulquiniers* [marchands de draps] [...], et la fête se termine au village de Marly huit jours plus tard ! »

Quelques jours auparavant, le 8 juillet, les dentellières valenciennoises avaient honoré leur patronne, sainte Élisabeth. Cette

1. *Bernard Coussée,* Sacré Carnaval, *CEM, 1989, p. 83.*

2. *Arthur Martin Dinaux,* Les Hommes et les Choses du nord de la France et du midi de la Belgique, *Valenciennes, 1829, p. 171.*

fête servait de « raccroc » à celle des fileuses du lundi après la Sainte-Véronique. Pourquoi une telle concentration de fêtes textiles au début du mois de juillet à Valenciennes, qui n'ont, en outre, rien à voir avec le blé ? C'est qu'à cette date, les courtiers des marchands parcouraient les communes de la vallée de la Scarpe pour faire leurs achats de lin sur pied, et l'on commençait à arracher le lin vert de manière à pouvoir le faire rouir dans des fosses appelées « routoirs ».

Le Valenciennois est une région où le lin est une industrie importante depuis fort longtemps. On y cultive le lin ramé, qui donne le fil de « *mulquinerie* » le plus fin. Or, si « le lin fait bien trembler sept fois son maître » comme le prétend le dicton, il y a tout lieu de penser que sa culture a été placée très tôt sous la protection d'une divinité agraire, sans doute de type Mars, comme semble le faire croire la redondance de certaines expressions populaires. Le lin est arraché, et non coupé, par poignées appelées « *bangeaux* », lesquelles sont regroupées en *marots*. *Démaroter* le lin, c'est délier les *marots* avant de les plonger dans le routoir où il va pourrir en dégageant une odeur pestilentielle, ce qui fera préférer, par la suite, le rouissage sur champs. En 1468, on appelle encore *marotte* une poupée faite de lin, un nom qui donne *marionnette* un peu plus tard et, pourquoi pas, *Marie* (au blé) ? Que la fileuse qui tourne le fil entre ses doigts pour lier entre eux les brins de lin se mette à *méronner* et que la fête se termine à *Marly* sont des images sonores supplémentaires confirmant la possibilité d'une récurrence avec une divinité agraire telle que Mars, issue d'un syncrétisme gallo-romain[1].

Pour que le rouissage s'accomplisse parfaitement, le lin doit être complètement immergé, et, pour ce faire, il faut poser des pierres dessus. Un jour, saint Fiacre, passant près d'une mare où des paysans ont mis du lin à rouir, s'aperçoit que ceux-ci n'ont placé aucune pierre dessus pour le faire tremper. Il a pitié de l'ignorance de ces gens, s'apprête à la pallier, mais, ne trouvant aucune pierre aux alentours, il décide de s'asseoir dessus jusqu'à ce que le propriétaire vienne le rechercher quelques jours plus tard, transi de fièvre. Cette légende est importante pour notre

1. *Émile Thévenot,* Divinités et Sanctuaires de la Gaule, *Fayard, 1968, pp. 46-71.*

dossier, car c'est elle qui va nous donner la clé de l'énigme, laquelle passe par le sang.

Si saint Fiacre est habituellement fêté le 30 août, il l'est aussi, dans le Valenciennois, le 1er juillet, notamment à Pont-sur-Sambre. Les pèlerins viennent alors le servir pour les flux de sang, les hémorroïdes, les fistules, les maladies vénériennes. Il doit sa « spécialité thérapeutique » à son nom, proche du latin *ficus*, qui désigne la figue, un isomorphisme des hémorroïdes. Finalement, on pourrait dire qu'en s'asseyant sur le lin disposé dans la mare, saint Fiacre adopte un comportement voisin de celui de sainte Vénisse, *alias* Véronique, *alias* Mélusine, même, baignant dans son cuveau. Il confirme le parallèle symbolique évident entre l'impureté féminine *via* le sang et les linges, d'une part, et le lin en train de pourrir, d'autre part, avec les odeurs de poisson pas très frais qui leur sont parfois attribuées.

Cette association du lin avec l'intimité de la femme est étayée par des rites populaires liés à la culture de la plante. Avant d'être arrachée, celle-ci doit être semée avec précaution. Selon une croyance largement répandue dans toute l'Europe, ce travail doit être effectué par des vierges aux vêtements dénoués et à la chevelure libre et soigneusement peignée. Cela est censé favoriser la poussée de longues fibres lisses.

La culture des plantes textiles doit beaucoup au culte de la « grande déesse » préhistorique et à celui de l'ours, et ce n'est sans doute pas un hasard si les déchets de la plante provenant du teillage sont appelés des « *anas* » dans la région d'Hasnon ; un mot d'origine inconnue pour Gabriel Hécart, mais que le dictionnaire encyclopédique *Quillet* glose pourtant en « genre du nom latin du canard », et dans lequel je propose d'y voir le souvenir de la fée Ane, sans accent circonflexe, une authentique divinité archaïque préindo-européenne de la prospérité et de la vie.

La Véronique fêtée en février

La Véronique du début juillet est précédée par celle du début février, Lapalisse n'aurait sûrement pas dit le contraire. Or, ce dernier mois est largement placé sous l'influence de l'ours, pour qui l'heure de la « déshibernation » a sonné[1]. Cet animal, dont la toison n'est pas sans rappeler l'image donnée par les plantes textiles une fois cardées, est par ailleurs mis à l'honneur dans les vallées de la Scarpe et de l'Escaut, du simple fait que l'on y honore, le 6 février, les saints Vaast et Amand, connus pour leur rapport légendaire au plantigrade. Carder les plantes textiles ou peigner la toison de l'ours sont des gestes analogiques empreints d'une même magie sympathique, semblable à celle qui conduira à confondre le blé de la Sainte-Barbe et les poils de l'ours dans une même démarche[2].

Un autre élément qui confère à ce type d'activités beaucoup de mystère tient dans l'éloignement de ceux qui la pratiquent. Les artisans qui y travaillent se trouvent en effet rapidement marginalisés à cause des fosses de rouissage et de leurs miasmes, et ils sont victimes du même statut social que les lépreux avec lesquels ils partagent les maladies de peau.

Ce type d'impureté consécutive au traitement des plantes textiles trouve un écho inattendu dans la légende de sainte Isbergue, dont on sait qu'elle est la fille d'une grande fileuse, Berthe au Grand Pied, et qu'elle sera frappée d'une lèpre pour échapper à un mariage que l'on cherchait à lui imposer[3]. On raconte que la princesse employait son temps à tisser en compagnie de sa mère le linge et les ornements qui devaient servir au mystère du corps et du sang du Christ ; linges rituels pour la messe, certes, mais qui prennent aussi un tout autre sens dès lors qu'ils sont examinés à travers le prisme de notre code actuel de lecture. Lors de son baptême, le fait que la jeune Isbergue reçoive en cadeau de la part du pape un linge fait du lin le plus pur prend également un tout autre relief. Cette insistance à mettre en relation cette vierge vertueuse, devenue abbesse, avec le lin et son tissage, trouve évidemment un sens particulier dans la vallée de la Lys, notamment entre Lillers et Aire-sur-la-Lys, où la plante est très cultivée depuis la Haute Antiquité, comme l'affirme Pline.

1. *Voir* supra, *chapitre 2, « L'ours Martin ».*

2. *Voir* supra, *chapitre 1, « Le blé de la Sainte-Barbe ».*

3. *Bernard Coussée,* Les Mystères du Nord - Pas-de-Calais, *De Borée, 2006, p. 209.*

Il faudrait relire les vies légendaires de tous nos saints locaux et les mettre en rapport avec la culture ou le traitement des plantes textiles... Les deux Véronique nous en tracent la voie !

Au terme de cette accumulation de faits qui est tout sauf une corrélation illusoire, il convient de résumer ce qui a été dit. Si, pour illustrer une *Vie de saint Amand,* les moines du XIIe siècle choisissent une figuration de l'ours[1], c'est moins pour rappeler un trait légendaire finalement secondaire que pour insister sur la correspondance entre l'animal à l'opulente toison, et la culture du lin ou du chanvre, dont le mois de février marque justement le temps des semailles dans les vallées de la Scarpe et de l'Escaut. La Véronique fêtée à ce moment de l'année s'y associe magiquement et renvoie à celle de juillet, comme en un miroir, le soin de présider à sa récolte.

1. *Bernard Coussée,* Les Nouveaux Mystères du Nord - Pas-de-Calais, *De Borée, 2008, première de couverture.*

Saint Goewaert dans sa chapelle de la ferme Braemel-Hof, *à Arnèke.*
(Photographie de l'auteur.)

Chapitre 4

Saint Goewaert

ARNÈKE, PETIT BOURG situé au nord de Cassel, abrite le siège d'une dévotion particulière envers saint Goewaert, que l'on dit avoir été évêque d'Hildesheim, en Bavière[1]. Aujourd'hui, on s'explique encore bien mal l'existence d'un culte populaire toujours très soutenu depuis un millénaire à ce petit curé de campagne, et dont on peut estimer l'apogée à la fin du XIXe siècle.

Notre homme serait arrivé d'Allemagne en 999, et retourné chez lui à peine deux ans plus tard pour devenir évêque. Bien entendu, saint Goewaert (en latin, *Godehardus*) aide spirituellement les Flamands à passer ce fameux cap de l'an mil, année qui fut baptisée ensuite celle « de la grande peur », mais un peu partout, les pasteurs évangéliques ont agi de même, et ce n'est pas pour autant que des pèlerinages populaires se sont systématiquement développés en leur faveur.

En 1174, un cartulaire de l'abbaye Saint-Winoc témoigne de la présence de l'hôpital « Saint-Godard à Renteka », ce qui prouve que le saint homme était déjà l'objet, à l'époque, d'une ferveur toute particulière. Alors comment se fait-il que cet évêque allemand, mort en 1038, canonisé moins d'un siècle plus tard, en 1131, et qui n'a vécu que deux ans à Arnèke, connaisse, bien avant 1174, une dévotion si vivace, que l'on signale également à Caudescure et à Holque ?

1. *Abbé Flahault,* Saint Goewaert, *1895.*

Le bon gardien

Saint Goewaert est sollicité de nos jours pour les rhumatismes aigus, la sciatique, les maladies inflammatoires et les hémorragies, mais aussi pour la conservation du bétail, des bêtes à cornes, des champs et des fruits de la terre. Goewaert peut en effet se traduire par *Goe (de) warten*, « bien protéger ».

Le pèlerinage se déroule à l'occasion de la neuvaine du 1er au 9 mai, mais c'est surtout le quatrième jour que les curés des paroisses environnantes viennent conduire eux-mêmes leurs ouailles au sanctuaire vénéré, précise l'abbé Flahault. Et le curé termine son récit par ces mots :

« L'Ascension est le jour de prédilection pour les pèlerins du Pas-de-Calais. La neuvaine commence et finit par un *ommegang* [procession] à une chapelle située aux confins du village, à l'entrée de la ferme *Braemel-Hof.* »

Cela signifie que le temps fort du culte est tantôt début mai, tantôt à l'Ascension, fête mobile qui dépend de la date de la fête de Pâques. Or, cette coutume semble exister depuis longtemps, car l'abbé Veerstraet, curé d'Arnèke vers 1860, souligne :

« Ce qu'il importe de constater, c'est l'affluence immémoriale constante et spontanée à l'autel du saint malgré les révolutions et les vicissitudes des temps. Avant nous, on ne faisait aucune annonce de pèlerinage, et les foules arrivaient quand même, comme appelées par les trompettes angéliques. Un grand nombre de pèlerins viennent à Arnèke non pour demander, mais pour rendre grâce. »

Avec l'arrivée, en 1863, d'une nouvelle relique en provenance d'Hildesheim, la ferveur du pèlerinage s'amplifie et les premiers miracles ont lieu. Saint Goewaert acquiert dès lors ses spécialités thérapeutiques pour la guérison des rhumatismes. C'est à ce moment-là, vers 1880, que l'abbé Vanheegher, curé d'Arnèke, écrit à son tour :

« Des traditions rapportent que lors de l'établissement canonique de la neuvaine, la vieille statuette de bois fut maintes fois transportée dans l'église, mais revenait d'elle-même, toujours miraculeusement, reprendre sa place dans la rustique chapelle de la *Braemel-Hof.* »

Cette chapelle existe toujours. La construction actuelle date probablement de 1883, mais la statue est une réplique de l'ancienne. On y voit un curé brandissant une croix. Pour un évêque, et c'était la moindre des choses, il aurait été préférable de le représenter mitré comme dans l'église et tenant la crosse. Or, si ce n'est pas le cas ici, il faut en déduire que dans ce sanctuaire situé aux confins du village, il était plus important de montrer aux fidèles une croix qu'une crosse, un détail qui pourrait sans doute s'expliquer par l'occurrence de la date du pèlerinage avec celle des rogations.

Une histoire de croix

La date de l'Ascension, comme toutes les fêtes religieuses mobiles de la fin de l'hiver et du début du printemps, dépend de celle de Pâques, elle-même fixée, depuis le concile de Nicée en 325, au dimanche qui suit la pleine lune après l'équinoxe de printemps. Lorsque Pâques échoit le 22 mars (clé antérieure), l'Ascension se retrouve fêtée avec les rogations début mai ; en revanche, plus Pâques tombe tard dans l'année, plus l'Ascension recule par rapport au 1er Mai. Et en retenant les dates des neuvaines, il est facile de constater que le culte de saint Goewaert cherche à épouser cette période durant laquelle les fidèles souhaitent apporter protection et prospérité à leur terroir en l'encerclant par des processions.

Les rogations flamandes ont pour objectif de cerner le village afin de délimiter la zone où les paysans souhaitent l'intervention ou la protection du ciel. Cette frontière circulaire définit dès lors un territoire au-delà duquel règne l'inconnu, le sauvage, un lieu où se rencontrent tous les dangers. Il convient donc de matérialiser l'endroit en plantant, par exemple, des croix aux points névralgiques, d'où le nom flamand donné à cette fête : *Kruysdagen*, « jours des croix ».

Le culte de saint Goewaert semble correspondre tout à fait à la cérémonie des anciennes rogations : procession à l'extrémité du village où le curé, en l'occurrence Goewaert, plante une croix ; bénédiction et protection des champs, des récoltes et du bétail ;

dates retenues du 1er mai et de l'Ascension, lesquelles se trouvent parfois confondues.

En plus des rhumatismes, saint Goewaert est servi contre l'érysipèle, la goutte et les hémorragies ou flux de sang. Il rejoint saint Eutrope, saint Riquier, saint Marcou, et les autres saints guérisseurs de la peau et du sang noir, dont la fête échoit durant la période de la lune rousse, laquelle se termine, en revanche, toujours à l'époque de l'Ascension.

Ce que l'on appelle « lune rousse » n'a rien à voir avec la couleur de l'astre nocturne. D'ailleurs, nous devrions plutôt parler de « lunaison rousse », car il s'agit bien de la période de vingt-huit jours qui débute un peu moins de deux semaines après Pâques. La lune rousse commence avec la nouvelle lune qui suit Pâques. Le qualificatif « rousse » lui est donné parce que l'on tient l'astre nocturne pour responsable des petites gelées encore observées au printemps, et qui font « roussir » les jeunes pousses sans pour autant mettre la nature en péril.

Par un effet de magie sympathique, l'homme comprend alors que si les plantes sont capables, à ce moment-là, de panser leurs plaies, il doit pouvoir, lui aussi, obtenir la guérison de ses maladies de peau durant cette période si particulière, d'où le recours à tous les saints fêtés au début du mois de mai, et qui ont fait de tous ces « petits bobos » leur spécialité thérapeutique.

Toutefois, si la dévotion envers saint Goewaert se trouve en parfait accord avec un calendrier liturgique et cosmique, cela n'explique pas totalement la popularité de notre homme qui, en dehors d'un jeu de mots, aurait pu, finalement, être n'importe quel personnage, le rite magico-agraire venu du fond des âges ayant su précéder la ferveur.

Aujourd'hui, on n'a toujours pas d'explication satisfaisante, et les différentes ghildes médiévales, qui ont joué au fil du temps *Het Spel van zeghen en de mirakelen van den H. Goedwardus*[1], ont certainement une part de responsabilité dans le développement de la popularité d'un évêque aussi insolite.

1. *Représentation des grâces et miracles dus à saint Goewaert.*

De nos jours, modernité oblige, saint Goewaert est sollicité dans l'église d'Arnèke pour guérir des maux plus psychologiques, comme en témoignent ces quelques prières relevées sur le cahier mis à la disposition des pèlerins :

« Saint Gohard, faites que cette femme qui me veut du mal ne puisse plus rien me faire. Empêchez-la de faire le mal, car elle est en train de me détruire. Merci, saint Gohard. » (1986.)

« Je demande comme vœux à saint Gohard d'être désenvouter (*sic* !) des mauvaises personnes et d'être desorsier (*sic* !) et d'etre plut repouser (*sic* !) par mes parents et la famille a (*sic !*) mon mari… et de guerrire (*sic* !) des nerfs et des maladies nerveuses et d'avoir de la chance. » (1991.)

« Je demande à saint Gohard d'être désenvoûter (*sic* !). Des mauvaises personnes agissent sur moi en voulant me détruire. Je demande à saint Gohard protection sur la maladie et que je ne soit (*sic !*) plus déprimée. » (1992.)

Chapitre 5

Le saint cocu et le « roi boucher »

Le titre pourrait être celui d'un conte populaire ou d'une fable. Le saint cocu en question s'appelle saint Gengoult, seigneur bourguignon vivant dans l'entourage de Pépin le Bref, le père de Charlemagne[1]. Il est marié avec Ganéa, une femme de son rang, qui le trompe délibérément avec leur intendant. Averti par la rumeur, Gengoult décide de mettre un terme à ce qu'il pense n'être encore que des racontars, et il soumet son épouse au jugement de Dieu. Celle-ci, jurant de son innocence, plonge en toute confiance son bras dans une fontaine pour en retirer le caillou qui y a été placé. Le résultat ne se fait pas attendre : sa peau se détache comme un gant et reste pendue au bout de ses doigts. Convaincu de la culpabilité de son épouse, Gengoult décide de la quitter.

Une fois réunis, les deux amants, vexés d'avoir été confondus et angoissés à l'idée d'un futur châtiment, forgent le projet de se débarrasser du mari gênant. Une nuit, l'intendant passe à l'acte et assassine l'infortuné Gengoult. Une fois son crime perpétré, il court annoncer la « bonne nouvelle » à sa maîtresse ; il est si fier de son exploit qu'il se met à danser avec frénésie devant elle. Mais soudain, il est pris d'un malaise ; il se dirige alors vers les latrines pour se purger le ventre, et là, comme puni par le ciel, il perd toutes ses entrailles et meurt dans d'atroces souffrances.

1. *Bernard Coussée,* Les Mystères du Nord - Pas-de-Calais, *De Borée, 2006, p. 64.*

Gengoult, quant à lui, est inhumé dans la basilique de Varennes (Marne) par ses tantes. Bien vite, des miracles commencent à être observés sur son tombeau. Lorsqu'une servante vient faire part à Ganéa de ces faits merveilleux, celle-ci entre dans une colère folle et se met à crier : « Gengoult n'opère pas plus de guérison que le trou de mon cul ! », ponctuant sa phrase par un bruit significatif et non moins obscène. Mais comme cette mésaventure se déroule un vendredi, le ciel la punit de ce sacrilège en l'obligeant, chaque fois qu'elle prend la parole, à commencer par faire un énorme pet. C'est pourquoi on l'appelle désormais « la Péteuse ».

Un bien singulier vitrail

Le lieu de pèlerinage principal se trouve à Wierre-au-Bois, dans le Boulonnais, où le saint a sa fontaine dans laquelle on puisait jadis de l'eau pour guérir les enfants noués, c'est-à-dire ceux qui tardaient à marcher. Saint Gengoult trône toujours dans l'église, où on le voit chevaucher un superbe cheval blanc. Sur son bras aujourd'hui amputé, on pouvait autrefois admirer un faucon. Gengoult était également populaire à Berles-Monchel en qualité de « saint qui fait marcher », et à Montreuil-sur-Mer, où une messe était dite chaque premier mardi du mois, du 1er mai au 1er octobre.

En Flandre, à Outtersteene, les pèlerins avaient pris l'habitude de faire trois fois le tour de sa chapelle avec les enfants noués en priant le saint « de faire quelque chose pour eux ».

À Planques, dans le Pas-de-Calais, il est devenu le patron des corroyeurs et des tanneurs depuis le miracle du puits qui a vu la peau du bras de Ganéa se retourner comme un gant. Dans l'église de ce village artésien, deux vitraux illustrent une partie de sa vie. Le premier le représente enfant recevant l'éducation de sa mère, puis l'adoubement. Sur le second, il aide un enfant à marcher, puis, en qualité d'officier d'Hugues Capet, il guide le roi de France à travers les forêts de Flandre et d'Artois, en dépit d'un anachronisme évident, car plus d'un siècle séparerait les deux personnages.

Hugues Capet a été qualifié de « roi boucher ». Le mot « boucher » vient d'un terme employé au XIIe siècle pour désigner une touffe d'herbe, *bosche*, le verbe *boschier* signifiant alors l'action d'obturer un passage au moyen d'une touffe[1]. Ce vocable viendrait du latin populaire *buska*, « bois » ou « bosquet », voire du germanique *busk*, avec le sens de « baguette », duquel on tirera les mots « bûche » et « bûcheron »[2]. La présence d'Hugues Capet dans les forêts de Flandre et d'Artois en compagnie de saint Gengoult pourrait peut-être renvoyer à autre chose qu'un simple épisode de l'histoire de France.

Les légendes relatives à Hugues Capet ont été recueillies dans des chansons de geste, dont les dernières compilations datent du XIVe siècle. Elles le disent neveu d'un boucher parisien et descendant d'un prince saxon. Il aurait conquis la couronne après avoir décapité son prétendant, le comte Savary, le gendre de Louis le Débonnaire. Son surnom de « boucher » est dû au fait qu'il préférait fréquenter les bois que sa bonne ville de Paris, et c'est ainsi, toujours selon nos chansons de geste, qu'il serait venu dans le Hainaut, en Flandre, et même en Frise, où il aurait sauvé d'un viol la jeune pucelle du comte Sauvage emmenée dans les bosquets par six larrons.

Une autre fois, alors qu'Hugues Capet visitait les villes de son pays, il fut pris à partie par des Bourguignons soucieux de venger le comte Savary. Il dut fuir en forêt où il s'égara. S'ensuivit alors le déroulement traditionnel des épisodes d'égarement en forêt : Hugues Capet avança avec peine, se déchira aux épines d'un buisson, puis se réfugia, de nuit, dans un arbre pour échapper aux fauves qui rôdaient autour de lui. Le matin, il découvrit un ermitage, et son occupant le guida hors des bois après lui avoir remis ses oripeaux d'ermite. Ainsi déguisé, le roi de France entreprit de prendre sa revanche contre ses ennemis.

Les aventures de Hugues Capet s'apparentent à celles d'un homme sauvage dont le caractère se trouve renforcé par le comportement de l'un de ses dix fils bâtards, un certain

1. *Algirdas Julien Greimas,* Dictionnaire de l'ancien français, le Moyen Âge, *Larousse, 2001.*
2. *Alain Rey,* Dictionnaire historique de la langue française, *Le Robert, 1992, mot « bûche ».*

Riquier, que l'on dit porteur d'une massue semblable à celle de Rainouard au Tinel, dans la *Chanson de Guillaume d'Orange*, c'est-à-dire taillée dans un tronc d'arbre, et que seul le héros est capable de manipuler. Aussi, plutôt que « roi boucher », sans doute faudrait-il dire « roi *boschier* », ou « *boscheron* », à savoir « bûcheron ».

Cela pourrait-il remettre en cause l'ascendance royale d'Hugues Capet, par ailleurs très floue dès qu'il s'agit de remonter au-delà de la troisième génération ? En tout cas, on raconte que sa mère Béatrix était elle-même la fille d'un riche *boschier*. Dans ces conditions, Hugues Capet serait donc bien Hugues le *Boschier*, « l'homme des bois ». Quant à son père, il aurait été seigneur de Baugensis en Ollenois, que l'on a peut-être traduit hâtivement par « Beaugency », près d'Orléans.

Traduire Ollenois par « Orléanois » paraît en effet assez fantaisiste. En revanche, si l'on examine attentivement les lieux parcourus par le jeune Hugues Capet, force est de constater que ceux-ci concernent davantage le Hainaut et la Picardie, et, dans ces conditions, la graphie latine de Baugensis, *Belgentiacum*, pourrait prendre un tout autre sens, plus voisin du qualificatif « belge ». Baugensis serait dès lors une ancienne ville de Belgique, et Ollenois pourrait être rapproché de Olhain, du nom d'un château bien connu pour avoir été le refuge d'un géant à la massue, Grand Guillaume[1].

Le coucou des forêts

Saint Gengoult est fêté le 11 mai. C'est une période de l'année où, comme en carnaval, on va se moquer des cocus autrement appelés « cornards ». Dans la région de Saint-Omer, les jeunes gens avaient pris pour habitude, jusqu'à la fin du XIXe siècle, de railler les maris trompés en accrochant ou en dessinant, durant le mois de mai, des cornes sur leurs portes.

---

1. *Bernard Coussée,* Les Nouveaux Mystères du Nord - Pas-de-Calais, *De Borée, 2008, p. 89.*

« Si tu es cocu, chante coucou ! », dit-on encore de nos jours. Le coucou chante, *grosso modo*, du 15 avril au 24 juin, avec un temps fort autour de la mi-mai. On considère que l'oiseau est sur son perchoir, en forêt, dès le mois de mars. En avril, il commence à ouvrir le bec. Au mois de mai, il chante toute la journée. En juin, il change de ton. Au mois de juillet, il s'en va. Son chant si caractéristique passe pour être l'un des plus moqueurs de la création, mais qui l'entend chanter pour la première fois sera riche dans l'année, n'aura pas de coliques, échappera au mal de reins, etc. Le coucou serait aussi un devin dans la mesure où le nombre de cris qu'il donne à entendre signifie, à celui qui les écoute, le nombre d'années qu'il lui reste à vivre.

La croyance veut que le coucou se moque de l'oiseau dans le nid duquel la femelle volage va pondre ses œufs pour que ce dernier les lui couve. Ce comportement est considéré comme une marque d'infidélité, et ce serait la raison pour laquelle on crie « coucou » à l'adresse des cocus. À Amiens, on offrait à ces derniers des fleurs jaunes, tendres primevères cueillies dans les prairies et appelées « coucous », d'où aussi la couleur qui est éternellement attribuée à ces infortunés.

La fréquentation de saint Gengoult, le patron des cocus fêté en mai, avec le « roi bûcheron », habitué à reconnaître le chant du coucou, n'apparaît plus, dès lors, aussi fortuite que cela.

Index des noms de lieux

Table des matières

Chez le même éditeur

Les Mystères de l'Allier
Jean Débordes

Les Nouveaux Mystères de l'Allier
Jean Débordes

Les Mystères de l'Aveyron
Paul Astruc, Jean-Michel Cosson et Jean-Philippe Savignoni

Les Nouveaux Mystères de l'Aveyron
Paul Astruc, Jean-Michel Cosson et Jean-Philippe Savignoni

L'Aveyron mystérieux et insolite
Paul Astruc, Jean-Michel Cosson et Jean-Philippe Savignoni

L'Aveyron secret
Jean-Michel Cosson et Jean-Philippe Savignoni

Heurs et Malheurs du Dauphiné
Claude Muller

Les Mystères du Dauphiné
Claude Muller

Histoires extraordinaires du Dauphiné
Claude Muller

Les Mystères de la Drôme
Claude Didier

Les Mystères de Haute-Garonne
Patrick Caujolle

Les Mystères de la Haute-Marne
Bruno Théveny

Les Mystères de la Haute-Savoie
Jean-Philippe Buord

Les Mystères de l'Hérault
Paula et Olivier Astruc

Les Mystères d'Ille-et-Vilaine
Christophe Belser et Lenaïc Gravis

Les Mystères du Lot
Élisa Sabathié

Les Mystères du Nord - Pas-de-Calais
Bernard Coussée

Les Nouveaux Mystères du Nord - Pas-de-Calais
Bernard Coussée

Paris mystérieux et insolite
Dominique Lesbros

Les Mystères de Saône-et-Loire
Alain Lequien

Les Mystères du Tarn
Paula et Olivier Astruc

Les Nouveaux Mystères du Tarn
Paula et Olivier Astruc

Les Mystères du Tarn-et-Garonne
Patrick Caujolle

Les Mystères des Vosges
Bruno Théveny

Les Mystères de l'Yonne
Jean-Pierre Fontaine

Les Nouveaux Mystères de l'Yonne
Jean-Pierre Fontaine

L'Yonne secrète
Jean-Pierre Fontaine